谨以本书

向伟大祖国改革开放40周年致敬！

永保安康

浙江永康刑警纪实

（1980-2018）

★永康市公安局◎编

群众出版社　中国人民公安大学出版社

·北京·

图书在版编目（CIP）数据

永保安康：浙江永康刑警纪实：1980–2018 / 永康市公安局编. -- 北京 : 群众出版社, 2018.12

ISBN 978-7-5014-5896-7

Ⅰ. ①永… Ⅱ. ①永… Ⅲ. ①纪实文学 – 作品集 – 中国 – 当代 Ⅳ. ①I25

中国版本图书馆CIP数据核字(2018)第272753号

永保安康

—— 浙江永康刑警纪实（1980–2018）

永康市公安局 / 编

出版发行：群众出版社
地　　址：北京市丰台区方庄芳星园三区15号楼
邮政编码：100078
经　　销：新华书店
印　　刷：天津盛辉印刷有限公司

版　　次：2018年12月第1版
印　　次：2018年12月第1次
印　　张：20.25
开　　本：787毫米 × 1092毫米　1/16
字　　数：330千字

书　　号：ISBN 978-7-5014-5896-7
定　　价：88.00 元

网　　址：www.qzcbs.com
电子邮箱：qzcbs@sohu.com

营销中心电话：010-83903254
读者服务部电话（门市）：010-83903257
警官读者俱乐部电话（网购、邮购）：010-83903253
综合图书分社电话：010-83901870

永保安康

浙江永康刑警纪实
（1980—2018）

编　委　会

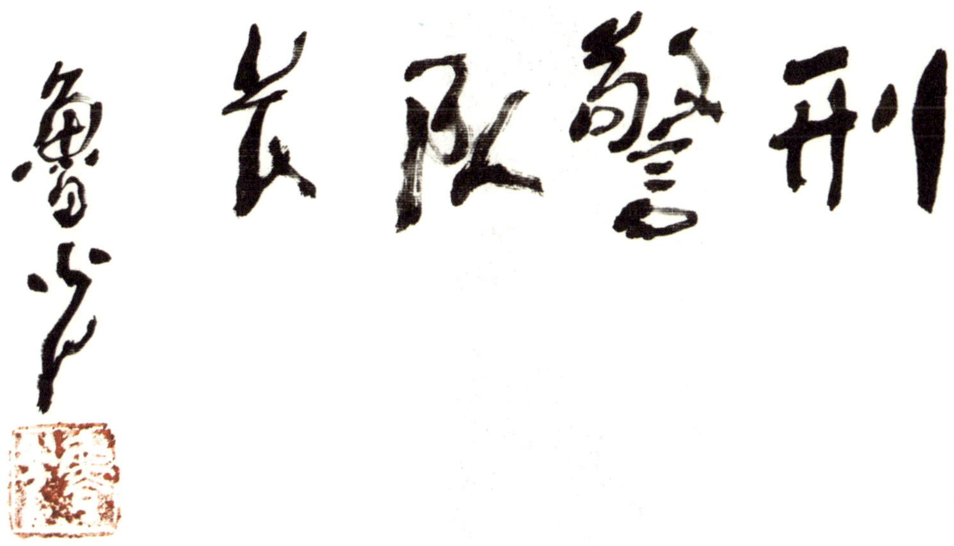

△鲁光 题

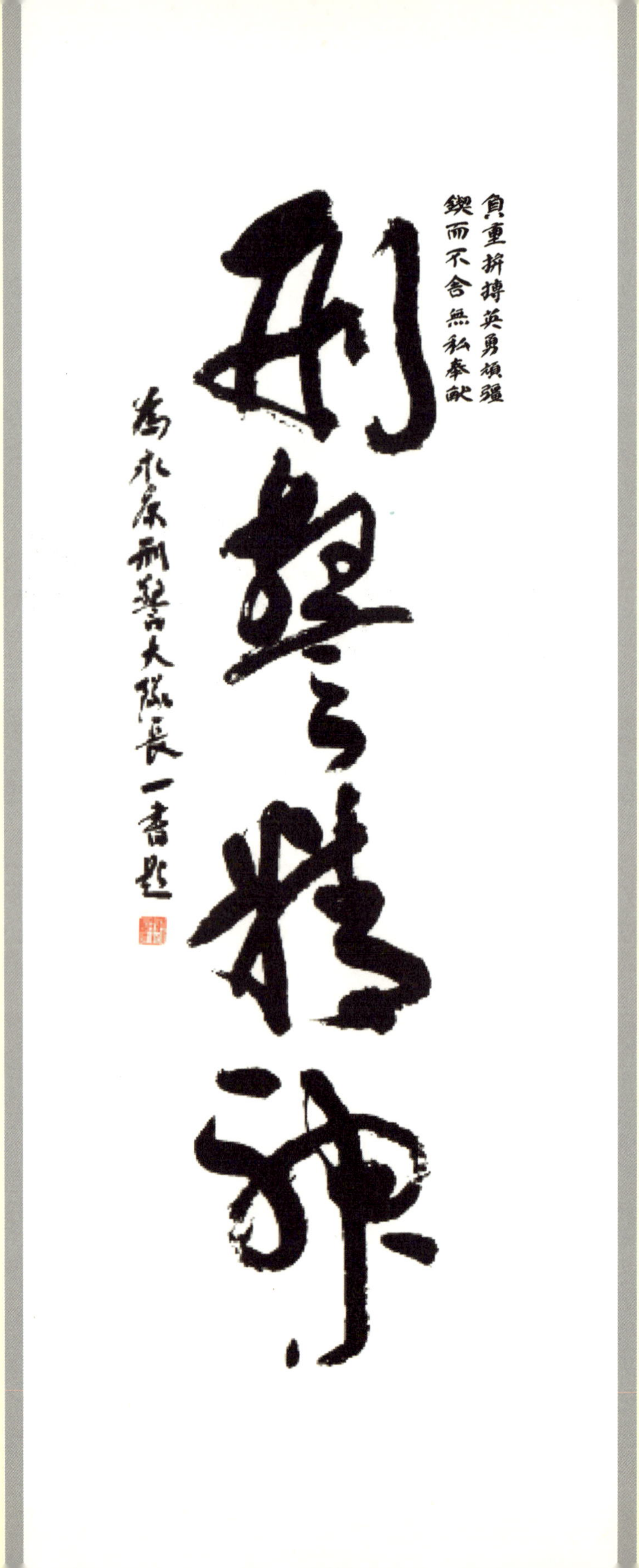

▷钱子健 题

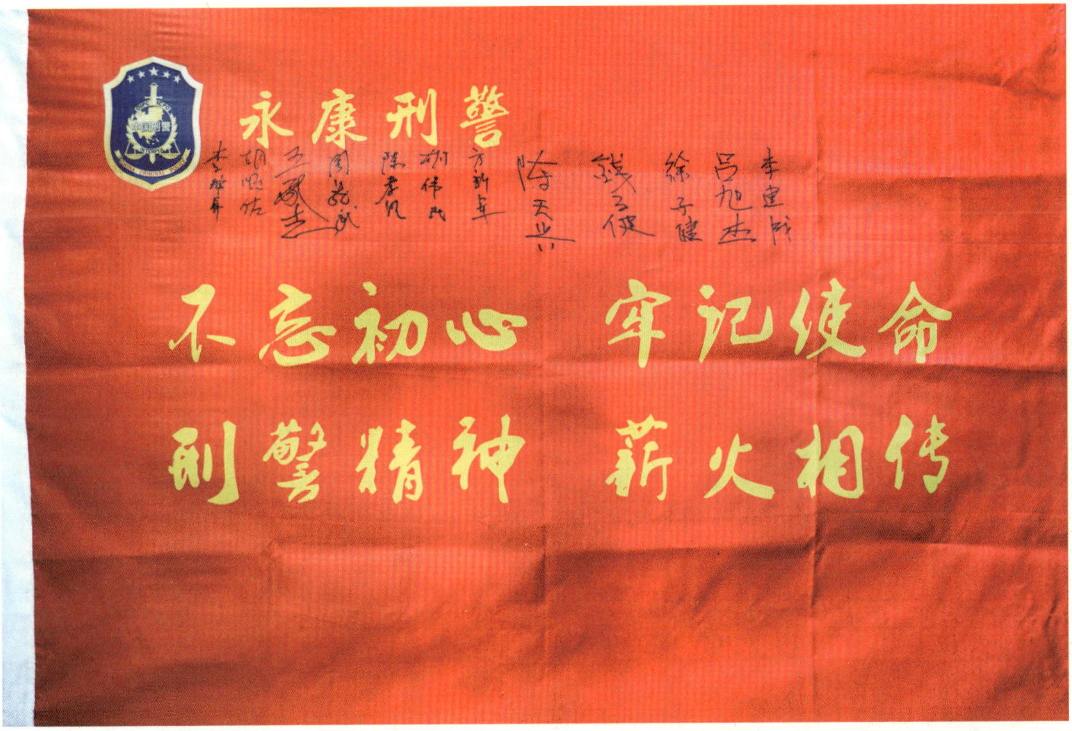

△“薪火相传”旗帜

△ 1980-2018 年永康市公安局历任刑警队长合影

序

加强刑警文化建设
锻造新时代高素质刑侦铁军

新时代呼唤新作为，新时代要有新担当。中国特色社会主义进入了新时代，社会治安形势更加复杂化、多元化，打防犯罪面临更多挑战，任务更加艰巨繁重。新时代下如何打造一支能够扛起打击犯罪、维护稳定重任，不断将刑侦事业推向辉煌的高素质刑侦铁军，是摆在我们这代刑侦人面前的一个重大课题。

我认为，新时代高素质刑侦铁军，必须符合以下“五个词、十五字”的标准：讲忠诚、敢担当、有激情、有血性、有能力。讲忠诚，就是要一心为党、心系人民，甘为刑侦事业奋斗终生，做到随时随地守纪律、讲规矩、听指挥；敢担当，就是面对艰难险阻、问题困难，要敢于喊响“让我上，跟我来”，以舍我其谁的担当肩负起披荆斩棘、爬坡过坎的重任；有激情，就是要以工作为乐，每天被梦想叫醒而不是被闹钟吵醒，把激情燃烧的青春岁月奉献给刑侦事业，实现自我价值；有血性，就是面对犯罪分子要疾恶如仇、惩奸除恶、除之后快，看到百姓身处危难时要毫不犹豫“拔刀亮剑”；有能力，就是要与时俱进、善于学习，充分掌握新时代日新月异的新理论、新知识、新技能，有充分的能力积累来应对不断变化的犯罪形势。

锻造新时代高素质刑侦铁军，靠的是各级刑侦部门的共同努力，靠的是一代又一代刑侦人的接续奋斗。其中，刑警文化的打造和传承，对于队伍建设有着至关重要的作用，甚至可以说是一个警队的灵魂。永康刑侦大队在这方面具有独到之处。2017 年，我到永康调研刑侦工作，看到永康刑侦大队办公区的长廊两侧，以图文的形式展示了刑侦历史、领导关怀、集体荣誉、廉政建设、民警风采、学习生活等六个版块内容。通过建设这样的警营文化长廊，传承永康刑警精神，塑造身边典型，丰富警营生活，凝聚刑侦战斗力，传承和发扬“负重拼搏、英勇顽强、锲而不舍、无私奉献”的刑警精神，是基层刑警文化建设的样板。

对于永康刑侦大队的做法，我当时给予了肯定。得知他们正在组织对历任刑警队长的访谈，准备集结出一本书，我很高兴，这与我的想法不谋而合。在 2018 年年初召开的全省刑侦工作会议上，我就提出：“刑侦部门真正的警营文化来自刑警精神。不能把刑警精神狭隘地理解为文化上墙、‘五小工程’等外在表现，更重要的在于对刑警职业的内在认同。”永康刑侦大队没有把刑警文化简单地理解为文化墙、文化长廊等硬件建设，而是通过老刑警队长讲故事，真正提升年轻一代刑警对自身职业的认同感、归属感，可以说是领悟了刑警文化建设的真谛，实为队伍建设之“上策”。当时，我就对他们说：“听老刑警队长讲故事，加强警营文化建设，提升刑警软实力，值得各地学习借鉴。”

前两天，永康刑侦大队的同志将一本厚厚的《永保安康——浙江永康刑警纪实（1980-2018）》书稿送到我这里，我迫不及待地认真翻阅。我在永康公安局工作了近十年，对永康刑侦这支队伍比较了解，可以说充满了感情。作为一名刑侦老兵，看到曾经一起共事过的老领导、老同志讲述当年叱咤风云的刑侦破案故事，看到如今新生代刑警在一线披荆斩棘、浴血奋战，我深受感动，也很激动。看了这本书，能让人真切地感受到，如果说公安队伍是党和政府的“刀把子”，那么刑侦队伍就是“刀尖”，这个“刀尖”磨得越锋利，犯罪分子就越害怕，老百姓就越满意。

本书以永康市公安局历任12位刑警队长回忆过往的方式，讲述了永康刑侦大队自1980年成立以来的发展轨迹，收录了一批发生在永康大地上的大案、要案，集中反映了改革开放40年来我国经济社会的发展变化，诠释了永康刑侦人“忠诚为民铸警魂”的风采。这是一本能够引起广大刑警强烈共鸣的书，更是一本能够引发新老刑警心底澎湃万千的书，值得一读，也很有意义。

我的“警察梦”是从永康起步的，一路走来，从警生涯与刑侦工作颇有缘分。在派出所时我就是刑侦专干，特别喜欢钻研侦查破案技能。虽然后来在组织关心下有幸走上领导岗位，但不论是担任一地的公安机关主要领导还是分管领导，我对刑侦工作都是格外关注，因为我始终认为，打击犯罪是公安机关的主责主业，而广大刑警就是这个主责主业的主要承担者。从这个角度看，我们广大刑警肩负的历史使命光荣而艰巨。

我坚信，包括永康刑警在内的全省刑警，定能坚守“为中国人民谋幸福，为中华民族谋复兴”的初心，将个人梦、警察梦与平安梦、中国梦融为一体，定能践行习近平总书记提出的“对党忠诚、服务人民、执法公正、纪律严明”总要求，承担起打击犯罪、维护稳定重任，定能成为一支讲忠诚、敢担当、有激情、有血性、有能力的高素质刑侦铁军，为我省完成“两个高水平”建设、我国实现“两个一百年”奋斗目标作出贡献，为党旗和国徽争光添彩！

时任浙江省公安厅刑侦总队总队长

俞流江

2018年9月10日

前 言

刑警是一支特殊的队伍，他们不畏艰难险阻，永远战斗在公安工作的第一线，是和平年代和死神经常握手的勇士，是精通各种侦查破案技术的行家，是钢丝上的舞者。在党的十九大胜利召开一周年和我国改革开放40周年之际，让我们一同走近这支有着38年光荣历史的威武之师——永康市公安局刑事侦查大队（简称“永康刑侦大队”）。

38年来，永康市公安局刑侦大队在局党委的正确领导和上级业务部门的直接指导下，刑侦工作不断开拓前进，刑侦队伍由小到大、人员素质不断提升，刑事技术、合成作战、视频侦查等刑侦专业力量从无到有，装备投入不断加大，刑侦体制由旧到新，侦查格局不断完善。一代代永康刑警，乘着刑侦体制改革、专业化建设的东风，不断发扬“负重拼搏、英勇顽强、锲而不舍、无私奉献”的刑警精神，忠实履行职责，为推进平安、和谐、美丽永康建设增光添彩、屡立战功。

为了回顾永康刑侦发展历程，展示业务工作和队伍建设成果，传承发扬永康刑警精神，激励斗志，本书编委会经过两年的筹备，通过访问历任刑警队长，记录鲜为人知的刑警故事，收集整理各类历史照片、媒体报道、大事记、集体及个人荣誉等内容，最终形成本书。

永康，永康，永保安康。走进新时代，刑侦工作任重道远，本书的出版，必将激励永康刑侦队伍始终牢记使命，继续奋发有为，不断开拓创新，秉承“累并快乐着”的工作理念，不断提高侦查破案能力和执法办案水平，保永康一方平安，续写永康刑侦新的篇章。

本书在编写过程中，得到了永康市公安局各位新老刑侦人的大力支持和帮助，同时也参考了有关文献、报刊和文件，在此向为本书出版提供支持帮助的各级领导和同仁以及有关作者一并表示衷心的感谢！

由于水平有限，书中难免有不妥之处，敬请读者批评指正。

本书编委会

2018年9月

目 录

第一章

历史沿革

老照片承载着历史，旧场景凝结着回忆。一幅幅老照片的背后，承载着永康刑侦大队的机构沿革和队伍传承，凝结着亲密战友的岁月记忆。让我们翻开这些老照片，共同回忆那时、那人、那事……

永康市公安局刑侦大队机构沿革

名称沿革：

1980 年 1 月，成立永康县公安局刑警队；

1992 年 10 月，更名为永康市公安局刑侦队；

1993 年 5 月，更名为永康市公安局刑事侦查大队，沿用至今。

地点变迁：

1980 年至 1990 年，永康县大司巷 25 号公安局大院内；

1991 年至 1999 年，永康市九铃东路 3185-2 号院内；

1999 年至今，永康市丽州北路 1 号公安大楼内。

△永康县大司巷25号

△永康市九铃东路 3185-2 号

△永康市丽州北路1号

△1975 年，永康县公安局全体民警合影

第一排有：叶宝和、陈　康、游亦能、王承志、石连福、徐仲昌、
　　　　　金　妙、柯再学 等

第二排有：李兰岳、程林根、应广传、吕岩福、姚德禨 等

第三排有：李国锋、王兴厂、吕岩根、王兴隆 等

△1989 年 10 月，永康县公安局刑事照相培训班全体学员合影

第一排左起：徐秋完、童建平、应志斌、朱铁江、项晓军、陈天兴、吕福有、金大好

第二排左起：程永丰、吴雄伟、应文豪、方正良、蒋炜青、钱子健、卢智勇、吴文伟、张新华

△1990 年 9 月，永康县刑侦民警合影

第一排左起：陈天兴、程晓星、谭建勋、王承志、徐康进、李　明

第二排左起：王灵巧、项晓军、张新华、方新军、吕福有、贾建荣、孙燕平

第三排左起：朱铁江、胡鹰、陈保卫、梅建伟、孙进锁、胡跃进、高健康

△1994 年 7 月，永康刑侦大队班子成员合影

第一排左起：胡伟民、方新军

第二排左起：张新华、郑有抗、陈天兴

△1994 年 11 月，永康刑侦大队荣获全省优秀科所队留影

第一排左起：陈天兴、黄　震、胡志华、贾建荣、项晓军、王灵巧
第二排左起：何建党、张新华、朱铁江、方正良、童建平、何建朝、胡　鹰
第三排左起：卢智勇、钱子健、胡伟民、陈保卫、郑有抗、应孟江、高健康、方新军

△1997 年 1 月，永康刑侦大队新老民警合影

第一排左起：方正良、高健康、陈保卫、陈天兴、方新军、胡顺达、郑有抗、卢智勇、施俊兴

第二排左起：应荣辉、胡志华、颜智勇、应孟江、吕根东、朱铁江、胡永松、胡万鹏、赵妙红、程海燕

第三排左起：田中江、潘曲滔、黄　震、何建党、李建成、应静骞、郑志敏、陈秋高、卢庭高

△1999 年 2 月，永康刑侦大队新老民警合影

第一排左起：应荣辉、何建党、郑有抗、方新军、陈天兴、吕顺进、施俊兴、应静骞

第二排左起：郑卫龙、胡金周、潘曲滔、郑留根、程　涛、胡永松、胡宇能、赵妙红、黄　洁、程海燕

第三排左起：王伟峰、叶红兵、卢荣怀、胡志华、谢泽军、胡伟楚、陈秋高、吕　健、张晓文

第四排左起：卢庭高、俞志友、应　达、林景东、金建军、陈　尧、应　镇、周　宁、周立波

第五排左起：黄　震、王学东、马　飞、徐要武、胡筱宁、徐浙永、李建成、陈海东、应孟江、柳建品

△1999 年 3 月，搬迁公安大楼时永康刑侦大队合影

第一排左起：黄　洁、俞志友、潘曲滔、郑卫龙、柳建品、胡伟楚、叶红兵、李文斌、马　飞、赵妙红

第二排左起：陈秋高、胡志华、朱铁江、方新军、陈天兴、何建党、黄　震、胡永松

第三排左起：卢荣怀、陈　尧、谢泽军、胡筱宁、徐浙永、应静骞、施海鸥、应孟江、王学东、程　涛、吕　健

△2001 年 1 月，永康刑侦大队新老民警合影

第一排左起：陈绍崔、赵妙红、施美儿、楼超金、陈天兴、高宪政、俞流江、钱子健、贾建荣、吕顺进、朱铁江、李文斌

第二排左起：何建党、应　达、胡永松、俞志友、董晓丰、林景东、胡万鹏、王伟峰、卢庭高

第三排左起：周　宁、方岳丁、陈　尧、陈海东、李维彪、潘曲滔、柳建品

第四排左起：周　睿、胡双喜、胡雄斌、李建成、王学东、程　涛、周立波

第五排左起：潘国江、杨飞鹏、张晓文、金建军

第六排左起：金胜昔、谢泽军、卢荣怀、应静骞、马　飞、田安军、吕　健

△2006 年 1 月，永康刑侦大队打击街面犯罪侦查中队民警合影

第一排左起：陈可为、周　睿、胡烈松、翁文勇、方　敏、李　江、吕　津

第二排左起：应华锋、朱　挺、李建成、夏双安、胡航海、黄　欣

△2014年5月，永康刑侦大队全体民警合影

第一排左起：成德喜、胡海平、胡　醒、徐春明、杨　啸、陈绍崖、张晓霞、金玉澄、方柯雅、吕　健、胡耀望、李　萧、郑卫龙、徐　磊、应　俊、楼颖超、应　玮、金　雷、应　涛

第二排左起：施永良、颜宏斌、柳建品、冯　斌、侯一川、李　刚、周　睿、胡防修、陈　尧、吕　军、章　誉、施伟能、赵学锋、程　涛、董志成、陈秋高、楼智伟、陈一骁、应海滨

第三排左起：周　汉、李　妙、林伟瑜、李建成、朱铁江、王　斌、沈　宏、胡旭苗、沈　广、朱　挺、夏双安、吕聪聪、吴晓剑、应孟江、金　涛、唐　冰、章鹤春、俞潇天、田安军

△2016 年 5 月，永康刑侦大队新老中层干部合影

第一排左起：李　妙、胡防修、应孟江、应　昶、李建成、陈　尧、颜宏斌、郑卫龙

第二排左起：施永良、柳建品、胡海平、章鹤春、金骏奔、成德喜、童伟强、吕　军、李　刚、周　睿

△2017 年 8 月，永康刑侦大队新老民警合影

第一排左起：周　汉、程　涛、吕　健、杨　啸、施伟能、沈　宏、胡旭苗、徐陆陵、王淼婕、应启辰、虞俊杰、徐鑫磊

第二排左起：田安军、胡海平、施永良、应孟江、胡防修、应　昶、李建成、陈　尧、童伟强、金玉澄、李　萧

第三排左起：张　蜀、徐荣华、唐　冰、吕　军、胡　醒、郑卫龙、徐　磊、朱程诚、董志成、金　涛、方柯雅、张晓霞、应　玮、徐春明

第四排左起：周　睿、王勤学、陈秋高、刘　亮、应　涛、胡耀望、应海滨、张　帆、林伟瑜、侯一川、金　雷、李　安、冯　斌、楼智伟

第五排左起：应　俊、陈绍崔、楼颖超、吴晓剑、吕聪聪、王　斌、沈　广、金骏奔、朱　挺、周英飞、夏双安、赵学锋、章　誉、陈一骁、朱铁江

△2018 年 6 月，永康刑侦大队历任刑警队长座谈会

第二章

领导关怀

永康刑侦大队在成长的过程中，得到了部、省、市等各级领导的关心、指导和支持。在各级领导的关心支持下，永康刑侦队伍由小到大，体制由旧到新，刑侦工作得以不断开拓前进。

△2010 年 3 月 19 日，公安部物证鉴定中心副主任葛百川（右二）到永康刑侦大队指导技术工作。

△2012 年 6 月 13 日，浙江省公安厅刑侦总队总队长蒋庆明（左一）到永康刑侦大队指导工作。

△2012 年 10 月 18 日，浙江省公安厅副厅长徐定安（左三）、刑侦总队总队长蒋庆明（左二）到永康刑侦大队指导工作。

△2013 年 6 月 8 日，浙江省委常委、公安厅厅长刘力伟（右四），金华市委常委、公安局长毛善恩（右五）到永康刑侦大队指导工作。

△2013年11月27日，永康市公安局刑侦大队DNA实验室正式挂牌成立。浙江省公安厅刑侦总队副总队长沈虹，法医支队政委、DNA实验室主任吴微微，金华市公安局领导俞流江、潘之江，永康市市委常委、公安局长傅建军为DNA实验室授牌。

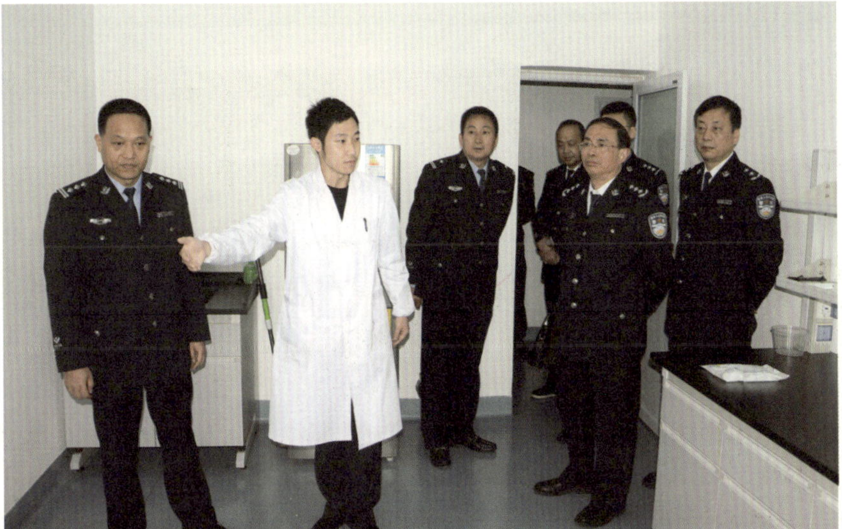

△2014年4月3日，浙江省公安厅副厅长洪巨平（左五）到永康刑侦大队指导工作。

△2014 年 5 月 15 日，浙江省公安厅刑侦总队总队长蒋庆明与金华市公安局领导高宪政同志分别带领省厅刑侦专家崔国华、韩崇德及金华市公安局刑侦专家姜卸印、林文录到永康指导案件侦破工作。

△2014 年 9 月 17 日，浙江省公安厅刑侦总队政委应剑峰、副总队长蔡鸿鸣一行到永康刑侦大队指导审查攻坚工作。

△2014 年 9 月 28 日，金华市公安机关案件审查攻坚队伍建设现场会在永康召开。金华市委常委、公安局长毛善恩，浙江省公安厅刑侦总队总队长聂展云，金华市公安局党委副书记、副局长俞流江，以及永康市委常委、政法委书记胡积合，市委常委、公安局长傅建军等领导出席会议。永康市市委书记徐华水出席会议并致辞。永康市公安局党委委员应昶代表永康市公安局作案件审查攻坚工作经验介绍，民警胡旭苗在会上介绍了个人“六心八步法”案件审查心得体会。

△2015 年 1 月 15 日上午，永康市委常委、公安局长陈曙初（左一）到永康刑侦大队指导命案侦破工作。

△2015 年 5 月 7 日，浙江省公安厅党委委员、副厅长、纪委书记王海仁（右四）到永康市公安局调研，参观了永康刑侦大队警营文化长廊，并听取了合成作战室工作情况汇报。

△2015 年 6 月 10 日，永康市公安局离退休老干部 30 多人到永康刑侦大队参观警营文化建设。

△2017 年 3 月 1 日，公安部刑事犯罪侦查局副局长刘忠义、刑侦信息化建设处处长王志强等相关领导及公安部物证鉴定中心刘寰、刘开会等专家组一行 14 人到永康刑侦大队指导命案积案侦破工作。

△2017 年 3 月 2 日，公安部刑事犯罪侦查局政委曾海燕（左一）到永康刑侦大队进行走访和调研。

△2017 年 9 月以来，浙江省公安厅刑侦总队总队长俞流江（左四）带领刑侦专家到永康刑侦大队指导命案积案侦破工作。

△2017 年 10 月 2 日下午，金华市委常委、公安局长聂展云到永康刑侦大队指导工作，专门听取了命案积案的前期侦查工作汇报，并对案件侦查提出了具体指导意见。

第三章

刑警队长访谈录

金色盾牌，热血铸就。从 1980 年一路走来，一代代永康刑警风雨兼程，直面血与火的考验，保护人民群众的生命财产安全，保障社会的平安和谐。让我们跟随永康刑侦大队历任刑警队长，共同开启记忆的闸门，重温永康刑警的光辉岁月。

永保安康铸警魂

——永康市公安局刑侦大队工作纪实

◎ 孙武斌/章陈波

1980 年，永康公安刑侦工作脱离治安股，成立永康县公安局刑警队（现为永康市公安局刑侦大队），至今已走过了 38 年的风雨历程。

永康刑警是一支特殊的队伍，是和平年代的勇士，他们不畏艰难险阻，战斗在公安前线，守护着这座城市的安宁。38 年来，他们肩负使命，用热血和青春诠释着“负重拼搏、英勇顽强、锲而不舍、无私奉献”的刑警精神。

扬眉剑出鞘，热血铸忠魂。一代代刑侦民警风雨兼程，直面血与火的考验，奋力保护人民的生命财产安全，保障社会的平安和谐。如今，回望建队之初，那些满腔热血，英勇、睿智的刑警们，现都已满头银丝，但永远不变的是，他们对党的忠诚、对国家的忠诚、对人民的忠诚，他们用一颗忠诚之心铸起了永保人民安康的金色盾牌。

政治建警，打造忠诚警魂

20 世纪 70 年代末，永康县公安局的办公条件还相当简陋，整支公安队伍合在一起也就数十人，全局只下设一个治安股和两个派出所，肩负着守护这座 40 多万人口城市的使命。

“那时候，我们都年轻，有着保卫家园的 腔热血。”首任刑警队长李锦屏深情回忆，刑警队里个个都不怕苦、不怕累，只要一有案件，就会一钻到底，有着不查个水落石出不罢休的劲头。

正是怀着这种“查个水落石出”的干劲，一代代刑警以对人民群众无比忠诚的信念，打赢了一场又一场硬战。“那时候交通不便，为了方便办案，我们还常常住在乡下，与公社干部或群众同吃同住，几天不回家是平常事。”第二任刑警队长胡顺佐聊起当年，与战友们一起奋战的场景还历历在目，“当时干刑警是最辛苦的，但却没有一个人抱怨，因为大家都觉得，要对得起群众，对得起头上的国徽。”

随着改革开放春风的吹拂，永康五金产业开始蓬勃发展，各类盗窃、抢劫案件也随之增多。“作为一名刑警，破案是天职，我们不怕苦不怕累，咬定目标从不放弃，群众竖起大拇指，就是刑警的荣光。”第三任刑警队长王承志说。

“老一辈刑侦人坚定的政治信仰，无私无畏践行刑警精神，成为我们的学习榜样和努力前行的无穷动力。”现任永康市公安局刑侦大队大队长的李建成说，在历任刑警队长的带领下，永康刑侦大队成为公安系统的一支政治素质过硬、业务素质精湛、团结奉献有为的“刑侦铁军”，为新时期刑侦事业发展打下了良好的基础。

1999 年，市公安局刑侦大队入驻位于永康市丽州北路 1 号公安大楼，人员、装备也得到很大加强，刑侦事业发展也翻开了新的篇章。刑侦大队坚持抓党建带队伍理念，不断创新党建工作载体，认真贯彻落实公安部、浙江省公安厅、金华市公安局对刑侦工作的部署，狠抓打击主业，强化突出命案攻坚、打黑除恶、打击“两抢一盗”、追捕逃犯、刑事基础等各项工作，积极推进刑侦专业化建设，不断提高侦查破案能力和执法办案水平，人民群众的安全感进一步增强，为创建平安永康、创造和谐稳定的社会治安环境做出了应有的贡献。

“忠诚的道路浴血荣光，英雄的足迹越走越长，对党忠诚，服务人民，执法公正，纪律严明，惩恶扬善，剑出锋芒，平安中国，无悔担当……”近年来，永康刑侦始终坚持全警忠诚教育，把弘扬刑警精神、向老刑侦人学习作为打造“刑侦铁军”的重要举措来抓，使之成为全体刑侦人的精神力量，让这首慷慨激昂的《中国人民警察警歌》，成为响彻丽州大地的最嘹亮的声音。

近年来，永康刑侦深入开展学习贯彻习近平新时代中国特色社会主义思想和党的十九大精神，认真贯彻习近平总书记对公安工作提出的“对党忠诚，服务人民，执法公正，纪律严明”总要求，围绕刑事打击主业，扎实开展“G20”峰会安保维稳、“迎接十九大　忠诚保平安”、“除毒瘤　净土壤”、“利剑行动”系列攻势、打击拒不执行法院判决裁定等各项专项行动，继续保持对全市各类突出违法犯罪的严打高压态势，取得了丰硕的战果。

自公安部要求实行命案必破考评机制以来，永康刑侦现行命案连续 13 年保持全破。2017 年，永康刑侦还破获 18 年前和 22 年前的命案积案各 1 起；破获湖州南浔 19 年前杀死两人的命案积案 1 起；打击地域性职业犯罪的“永康·镇雄”区域性合作机制工作经验被公安部专门刊发简报推广；“6·14”侵犯公民个人信息案专案组、“2016·11·17”部督系列性木马诈骗案专案组被浙江省公安厅分别记“集体二等功”一次；全省公安机关全警技能大比武刑侦线取得优异成绩；打黑除恶专项斗争考核及刑侦线上执法考核，排名均位列全金华市第一。自建队以来，永康刑侦共荣获各种集体功、先进单位等主要荣誉 219 次，共有 88 人荣获金华市级以上荣誉，一大批忠诚履职的先进典型，成为捍卫人民群众利益和社会经济发展的忠义之师。

实战强警，铸造刑侦铁军

当夜深人静，人们安然入睡之时，他们仍穿行在追捕的一线，无论寒冬酷暑。

面对危险时，他们挺身而出，以保护群众安危为己任。

在人们放松休闲的节假日，他们舍小家为大家，仍然在对负隅顽抗的犯罪嫌疑人进行审查攻坚。

……

他们就是永康市公安局刑侦大队，一支战斗力超强的警队，在危急关头，如神兵天降，完成任务；这是一支特别能吃苦、特别能战斗的队伍，每遇大要案他们就是主力军。

深夜，一场大爆炸惊醒了山村沉睡中的人们，也惊动了捍卫群众安危的刑侦民警们。刑侦利剑迅速出击，经过一番斗智斗勇，顺利擒获犯罪嫌疑人。

深夜，一伙歹徒突然发难，打伤看押民警，并抢走六四式手枪一支。枪案！震惊永康！全体刑侦民警闻风而动，迅速布控，连续奋战 4 天 4 夜，一举侦破永康第一枪案。

拥有百万资产的美发行业老板深夜被枪杀在市区家门口，一时人心惶惶。面对复杂的案情，刑侦民警顶着压力，运用各种侦查手段和破案谋略，半个月锁定犯罪嫌疑人，20 天成功破案！

……

在刑侦大队，随便找一个民警，请他说说经历的案件，可以说件件惊心动魄，扣人心弦；而在一场场抽丝剥茧的实战中，也锤炼了一个个精兵强将，令歹徒闻风丧胆。

“刑警队伍是一支铁拳队伍，团结一心，才能无往不胜。”第四任刑警队长周龙武说，为了提高破案速度，一有大案件发生，刑警队就召集所有刑警分析案情，集思广益，分工合作，全力侦破。

而第五任刑警队长陈孝明回忆，进入20世纪90年代以来，社会发展正进入一个拐点，老百姓的物质生活有了巨大的飞跃，但是人的思维方式、行为素养和法制观念却相对落后，这一时期也是各类犯罪比较集中的一段时期，但正因为如此，也锻炼了一支精干，能打硬战、胜战的刑侦干部队伍。

“十二五”以来，永康刑侦进一步完善了打击专业化机制建设，提升了刑侦打击防范各类刑事犯罪能力。刑侦工作坚持以打开路，重拳出击，在紧抓严重暴力刑事犯罪打击不放松的前提下，同时聚焦关系民生的多发性侵财案件，抓获了一大批侵财犯罪嫌疑人，破获了一大批“小案”，为平安永康建设和全市人民群众的生命财产安全保驾护航。

近年来，随着治安防控体系等不断强化，各类严重暴力刑事犯罪呈现逐年下降的趋势，但侵财案件仍量大面广，尤其是电信网络诈骗等新型犯罪案件持续高发，严重侵害群众的财产权益。为此，永康刑侦部门立足现状，紧扣工作实际，以“合成作战、审查攻坚、紧急止付”三大机制为亮点，与时俱进，进行内部挖潜，打破中队之间的界限，积极进行勤务机制改革，特别是创新建立了“打击入室盗窃犯罪”、“打击街面犯罪”、“打击电信网络新型违法犯罪”和“扫黑除恶”四大工作专班。不断适应打击犯罪新形势的需要，更好更快地发挥“以专制专，集约打击”的工作效能，群策群力，统筹侦查力量，充分发挥刑侦人不怕苦、不怕累的精神，真正实现对刑事犯罪的精确打击、深度打击，助力全市打击刑事犯罪工作的不断向前。

“永康刑侦这支队伍，自组建以来，就以无比忠诚的信仰，开拓进取，积极作为，维护了全市社会治安局势的稳定，提升了人民群众安全感，成为公安系统的一把‘尖刀’，树立了人民警察良好形象，以过硬的作风和崭新的面貌向党和人民交上了一份满意的答卷。”第八任刑警队长、现任永康市公安局政委的钱子健说。

文化育警，筑牢为国为民基石

永康市公安局刑侦大队现有民警58人，职工1人，辅警96人，民警平均年龄35.5岁。大队下设重案中队、预审办案指导中队、情报中队（含出租车管理中队）、信息中队（含合成作战室）、打击侵财犯罪指导中队、视频中队、刑事科学技术室和打黑办共8个队室。针对下辖队室较多、民警年龄结构相对年轻化的特点，近年来，刑侦大队以深入开展党的群众路线教育、“两学一做”主题教育活动为契机，努力打造独具特色的刑警文化，提升队伍精气神。

刑侦大队的警营文化建设以警营文化长廊为载体，以注重历史、展示风采为特色。走进公安大楼刑侦大队办公区，醒目的蓝底金字的中国刑警警徽标识映入眼帘，办公区走廊两侧分别以图文的形式展示了刑侦历史、领导关怀、集体荣誉、廉政建设、民警风采、学习生活等六个版块的内容。通过建设这样的警营文化长廊，他们传承永康刑警精神，塑造身边的典型，丰富警营生活，凝聚刑侦战斗力，体现了永康刑警“累并快乐”的工作与生活。警营文化长廊建成后，不仅提升了刑侦队伍的精气神，也获得了前来参观的同行和群众的一致好评。

同时，刑侦大队还通过各类主题教育实践活动，刑侦班子利用每周的政治学习、召开支部民主生活会、批评与自我批评、撰写剖析材料、自查自纠、进社区点亮“微心愿”等形式，深刻查摆队伍隐患和个人自身不足，进一步强化了班子和队伍建设，牢固树立为人民服务的宗旨意识和“群众利益无小事”的理念，坚持把群众反映的问题当家事，千方百计为群众解难事、办实事。积极开展党风廉政建设主体责任层级管理工作，对各层级人员进行滚动排查，警示风险点，常态化开展谈心谈话，确保警队无违纪。

为强化考核杠杆的激励作用，刑侦大队坚持考核励警精细化，建立了以“领导干部管理档案、青年民警成长档案、民警业绩档案”为内容的“三个档案”考核管理机制，运用“互联网+”，实现考核管理自动化、公开化、印记化，营造风清气正、干事创业的良好政治生态和文化氛围，在公安队伍正规化建设中起到了引领和示范作用。

同时，永康刑侦还开辟网络宣传新阵地。在做好打击主业的同时，积极拓展宣传防范覆盖面，开设刑侦大队微信公众号——“永康刑警”，由专人负责编辑制作并向广大群众推送各类盗、抢、骗等传统犯罪及电信网络诈骗等新型犯罪的作案手段和预警信息，同时，还发布各类刑侦案件报道、典型人物宣传等内容，宣传对象立足于本市，但不限于本市。该公众号坚持工作日每日推送预警信息，每周推送两篇以上原创宣传报道，起到了很好的社会效果。

“身披着霞光、沐浴着骄阳，用那汗水浇灌平安一方；挥洒下青春、倾诉着梦想，穿梭大街小巷闪烁着光芒，这是我已选择为我心中的辉煌……”几句朴实的歌词，是全体刑警内心的写照，也是对永康刑侦大队最好的诠释。

刑警们的故事还有很多，“小”到常年默默资助案件受害者遗孤，充当温暖的“警察爸爸”；“大”到应急处突、打击犯罪、安保维稳，他们始终保持“敢想、敢干、敢为先，敢抓、敢管、敢担当”的精神风貌，一次次伸张正义、温暖五金之都，为保一方平安时刻准备着……

李锦屏，男，1934 年 2 月出生，中共党员，1955 年 10 月参加公安工作，曾任永康县公安局检察组组长，1980 年 1 月至 1982 年 4 月任永康县公安局刑警队第一任队长。

将责任与热爱烙印心中

——首任刑警队长李锦屏访谈录

◎ 吕纯儿/金玉澄/方柯雅

首任队长李锦屏如今已 84 岁高龄，仍然精神矍铄、思路清晰。当他像一个时光魔术师一样，时不时地“变”出那些年的老照片和老档案时，老人兴奋得如同一位少年。从老人兴奋的神情中，似乎可以窥见他当年的坚毅、睿智、勇敢，可以触摸到老刑警人对刑警工作的热爱和责任，以及他们对刑警精神的实践和诠释。

那些年，那些事，记忆仿佛如昨日。看着老照片和老档案，李老回到了那段激情燃烧的刑警岁月。

△李锦屏工作照

建队时刑警队伍共 9 人

20 世纪 70 年代末，永康县公安局的办公条件相当简陋，整支公安队伍合在一起就数十人，全局只下设一个治安股、两个派出所，肩负着守护这座 40 多万人口城市的使命。

“刑侦从属于治安股时，负责刑侦工作的只有两三个人。”李老回忆说，1980 年《刑法》与《刑事诉讼法》开始实施，侦破工作更重视运用刑侦技术，对犯罪现场痕迹证据进行提取与鉴定。这年 1 月，刑侦工作从治安股脱离出来时，共有 9 名民警，他们分别是队长李锦屏、副队长王承志、李欣展和民警胡三江、程晓星、项晓军、徐康进、李明、宋建华。9 名民警分为情报、技术、侦察三个组，当时尚未有法医一职，如果有重大杀人或伤人案件发生，都是由金华市公安局下派法医。

“那个年代，我很怀念。”李老感慨道，当时大家既是工作上的同志，也是生活中的兄弟，都是互相帮助，一起想办法。只要有重要的案件，整个刑警队都是全员参与。

随着改革开放的春风，永康大批手艺人开始走街串巷、行走四方。“那时

△1980 年，分管刑侦工作的副局长寿绍祥与李锦屏（右）在浙江普陀参加全省刑侦会议时合影

候，我们常会收到外地遣送回永康要求收容审查的案子。”李老说，这也是我们永康各行各业的手艺人开始创业、五金产业开始发展的一个缩影。收到这样的案子，他们总会连夜审查，弄清楚事情的来龙去脉，从中也看到了永康这些手艺人在外地的不容易。

刑警队里有本“永康活档案”

当年，李老是位名副其实的“技术控”，他最为人津津乐道的还是“永康活档案”的称号。

在治安股工作的那几年，李锦屏整天走东村串西村，多年的基层工作使他对整个永康了如指掌，无论走到哪个村都有认识的人。

那时候没有电脑，对走访下来收集到的信息、数据等资料需要整理，还要保持与检察院、法院、司法局的密切联系，做到资源共享，这些烦琐的资料统计工作，李老也乐在其中，经常会琢磨如何更合理地整理资料。多年的积累，成就了李老“永康活档案”的外号，也给刑警队工作带来了很大的便利。

1981 年下半年来到刑警队的王灵巧，曾接到外地公安机关要求协查一起有色金属赃物被永康人陈某收购的案件。除了知道买者的姓名外，别无其他信息。王灵巧于是去找李老这本“活档案”，李老给他列出了永康陈姓聚居的村庄名单，王灵巧根据这个村庄名单，一个个打电话给当地公社和公安人员寻找，结果很快就找到了陈某。

那时候，我们一腔热血

“那时候，我们都年轻，有着保卫家园的一腔热血。”李老深情回忆说，那时候刑警队里个个都不怕苦，只要一有案件，就会一钻到底，有着不查个水落石出不罢休的劲头。

△李锦屏近照

李老在刑警队干了两年，时隔 37 年后回忆起来，依然记得每位成员的点点滴滴。“刑警队刚成立时是 9 个人，胡跃进和王灵巧都是在成立后加入的。王承志侦查、审讯很有一套自己的好做法，胡三江的情报工作做得很好，程晓星拍照技术很不错，徐康进、项晓军对侦查的那股子钻研劲十分了得……”

“穿上了警服就意味着责任与奉献。”这是李老经常对刑警们说的一句话，这句话展现了永康第一代刑警们对刑侦工作的热爱，并凝结成一个烙印，烙在了每位刑警的心间，也烙在了李老自己的心头。

胡顺佐，男，1940 年 12 月出生，中共党员，1968 年 9 月参加公安工作，曾任永康县公安局预审股股长，1982 年 4 月至 1984 年 3 月任永康县公安局刑警队第二任队长。

刑侦工作重在破案　要让老百姓满意

——第二任刑警队长胡顺佐回忆刑警岁月

◎ 吕纯儿/金玉澄

1983 年 1 月 6 日，农历腊月廿三，永康县公安局刑警队的民警们又办完一件大案，大家心中欢喜，在办公室里聚会相庆。这一场景以一张黑白照片的形式留了下来。

33 年后的今天，当年的刑警队队长胡顺佐已是 77 岁的老人，当他在永康市公安局刑侦大队的警营文化走廊上再次看到这张照片时，胡老用颤抖的声音，一一指出了每个人的名字：王灵巧、项晓军、宋建华、徐康进、王承志……此时，他的眼眶竟有些潮湿。

与战友并肩，为群众、为心中的信念而战的那些年华，又有谁能不怀念？

△胡顺佐照片

春暖花开，偷牛案件较多

1982年11月，胡顺佐接过刑警队长担子的时候，农村土地联产承包到户的政策鼓舞人心，农业经济呈现一派勃勃生机。1983年8月，中共中央发布了《关于严厉打击刑事犯罪的决定》。

“每年春暖花开，春耕播种的时候，耕牛被偷的案件总是特别多。”胡老的回忆，把我们带进了那个我们不曾熟悉的年代。

那个年代，家家户户种田种地还是头等大事，如果哪户人家拥有一头耕牛，那就是有了一件很大的家当了。打个比方，刑警们的工资大概是每月30

元，而一头牛的价值是1000元左右。伴随着广大农村的耕种需求，立春后的耕牛市场也异常活跃。老一辈永康人都知道，在城区解放桥头附近，有一个地名就叫牛市溪滩。春未暖花未开时，刑警队员们就严阵以待，在集市里安排了便衣。一有案件发生，总能从牛市里很快反馈回相关的线索，从而一举破获案件，追回耕牛。

每年，永康县刑警队总能接到一二十件偷牛案，刑警们分工明确，方法精准，加上很好的群众基础，被偷的牛几乎能全部找回。

365天没休息，却没有人抱怨

干刑警需要出警快，有连续作战的精神，第一时间勘查现场，在蛛丝马迹中取得线索。而在案件侦查的时候，往往没有时间吃饭，更不用说睡觉休息了。

"那段时间的刑事案件，盗窃案占较大的比重，刑警队建立不久，案多人少，刑警们365天基本上是天天都在工作，休息日非常少有。不仅如此，白天连着晚上的加班也是家常便饭，工作很苦。即使如此，大家都没有怨言，干劲十足。"胡老回忆说，那时候交通不便，为了方便办案，还常常住在乡下，与公社干部或群众同吃同住，几天不回家是平常事。问起胡老，为啥干刑警这么苦，却没有人抱怨？胡老说，因为大家都觉得，要对得起群众。

干刑警，要胆大心细

刑侦工作需要胆大心细，对待工作认真、严谨。胡老有记笔记的习惯，相关案件的所有细节，自己的推测想法，都会一一记在笔记上，用到的时候拿出来看看，总能发现点什么。胡老记笔记的习惯、认真严谨的工作态度影响着队里的每一位民警。

当时芝英雅庄曾经发生一件较大的盗窃案，由于刑警们出警快，在村边田野里找到了失窃的箱子，还在箱子旁找到了一串钥匙，经过受害人辨认，钥匙并非他们所有，民警大胆推测，钥匙极有可能是嫌疑人匆忙逃跑时掉落。细心的民警还发现，钥匙串上挂有一枚私章，凭着这点线索，最终犯罪嫌疑人身份被锁定，案件被连夜破获。

龙山下贵村曾发生一起重大盗窃案件，当民警勘查现场时，所能找到的有效线索只有几个文字笔迹，几经调查，侦查员认为同村一名男子有作案嫌疑，但证据并不充分，当嫌疑人寄信回家的时候，侦查员通过字迹比对，充实了证据，马上出差到外地将该嫌疑男子抓获，破获了案件。

我们是一家人

胡老虽然得过中风，许多往事已经记忆模糊，但谈起自己在警队里的日子，依然记忆犹新，对于一起战斗过的兄弟，也同样印象深刻。

“那时候，我们都住集体宿舍，都在同一个院子里。一旦发了案子，无论何时一喊就聚到一起，有什么好吃的好玩的，一呼就一桌。有什么困难我们就一起想办法，有喜事就一起欢庆，我们是同事、战友、好友、兄弟。”在胡老的讲述里，藏着对刑警同事们深切的情感，似乎可以想象，一个刑警队亲如一家的各种场景。

在胡顺佐这个大家庭家长的带领下，警队大家庭的每个人都发挥自己所长，尽自己的才能，大家握成了一个拳头，面对刑事案件，随时出击。

△胡顺佐近照

“感谢他们给了我一段特别的岁月，给刑警队和公安局争得了荣誉，给了群众一份满意的答卷。”胡顺佐说。

王承志，男，1945年12月出生，中共党员，1970年12月参加公安工作，1984年3月至1990年12月任永康县公安局刑警队第三任队长。

群众的大拇指，就是刑警的荣光

——第三任刑警队长王承志回忆六年刑警时光

◎ 吕纯儿/金玉澄

“我担任了6年零9个月的刑警队长。”时任永康县公安局刑警队第三任队长的王承志虽年逾古稀，但声音依然铿锵洪亮，接受采访时，他身着皮夹克、球鞋，似乎只要一有案件发生，他还能抬脚就赶赴案发现场。

1984年3月，王承志接任永康县公安局刑警队队长的时候，改革开放的春风吹拂着丽州大地，永康五金产业开始蓬勃发展，盗窃、抢劫案件也随之增多。刑警队经过四年的发展，刑警人数从创立时的9人增加到20来人，但刑侦工作一点也不轻松。到1989年，永康刑事案件已蹿升到4位数。

破获伞厂特大盗窃案

王队长回忆："那时的盗窃案件主要针对的是有色金属和企业产品。因为这些东西易出手，在市场上很容易就可以换作现金。"为此，永康县公安局于1989年3月至6月开展了打击盗窃破坏电力设备犯罪专项斗争。1989年5月初，开展打击流窜犯罪专项斗争，至6月14日，抓获各类违法犯罪分子192人，其中流窜犯78人，摧毁团伙10个，破案275起，缴获赃款8万余元。据不完全统计，6年间刑警队的刑警们参与了数十次盗窃案件的专项行动，付出了大量心血，立下了汗马功劳。

△1990年4月，刑警队部分民警在杨溪水库侦查案件时合影（左一为王承志）

这其中备受社会关注的就有永康伞厂的成品伞被盗大案。1986年9月至1987年5月间，坐落在古丽镇飞凤山旁的永康县伞厂连续8次被盗，共计被盗走4440把伞，价值4万多元。最终，刑警们通过艰苦的侦查，抓获了4名犯罪嫌疑人，破获了该起特大盗窃案，永康伞厂特大盗窃案专案组因此荣立了集体三等功一次。

一案带出一串抢劫案

1987年的一个早晨，一名永康人到武义进货，途中，遇到三四个歹徒拦路抢劫，财物被抢走，人被丢进附近的水沟。进货人从水沟里爬上来后报了警，刑警队接警后，值班民警仔细地给受害人制作了笔录，用各种办法帮助受惊的受害人回忆发案细节，受害人回想起在抢劫的人中有一人身上有类似老鹰的文身。根据这一线索，刑警们进行仔细的排查和搜索，终将该名有文身的犯罪嫌疑人捉拿归案。根据该名犯罪嫌疑人的交代，抓获了一批同案犯，并通过深挖和串并案，一连破获了一系列抢劫案件，群众纷纷为人民公安竖起了大拇指。

王承志担任刑警队长的六年间，永康县刑警队可谓战果累累：1988年8月18日，开展打击抢劫团伙犯罪专项斗争，至9月10日，查获抢劫、流氓、盗窃团伙11个，抓获32人。1988年11月5日，全县开展集中打击刑事犯罪，到12月24日止，抓捕137人，破案275起，缴获财物30万元……

一案涉及二省七县

由于各种错综复杂的关系，盗窃、抢劫事件往往会带出一些命案。1986年7月下旬，永康县公安局接到永康苏川乡白塔村郑某某连人带拖拉机一起失踪的报案。当刑警队正在调查失踪案的时候，接到福建浦城县公安局的电话，称当地有人销售一辆永康牌照的拖拉机。永康刑警立即赶往福建浦城，把拖拉机和销赃的人员带回永康。经过初步审讯，犯罪嫌疑人并非永康人，且拒不交代事情的经过。当时信息技术远没有现在发达，但永康刑警还是很快顺藤摸瓜，掌握了其他证据，在充实的证据面前，犯罪嫌疑人不得不如实交代。

原来，郑某某开拖拉机去东阳办事，路上遭到拦路抢劫，因抵抗而被犯罪嫌疑人杀人灭口。尸体被放在拖拉机上并盖上稻草，拖拉机从东阳开到永康，为了避开双股金钗地段的检查，拐入世雅、方岩，转到石柱，后到丽水，犯罪嫌疑人把尸体扔到丽水云和县的一个厕所里。此后，犯罪嫌疑人还开着拖拉机到福建浦城县销赃。根据犯罪嫌疑人的交代，永康刑警赶到云和，核查到郑某某的尸体正被作为无名尸体等待处理。这一涉及二省七县的杀人案，12 天破案。

齐心协力，亲如一家

△王承志近照

“当时的局长和分管刑侦工作的副局长都很关心刑警工作，我们出去办案回来晚，他们常会在办公室或者值班室等我们。”王队长温暖地回忆。

“刑警队是个大家庭，大家分工不同，却各扬所长、齐心协力，同心同德。”王队长记得，当年队里一名刑警新婚燕尔，队里深夜出警，考虑到他新婚的情况大伙就没有叫醒他，等到他第二天知情后，还发了很大的火。当时，大家都斗志昂扬，工作热情很高。王承志说：“作为一名刑警，破案是天职，我们不怕苦不怕累，咬定目标从不放弃。群众伸起大拇指，就是刑警的荣光。六年多的刑警生涯是我人生的一笔珍贵财富。”

周龙武，男，1955年9月出生，中共党员，1982年1月参加工作，1990年12月至1992年9月任永康县公安局第四任刑警队队长。

刑警精神影响了我的职业生涯

——第四任刑警队长周龙武回忆刑警生涯

◎ 吕纯儿/金玉澄

在周龙武的职业生涯中，担任永康县公安局刑警队队长的1年零10个月（1990年12月至1992年9月）只是其中的一小段，但回忆起25年前的那些人和事，他依然记忆犹新。“那短短的两年时间，是我人生当中非常重要的时期，我们肩负着守护一方百姓平安的职责，我从中也学到了许多。作为刑警所需要的奉献精神和团结协作，一直影响着我。”周龙武说。

继永康县公安局刑警队队长之后，周龙武先后担任永康市公安局副局长（1992年永康撤县设市）、永康市公安局政委、永康市审计局局长，直至2015年退休。

作为指挥员要有较强的指挥和判断力

1990 年 12 月，当周龙武到任永康县公安局刑警队长一职的时候，刑侦工作对他而言还是一项全新的工作，他还清楚地记得，当时为了克服看到各种非正常死亡尸体时产生的生理反应，他曾买了一个肉麦饼边吃边看法医们解剖尸体。

在周龙武到任不久的一个凌晨，刑警队就接到一起发生在石柱的抢劫凶杀案件。谭建勋和周龙武一起，带领刑警赶往现场。经现场勘查和调查访问，有着丰富破案经验的副局长谭建勋当即做出判断：这是一起流窜抢劫凶杀案件。立即安排两队人马赶往金华火车站和义乌火车站。果然，当刑警赶到金华火车站时，四位犯罪嫌疑人刚好在检票口准备检票上车。短短几个小时，一起抢劫凶杀案被破获。

此次破案经历对于刚参加刑侦工作的周龙武来说，是非常深刻的一堂课。从中他认识到，当好一名刑警队长，并不太容易，只有具备很强的指挥、分析和判断能力，才能提高破案效率。

△左一为周龙武，左二为谭建勋

刑警的习惯就是随时想着案情

当年，正值永康工业经济高速发展之时，率先发展起来的集体企业备受社会关注。在永康各企业内发生了系列保险箱被盗案件，汽水厂、烈桥铸钢厂等四家集体企业的保险箱陆续被盗，经勘查，四起案件可以认定是同一伙人所为。刑警们一边请城区的其他几家企业给保险箱安上报警器，一边组织警力布控。几天之后，电动工具厂保险箱报警器响起，案犯被惊动并逃走，只在现场留下一把铁制撬动工具。

△周龙武（中）与刑警队同事陈天兴（左）、张新华（右）合影

一个周末，一直想着案情的周龙武回到单位，谭建勋就拉着他到高镇的一位同学家中吃饭。周龙武想起队里在分析案发地点时，推测案犯很有可能居住在永康高镇、塔海一带，于是他就问谭建勋的同学高镇有没有打铁匠，谭建勋的同学说有三家，并把他们带到铁匠家，周龙武拿出随身携带的作案工具照片给铁匠看时，铁匠一眼就认出这是他亲手打的铁器，他还记得这是高镇某家的女婿订制的。后来，刑警队通过周密安排，将该名嫌疑人捉拿归案，并很快将另外三名同伙成功抓获。

团结协作才能破大案

周龙武说："刑警队伍必须团结一心、握成拳，才能无往不胜。"为了不断提高刑警队伍对案件的分析能力和团结协作能力，提升破案速度，一有大案件发生，刑警队就召集所有刑警分析案情、集思广益，分工合作。

1991 年，象珠官川村发生一起民宅爆炸案件，虽然没有人员伤亡，但社会反响非常恶劣。经过现场勘查，很明显这是一起人为的爆炸案。接到警情，刑警队所有民警迅速赶赴现场，在初查以后，指挥员周龙武马上召开案情分析会，由各人汇报案情和想法，后由指挥员对下一步工作进行分

△周龙武近照

工。最终，侦查员锁定嫌疑人为与该户有纠纷的邻居，并很快掌握到这户人家儿子的活动轨迹，事发当晚，他与朋友在缙云县壶镇吃饭喝酒，但中途曾离开两个小时。经估算，摩托车从壶镇来回官川村，差不多也是两个小时，该人具备作案时间。同时，另一路侦查员获得情报称该人案发后就去了江西。为此，指挥员周龙武迅速派出一路侦查员赶往江西抓捕此人。让人意想不到的是，侦查员们刚在金华火车站上车，就发现在同一节车厢内有一男子和嫌疑人极为相似，侦查员拿出嫌疑人照片一比对，此人正是他们正在追捕的犯罪嫌疑人！嫌疑人被抓获后交代，整个爆炸过程是其姐姐指使的，姐姐的一个追求者和他则是爆炸的执行者。最终，在刑警队全体民警的团结协作下，三名犯罪嫌疑人均成功抓获。

刑警是一个需要付出的职业

回首往事，周龙武感慨："刑警是一个需要付出的职业，虽然当时一周有一天的法定休息日，但实际上刑警们基本没有休息。无论何时，一有案件就立即出发，在刑警们的身上，都有一种无私奉献的精神。"在他离任后，刑警精神也一直影响着他，无论在哪个岗位，他都要求自己所带的队伍要讲团结、讲合作，要有不怕苦、不怕累的奉献精神。

据统计，周龙武在任的1991年，永康发生凶杀、抢劫、爆炸、贩毒等6类案件54起，其中凶杀案件9起，基本上都被破获。

陈孝明，男，1955 年 4 月出生，中共党员，1989 年 9 月参加公安工作，曾任永康县公安局象珠派出所所长，1992 年 9 月至 1993 年 8 月任永康市公安局刑侦队第五任队长。

能吃苦是基本要求，做刑警还要会思考

——第五任刑警队长陈孝明回忆刑警往事

◎ 吕纯儿/董长江

1992 年 10 月，永康撤县设市，永康市政府正式发文，将永康县公安局刑警队更名为永康市公安局刑侦队。1993 年 5 月，更名为永康市公安局刑事侦查大队（简称刑侦大队），沿用至今。

1992 年 9 月，陈孝明担任永康市公安局刑警队第五任队长，虽然只是短短 2 年时间，但却成为他人生中的珍藏。

定格在历史照片中的陈孝明，身着军绿色警服，身形笔直高挑，神采焕发。坐在笔者身边的老人陈孝明虽然脸上布满了岁月的褶皱，但仍然可见当年的风采，回忆起当年的那些人、那些事，他思如泉涌，娓娓道来。

一个案件的定性，影响着社会风貌

25年前发生的那起案件，至今依然印刻在陈孝明的脑海里。

1993年年初，大溪塘水库有一伙人偷鱼不成，还把养鱼人给打了。在当时，这样的案件案情明确，按规定，拘留打人者，赔偿养鱼人，就可以结案了，但这起案件最终却转成了复杂的刑事案件。

哪有把案件往复杂里办的呢？

当时对这起案件的定性，公安内部曾引发一番讨论：一方认为，这样的案子在当时并不少见，损失价值只够得上治安案件，偷鱼的多是认识的本地人，受害人拿回被盗物，并得到赔偿和道歉，这就可以了。而陈孝明认为，正因为偷鱼成为司空见惯的事情，所以更应引起重视，在这起案件中偷鱼人把养鱼人打伤，其行为已经构成了抢劫，必须严肃处理，才能以一儆百。

△1992年，谭建勋（左一）副局长与政工科领导胡仁富（右一）到陈孝明（左二）家中颁发荣誉证书

此事经局里集体论证时，大部分参会人员倾向陈孝明的看法，最后将案件转为刑事案件办理，这伙偷鱼的“混混”被判了实刑，引起了社会的

关注。

陈孝明回忆说，那时候改革开放正进入一个拐点，老百姓的物质生活有了巨大的飞跃，但是人的思维方式、行为素养、法制观念却相对落后。很多年轻人混社会，不少行为已经在犯罪的边缘，非常危险。

“刑警的作用不只是要规规矩矩地破案结案，还要从看似平常的案件中跳出来，看到案件在整个社会中的影响。我们办的这起案件虽不是惊天动地的大案子，但大家口口相传，很快几乎全永康都知道了偷鸡偷鱼是要判刑的，要吃牢饭的，从那以后这类案件大大减少，取得了很好的普法宣传效果。”

打击犯罪是亡羊补牢，要更加重视教育和防范

要问何时是刑警最开心的时刻，无疑是苦尽甘来抓获嫌疑人的那一时刻。

事实却不尽然如此。

有段时间，东永一线上抢劫案件频发，针对的是路边停车过夜的货车司机。陈孝明带着刑警们夜夜布控守候在案件多发的杜山头路段，而就在布控的第三个夜晚，却发生一起意外。

当晚，陈孝明和刑警们像往常一样埋伏在路边草丛中，这时出现一群年轻人。这群人慢慢靠近一辆大货车，伺机抢劫。货车司机突然惊醒，发现有人要抢劫，惊慌中发动了车子猛踩油门，刑警们还没来得及反应，挡在货车前的一名嫌疑人就被撞倒了。容不得半刻迟疑，陈孝明等冲出草丛将现场的一群人全部控制，并对受伤嫌疑人的伤口部位进行了简单包扎止血，抬上警车就把人送到了医院。

经医生诊断，嫌疑人腿部伤到了动脉。面对年轻尚小、哀嚎不已的嫌疑人，陈孝明既恨又怜。不巧的是，医院血库缺少伤者的对应血型，虽然陈孝明直接找到医院领导，请求快速联系其他医院，但等调来的血袋送到时，这名不到二十岁的生命已画上了句号。

“刑罚并不会要了小伙子的命，但意外是无法预见的，千不该万不该去抢劫啊。经历了这件事后，我更尊重和重视教育防范工作了。”谈及这段往事，陈孝明还是红了眼眶，不停地叹息。

做好刑警，要学会思考

陈孝明总是对刑警们说，能吃苦是刑警的基本素养，但如果你要优秀，就要会思考，一旦有了深度的思考，那一个案件带来的意义就不仅仅是这个案件本身了。

△陈孝明近照

刑警办案需要付出大量的时间和心血，而每个案件，呈现给我们的是一个个不一样的人生，嫌疑人、受害人、证人、家属……取证、谈话、验证、再谈话……数不清的笔录，勘了又勘的现场，还原着一个又一个真相。好的刑警就如一个睿智的观影者，观影的同时还善于思考，能看到案件背后的人性，看清案件在社会历史中所起的作用和影响。陈孝明的思维和眼光以及他的做法，无疑是刑警后辈们的宝贵财富。

胡伟民，男，1956年10月出生，中共党员，1980年10月参加公安工作，曾任永康市公安局预审科科长，1993年8月至1995年8月任永康市公安局刑侦大队第六任大队长。

刑警工作可以把人的智慧发挥到极致

——第六任刑警队长胡伟民回忆探长制改革

◎ 吕纯儿/董长江

1993年8月，胡伟民任永康市公安局刑侦大队第六任大队长，在胡伟民两年零一个月的任职期间，探长制和刑事案件主侦制的推行是一大特点：在组织架构上，实行探长制；在疑难案件侦办中，推行由一名经验丰富、业务素质高的人员担任主办侦查员，并与其他协助工作的侦查员共同组成探组，由探组办理刑事案件的工作机制。这样的探长制和主侦制，是永康市公安局侦查制度的重大变革，意义重大。

探长制，激发出刑警的潜能

为适应当时形势的发展，提升刑警的实战能力，激发刑警的工作潜能。

“永康市公安局对刑侦大队体制进行改革，实行 3 人搭档探长负责制。“那时总共有 5 个探组，其中 3 个探组分别联系全市的 3 个片区，另外还设置了 2 个专业探组。”胡伟民说。

探长制实行后，打破了以前“大锅做饭”的工作局面，弥补了传统侦查体制的不足，实现了对刑事犯罪主动进攻、精准打击的立体化侦查模式。有利于在工作实战中灵活机动地打击，开展查缉、控制和防范。

胡伟民回忆，当时涌现了几位非常优秀的探长代表：钱子健的钻性和韧性，张新华办案的清晰思路，贾建荣的细致审讯等，每位探长不仅综合素质高，各自的特点也非常鲜明。

在改革的激励下，刑侦队伍战斗力明显加强，破案数、打击处理数都有了很大的提升。在胡伟民任大队长的两年内，永康全市凶杀案破案率 100%、凶杀案犯抓获率 100%。

△“1994·1·2”凶杀案侦查专案组合影

精、快、细、透，办案四字诀

“队伍要精、出警要快、勘查要细、分析要透”，这是胡伟民两年刑警队长生涯的经验总结。

探长制的实施，不仅给刑侦大队输送了一批优秀的刑警，队伍专业化程度明显提升，通信设施以及交通工具等装备也有了大幅提升。当时，除了探长配备移动电话外，所有刑警人手一台 BP 机，新装备的配备，大大提升了出警的速度和办案的效率。

对于办案四字诀中的“细”和“透”，胡伟民解释说，案发现场每条线索痕迹都要追查到底，并且一定要有否定、肯定、怀疑的理由，现场勘查尽量不走回头路。而对于案件分析，胡伟民表示，一定要发挥集体智慧，一定要分析透了，只有分析透了才能思路清、方向明。

两年刑警岁月，破案势如破竹

探长制和主侦制的实施，全市凶杀案破案率、凶杀案犯抓获率都达到了百分之百，聊起印象较深的大案、要案，胡伟民首先想到的就是 1995 年成功破获的勒索百万巨款的儿童绑架案。

百万巨款绑架案案发后，根据掌握的信息，刑警们追踪到了跨省的绑架地，在隐蔽的侦查战术下，展开了一场堪称完美的人质解救，并成功将犯罪嫌疑人抓获。对于这起绑架案的成功破获，时任永康市市长的王建平亲自慰问了专案组人员，还特批奖励了刑侦大队 5 只“大哥大”。

此外，对于发生在 1995 年 5 月的银行金库 28 万巨款被盗案件，胡伟民也记忆犹新。接到此案报案后，通过现场勘查和调查访问，胡伟民与侦查员们一致认为内部人员作案的可能性相当高，理由有几点：第一，犯罪嫌疑人入金库打的洞眼非常精准，洞眼处直抵保险柜；第二，值班记录上的人员登记有明显漏洞；第三，根据入金库打的洞眼大小，与初步犯罪怀疑对象的矮小身材十分吻合。

根据这几个关键信息，侦查员们对案件展开了集中突破。果然，这就是一起金库内部工作人员的盗窃案。这起盗窃案从案发到嫌疑人归案、所有赃款的成功追缴，用时仅两个星期。这起案件的成功破获，使永康市公安局荣立集体二等功一次。

刑警精神，使命感最具力量

回顾两年的刑警生涯，胡伟民脸上溢满了幸福，任期内“双百”成绩的取得，以及其他大要案的成功破获，使永康市公安局刑侦大队在1994年全省公安机关3000多个科所队的评选中，被评为“全省优秀科所队”。“这份荣誉是我和我的刑警队员们一辈子的骄傲。”胡伟民感慨地说。

△胡伟民近照

“有情怀、有坚守、有使命感，这是我对刑警精神的概括，使命感是最具力量的东西。目标清晰，大家一起同心同德，才能真正干好刑警工作。”胡伟民说，刑警工作是一项可以把人的智慧发挥到极致的工作。

方新军，男，1963 年 2 月出生，中共党员，1981 年 11 月参加公安工作，1995 年 9 月至 1999 年 9 月任永康市公安局刑侦大队第七任大队长。

铁骨柔情　剑胆琴心

——第七任刑警队长方新军的刑警生涯

◎ 倪国栋/吕纯儿/金玉澄

方新军离开刑警队伍已近 17 年，然而往事如同一个熟透了的石榴，只要稍稍揭开薄薄的皮，里面尽是无限拥挤、无比饱满的回忆。

1995 年 9 月，永康市公安局第一次公开“双聘”，32 岁的方新军以双满票的殊荣竞聘成为永康刑侦有史以来最年轻的大队长。此后，他又先后担任公安局局长助理兼刑侦大队长、副局长、常务副局长等职，现任市委政法委主持工作的副书记。

开启主动打击防范犯罪新篇章

20 世纪 90 年代，在经济浪潮席卷之下，涌入大量外来人口的永康迎来了发展的“黄金时期”。在这样一个社会转型期，永康出现了改革开放以来又一个犯罪高峰，刑事案件发案量激增，涉枪、毒品、绑架、黑社会团伙等“新型犯罪”出现。

随着犯罪形势的变化，永康刑侦在全省率先推行“刑事技术三级点”，刑侦专业化程度越来越高；方新军还通过实施建立出租车管理站、成立专门打击盗窃犯罪的古丽中队、与周边省市兄弟单位主动进行区域协作等一系列举措，开启主动打击防范犯罪新篇章，为永康刑侦下一步发展打下扎实基础。此外，他还善于总结经验，任职期间曾在各类刊物上发表《浅谈刑侦大队长在凶杀案件中的现场指挥》等多篇论文。

在方新军任期内，永康市公安局实施派出所、刑侦工作改革，以刑侦大队为主体，派出所为依托，各警种联合作战的刑侦大格局形成，方新军带领刑侦大队发挥出打击犯罪“主力军”作用，1996 年至 1999 年间，他们破获各类刑事案件 1.1 万起。

精密部署“暗战”，破获史上最大贩毒案

1996 年 4 月，刑侦大队接到线索，有人在永康贩毒。

“老应”是当时的卧底民警，扮演本地商人与毒贩接洽。卧底工作危机四伏，在老应出发前，方新军千叮万嘱，“一定要以自身安全为第一”。其间，他与老应单线联系，将知情者控制在最少范围内。同时，为预防各类突发状况，他周密部署了行动方案。

这场指挥博弈在最终对决中发挥得淋漓尽致，面对毒贩的多次变卦，方新军从容不迫地指挥调度，悄悄拉起包围网。

在荒郊的交易完成后，“商人”老应点起一支烟。黑夜里烟头闪烁，约莫一分钟后，宛如神兵天降的同事们到场，将毒贩一一控制。“交易的过程都在我们视野内，点烟就是抓捕信号。”方新军说。

最终，这起当时永康史上最大贩毒案件的 4 名案犯全部抓获，缴获海洛因 323 克。

干刑警就是要同甘共苦

当时的刑侦大队已有 46 名刑警，是公安局一支较为庞大的队伍，在方新

军看来，刑侦工作既辛苦又危险，他只有和刑警们并肩作战，才能以实际行动影响并带领好这支部队。

△方新军近照

1997 年 5 月，当时省公安厅挂牌督办的一起窃枪案出现令人振奋的线索，方新军连夜带领人马赶往仙居部署行动。

此前近一个多月，方新军与队员们驻扎在镇里，夜以继日开展线索排查，忙到凌晨才休息成了常态。经侦查，他们确定仙居籍方某有重大嫌疑。

为避免打草惊蛇，方新军与刑警们藏身于深山中对方某所在村主要出入口展开 24 小时蹲守。

“那个年代，旺旺雪饼加娃哈哈矿泉水就是我们盯梢的经典套餐。”一同参与此次行动的民警朱铁江笑道，最终嫌疑人在村口被人赃并获，这起枪案被画上休止符。

当时的刑侦大队已有 46 名刑警，是公安局一支较为庞大的队伍，在昔日同事眼里，以身作则、同甘共苦似乎成了方新军关怀下属的独特表达，在其任职期间，队伍里没有一人受到纪律处分，之后，比例较高的刑警走上了中层岗位。

以铁骨柔情温暖人心

在方新军的内心深处，不仅有除暴安良的“铁骨”，同样有温暖集体的“柔情”。他深知刑警是一个需要关怀和温暖的群体，所以深夜抓捕，他亲自坐镇指挥；通宵审查，他在一旁监督指导；兄弟们千里追凶，他多次凌晨在金华火车站迎接；案件破了，他和全体刑警一起庆祝。

1998年10月2日，国庆日刚过，刑侦大队因为另一件喜事而喜气洋洋。在方新军的提议和策划下，大队三位民警的集体婚礼于这天举办。除了民警亲属之外，局领导、刑侦大队全体民警也都来到婚礼现场，见证这大喜的时刻，为新人们送上祝福。

快20年过去了，集体婚礼这一幕成了不少老一辈民警共同的回忆。“那时候，我一直在想，自己一定要非常努力地工作，不然对不起队长的信任和关心。”婚礼的主角之一，现任局警保室副主任的赵妙红说。婚礼之后，集体的感情也更深厚了。

△1998年，集体婚礼留影，左二为高宪政局长，右一为刑侦大队民警赵妙红（集体婚礼新娘之一）

“刑警生涯如品咖啡，苦中有乐，韵味无穷。然而，因为技术、能力等方面的原因，我心中还是有缺憾的。”方新军还经常利用节假日回访案件当事人，抚慰受伤害的心灵。

“经历过刑警生涯的风雨，阅过血泪生死，与那些冤魂相比，我们生活中碰到的这点困难又算什么呢？”方新军对待人生的态度豁达乐观，现在的他热爱生活，兴趣广泛，练得一手太极剑，弹得一手好古琴。他用一把利剑荡涤邪恶，用铁骨柔情温暖人心，剑胆琴心的刑警精神，已在他身上牢牢扎根。

陈天兴，男，1962年12月出生，中共党员，1984年12月参加公安工作，1999年9月至2001年3月任永康市公安局刑侦大队教导员（主持工作）。

干过刑侦，这辈子不后悔

——第八任刑警队长陈天兴回忆刑警生涯

◎ 倪国栋/金玉澄

1999年9月至2001年3月，永康市公安局刑侦大队大队长空编，由时任大队教导员的陈天兴全面主持大队工作。此后，陈天兴又先后担任江南派出所教导员、出入境管理科科长、经侦大队教导员等职，现任治安大队教导员。

“在刑侦大队，每一个经历都能磨炼人、塑造人，也能温暖人。”回忆自己十余载刑侦戎马岁月，陈天兴对昔日情景依然历历在目，能将各个要案的现场情况、破案经过娓娓道来。

刑侦“尖兵”，令人放心

当时，刑侦大队下辖古丽中队、重案中队、技术中队、情报中队（含出租车管理中队）。“当时刑大的分工进一步细化，各队伍的专业性也更强，各中队协作配合，打击防范犯罪效率很高。”陈天兴说。

陈天兴回忆，当时刑侦各条战线都有“尖兵”。比如，何建党搞大要案侦查很有一套，朱铁江刑事技术过硬，吕顺进打击侵财犯罪卓有成效。“刑侦大队里都是精兵强将，每条战线都有精兵，大家守土有责，我非常放心。”

刑侦大队是永康市公安局的“拳头”队伍，局党委总是把刑侦大队作为处置大事、要事的主要力量。陈天兴回忆，2000 年永康发生一起群体性暴力抗法事件，刑侦就作为第一梯队出击，快速精准抓获数名为首的犯罪嫌疑人，对迅速平息事态起到了关键作用。

△陈天兴（左）与上海市公安局预审专家应德康合影

与时俱进，探索多元化破案模式

世纪更迭间，永康工业蓬勃发展，外来人口数量逐年攀升，社会治安形势面临更大挑战。

这一时期，传统侦查手段与科技手段产生交融碰撞，多波段光源等高精技术设备的引进，提升了技术员现场搜索的能力；计算机的普及和指纹数据库的建设，初步实现了指纹自动比对……对“传统+科技”的多元化侦查破案模式的实践和探索，推动了永康刑侦工作的长足发展。

1999 年 10 月，永康发生一起绑架婴儿案件，绑匪利用公用电话向家属勒索 6 万元。刑侦大队一面安排警力对全城公用电话亭进行布控，另一面利用最新科技手段，搜索发现使用公用电话的绑匪位置。案发第三天，当绑匪再次使用公用电话联系婴儿家属之时，即被锁定了位置，并被事先埋伏在附近的刑警控制，婴儿得以被顺利解救。

2001 年 1 月，刑侦大队又以类似方式侦破了一起勒索金额达 100 万元的绑架案，该案还获评 2001 年度金华十大成功刑事案例。

做刑警，要有一股韧劲

在刑侦工作中，光有热情和冲劲还不够，特别是在遇到疑难案件的时候，更需要刑警具备锲而不舍、攻坚克难的决心和韧劲。

2000 年的大年初二，当人们还沉浸在过年的喜悦中时，前仓镇一废弃的自来水塔里发现一具女尸，系他杀。陈天兴当即召集人马，大队全体刑警放弃休假，奔赴现场。此后的近 3 个月，他们没有假期，一头“扎”进了案件中。

经过现场勘查，刑警们认为水塔并非第一作案现场，死者极有可能是被抛尸该处。“死者是谁？凶案现场在哪？这些信息一个也没有，我们就用笨办法，分发协查通告、走访排摸，推动案件侦破。”陈天兴回忆，5 天后，排查组确认了死者身份为缙云某加油站工作人员。

通常，抛尸类案件的案犯一般为受害人认识的人，尸源确定了，就离破案也不远了，然而此案并非如此。刑警们在排查了受害人的诸多关系人之后，嫌疑人的身份仍无法确定。整个正月过去了，案件还未突破。

“时间拖得越长，我们的压力越大。”陈天兴说，他们一面要面对群众的质疑；另一面还要面对家属对他们一个多月不着家的抱怨。在这样的情况下，刑警们沉住气，凭着一股韧劲，连日驻扎在缙云当地，开展更大面积的摸排走访工作。最终，通过刑警们两个多月的摸排，犯罪嫌疑人被锁定身份并被成功抓获。

“要盯牢目标不放，沿着蛛丝马迹锲而不舍展开追查，真相总会水落石出。”陈天兴说。

△1999 年，大队民警去嘉兴南湖参观中共一大会址留影（前排右二为陈天兴）

干过刑侦，这辈子不后悔

刑侦是一个温暖的集体，“新华社”、“大地主”，还有带着尊称意味的“某某啰”……说起这些昔日同事们外号的来历，陈天兴开怀大笑。“那个时候值班很有味道。”他说，当时值班人员都睡在一个大房间里，里头摆了四五张床，“大家睡在一起相当热闹，有什么案件发生，屋里大伙一翻身就起床集合了。”

陈天兴对刑侦的记忆是深刻的，即使已离开刑侦大队多年，他依然有着浓重的刑侦情结。2018 年 10 月，22 年前在永康苏溪犯下杀人罪行的王某被刑侦大队缉拿归案，陈天兴第一时间就接到了刑侦大队老同事的报喜电话。得知案子已破的陈天兴难掩激动，下班一回到家，就找出当年的工作笔记一页页翻看，将此案侦查经过细细重温。

△陈天兴近照

“当年一起案件侦破后，常常会有受害人家属敲锣打鼓来送锦旗，表达感谢。”陈天兴也常常回想起，在前来报案时，受害人家属泣不成声的脸庞。“让冤案昭雪，是我们刑警朴实的心愿。”陈天兴说，刑侦生涯是他从警生涯中的精彩篇章，干过刑侦后，思维更缜密了、心态也更豁达了。这也正应了1989年他加入刑侦队伍，成为一名技术员时的初衷，“干公安，就要干刑侦。干过刑侦，这辈子不后悔！”

钱子健，男，1966 年 3 月出生，中共党员，1987 年 8 月参加公安工作，曾任永康市公安局城北派出所所长，2001 年 3 月至 2004 年 12 月任永康市公安局刑侦大队第九任大队长。

刑侦工作既要重传承，也要求创新

——第九任刑警队长钱子健回忆刑警生涯

◎ 孙武斌/倪国栋/金玉澄

2001 年 3 月，全省公安刑侦工作会议在金华召开，会议探讨了当前形势下刑侦工作信息化发展的问题。为当时急需求变求新的刑侦工作指明了方向。当时参加会议的钱子健，刚刚担任刑警队长还不到一个月。在此后 3 年零 9 个月的刑警队长生涯里，抓破案、抓革新，成为他任期内的两大使命。

“这段激情的岁月深深影响着我，我把人生最美好的时代献给了公安战线，刑侦大队的经历，是我最难忘的一段经历。”钱子健现任永康市公安局党委副书记、政委，回忆往事时，他总结思索，分享从警、为民的感悟。

最自豪：不辱使命，刑侦事业蒸蒸日上

“当时社会经济发展进入一个新的时期，特别是人员流动性十分频繁，可

以说是各类矛盾非常突出的一个阶段。尤其是‘两抢’案件频繁发生，发案率居高不下。”钱子健回忆，自己甫一上任即确立两个使命：抓破案，提升打击率；抓革新，发展新的破案思维和手段。

这一时期，永康刑侦多项工作走在全省前列，得到肯定，如建立人力情报网络和“实施从人到案”的侦办机制。2003 年，一名入室盗窃的小偷张某被永康警方控制。随后，刑侦大队立即采集其指纹进行分析研判，经过倒查，发现其曾在 2001 年在外省犯下入室抢劫杀人罪行。这起案件，也成为当时指纹破案会战中首起通过指纹倒查认定的杀人案。

口供突破是刑侦工作中的重头戏。钱子健针对以往审讯依赖于专家骨干的短板，以审查攻坚团队化建设为抓手，配备主审人员、陪审人员、测谎人员，极大地提高了审讯效率，推动了审讯专业化建设。

△2002 年 3 月，国际著名刑事鉴定专家李昌钰博士（左二）应邀来永康市公安局参观访问时，与局长陈庆华（右二）、副局长俞流江（左一）、大队长钱子健（右一）座谈

这一时期，刑侦大队内部还成立了信息中队，为刑侦事业插上了信息化“翅膀”，与传统的刑侦手段互为补充。区域协作机制也在此期间得到了深入发展，永武缙三地刑警的警务协作“变得像串门一样自如”。同时，跨省的警务协作也取得突破：大队先后与云南镇雄县、贵州贵阳市两个输入流动人

口“大户”开展合作，打击防范犯罪网络辐射华西大部分区域。

“大队里人才济济，强将如云。”钱子健回忆，“当时先后与自己搭档过的两位教导员，贾建荣‘后院’守得很牢，令人放心；徐子健行动力和协调能力很强。在大队里，应昶人力情报工作做得很出色，还有李建成、胡永松、应孟江等都是干刑侦工作的一把好手……”

最牵挂：那些没破的案子，一直挂在心里

尽管任职期间破获了不少大案、要案，但钱子健说，其实自己记得最清楚、最深刻，一直挂在心里的是那些没有破的案子。“这也是我们所有干过刑警的最大牵挂了。”

△钱子健近照

其中发生在2003年的一起投毒案，至今让他印象深刻。“奋战到了最后我们已经找到了嫌疑人，可就是苦于没有证据。”还有一起抢劫杀人案，全体刑警没日没夜地苦干了一个多月，还是没有找到嫌疑人。当然，这些没破的案子，并不会就此沉寂。刑侦大队每年都会对历年没有破获的案件进行梳理，

发现线索、展开侦破，“一任接着一任干，人换案不换”，说到这里，钱子健顿了一顿，脸上露出坚毅的表情。

“不光大案件，小案件也要重视，必须一桩桩破掉。”钱子健认为，小案子不“小”，不仅与群众的平安幸福息息相关，还能防患于未然，这是公安刑警满足群众对美好生活需要的最好方式。

也是2003年，当时古山镇发生了一起爆炸案。案件在当时看来不算大，受损的只是受害人家的一扇门。但大队很重视，“不抓到这个人，他再次犯案造成伤亡怎么办?”钱子健立即成立专案组组织侦破。制造爆炸案者往往与受害人有矛盾，可专案组将受害人的人际关系排摸了一个遍，仍然一无所获。这个人一定有很强的报复心！钱子健回忆，专案组掉转方向，分析刻画嫌疑人的心理特征，将范围进一步扩大，追查嫌疑人的行迹，将发生在邻省的几起爆炸案进行串并侦查，最终揪住了狐狸尾巴。事实证明，这个犯罪嫌疑人很狡猾，为了不被警方发现，他将报复地点选择在与自己起纠纷方的亲戚家。

△钱子健题字

最欣慰：对家庭好的人，会更负责任

回顾3年多的刑警队长生涯，钱子健不时发出爽朗的笑声。“每个案子，我们都实打实去做，拼尽心力，对得起使命。”

当然，干了30多年的公安，钱子健感到愧疚的是亏欠家人太多了。但他又认为家庭是每一个公安民警最坚定的后方支持。“不管多忙，家庭和工作都是可以统一的。对家庭好的人，会更负责任。热爱生活的人，才会更热爱工作。”

钱子健说，现在自己有了一些时间陪伴家人，更懂得要好好维护好家庭。此前，因为工作忙，他一度和儿子关系紧张。经过调整，现在他和儿子成了最好的朋友。因此担任市公安局政委以来，钱子健十分注重警营文化建设，在市公安局组建成立了乒乓球、书法、马拉松等十几个文体活动兴趣小组，还设立了心理辅导室。每年局班子成员不仅带头参加文体活动，还要到民警家中开展家访活动。“一方面，放松身心，加强身体锻炼；另一方面，促进团队之间更加和谐，提升战斗力。”

“勇于挑战、客观公正、缜密敏锐和果敢坚毅，具有开阔的视野、团队精神和法治意识。”钱子健说，这就是他心中优秀刑警应该有的品质。

徐子健，男，1970 年 5 月出生，中共党员，1993 年 8 月参加公安工作，曾任永康市公安局清溪派出所所长、刑事侦查大队教导员、禁毒大队大队长，2004 年 12 月至 2009 年 11 月任永康市公安局刑侦大队第十任大队长。

敢于亮剑，方为刑警本色

——第十任刑警队长徐子健回忆刑警生涯

◎ 倪国栋/金玉澄

2004 年 12 月至 2009 年 11 月，现任永康市公安局党委副书记、副局长的徐子健，时任永康市公安局刑侦大队大队长。这一时期，永康的社会治安形势较为复杂，大案、要案频发。面对新形势下的新挑战，徐子健带领刑侦大队这支“虎狼之师”中流击水，以保一方平安为己任，强势出击打击各类严重暴力犯罪和涉黑涉恶犯罪，自其任刑警队长开始，永康市公安局实现了全市现行命案百分之百侦破。

触觉敏锐，识破完美不在场证明

2006 年 4 月的一天凌晨，在市区某商业广场，一名男子遭枪击杀害。案发后，警方迅速组成专案开展侦查，该案也被省公安厅列为督办案件。

几乎所有相关线索被捋了一遍后，嫌疑对象也浮出水面。然而离奇的是，该对象有明确的“不在场证明”，一份案发当时他正与他人视频聊天的证据排除了他的嫌疑。

所有人都准备掉转侦查方向了，但徐子健坚信，眼见不一定为实。视频中，男子离开了一会儿，虽然后来聊天继续进行，但再次出镜时就只有一双脚。徐子健推断，该男子极可能有同伙，不在场证明系多人伪造。

几天后，徐子健带领刑警驱车找到广东省某市一家网吧，专案组随后开始“演戏”，自恃有不在场证明而得意忘形的嫌疑人露出马脚。据此，专案组分析掌握了嫌疑人的心理变化，最终侦查员以高超的审讯技巧点中了嫌疑人的“死穴”，男子承认了犯罪事实，并供出藏枪地点和同伙，此案告破。

“破案要知己知彼，一剑封喉。”徐子健说，刑警一定要有敏锐的触觉，要“走一步，看三步，想十步”，要能“进入犯罪者的思维世界与其斗智斗勇”。在全力侦查排除一切可能后，剩下的情况不论多离奇，往往就是最朴实的真相。

△“4·27”枪杀案侦破总结会工作照（左一为徐子健）

“拼命三郎”不玩虚的

“我说的话就是命令。所有责任，都由我来承担。破案后所有功劳，都是你们的。”任大队长期间，徐子健多次在大要案指挥部这样公开表态。他“李云龙式”的“骂”，许多昔日领导同事也都有体会，但大伙心里明白，这“骂”对事不对人，这“骂”里，包含着的都是对工作、对战友的一种特殊的“爱”。

当时，大队里有位民警工作有些消极，徐子健深入调查一番后，也把他叫来“骂”了一顿。“不把一件事做到非你莫属的程度，这辈子你就只能浑浑噩噩。你好好想想，自己到底擅长什么。”不久，这位民警找到徐子健说自己找准了定位，并主动请缨出差，工作态度有了极大改观。如今，他已成为自己从事领域内全局公认的能手。

徐子健觉得，管好队伍，必须以身作则，“刑侦大队长，骨子里要有虎气和霸气。我们可是‘虎狼之师’！”他视案件为命令，带领刑侦大队连续作战，工作风格十分疯狂——没有休息日观念，曾四天四夜连续奋战未显疲惫。“打黑除恶”统一行动期间，徐子健24小时带着对讲机，哪里有风吹草动就立即赶往。

△2008年，在金华市局组织的刑侦岗位三年苦练基本功比武中，永康刑侦大队喜获金华市局刑侦比武团体第一名时合影（左四为徐子健）

这一时期，刑侦大队荣誉满载。不仅大队收获了多项省市级荣誉称号和领导批示肯定，一大批如黄洁、胡龙等骨干民警脱颖而出，赢得多项个人通报表扬和荣誉。

刑警眼里没有困难

2006 年 10 月，开发区葛塘山村发现一具女尸，尸体半裸，死状凄惨。

警方将该案定性为强奸杀人案，推断案犯十分好色，并依此排查出多名嫌疑对象。“嫌疑人留下的痕迹，是被害人皮带上的一枚指纹。”徐子健回忆，这枚模糊的指纹“特征点”很少，分析条件差，这让技术民警犯了难。

“要把困难变成条件，‘特征点’少就是最好的特征！”徐子健随即指导民警“反其道而行”，先排除掉指纹不具备相应特征的嫌疑对象。据此，警方最终锁定居住在案发地附近的一名老汉就是嫌疑人。

案子破了，但是徐子健还“没完”，他注意到在 2001 年，我市开发区还有一起类似的命案积案尚未侦破，案犯在现场曾留有痕迹物证。徐子健推断，这名老头与该案相关，并要求对遗留物证进行鉴定。最终，喜讯传来，鉴定结果确认了现场物证与该老汉有关，一起沉寂 5 年的积案被顺利带破。

惩凶除恶，无惧无悔

△徐子健近照

徐子健对刑侦工作是相当热爱的，对于自己刑警生涯中的每个年月，他都能脱口而出，对破案时的各个细节也能娓娓道来，甚至可以清楚地背出十多年前的人物对话，展现出了刑警惊人的记忆力。

对于家人，他坦言是亏欠的，参加公

安工作多年来，他少有周末，更不用说休假。“妻子分娩时，我在外抓捕半年没回过家。”徐子健说，在孩子成长的阶段，自己大部分时间也没有陪伴在旁。儿子小时候爬上父亲膝头，向他讨要破案故事时听得津津有味，成了两人独特的交流方式。如今，孩子也在他的影响下上了警校，并时常来向父亲请教从警经验。谈及此，徐子健满是欣慰。

绝不退缩，敢于亮剑，是永康刑警的真实写照，也是徐子健的真实写照。“打黑除恶”期间，黑恶势力视他为眼中钉，露骨跟踪、人身威胁……但他毫不畏惧，继续追求真相，斩断黑手。“打击犯罪绝对不能心慈手软，告诫所有犯罪者，这世上没有破不了的案。”徐子健说，作为一名刑警，要永远把人民的安危放在最重要的地位，惩凶除恶，他无惧无悔。

吕旭杰，男，1970年8月出生，中共党员，1990年8月参加公安工作，曾任永康市公安局石柱派出所所长、芝英派出所所长、经侦大队教导员，2009年11月至2012年9月任永康市公安局刑侦大队第十一任大队长。

刑警要有不怕苦、不怕累的“老黄牛”精神

——第十一任刑警队长吕旭杰回忆刑警生涯

◎ 倪国栋/金玉澄

2009年12月至2012年9月，吕旭杰担任永康市公安局刑侦大队第十一任大队长。在这一时期，永康经济持续发展，各类刑事案件也呈高发态势，永康刑侦与时俱进，攻坚克难，打“两抢”、追逃犯、破命案，在全体刑警的共同拼搏下，破获了一大批大要案和事关民生的侵财案件，现行命案继续保持百分之百侦破。

推进打击专业化建设，破案更多更快

为适应发案形势，强化侦查破案能力，在吕旭杰任职期间，永康刑侦通过探索一系列打击专业化建设举措，有效提升了全局的刑事打击能力。

随着视频监控的普及，2011 年 5 月，刑侦大队在省内率先建立“华高”视频工作室，迈出专业视频侦查“第一步”，这也成为此后刑警们侦查破案的重要手段之一。吕旭杰回忆，工作室成立没几天，捷报频传，首战就协助派出所破获了一起损失数额达百万的盗窃案，充分证明了其广阔的应用空间和前景。

2011 年 9 月，刑侦大队开始着手组建合成作战室，并于 2012 年 5 月正式投入运行，合成作战室整合公安各警种侦查手段和信息资源，有效提升了打击犯罪效能，不仅使大要案侦破越来越快了，而且各类多发性侵财犯罪的破案率也逐年上升。

此外，这一时期，刑侦大队不断完善大要案侦破工作机制，充分运用各类现代化侦查手段开展侦查。“案件发生后，立即运用‘五侦’展开侦破。破案后，依照法定程序细致归纳好各类证据，既不让犯罪者逍遥法外，也确保每起案件公正办理。”吕旭杰说。

对打击专业化的探索带来的是对全市各类刑事案件的高效侦破，仅 2010 年一年，刑侦大队不仅实现现行命案全破，还连破命案积案 4 起，帮助其他单位破获命案积案 1 起，抓获命案积案逃犯 7 名。2012 年 4 月，永康市城西新区某村小山上发现一具已白骨化的无名女尸，刑警们通过合成作战，只用一周，即在云南抓获犯罪嫌疑人，成功破获案件。

△2009 年 12 月 7 日，市民陈先生送锦旗到永康刑侦大队，感谢为其追回车内被盗的数万元现金（左二为吕旭杰）

刑警都是“老黄牛”

现代化侦查手段的发展、打击专业化建设的提速，使破案效率有了显著提升，但刑警们的工作强度却并未因此减轻。“那时正是永康发展最热火朝天的时候，外来人口大量涌入，但相应的基础管理暂未跟上，因此各类案件发案数量急剧上升。”吕旭杰略带惋惜地回忆，自己任大队长的两年多时间里，由于案子多，整个大队忙忙碌碌，全体刑警一个劲地干活，根本没时间休假，自己竟也没有组织大队民警开展过一次集体活动，“重点工作一项接一项，活动计划一推再推，总有人在出差，别说组织集体活动，连一张集体照都凑不齐人拍”。

2011 年，全国开展“清网”行动，刑侦大队当仁不让担起追捕逃犯的主力军职责。“大队派出 3 个组十几人联合派出所奔赴各地出差追捕，一去就是几个月。”谈及此，吕旭杰一脸自豪，在那段最拼搏的岁月里，从上到下没有人有一句怨言，“那时候我觉得，刑警就是‘最可爱的人’，就是‘老黄牛’”。

在全局上下的共同努力下，永康公安打了一个漂亮的“翻身仗”，“清网”行动成绩从最初的倒数几位，一跃进入全省前三。

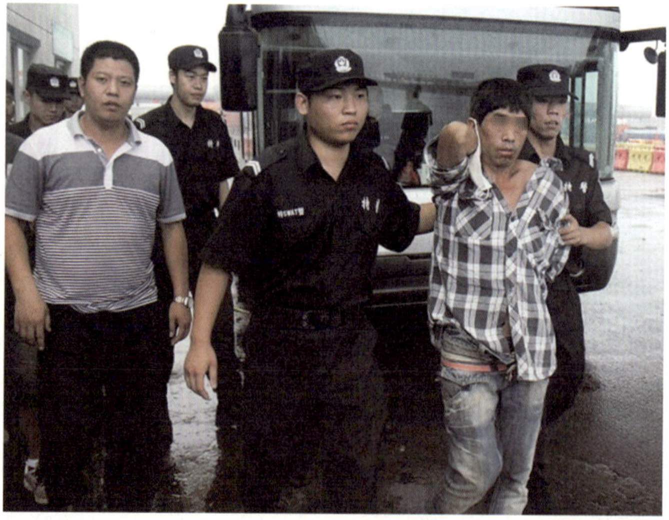

△2012 年 8 月 2 日，刑侦大队在衢州赣浙高速公路省际卡点抓获“7·19”西城花川凶杀案的犯罪嫌疑人熊某（左一为吕旭杰）

刑侦工作要注重人才传承

“只有注重培养自己的人才队伍，才能实现刑侦的可持续发展。”这是吕旭杰对刑警队长生涯的重要感触。

在他任期内，十分注重对专业技术型人才的培养。比如，“华高”工作室的视频三人组，据吕旭杰介绍，“华高”工作室中的“华高”两字，分别取自工作室两位骨干民警吴华锦、陈秋高名字中的一个字。现在这两位民警都已成为其所在领域的专业人才，包括另一位工作室民警侯一川，现已成为刑侦大队视频中队中队长。

同时，老刑警也是刑侦大队的“脊梁”和“财富”。吕旭杰认为，青年刑警业务素养的提升，离不开老一辈刑警的言传身教，大队之所以涌现出众多的骨干、行家，“老民警是传承核心，只有他们将丰富的经验、过硬的技术、成熟的思维传授给青年刑警，才能让青年刑警尽快成长为一线刑事侦查骨干。”

警情就是命令

“担任刑警队长那些年，妻子曾说，她听见家里电话铃响就提心吊胆。”回首刑警生涯，吕旭杰不住感慨。

△吕旭杰近照

刑侦工作最大的特点就是不规律的作息，案件一发生就要立即奔赴现场，一心投入工作，“没有休息日观念，白天晚上连轴转是常态，熬夜肚子饿了就吃炒粉干。”吕旭杰笑道，担任刑侦大队长期间，自己反而因生活不规律胖了近30斤，现在想想，工作重要，健康还是要兼顾的。

“刑侦工作，荣誉与压力并存，刑警的责任很重，我们就是要能扛重担，能攻坚，力克难，用破获的案件来书写我们的成绩单！”

李建成，男，1973年8月出生，中共党员，1995年8月参加工作，曾任永康市公安局象珠派出所所长、芝英派出所所长，2012年9月至今，任永康市公安局刑侦大队第十二任大队长。

身为刑警，累并快乐着

——第十二任刑警队长李建成谈感想

◎ 倪国栋/金玉澄

李建成，自2012年9月开始，任永康市公安局刑侦大队第十二任刑警队长。

2012年，是永康刑侦面临挑战的一年，社会信息化成为时代潮流，永康的新型城镇化迅速发展，但随之而来的案件发案也达到一个高峰。同年9月，李建成作为一名已在刑侦岗位上实践了13年的老刑警再次回到刑侦大队，自那时起，他牢记刑侦部门除暴安良、打击犯罪的使命，带领永康刑侦人负重拼搏，力保一方平安。

凝聚人心才能去战斗，传承精神才能有热情

怎样重新融入刑侦大队，把这支既陌生又熟悉的队伍带好，是李建成从派出所回到刑侦大队时首先思考的问题。队伍没有凝聚力，就没有战斗力，为鼓舞士气，李建成在队里开展了“特殊家访”，将刑侦“大家庭”的感觉，

一如既往地发扬光大。家访民警时，他邀请了分管局领导，以及当地乡镇书记、派出所所长和民警所在村的村长、支书，并带着大队班子一起上门座谈。通过这样的方式，不仅提升了民警一家对警察这一职业的认同感，也使民警感受到身为刑警的自豪。通过“特殊家访”，整个大队的凝聚力明显提升，为各方面工作的开展打下了坚实的“人”的基础。

“刑侦工作很辛苦也很累，如何从苦累中体会到快乐，我们只有继承发扬刑警精神，用正确的意识去指导行动。”李建成说。为此，他做了一件事，就是建设警营文化。通过走访老刑警，收集整理历史资料，刑侦大队建成了以“继承刑侦优良传统，发扬永康刑警精神”为主题，用百余幅配以文字说明的历史老照片作为主要载体，以注重历史、展示风采为特色的坐落在刑侦大队办公区的警营文化长廊。这个长廊的建成，把融在刑警血液、灵魂里的东西展现了出来，点燃了每个刑侦人心中的那一腔热情，提升了整个队伍的精气神。

在这样的环境下，几年来，永康刑侦在审查攻坚、破案追逃、合成作战、视频侦查、刑事技术等领域涌现出了胡旭苗、周睿、王斌、侯一川、胡醒、冯斌等一批优秀人才，如今他们每一位都在各自的岗位上为刑侦工作贡献自己的光和热。

△2014 年 4 月，永康刑侦大队组织民警到龙泉黄毛尖开展登山活动留影

刑警破案就是要敢啃硬骨头

2016 年下半年，刑侦大队通过侦查，发现已潜逃 20 年的永康籍命案逃犯

吴某曾以“陈某”的身份为伪装的线索，但在调查后，侦查员却发现“陈某”已许久未出现，线索似乎中断了。但在刑警们眼中，从来不存在“放弃”二字，在对“陈某”这个身份进行再次深挖分析后，刑警们怀疑吴某又已冒用“杨某”身份在云南生活。此后，刑警们远赴云南，克服了语言交流不畅，饮食不习惯导致水土不服，取证途中山路崎岖、路途遥远等困难，用最快速度走访完“杨某”的活动区域，并在监控画面中发现了“杨某”的身影，经比对，确认“杨某”即逃犯吴某。然而，对吴某多日蹲守无果，锲而不舍的侦查员又转换思路，根据吴某刚办理了暂住证推测其是想要考驾照，最终在联系了当地警方配合后，刑警们在云南省泸水市车管所内抓获了拥有多个漂白身份的逃犯吴某，将一起时隔 20 年的命案积案圆满告破。

近年来，永康的现行命案在全体刑警的共同努力下持续保持全破，与此同时，李建成要求刑侦大队克难攻坚，敢于去“啃硬骨头”，加大对往年命案积案的侦破力度，因为他始终认为，破案是刑警的职责和担当。自 2016 年以来，永康刑侦大队破获了 4 起多年前的本市命案积案，2017 年年底，技术室民警应海滨还通过指纹比对，协助外地警方破获两人被杀的特大命案积案 1 起。

创新打法是新形势下对刑侦工作的新要求

创新，是时代的呼唤，也是刑侦大队勇立潮头的内在要求。大数据时代、以审判为中心时代的到来，需要刑侦工作创新思路、总结经验，才能更好地为打击犯罪服务。

针对拒不交代犯罪事实的“几进宫”惯犯，为深挖犯罪，在这一时期，刑侦大队开始探索审查攻坚。在 2012 年对一起看似普通的盗窃案的“试水”中，侦查员将仅由两人作案的单起盗窃案深挖成 169 起、涉案人员达 50 多人的系列性、跨区域、职业性、团伙性案件，证明了审查攻坚工作大有可为的前景。如今，刑侦大队培养的审讯人才已身经百战，通过审查攻坚，永康刑侦破获了一大批大要案和疑难案件，审查攻坚也已形成了一整套机制，成为永康刑侦的金字招牌，得到了上级领导的批示肯定。

在信息技术发展和经济全球化影响下，电信网络诈骗等非接触性新型犯罪发展势头迅猛，一起网络诈骗案件背后，犯罪工具可能分散在世界各地，犯罪手段越来越专业，这对新时代的侦查破案又提出了新的要求。对此，李建成要求刑警们以专制专，通过要求办案人员学习掌握打击电信网络诈骗的专业知识，实施紧急止付机制，与阿里巴巴、腾讯等网络企业建立密切的警企合作机制等，多管齐下，破获了多起公安部督办的涉案金额百万元的电信网络诈骗案件，切实筑牢打击新型犯罪的防线。

对未破案件的执念是刑警独特的情怀

△李建成近照

刑警这个职业不同于其他很多职业，刑警们的肩上担负着惩凶除恶的职责，承载着受害人及家属对破案的期望。目前，永康还有多起命案积案尚未侦破，一起未破案件，就是刑警们的一桩心事。谈到此，李建成又说起了发生在1997年的芝英那起特大杀人案，李建成说："案发时，我还是刑侦大队的一名新警，一转眼20年过去了，这个案子一天不破，就像是一块永远压在我们永康刑侦人胸口的大石。"

近年来，随着刑侦破案手段的发展，此案被重启侦查，上级公安机关对此案也十分重视，这使永康刑侦人对破案信心倍增。

李建成相信，公平正义也许会迟到，但永远不会缺席。为了这份"让人民群众在每一起案件中感受到公平正义"的执着，身为刑警，他和他的团队锲而不舍、勇敢顽强，在破案过程中不怕苦、不怕累，在胜利之后享受他们独有的快乐。

铁血男儿　不负时代　无愧人民

——方新军在永康市公安局历任刑警队长座谈会上的发言

各位前辈、战友：

一位德高望重的前辈说过，刑侦是刺向犯罪与邪恶的利剑，是护佑社会平安的盾牌。翻阅永康公安历任刑警队长系列访谈，作为亲历者、见证者，永康刑警利剑出鞘、盾牌高举。罪与罚、爱与恨，甚至是生与死，际会形同冰火，冲撞惊心动魄，铸就了一幅幅铁血画卷、一首首英雄史诗、一曲曲奉献赞歌！

刚才，听了历任刑警队长的发言，铁血男儿、彰显警魂。首任前辈李老身上，看到了满腔热血、一心为公、无私奉献；第二任队长胡顺佐前辈吃苦耐劳、胆大心细，干出让百姓满意的成绩；第五任队长陈孝明以苦为乐、勤于思考；第八任陈天兴负责人的多元化破案模式；第九任队长钱子健的传承创新；第十任队长徐子健的敢于亮剑；第十一任队长吕旭杰的“老黄牛”精神；第十二任队长李建成的凝聚人心，敢啃“硬骨头”。每任队长都用热血和青春书写了宝贵的篇章。感触特别深的是，给过我直接帮助、在刑警队并肩战斗过的队长王承志、周龙武、胡伟民前辈。第三任队长王承志是我的刑侦引路人，他把我引入了刑侦大门，他身上有一种顽强的意志力（每天早上洗冷水澡，春夏秋冬从不间断），兢兢业业、以身作则、率先垂范。伞厂特大盗窃案、三百里抛尸案侦破后反响强烈。第四任队长周龙武，精明能干，有较强的协调、组织、指挥决策能力，是我走上公安中层岗位的伯乐。当年侦破系列性盗窃保险箱大案，曾风靡一时。第六任队长胡伟民是我担任大队长助理期间的直接领导，有强烈的责任心、使命感，勇于改革创新。探长制、主侦制改革风生水起、热火朝天，开创浙江刑侦改革先河。他关心民警、改善装备、提高福利待遇，刑警积极性得到充分调动，金库被盗案侦破威震永城。他们都是我学习的榜样，在他们身上我学到了很多、收获了很多，甚至影响我的一生。

1995 年 9 月，在领导的帮助、同志们的鼓励与支持下，我接过第七任刑警队长的接力棒，秉承发扬前六任的优良作风、宝贵经验。20 世纪 90 年代大街小巷经常响起《少年壮志不言愁》这样一首曲子，每每耳闻，内心都感觉豪情万丈。但一段时间过后，除了激情之外，更有沉甸甸的责任，感觉刑警就是城市安宁的守护神。90 年代和现在不一样，那时发生一起命案，那真是“狗都三天不叫”，不及时破案，社会影响恶劣。但那个年代没有现在的视频监控、DNA 比对等先进技术，依靠的是团结协作。我担任队长时刑侦大队有 46 名民警，他们个个精干、满腔热血、富有激情，劲往一处使，不分你我、以队为家，满怀对事业的热爱，集思广益、分工协作，攻克了一个又一个难关。枪案、贩毒案、绑架案、投毒案、爆炸案，一起又一起案件破获，苦中有乐、其乐无穷，工作中结下了浓浓的战友情。

回顾自己走过的人生历程，最难忘、最珍贵、最有意义的还是刑警生涯。前后 17 年，大队长任职 4 年，感觉充实、有尊严。经历过刑警生活的风雨，阅过血泪生死，对待人生态度更加豁达乐观，更加热爱生活，思考审视问题更加理性。

在我任职期间，有遗憾也有痛楚。“1997・4・21” 凶杀案，几经努力至今尚未破获，但一代又一代刑警脉脉相承、永不放弃。正如李建成队长所言，正义也许会迟到，但永远不会缺席，我们期望拨开迷雾的那一天早日到来。

一代人有一代人的长征，一代人有一代人的使命。刑侦工作必须与时俱进，满足人民群众的新期待、新要求。站在“全面奔小康，永康新腾飞”的新起点上，永康刑警应以翻篇归零的进取感、时不我待的紧迫感和舍我其谁的使命感，一如既往地守候我市人民群众的安居乐业，为永康社会经济高质量发展保驾护航。以下几点与同志们共勉：

提高政治站位，坚定理想信念

刑侦大队是公安机关的主要职能部门，公安机关是政府的重要组成部分，警察的一言一行关系到党和政府的形象，公安民警的要求首先是共产党员的要求。新时代刑警要紧跟时代潮流，讲政治、讲大局，党建引领、政治建警。听党话、跟党走，为党添彩、为国尽忠、为民担责，要不忘初心，把群众对社会治安的“满意度、安全感”作为工作的出发点和落脚点。乐做人民的守护神和贴心人，无论压力有多大、环境有多险恶，都要负重前行，时刻做到守土有责、守土尽责，“苟利国家生死以，岂因祸福避趋之”。永远将责任坚毅地扛在肩上，严格执法，让人民群众在每一个刑事案件中感受到公平正义的强大力量。

勇拼搏敢担当，增强责任意识

刑侦工作面临正与邪、血与泪、生与死的考验，承受巨大的压力，前进中的每一步都凝聚着刑警付出的沉重代价、无私奉献，更需要有过人的智慧和胆识。

刑警要勇于为社会的责任担当。作为一名警察，不管他的能力大小、职位高低，只有从内心深处牢记“社会治安、人民安危”是我的责任那一刻起，才能做到尽职尽责、负重拼搏、不言放弃、克难攻坚。刑警要有良好的精气神，敢于亮剑。我至今记忆犹新的杨埠事件，一起与武义县村界的纠纷。冲突中，杨埠一人死亡，死者家属兄弟三人，较有势力、情绪激动，扬言要将尸体运到武义县政府门口上访闹事。实际上，人送到人民医院抢救过，但最终死亡。为妥善处置，局长下达“死命令”，要求刑侦大队到医院保护好尸体。虽然是治安事件，我也马上召集刑侦大队所有人员，事先谋划，在重点部位（抢救室、电梯上下口等）严密部署警力。由于死者家属的包围，几度抢走尸体，又都被我们拉回，局面僵持不下，稍有不慎或指挥决策失误，就会引发群体性事件，造成非常负面的治安影响。这个时候一定要敢担当、攻坚克难，我们所有刑警始终坚守，最终在反复数次拉锯式相持下，抓住瞬间机会，果断将尸体推出医院，送到殡仪馆，妥善平息事态。围观百姓深感震撼、无不动容，赞扬刑警是敢死队。

刑侦工作正如徐子健队长所言，面对艰难险阻，要负重拼搏、永不放弃、绝不退缩、敢于亮剑，永远把人民的安危放在最重要的位置，惩凶除恶、无惧无畏。

做精做强主业，提高作战水平

当前正处于社会转型期，各种思潮纷至沓来、利益诉求日趋多元、社会矛盾复杂多变、治安形势依然严峻，特别是经济波动给社会治安带来更大压力。命案、两抢案件发案下降，网络犯罪持续上升，只有做精做大刑侦这一公安主业，才能全力加大侦查破案、打击犯罪的力度。大数据时代，以审判为中心的司法体制改革，需要刑侦工作创新思路、总结经验，研究掌握犯罪规律特点，寻找新方法、新手段、新途径。

刑警要始终与时俱进，提高合成作战能力、加强专业化建设和基础业务建设，用技术、科技手段破案，通过研究犯罪心理，寻找破案切入点。树立终身学习的理念，加强学习培训，到上级部门以及先进地区学习，吸取新鲜养分、充实刑侦技术力量。年轻人是刑侦队伍的中坚力量，也是“刑侦精神”薪火相传、发扬光大的主体。弄潮儿勇立潮头，手把红旗旗不湿，不负时代、不负人民、不负重托。刑警要有拼命三郎的精神，奋勇争先，力争成为业务过硬的行家能手、素质优秀的典型标兵。

保持平常心，牢牢守底线

这些年，我怀着对爱的渴望、对知识（社会现象）的求索、对人类苦难的怜悯，深入各个领域、接触各类群体。

我到过杭州树兰医院、上海东方肝胆医院，接触癌症患者、体验临终关怀（陪护）；体会过西藏僧侣生活；看望艾滋病人、吸毒者、环卫工人、残疾人，多次到过儿童福利院、聋哑学校、老年人居家养老场所、殡仪馆，接触遗体美容师、老年丧子群体、失独群体；走进看守所、拘留所、妇教所、收容所直至云南昆明戒毒所；走进十里丰监狱体会劳改犯的生活；二进汶川、青川地震灾区；走访赤脚医师、牙医、涉众型经济犯罪等群体，感受生活、思考人生。

人的一生，金钱和权力并非十分重要，最重要的还是健康和平安。刑警是时刻站在刀尖上的，破案是快乐的，但自身安全更需要保护。看到战友们在与罪犯打斗中负伤或者深陷各种诱惑，我内心也非常心痛、非常难过。所以一定要保护好自己，身体上、精神上都一样要设立防线。刑警没有多大的权力，但当事人为了减轻、逃避处罚，也会把我们当成吃请送礼、求情对象，我们也免不了被黑恶势力威逼利诱，所以要坚定心中信念、守住道德法律底线，公正执法、干净为警，要慎独、慎微、慎交友，生活中努力把握住自己、抑制浮躁、保持理性人生，洁身自好、淡泊名利。当前很多民警子女报考警校，社会上许多人也到公安择偶，这是一种好现象，说明警察职业认同感较高、受人尊重。刑警更应爱惜岗位，有一颗平常心，守住底线、懂得珍惜、学会感恩、健康快乐、平安心安。

千言万语，难以言表。再次感谢前辈、同行对我的关心帮助。如果有来生、如果人生有重新选择的机会，我还会义无反顾地选择刑警这个光荣的职业，与同志们一道工作、一道生活，迎接挑战、无怨无悔。

“艰难困苦，玉汝于成。”数十载凄风苦雨、岁月磨砺，锻造了一支拉得出、打得赢的“刑侦铁军”。全体刑警要以铁一般的纪律、铁一般的担当，助力人民对实现美好生活的向往，为“打造中国乃至世界先进制造业基地”保驾护航。

风劲帆满海天阔，乘风破浪正当时。刑警工作任重道远，让我们满怀豪情、不忘初心、怀揣梦想、砥砺前行，长江后浪推前浪，一代更比一代强。

最后，祝愿各位前辈、师傅身体健康、万事如意！祝愿各位战友、同事、年轻刑警生活幸福、事业成功！祝愿永康刑侦明天更美好！

谢谢！

奋进新时代　当好新刑警

——钱子健在永康市公安局历任刑警队长座谈会上的发言

各位尊敬的前辈、各位战友：

下午好！

首先由我代表市公安局党委对各位刑侦前辈不辞辛苦前来参会表示热烈的欢迎！对你们为永康公安特别是永康刑侦作出的贡献，以及一直以来对永康公安工作的关心支持表示衷心的感谢！

在此，还要感谢刑侦大队对这次盛会所作的精心安排和辛勤付出！让十二任刑警队长一个不落地与会，这是一件非常用心的事。

从 2017 年的刑警队长访谈到今天的历任刑警队长座谈会等一系列的活动中，刑侦大队始终紧紧围绕刑警文化建设这一主题在层层推进。在刑警文化建设推进中，刑侦大队准确地抓住了一个关键词：传承。

我认为，“文”就是要把可传承、应传承的东西提炼、总结出来固定、记录下来，即所谓的文以载道。“化”就是要把应传承的东西传承下去、传扬开来，即所谓的承而继之、推而广之。

文以载道，文要载道，这个道是什么呢？这个道就是一代又一代的刑警为之奋斗不懈、连绵传承、永续不断的刑警精神。

永康刑警精神就是那些有时非常闪耀，有时又不那么闪耀，但又像血液一样无时不流淌在永康刑警身上的那种内在的东西。今天，我们通过这些老刑警队长的座谈让我们更清晰地看到了，听到了，感受到了：

那就是忠于事实，追求正义，对使命职责的坚守与承担；

那就是勇于挑战，不畏艰险的气魄；

那就是坚韧顽强，勇于拼搏的作风；

那就是甘于奉献，乐观向上的洒脱；

那就是开拓创新，勇攀高峰的气概……

所有这些都是永康刑警非常优秀而又高贵的品质，这些优秀而又高贵的品质来源于哪里呢？

它首先来源于刑警清晰而又坚定的使命感。刑警是公安队伍里面最具辨析度也是最具认可度的警种，即使是最普通的百姓也知道刑警就是侦查破案打击犯罪的。

它也来源于一代又一代的永康刑警的坚守与传承。刑警们干的是侦查破案，想的是侦查破案，谈得最多的还是侦查破案；刑警们苦的是侦查破案，乐的也是侦查破案——正是在日复一日永不停息的侦查破案打击犯罪中一点一滴地诠释着那闪亮的刑警精神。

它还来源于永康这一方热土。所谓一方水土养一方人，永康刑警精神同样离不开我们永康这片土地的孕育与生发。我们看一看，我们永康刑警身上那种勤奋拼搏与永康人的勤劳肯干，永康刑警的实在踏实与陈亮的义利并举，永康刑警的勇于担当与胡公的为官一任造福一方是否一脉相承？永康刑警敢于走出去、敢于打出去是否与立于一地、行于四方的五金精神相契？

时代又翻开了新的篇章。借此机会，我想对我们这代刑警提出几点希望：

第一，向前辈学习，接过旗帜，扛起责任，传承好永康刑警精神。

第二，追随时代步伐，勇于担当，不辱使命。时代在发展，正经历着前所未有的变更，地球村的时代已经到来。新一代刑警一定要学习新知识、掌握新技能、研究新问题，完成时代交给你们的任务，做好满足人民群众新要求、新期盼的答卷。

第三，在工作中磨炼自己成长自己。刑侦是一个战场，也是一个展示才能的大舞台，还是一个人生修炼的好地方。要珍惜工作，珍惜机会，干此行爱此行，立志多干事、做好事。要在干中学，学中练。不要害怕失败，保持一颗进取之心。不要太在乎得失，要甘于奉献。发扬工匠精神，不断提升自己、超越自己，做一名新时代的优秀刑警。

我相信永康刑警精神永续永存！

我相信永康刑警明天更辉煌！

祝大家身体健康！家庭幸福！工作顺利！

不忘初心　传承好刑警精神

孙武斌/倪国栋/金玉澄

“负重拼搏、英勇顽强、锲而不舍、无私奉献。”这16个字描写的正是刑警精神。而这16个字也意味着为了担负重任、完成使命不惜一切代价，甚至是生命。

这就是刑警。2017年11月3日，永康刑侦大队在金华日报永康金报推出《永保安康——永康历任刑警队长访谈录》。截至12月16日，金华日报永康金报共推出7期访谈。文章以朴实简练的语言，展示了永康历任刑警队长的风采，展现了永康刑警铁军在保卫家园、捍卫人民生命财产利益而英勇顽强拼搏的雄姿。系列报道刊发以来，不仅在永康公安系统引起了强烈反响，浙江省公安厅刑侦总队总队长俞流江也为本栏目点赞：“听老刑警队长讲故事，加强警营文化建设，提升刑警软实力，值得各地学习借鉴。”

“每一任大队长身上，都有时代的烙印。”永康刑侦大队刑事科学技术室主任陈尧说，读了老刑警队长的故事，感觉非常自豪。人的一生中，有了刑警生涯，终生不悔。作为一名老刑警，陈尧参与了多起积案的侦破，深切感受到了刑警的付出。

“老队长们工作的敬业精神值得全体民警学习，在工作中肯钻研、不怕吃苦，为了破案不计较个人得失。”民警王勤学说，前辈们的工作态度和敬业精神值得我们学习，让人振奋，向他们致敬。

“要学习继承老一辈刑警的精神品质，不忘初心，保持刑警本色，创造新的成绩。”民警冯斌说，自从穿上了这身警服，就意味着多了一份责任和使命，要牢记16个字的“刑警精神”，为国徽争光、为警徽添彩。

“从报道中可以了解到永康公安的刑侦历史，是非常宝贵的精神财富。”民警吕军是刑事科学技术室副主任。他说，老一辈刑警兢兢业业、奋勇争先，是我们这一辈刑警需要传承的，我们有信心和能力延续好新时代的刑警精神。

永康刑侦大队预审中队中队长周睿是一名多年的老刑警。他表示，老一辈刑警人为热爱的公安事业奉献了青春，我们新一代的刑侦人也要为保永康一方平安贡献自己的力量。

“刑警的生活充满了血与火的考验，每时每刻与风险相伴，有人说刑警是钢丝上的舞者，更有人说刑警是警种之王。”在永康市刑侦大队教导员应孟江眼中，刑警是无比神圣的一种职业。“仔细看我们刑警的警徽，一把利剑穿插天平中间，意味着刑警为了公平正义、和平安宁，手中紧握的利剑随时插向犯罪分子，保护着人民群众的生命财产安全。”应孟江说，刑警个个都是铁骨铮铮的硬汉子，但也百般柔情。希望通过警营文化的打造，让每一个刑警都以奋发进取的精神风貌，成为一个个具有活力的精神磁场，展现出坚定、明朗、热诚、自信的气质，更好地为人民服务。

第四章

刑侦风云故事会

伟大的时代诞生伟大的英雄，在刑侦战线上永远不缺乏可歌可泣的英雄。38 年来，永康刑警忠诚履行侦查破案天职，侦破了一大批有社会影响的重特大刑事案件。这些刑侦风云故事很多都见诸报刊，受到社会的广泛关注，让我们重温这些精彩篇章，感受永康刑警坚决打击犯罪的英勇决心。

“野狼”是谁?

◎ 吴绍强

十月一日傍晚，少女 L 只身到石柱看杂技。路过枫树塘下公路地段的时候，突然从公路旁的粪缸铺内冲出一只“野狼”，凶狠地扑向 L，将她拖往粪缸铺旁的干渠沟内，欲行奸淫。L 吓破了胆，连声哭叫。“野狼”威胁说：“再叫就打死你！”

L 乞求说：“你放了我，我不喊。”“野狼”一松手，L 乘机拼命地奔跑回家，“野狼”也畏罪潜逃了。

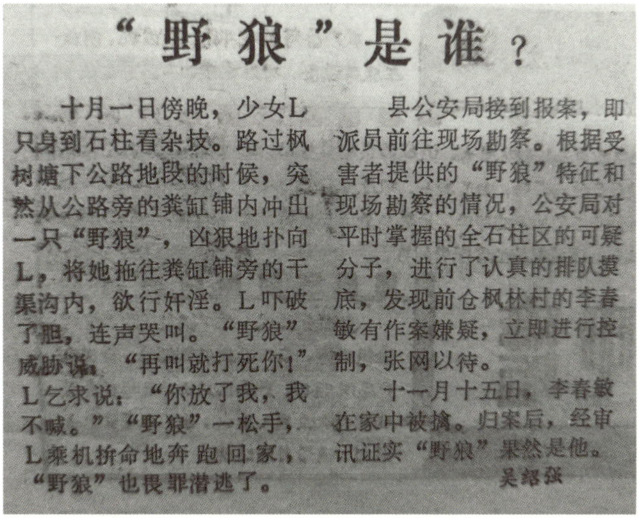

“野狼”是谁？

十月一日傍晚，少女L只身到石柱看杂技。路过枫树塘下公路地段的时候，突然从公路旁的粪缸铺内冲出一只“野狼”，凶狠地扑向L，将她拖往粪缸铺旁的干渠沟内，欲行奸淫。L吓破了胆，连声哭叫。“野狼”威胁说：“再叫就打死你！”L乞求说：“你放了我，我不喊。”“野狼”一松手，L乘机拚命地奔跑回家，“野狼”也畏罪潜逃了。

县公安局接到报案，即派员前往现场勘察。根据受害者提供的“野狼”特征和现场勘察的情况，公安局对平时掌握的全石柱区的可疑分子，进行了认真的排队摸底，发现前仓枫林村的李春敏有作案嫌疑，立即进行控制，张网以待。

十一月十五日，李春敏在家中被擒。归案后，经审讯证实“野狼”果然是他。

吴绍强

县公安局接到报案，即派员前往现场勘查。根据受害者提供的“野狼”特征和现场勘查的情况，公安局对平时掌握的全石柱区的可疑分子，进行了认真的排队摸底，发现前仓枫林村的李春敏有作案嫌疑，立即进行控制，张网以待。

十一月十五日，李春敏在家中被擒。归案后，经审讯证实“野狼”果然是他。

（原载 1984 年 12 月 7 日《永康报》）

沉尸案侦破记

◎ 赵振福/陈金清

一具尸体

4 月 8 日下午 3 时，县公安局刑警队值班室电话铃响了：“阳龙水库发现一具男尸！”

公安人员火速赶到现场。

尸体停放在水库边。人们七嘴八舌地向公安人员介绍发现尸体的经过。死者名叫孔庆炉，石柱乡阳龙村人。7 日下午他出去干活，一夜未归，人们在水库里捞到了他的尸体。

死者中等身材，赤着脚，卷着裤腿，牙关紧闭，一脸的痛苦表情，脖颈上有几处紫痕。

是自杀还是他杀呢？

经过解剖，证明尸体是死后投进水里的。

一起手段毒辣的凶杀案！

凶手是谁

布下天罗地网，一定要抓住凶手。公安人员深入群众调查。孔庆炉忠厚老实出了名，家境又不富，仇杀和谋财都很快被排除了。很多群众反映，孔庆炉与妻子胡妙英关系不好，近段时间几乎天天吵架。胡妙英与村里孔华国通奸。这是一条重要的线索！

是不是情杀？

网绳很快收紧了。调查的重点放到了胡妙英和孔华国的身上。关键性的证据从各方面汇集而来：

4 月 7 日下午，胡妙英与孔庆炉一起到水库边挖地，傍晚只有她一人回家。

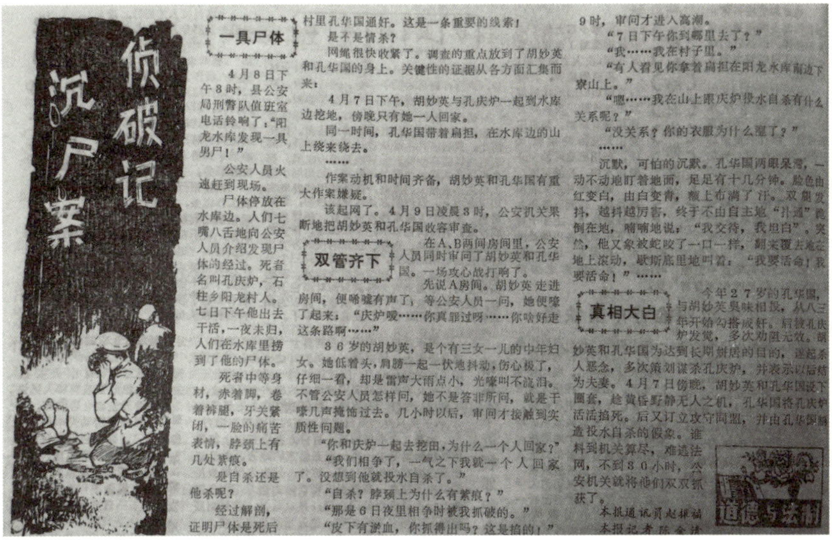

侦破记 沉尸案

一具尸体

4月8日下午8时，县公安局刑警队值班室电话铃响了："阳龙水库发现一具男尸！"

公安人员火速赶到现场。

尸体停放在水库边。人们七嘴八舌地向公安人员介绍发现尸体的经过。死者名叫孔庆炉，石柱乡阳龙村人。七日下午他出去干活，一夜未归，人们在水库里捞到了他的尸体。

死者中等身材，赤着脚，卷着裤腿，牙关紧闭，一脸的痛苦表情，脖颈上有几处紫痕。

是自杀还是他杀呢？

经过解剖，证明尸体是死后……村里孔华国通奸。这是一条重要的线索！

是不是情杀？

网绳很快收紧了。调查的重点放到了胡妙英和孔华国的身上。关键性的证据从各方面汇集而来：

4月7日下午，胡妙英与孔庆炉一起到水库边挖地，傍晚只有她一人回家。

同一时间，孔华国带着扁担，在水库边的山上绕来绕去。

……

作案动机和时间齐备，胡妙英和孔华国有重大作案嫌疑。

该起网了。4月9日凌晨3时，公安机关果断地把胡妙英和孔华国收容审查。

双管齐下

在A、B两间房间里，公安人员同时审问了胡妙英和孔华国。一场攻心战打响了。

先说A房间。胡妙英走进房间，便唏嘘有声了，等公安人员一问，她便嚎了起来："庆炉哎……你真罪过呀……你啥好走这条路啊……"

36岁的胡妙英，是个有三女一儿的中年妇女。她低着头，肩膀一起一伏地抖动，伤心极了，仔细一看，却是雷声大雨点小，光嚎叫不流泪。不管公安人员怎样问，她不是答非所问，就是干嚎几声掩饰过去。几小时以后，审问才接触到实质性问题。

"你和庆炉一起去挖田，为什么一个人回家？"

"我们相争了，一气之下我就一个人回家了。没想到他就投水自杀了。"

"自杀？脖颈上为什么有紫痕？"

"那是6日夜里相争时被我抓破的。"

"皮下有淤血，你抓得出吗？这是掐的！"

……9时，审问才进入高潮。

"7日下午你到哪里去了？"

"我……我在村子里。"

"有人看见你拿着扁担在阳龙水库南边下家山上。"

"嗯……我在山上跟庆炉投水自杀有什么关系呢？"

"没关系？你的衣服为什么湿了？"

……

沉默，可怕的沉默。孔华国两眼呆滞，一动不动地盯着地面，足足有十几分钟。脸色由红变白，由白变青，额上布满了汗。双腿发抖，越抖越厉害，终于不由自主地"扑通"跪倒在地，喃喃地说："我交待，我坦白"。突然，他又象被蛇咬了一口一样，翻来覆去地在地上滚动，歇斯底里地叫着："我要活命！我要活命！"……

真相大白

今年27岁的孔华国，与胡妙英臭味相投，从八三年开始勾搭成奸。后被孔庆炉发觉，多次劝阻无效。胡妙英和孔华国为达到长期姘居的目的，遂起杀人恶念，多次策划谋杀孔庆炉，并表示以后结为夫妻。4月7日傍晚，胡妙英和孔华国设下圈套，趁黄昏野静无人之机，孔华国将孔庆炉活活掐死。后又订立攻守同盟，并由孔华国[illegible]造投水自杀的假象。谁料到机关算尽，难逃法网，不到30小时，公安机关就将他们双双抓获了。

本报通讯员[illegible]

本报记者[illegible]

道德与法制

同一时间，孔华国带着扁担，在水库边的山上绕来绕去。

……

作案动机和时间齐备，胡妙英和孔华国有重大作案嫌疑。

该起网了。4 月 9 日凌晨 3 时，公安机关果断地把胡妙英和孔华国收容审查。

双管齐下

在 A、B 两间房间里，公安人员同时审问了胡妙英和孔华国。一场攻心战打响了。

先说 A 房间。胡妙英走进房间，便唏嘘有声了，等公安人员一问，她便嚎了起来："庆炉哎……你真罪过呀……你啥好走这条路啊……"

36 岁的胡妙英，是个有三女一儿的中年妇女。她低着头，肩膀一起一伏地抖动，伤心极了，仔细一看，却是雷声大，雨点小，光嚎叫不流泪。不管公安人员怎样问，她不是答非所问，就是干号几声掩饰过去。几小时以后，审问才接触到实质性问题。

"你和庆炉一起去挖田，为什么一个人回家？"

"我们相争了，一气之下我就一个人回家了。没想到他就投水自杀了。"

"自杀？脖颈上为什么有紫痕？"

“那是6日夜里相争时被我抓破的。”

“皮下有淤血，你抓得出吗？这是掐的！”

……

事实戳穿了谎言，胡妙英开始流泪了：“我说，我说……”

B房间里的战斗却比这要激烈得多。

孔华国像走进自己家里一样走进B房间，只有双眼隐隐约约透出几分忧虑和恐惧的神色。

他反复声明，自己与孔庆炉投水自杀无关，对其他问题也一概避而不谈。直到4月9日上午9时，审问才进入高潮。

“7日下午你到哪里去了？”

“我……我在村子里。”

“有人看见你拿着扁担在阳龙水库南边下寮山上。”

“嗯……我在山上跟庆炉投水自杀有什么关系呢？”

“没关系？你的衣服为什么湿了？”

……

沉默，可怕的沉默。孔华国两眼呆滞，一动不动地盯着地面，足足有十几分钟。脸色由红变白，由白变青，额上布满了汗。双腿发抖，越抖越厉害，终于不由自主地“扑通”跪倒在地，喃喃地说：“我交代，我坦白。”突然，他又像被蛇咬了一口一样，翻来覆去在地上滚动，歇斯底里地叫着：“我要活命！我要活命！”……

真相大白

27岁的孔华国，与胡妙英臭味相投，从1983年开始勾搭成奸。后被孔庆炉发觉，多次劝阻无效。胡妙英和孔华国为达到长期姘居的目的，遂起杀人恶念，多次策划谋杀孔庆炉，并表示以后结为夫妻。4月7日傍晚，胡妙英和孔华国设下圈套，趁黄昏无人之机，孔华国将孔庆炉活活掐死。后又订立攻守同盟，并由孔华国制造投水自杀的假象。谁料到机关算尽，难逃法网，不到30个小时，公安机关就将他们双双抓获了。

（原载1985年4月19日《永康报》）

三百里抛尸案

◎ 赵振福

一九八六年七月二十二日凌晨，在东阳到永康的公路上，一辆手扶拖拉机载着布满拖斗的稻草，往永康方向飞奔。

天蒙蒙亮，车到永康世雅，两眼血红、神情疲惫的机手突然打了个急转弯，拖拉机离开了水泥路面，转向通往山区的乡道公路。

运什么东西呢？公路上的行人都用奇怪的眼神凝望着这辆匆匆行驶的拖拉机和拖斗里的几把稻草。可谁也不会想到，这稻草下面藏着的是一具血肉模糊的尸体。死者是谁？罪犯是谁？拖拉机开往何处？

施　计

七月二十一日，一个操外地口音的男青年，来到永康县城，买了十几只麻袋，又在城郊的一个晒谷场上，用五元钱雇人装了十几袋秕谷糠和稻草屑，然后转到城关东库街头停放拖拉机的地方联系运货，对机手们说："我是宁波猪场的，在永康开后门批了一批配合饲料，要运往宁波。"一个机手说："我给你运吧。"自称"宁波人"的青年摇摇头说："你这破车子，不要你运。"他看中了一辆新的，走了过去，这是一辆永康产工农 12 型四方牌手扶拖拉机。"宁波人"微微点了点头，与机手郑某龙讲定了生意，叫郑先去休息，下午送货。郑一直等到下午六时，"宁波人"才让郑装了"货"，准备出发。这时，郑对"宁波人"说："去宁波路远，用两个驾驶员去省力些。""宁波人"说："我不要两个人去，你怕路远，就运到东阳吧。"于是改运东阳，运费六十元，先付三十元。在旁的机手有的摸摸麻袋，猜测里面是什么东西，说："运这种东西去宁波，运费也太可惜，要么里面藏着什么走私货。"有人提出去报告，有人说："别做恶精人"，郑说："管他什么东西，我反正是赚运费。"七时许，郑驾驶拖拉机向东阳出发。同去的还有一个搭车的东阳县农村人，是郑家邻居的亲戚。

1986年9月1日 ·4· 永康報

二百里抛尸案

·赵振福·

一九八六年七月二十二日凌晨，在东阳到永康的公路上，一辆手扶拖拉机载着不满拖斗的稻草，往永康方向飞奔。

天蒙蒙亮，车到永康世雅，两眼血红、神情疲惫的机手突然打了个急转弯，拖拉机离开了水泥路面，转向通往山区的乡道公路。

运什么东西呢？公路上的行人都用惊奇的眼光望着这辆匆匆行驶的拖拉机和拖斗里的几把稻草。可谁也不会想到，这稻草下面藏着的是一具血肉模糊的尸体。死者是谁？罪犯是谁？拖拉机欲往何处？

施　计

七月二十一日，一个操外地口音的男青年，来到永康县城，买了十几只麻袋，又在城郊的一个晒谷场上，用五元钱雇人装了十几袋秕谷糠和稻草屑，然后转到城关东库街头停放拖拉机的地方联系运货，对机手们说：“我是宁波猪场的，在永康开后门搞了一批配合饲料，要运往宁波。”一个机手说：“我给你运吧。”自称“宁波人”的青年摇摇头说：“你这破车子，不要你运。”他看中了一辆新的，走了

于是郑让东阳人下车。“宁波人”将一张10元币撕成两半，给郑半张，说是到东阳县城后再给另半张。拖拉机继续往东阳县城开去。这个“宁波人”心里一直盘算着如何完成他的一个“壮举”，可是直到东阳县城，他都未能完成。拖拉机开到东阳县城南门停车场卸货后，郑就准备开车回永康。“宁波人”说在途中掉了一袋货，要回去找，又跳上了郑的拖拉机。这时已是后半夜二点多钟。当拖拉机开到僻静地段时，“宁波人”看已夜深人静，时机成熟，就咬紧牙齿，举起罪恶的魔爪，从背后对郑猛然袭击。郑立即倒地，“宁波人”熟练地刹住车，慌慌张张地在死人身上摸了几下，搜去郑的驾驶执照，购车发票及现金等物，然后将尸体抱上拖斗，从路边拿来稻草将尸体遮盖好。草草处理一下现场后，凶犯充当机手，来个“声东击西”，驾车

停下车，掀开拖斗里的稻草，露出那血肉模糊令人毛骨悚然的尸体。“机手”定了定神，乘着朦胧的月色，从拖斗上拖下尸体，抛到公路边的水沟里，遮上稻草，然后长嘘了一口气，迅速跳上驾驶座，驾车继续南奔。

销　赃

七月二十三日，拖拉机又遇到了路检关卡。“机手”递上从尸体上搜出的驾驶执照，路检人员接过翻了翻，竟鬼差神使地挥手放行。“机手”再次“逢凶化吉”得意洋洋地过了龙泉，跨过省界，来到了离东阳七百来里的福建浦城，寻找买主转卖拖拉机。

二十四日，“机手’在浦城城关找到了买主董某。“机手”说自己是“永康人”，名叫“郑加龙”。为了尽快使拖拉机脱手，几次降价，最后讲定价钱三千五百元。买主付了二千元，尚欠一千五百元三天内付清。到

落　网

却说永康郑加龙出车后，七八天不见人归，家里人着急起来。郑妻想，就是运宁波也早该回来了，一定是出事了。于是亲属们往东阳沿途寻找。三十日在东阳县城南门停车场发现了郑所运麻袋，里面全是秕谷糠和稻草屑，不禁心惊肉跳，感到凶多吉少。马上到东阳县公安局报案。东阳、永康公安机关接报案后意识到问题的严重性，认为郑有被害可能，于是迅速开展侦查。尸体在哪里？凶犯逃往何方？一张无形的网，通过电波撒向四方，侦破战斗在紧张进行中。

再说浦城公安局收容审查了有犯罪嫌疑的“郑加龙”根据缴获的驾驶执照向永康公安局发出了查询郑加龙和拖拉机情况的公函。

二十八日晚，云和县公安局接到在双港乡丽浦公路边水沟里发现一具无名尸的报告。当晚云和县公安局紧急出动，丽水地区公安处领导也相继赶到现场。尸体检验后认定属他杀，就迅速组织侦破，向各地发出协查无名尸体的通报。

八月三日、四日，永康公安局相继收到浦城查询郑加龙情况的公函和云和县协查无名尸体的通报，于是案件很快得到突破。经辨认

劫　车

路上，为付清运费，郑和“宁波人”发生多次争吵，耽搁了不少时间。东阳人搭车到家已是很晚，郑为壮胆，又叫这个东阳人继续伴他去。“宁波人”对东阳人很讨厌，恨不得把他推下车去。开了一段路，郑刹住车，对“宁波人”说：“路上耽误了这么多时间，你该多加十元运费，不给我就不运了”，“宁波人”不屑，后一转想，就说：“加十元就加十元，不过东阳人必须下车……”

于是就让东阳人下车。“宁波人”将一张 10 元纸币剪成两张，给郑半张，说是到东阳县城再给另半张。拖拉机继续往东阳县城开去。这个“宁波人”心里一直盘算着如何完成他的一个“壮举”，可是直到东阳县城，他都未能完成。拖拉机开到东阳县城南门停车场卸货后，郑就准备开车回永康。“宁波人”说在途中掉了一袋货，要回去找，又跳上了郑的拖拉机。这时已是后半夜二点多钟。当拖拉机开到僻静地段时，“宁波人”看已夜深人静，时机成熟，就咬紧牙齿，举起罪恶的魔爪，从背后对郑突然袭击。郑立即倒地，“宁波人”熟练地刹住车，慌慌张张地在死人身上摸了几下，搜去郑的驾驶执照，购车发票及现金等物，然后将尸体拖上拖斗，从路边拿来稻草将尸体遮盖好，草草处理一下现场后，凶犯充当机手，来个“声东击西”，驾车往永康转南逃窜。

运 尸

天开始露白，拖拉机载着血腥的尸体，开到永康世雅，插道到方岩，出石柱，沿金温公路扬长而去。到了某地段，一辆蓝色客车停下进行客车检查，拖拉机只得停下。“机手”惊恐万状，额头冒出豆粒般的汗珠。路检人员伸手往拖斗里拨稻草，“机手”连忙捧起西瓜递上去，颤抖着说：“吃西瓜！”翻稻草的手缩了回来，转身问：“运什么？”“运腥气的东西。”“有驾驶执照吗？”“……没，没……”“无证驾驶，罚款六十五元！”“好，我付，我付。”路检人员收了钱，完了一桩公事，挥手放行。六十五元钱换来“绿灯”，“机手”不禁摸摸怦然跳动的心，抹去额头上的汗珠，继续驾车飞奔。中午过丽水，夜里到达云和县双港乡。这里离开东阳已经三百多里，横跨五个县。在一个前不着村后不着店的沿山地段，“机手”停下车，掀开拖斗里的稻草，露出那血肉模糊、令人毛骨悚然的尸体。“机手”定了定神，趁着朦胧的月色，从拖斗上拖下尸体，抛到公路边的水沟里，遮上稻草，然后长嘘了一口气，迅速跳上驾驶座，驾车继续南奔。

销 赃

七月二十三日，拖拉机又遇到了路检关卡。“机手”递上从尸体上搜出的驾驶执照，路检人员接过翻了翻，竟鬼使神差地挥手放行。“机手”再次“逢凶化吉”，得意洋洋地过了龙泉，跨过省界，来到了离东阳七百来里的福建浦城，寻找买主转卖拖拉机。

二十四日，“机手”在浦城城关找到了买主董某。“机手”说自己是“永康人”，名叫“郑加龙”。为了尽快使拖拉机脱手，几次降价，最后讲定价钱三千五百元。买主付二千元，尚欠一千五百元，三天内付清。到了第三天，即二十六日晚，“郑加龙”来到董家，要求付清欠款。董正准备付款，警觉的他想起应该再核实一下卖主的证件，就问：“有驾驶证吗？”“郑加龙”递过驾驶执照，旁边董的朋友看到驾驶执照上照片与卖主不像，怀疑起来，就问：“你究竟是什么人？……”“郑加龙”支吾不清，见势不妙，借口小便溜走，董连忙追去，追不上，顺手借了自行车紧追不放。“郑加龙”眼看被追上，向董丢还装着现金的提包，董不理睬，追上去将他扭住，后面的人驾着“郑加龙”出卖的拖拉机也追上来了。他们打电话报告了城关派出所，派出所很快来人将“郑加龙”带走了。

落　网

却说永康的郑加龙出车后，七八天不见人归，家里人着急起来，郑妻想，就是运宁波也早该回来了，一定是出事了。于是亲属们往东阳沿途寻找。二十日在东阳县城南门停车场发现了郑所运麻袋，里面全是秕谷糠和稻草屑，不禁心惊肉跳，感到凶多吉少。马上到东阳县公安局报案。东阳、永康公安机关接报后意识到问题的严重性，认为郑有被害可能，于是迅速开展侦查。尸体在哪里？凶犯逃往何方？一张无形的网，通过电波撒向四方，侦破战斗在紧张进行中。

再说浦城公安局收容审查了有犯罪嫌疑的“郑加龙”，根据缴获的驾驶执照向永康公安局发出了查询郑加龙和拖拉机情况的公函。

二十八日晚，云和县公安局接到在双港乡丽浦公路边水沟里发现一具无名尸的报告。当晚，云和县公安局紧急出动，丽水地区公安处领导也相继赶到现场。尸体检验后认定属他杀，就迅速组织侦破，向各地发出协查无名尸体的通报。

八月三日、四日，永康县公安局相继收到浦城查询郑加龙情况的公函和云和县协查无名尸体的通报，于是案件很快得到突破。经辨认，云和的尸体系永康县苏川乡白塔村郑加龙。冒名“郑加龙”出卖拖拉机，被浦城公安局收审的重大嫌疑分子于四日晚十时许被提到永康公安局。东阳、云和、浦城三县公安局和丽水地区公安处派员到永康，对罪犯进行会审。在大量证据面前，凶犯无法隐瞒和抵赖，交代了自己的真实身份和犯罪事实。原来，自称“宁波人”的抢劫杀人犯是青田县黄寮乡黄肚村人，名叫汤洪星，二十四岁。他听说永康生产的四方牌工农12型手扶拖拉机畅销全国，买的人多，就策划安排了骗局，不择手段谋取不义之财。想不到辛苦颠簸了两省七县七百里，这么快就落入了法网。

（原载1986年9月1日《永康报》）

“窃伞大盗”落网记

◎ 吴绍强

春末，一辆警车飞速地奔驰在永义公路上。5 月 4 日中午，公安局接到义乌小商品市场有关人员的报告，市场上又有人销售永康伞厂的尼龙伞。侦查人员立即联想到 3 月 29 日永康县伞厂负责人来局反映该厂发现尼龙伞短缺的情况。为此，立即驱车赶往义乌。侦查人员闹中取静，他们走访了接触过销售尼龙伞的有关人员。从中了解到卖尼龙伞的是两个青年，永康口音，一高一矮。那个高个子身高有 1.75 米，英俊、潇洒；那个矮个子身高只有 1.65 米左右，面貌丑陋，像个猴子。

这一信息非常重要！局领导果断决定：全县检查。

走乡串村，斗转星移，民警们紧张地进行调查。

龙山区没有发现“一高一矮”，象珠区没有发现“一高一矮”……难道这两个不是永康人？

1987年6月13日 ·4·

“窃伞大盗”落网记

春末，一辆警车飞速地奔驰在永义公路上。5月4日中午，公安局接到义乌小商品市场有关人员的报告，市场上又有人销售永康伞厂的尼龙伞。侦察人员立即联想到3月29县伞厂负责人来局反映该厂发现尼龙伞短缺的情况。为此，立即驱车赶往义乌。侦察人员闹中取静，他们走访了接触过销售尼龙伞的有关人员。从中了解到卖尼龙伞的是两个青年，永康口音，一高一矮。那个高个子身高有1.75米，英俊、潇洒；那个矮个子身高只有1.65米左右，面貌丑陋，象个猴子。

这一信息非常重要！局领导果断决定：全县检查。

走乡串村，斗转星移，干警们紧张地进行调查。

龙山区没有发现“一高一矮”，象珠区没有发现“一高一矮”，……难道这两个不是永康人？

决不气馁，深入检查。当查到环城区长城乡高镇村时，“一高一矮”终于出现了，发现了高个子李红纯，矮个子王海东，面貌特征与义乌提供的十分相似。顺藤摸瓜，又发现李红纯近来刚买来一辆新的摩托车，王海东买来一辆新的自行车，2人经济来源十分可疑。

16日晚，心怀鬼胎的王海东在县电影院，不知不觉地落网了。

18、22日，李红纯、丁红波、王成威相继归案。

24岁的李红纯，还算聪明能干，有开汽车的技术。前几年曾给县伞厂开过汽车，熟悉情况。去年9月的一天深夜，月明星稀。李红纯伙同王成威身带作案工具，潜入伞厂，偷出一包包

决不气馁，深入检查。当查到环城区长城乡高镇村时，“一高一矮”终于出现了，发现了高个子李红纯、矮个子王海东，面貌特征与义乌提供的十分相似。顺藤摸瓜，又发现李红纯近来刚买来一辆新的摩托车，王海东买来一辆新的自行车，2 人经济来源十分可疑。

16 日晚，心怀鬼胎的王海东在县电影院，不知不觉地落网了。

18 日、22 日，李红纯、丁红波、王成威相继归案。

24 岁的李红纯，还算聪明能

干，有开汽车的技术。前几年曾给永康县伞厂开过汽车，熟悉情况。1986 年 9 月的一天深夜，月明星稀。李红纯伙同王成威身带作案工具，潜入伞厂，偷出一包包成品伞，装上自行车……自 1986 年 9 月到 1987 年 5 月，李红纯伙同王海东、王成威、丁红波先后多次从永康县伞厂盗出各种型号的伞共 4440 把，价值 4 万多元，分别用汽车运往义乌、浦江、东阳、缙云等地销赃，共得赃款 19000 多元。

（原载于 1987 年 6 月 13 日《永康报》）

网收“恶魔”

◎ 方新军

7月30日凌晨，8名歹徒手持匕首，在金温公路永康县前仓乡善塘岭地段，对4辆货车的8名驾驶员与货主逞凶行抢。案发后，永康县公安局副局长谭建勋同志，迅速率领“尖刀班”迎着浓重的雾霭出击。“金盾”与“恶魔”的较量开始了……

30日凌晨3时。山原朦胧，路朦胧，一切尽在朦胧中。

“吱吱吱”，3位骑车的“摩登”青年来到前仓桥头。“刚才敲来的10元钱丢了。”青年乙有些惋惜。甲接过话茬：“善塘岭公路上常停夜车，向那些财‘捞’点回来。”心有灵犀一点通。“吱吱吱”的声响渐渐地往“宝地”移近。

老天作美。善塘岭坡上正停着一辆“解放”和一辆“钱塘江”。“唰、唰”，甲、乙拔出匕首跟“钱塘江”司机陈国飞、货主池碎和“商量”：“给点夜饭钱吧。”陈、池愤愤然地同声拒绝：“没钱。”甲上车抢过电门钥匙。乙朝池的两腿“稍为留情”地各刺一刀，阴笑道：“识趣点，血流掉不可惜吗?”池万般无奈，悻悻地给了甲100多元钱。

“解放”的司机戴光军和货主苏立治、白烘灶听到异常动静，刚从驾驶室下来，三位“摩登”青年已逼到眼前：“拿钱来!”苏的“没”字才吐半个，甲、乙亮了亮明晃晃的匕首，凶相毕露：“给命还是给钱?”丙对戴“拳击”了一阵，“缴获”了半包云烟，一只电子打火机。甲、乙对苏、白两货主“检查身体”后收获甚微，跳上驾驶室将衬衣和尼龙三折伞“捎”走了。

“吱吱吱”，车轮又不紧不慢地转了片刻。突然，3个“摩登”青年眼睛生光：天赐我也！又有一辆“钱塘江”和一辆“伊凡”停在公路上“打盹”。“伊凡”司机刘荣新听到吵架似的怪响，正想去看个究竟。霎时，寒光一闪，匕首已指向他的脑瓜。甲恶狠狠地威胁说：“识相点!”刘怕套在手指上的金戒指遭殃，就“主动”交出20元钱，坐回驾驶室不管三七二十一了。甲紧接着又去配合乙、丙“行动”。

此时，乙的一只手伸进“钱塘江”司机何雪云上衣口袋，却被何捏住，顿时恼羞成怒，另一只手紧握匕首向何的左肩使劲刺了一刀：“还不老实!”何吃不起眼前亏，靠边站了。甲、乙不约而同地冲上驾驶室，搜得大中华香烟3包，彩虹牌男式皮鞋1双。丙对一位搭车的中年妇女大施淫威后，1只双鱼牌女表成了他的“战利品”。随后3人躲到世彰瓦灶分赃。贪得无厌的甲嫌“成果”不大，要再去“试试”，就独自折回善塘岭察看新的“猎物”，途中恰巧撞上了陈国飞带来的石柱派出所民警，甲惊慌中弃车逃遁。

凌晨4时。“大盖帽”火速进军善塘岭。

年轻精明的谭副局长倾听了案情汇报后，就快刀斩乱麻，果断地分兵两路，及时分派了任务；A组进行搜索现场；B组负责沿途访问。几小时后，出征人马纷纷向指挥中心反馈调查结果。

28日夜11时，有几个长发青年在云青饭店灌足“黄汤”后，故意寻事生非，用石块掷扔过路汽车取乐。

28日夜12时许，丽水市一辆“解放”途经君得利饭店门口，遭到几名长发青年拦截。驾驶员被九节鞭抽得倒地翻滚。29日夜，这伙人怀疑“君得利”刘老板骂他们流氓，要刘交出500元钱赔偿名誉。刘满口奉承，摆了一桌酒菜才免事。喝酒期间，一青年外出小解时，向停车休息的司机敲了一次竹杠。

搜索小组在世彰村岩堂山旁发现一辆不明来历的飞花牌自行车，车号是69944，经查车主是前仓乡溪坦村的“老裁缝”李××。

30日早上5时30分，世彰村农民李××上山劳动，经过天坑塘时，拾到一辆凤凰牌自行车，车号是117490。李估计是偷鱼人留下的，就顺手牵羊带回家中。公安侦查员根

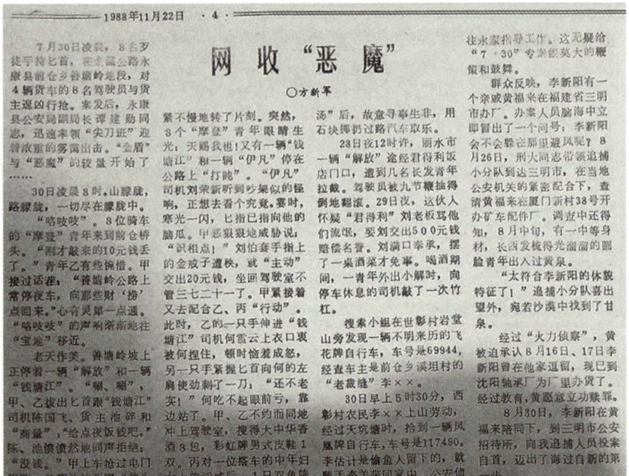

1988年11月22日 ·4·

网收“恶魔”

○方新军

7月30日凌晨，8名歹徒手持匕首，在金温公路永康县前仓乡善塘岭地段，对4辆货车的8名驾驶员与货主逞凶行抢。案发后，永康县公安局副局长谭建勋同志，迅速率领“尖刀班”迎着浓重的雾霭出击。“金盾”与“恶魔”的较量开始了……

30日凌晨8时。山朦胧，路朦胧，一切尽在朦胧中。

“咯吱吱”。8位骑车的“摩登”青年来到前仓桥头。“刚才敲来的10元钱丢了。”青年乙有些惋惜。甲接过话茬：“善塘岭公路上常停夜车，向那些财‘捞’点回来。”心有灵犀一点通。“咯吱吱”的声响渐渐地往“宝地”移近。

老天作美。善塘岭坡上正停着一辆“解放”和一辆“钱塘江”。“唰、唰”，甲、乙拔出匕首跟“钱塘江”司机陈国飞、货主池碎和“商量”，“给点夜饭钱吧。”陈、池愤愤然地同声拒绝：“没钱。”甲上车抢过电门钥匙。乙朝池的两腿“稍为留情”地各刺一刀，阴笑道：“识趣点，血流掉不可惜吗?”池万般无奈，悻悻地给甲100多元钱。

“解放”的司机戴光军、

紧不慢地转了片刻。突然，3个“摩登”青年眼睛生光：天赐我也!又有一辆“钱塘江”和一辆“伊凡”停在公路上“打盹”。“伊凡”司机刘荣新听到吵架似的怪响，正想去看个究竟。霎时，寒光一闪，匕首已指向他的脑瓜。甲恶狠狠地威胁说：“识相点!”刘伯套手指上的金戒子遭殃，就“主动”交出20元钱，坐回驾驶室不管三七二十一了。甲紧接着又去配合乙、丙“行动”。此时，乙的一只手伸进“钱塘江”司机何雪云上衣口裹被何捏住，顿时恼羞成怒，另一只手紧握匕首向何的左肩使劲刺了一刀：“还不老实!”何吃不起眼前亏，靠边站了。甲、乙不约而同地冲上驾驶室，搜得大中华香烟8包，彩虹牌男式皮鞋1双。丙对一位搭车的中年妇女大施淫威后，1只双鱼牌女表成了他的“战利品”。随后3人躲到世彰瓦灶分赃。贪得无厌的甲嫌“成果”不大，要再去“试试”，就独自折回善塘岭察看新的

汤”后，故意寻事生非，用石块掷扔过路汽车取乐。

28日夜12时许，丽水市一辆“解放”途经君得利饭店门口，遭到几名长发青年拉截。驾驶员被九节鞭抽得倒地翻滚。29日夜，这伙人怀疑“君得利”刘老板骂他们流氓，要刘交出500元钱赔偿名誉。刘满口奉承，摆了一桌酒菜才免事。喝酒期间，一青年外出小解时，向停车休息的司机敲了一次竹杠。

搜索小组在世彰村岩堂山旁发现一辆不明来历的飞花牌自行车，车号是69944，经查车主是前仓乡溪坦村的“老裁缝”李××。

30日早上5时30分，西彰村农民李××上山劳动，经过天坑塘时，拾到一辆凤凰牌自行车，车号是117490。李估计是偷鱼人留下的，就顺手牵羊带回家中。公安侦察员根据车号找到车主——溪坦村的李××了解原委，李声称该车在29日夜借给宅树下村的王子剩了……

种种迹象表明，“7·28”、

往永康指导工作。这无疑给“7·30”专案组莫大的鞭策和鼓舞。

群众反映，李新阳有一个亲戚黄福来在福建省三明市办厂。办案人员脑海中立即冒出了一个问号：李新阳会不会躲在那里避风呢？8月26日，刑大同志带领追捕小分队到达三明市，在当地公安机关的紧密配合下，查清黄福来在厦门新村38号开办矿车配件厂。调查中还得知，8月中旬，有一中等身材，长西发梳得光溜溜的圆脸青年出入过黄泉。

“太符合李新阳的体貌特征了!”追捕小分队喜出望外，宛若沙漠中找到了甘泉。

经过“火力侦察”，黄被迫承认8月16日、17日李新阳曾在他家逗留，现已到沈阳轴承厂为厂里办货了。经过教育，黄愿意立功赎罪。

8月30日，李新阳在黄福来陪同下，到三明市公安招待所，向我追捕人员投案自首，迈出了悔过自新的第一步。

9月22日，无形电波穿过千山越过万水从湖南传向永康：抢劫主犯王子剩潜入株州市北区大哥王子余处时，被张网以待的株州市公

据车号找到车主——溪坦村的李××了解原委，李声称该车在29日夜借给宅树下村的王子剩了……

种种迹象表明："7·28"、"7·29"、"7·30"几起案件可以并案。根据初步查证的情况分析，家住发案地附近的王子剩、"老裁缝"的儿子李新阳及他俩的"难兄难弟"李建有重大嫌疑！

7月31日夜，李建有潜回村中时，即被"恭候"多时的公安人员及乡干部"请"到前仓乡人民政府。谭副局长与王队长亲自审讯。经过几小时的正面交锋，李建有的花岗岩脑袋终于化软了。

8月8日，金华市公安局签发了1988〔54〕号通缉令，追捕重大抢劫犯王子剩、李新阳的战幕拉开了！

8月下旬，金华市公安局刑侦大队派出业务骨干前往永康指导工作。这无疑给"7·30"专案组莫大的鞭策和鼓舞。

群众反映，李新阳有一个亲戚黄福来在福建省三明市办厂。办案人员脑海中立即冒出了一个问号：李新阳会不会躲在那里避风呢？

8月26日，刑侦大队同志带领追捕小分队到达三明市，在当地公安机关的紧密配合下，查清黄福来在厦门新村38号开办矿车配体厂。调查中还得知，8月中旬，有一中等身材，长西发梳得光溜溜的圆脸青年出入过黄泉。

"太符合李新阳的体貌特征了！"追捕小分队喜出望外，宛若沙漠中找到了甘泉。

经过"火力侦查"，黄被迫承认8月16日、17日李新阳曾在他家逗留，现已到沈阳轴承厂为厂里办货了。经过教育，黄愿意立功赎罪。

8月30日，李新阳在黄福来陪同下，到三明市公安招待所，向我追捕人员投案自首，迈出了悔过自新的第一步。

9月22日，无线电波穿过千山、越过万水从湖南传向永康：抢劫主犯王子剩潜入株洲市北区大哥王子余处时，被张网以待的株洲市公安机关擒获。

恶有恶报，这是流传千年的古训。10月6日，抢劫犯罪嫌疑人王子剩、李建有、李新阳被依法逮捕了。不久，他们将被押上历史审判台。事实再次说明：法律是无情的，谁敢斗胆儿戏法律，人民民主专政的铁拳决不宽容！

（原载于1988年11月22日《永康报》）

惨案终于发生……

◎ 任琼

8 月 15 日夜晚，在舟山乡上桥村边的公路上聚集着十五六个青年人。26 岁的村民徐尚杰从家中拿来十多支尖凿，分发给他们并作了一番布置。然后，他们悄悄走向离此不远的下东桥村。在朦胧的月光下，一场惨祸即将发生……

在离村不远的下东桥桥头，徐的同伙十余人埋伏在桥两侧，准备了石块。徐带领王高品等人手持尖凿进村来到徐福雄家门前，正要砸门时，徐福雄的母亲正巧来到儿子家门口，他同徐母没说上两句话突然用尖凿猛击她的大腿，转身带着同伙逃出村外，徐母痛得直喊“救命”！哭喊声惊动了徐福雄和他的三个哥哥徐福华、徐福章、徐福央和附近村民。听着她的哭诉，大家明白了怎么回事：徐尚杰又找上门来了。

事情的起因发生在一年前。性情蛮横、粗鲁的徐尚杰原在徐福章的采石场做石匠，为开采和言语上的一些琐事与徐福章兄弟几人发生了纠纷。不久，他离开了采石场。1988 年 12 月 16 日夜间，他采取报复手段，带上几个小兄弟砸毁了采石场 60 多米条石，徐家兄弟追查此事时，他又在路上用水果刀刺伤徐福华背部后外逃躲避。徐福华住院治疗一个多月，花去医药费 500 元。1989 年 5 月，石柱法庭受理这起伤害案。徐尚杰蛮不讲理，只同意负责一半医药费，并扬言要夺回刺伤徐福华后被徐福雄扣押的自行车。法庭明确表态：医药费要全部负担；自行车由法庭追回；不得寻衅闹事。徐将法庭意见置之脑后，多次带领小兄弟找徐家吵闹。8 月 14 日夜间，他带领徐旭升等人再次到徐福雄家要车子，双方又发生争执。取车未成，他扬言：再叫几个人来，打他们一顿。15 日，他到新楼乡木坦村纠集了王高品等人，又叫徐旭升找来本村几名青年，并准备了凶器，等到晚上大干一场……

徐母被打后，痛哭不已，徐福雄等兄弟找到了村里的拖拉机，准备送母亲去舟山卫生院治疗。前面路上潜伏着的危险，他们全然不知。拖拉机刚要开动，一名刚从村外回来的村民告诉他们：不能去，有十几个人守在桥上，去了要出事的。兄弟四人陷入了进退两难的境地。看着受伤痛折磨的母亲，兄弟们一阵犹豫后，决定还是得去卫生院。为了防备路上遭受袭击，徐福华等三兄弟去拿防身器具。

·4· 永康报

惨案终于发生……

8月15日夜晚，在舟山乡上桥村边的公路上聚集着十五六个青年人。26岁的村民徐尚杰从家中拿来十多支尖凿，分发给他们并作了一番布置。然后，他们悄悄走向离此不远的下东桥村。在朦胧的月光下，一场惨祸即将发生……

在离村不远的下东桥桥头，徐的同伙十余人埋伏在桥两侧，准备了石块。徐带领王高品等人手持尖凿进村来到徐福雄家门前，正要砸门时，徐福雄的母亲正巧来到儿家门口，他同徐母没说上两句话突然用尖凿猛击她的大腿，转身带着同伙逃出村外，徐母痛得直喊“救命”！哭喊声惊动了徐福雄和他的三个哥哥徐福华、徐福章、徐福央和附近村民。听着她的哭诉，大家明白了怎么回事：徐尚杰又打上门来了。

事情的起因发生在一年前。性情蛮横、粗鲁的徐尚杰原在徐福章的采石场做石匠，为开采和言语上的一些琐事与徐福章兄弟几人发生了纠纷。不久，他离开了采石场。88年12月16日夜间，他采取报复手段，带上几个小兄弟砸毁了采石场60多米条石，徐家兄弟追查此事时，他又在路上用水果刀刺伤徐福华背部后外逃躲避。徐福华住院治疗一个多月，花去医药费500元。今年五月份，石柱法庭受理这起伤害案。徐尚杰蛮不讲理，只同意负责一半医药费，并扬言要夺回刺伤徐福华后被徐福雄扣押的自行车。法庭明确表态：医药费要全部负担，自行车由法庭追回，不得寻衅闹事。徐将法庭意见置之脑后，多次带领小兄弟找徐家吵闹。

8月14日夜间，他带领徐旭升等人再次到徐福雄家要车子，双方又发生争执。取车未成，他扬言，再叫几个人来，打他们一顿。15日，他到新楼乡木坦村纠集了王高品等人，又叫徐旭升找来本村几名青年，并准备了凶器，等到晚上大干一场……

徐母被打后，痛哭不已，徐福雄等兄弟找到了村里的拖拉机，准备送母亲去舟山卫生院治疗。前面路上潜伏着的危险，他们全然不知。拖拉机刚要开动，一名刚从村外回来的村民告诉他

伤的徐家兄弟退回村里。徐旭升发现了俯卧在水沟里尚有一丝气息的徐尚杰，急忙将其抬上拖拉机，送到乡卫生院，徐尚杰已死亡。

案发后，公安干警迅速赶到舟山乡，进行勘察现场，传讯双方当事人、调查取证、搜集证据等工作，经过几天来的紧张工作，搞清了此案的事实真相，并根据我国《刑法》等有关法律规定，作出了处理：（1）徐尚杰纠集徐旭升等人携带凶器多次对徐福华

公安机关对此案的处理是正确的，可在调查处理过程中，有的说：“徐尚杰该死”；有的说“徐某兄弟打死人，应该一命抵一
弟反击是正当防卫，不
要就此案谈一谈正当防
什么是正当防卫？
法侵害的人采用造成一
共利益、本人或者他人
害的行为。我国刑法第
共利益、本人或者他人
在进行的不法侵害，而
负刑事责任。”公民进
务，派生自宪法所规定
务，这种义务在一定条
掌握正当防卫的条
卫权是至关重要的。其
侵害行为指犯罪行为，
为，如对违反社会治安

就在此时，徐尚杰等十几人已气势汹汹地冲进村来。原来，徐尚杰逃到下东桥桥头后不久，听到了村里的拖拉机响声，他们马上在路上设置路障，准备伏击。后来拖拉机声停息了，他认为徐家兄弟已觉察不来了，就指挥众人冲进村子。徐母由女儿女婿背起，逃回家中。徐尚杰等人冲向赤手空拳的徐福章和带着铁锹刚刚回到车旁的徐福华，尖凿、石块、酒瓶纷纷砸向两兄弟，顿时，徐福章被徐尚杰手中的尖凿击中头部，他血流满面跌跌撞撞逃离现场。徐福雄、徐福央从家中拿了铁叉和柴刀回来，看见大哥被围住殴打就奋力上前解救。混战中，徐尚杰被徐家三兄弟打伤在地，倒在水沟旁。在对方的打击中，多处受伤的徐家兄弟退回村里。徐旭升发现了俯卧在水沟里尚有一丝气息的徐尚杰，急忙将其抬上拖拉机，送到乡卫生院时徐尚杰已死亡。

案发后，公安民警迅速赶到舟山乡勘查现场，传讯双方当事人、调查取证、收集证据等，经过几天来的紧张工作，搞清了此案的事情真相，并根据我国《刑法》等有关法律规定，作出了处理：（1）徐尚杰纠集徐旭升等人携带凶器多次对徐福华一家实施不法侵害，徐旭升积极策划和参与了徐尚杰纠集的流氓斗殴，均已构成流氓罪。应追究刑事责任。徐尚杰已在斗殴中死亡，不予追究。（2）王高品等九人积极参与徐尚杰纠集的流氓斗殴，已违反《治安管理处罚条例》有关规定，分别予以治安拘留10至15天的处罚。（3）徐福华等人在不得已的情况下实行反抗，保护自己的人身安全，属于正当防卫。徐福华在防卫中有过当行为，将予以依法处理。

（原载于1989年9月22日《永康报》）

智擒女绑魔

◎ 魏楫/李世进

一名叫王晓笑的6岁女孩被绑架，社会舆论哗然。人民卫士——永康县公安民警经过九个日日夜夜的奋战，侦破了此案，小姑娘安然无恙地回到了父母身边；公安民警又乘胜追击，苦战一个月，绑匪全部落网。原来，人们认为绑匪是面目凶恶的江洋大盗。可是，谁知绑架者竟是两名如花似玉的妙龄女郎……

失踪的小女孩

1990年5月25日中午11时许，一位打扮入时的姑娘来到永康县工人文化宫幼儿园："晓笑，你妈妈叫我带你回家。"6岁的小女孩望着那张甜蜜的脸，点了点头就跟着阿姨走了。下午幼儿园放学的时候，永康县雄伟百货商店的职工王雄伟去接女儿时，才得知女儿早已被一个神秘的女人接走了。

登报、广播、巨额悬赏……都杳无音讯。"到底是谁带走了女儿，莫非晓笑她……"当这一念头跳入脑海时，夫妻俩差点昏过去。王晓笑是独生女，是王雄伟夫妇的心肝宝贝，王雄伟的妻子承包了"永康饭店"，口袋里的人民币还是有一点的。可是，这件事要不要报告公安机关呢？王雄伟夫妇经过思考做出了明智的选择。

5月30日，心急如焚的王雄伟夫妇终于收到了一封匿名信。拿着信，他们的心似乎在颤抖，急忙撕开读了起来："你的女儿已在我手中，请记住，在1天之内准备人民币5000元，如报公安局，你的女儿性命难保。……一个知情者，5月22日。"

"可恨的绑票！永康县建国以来头一遭。"当这封信送到公安局长案头时，"蓝盾"们义愤填膺，拍案而起。还好！狐狸的尾巴毕竟露出来了。

眼下，作为此案唯一线索的信，字体清秀、无力，显然出于女人之手，所以欲破此案，除了深入细致的工作外，还应该特别注意女人！女人！

公安机关迅速组织了强大的力量，悄悄撒下了无形的法网，数十名公安民警展开艰辛的侦查工作。

持枪的女强盗

“前几天，我碰到过两个女鬼，还挨了两枪……”

“什么枪？”

“大概是能催泪的枪。”那人心有余悸地说。

三轮卡司机施某向公安民警绘声绘色地讲述了他经历的一次奇异的遭遇。

5 月 22 日午夜零时，没有月亮，天地漆黑。施某在永康县汽车站边上借着路灯的微光倚车待客，他还想拉当夜最后的一趟生意。“喂，到古山镇去吗？”一胖一瘦的两位姑娘迎上来问：“要多少钱？”“去的，两人一共 20 元。”“这么贵，便宜点！”“便宜点 15 元，不过要再拉个客。”不一会儿，刚巧又过来一个男人，搭车到杜山头。三轮卡载着一男二女，开足马力向东永公路奔驰而去。到杜山头站，男客下了车。古山镇到了，停了车，两位姑娘开了腔：“开到桥头周！”“那要再加钱的。”“加就加，我们叫你停再停。”桥头周闪眼而过，“停车！”姑娘一声吼，车子“嘎”地一下刹住。此地已过桥头周一公里，前不着村，后不着店，三轮卡司机用惊异的眼睛望着胖姑娘在磨磨蹭蹭地掏钱，等待着递过来的乘车费。突然，冷不防在他身后的瘦姑娘

·4·　　永康报　　1990年9月7日

一名叫王晓笑的6岁女孩被绑架，社会舆论哗然。人民卫士——永康县公安干警经过九个日日夜夜的奋战，侦破了此案，小姑娘安然无恙地回到了父母身边，公安干警又乘胜追击，苦战一个月，绑匪全部落网。原来，人们认为绑匪是面目凶恶的江洋大盗。可是，谁知绑架者竟是两名如花似玉的妙龄女郎……

失踪的小女孩

1990年5月25日中午11时许，一位打扮入时的姑娘来到永康县职工幼儿园，“晓笑，你妈妈叫我带你回家。”6岁的小女孩露着那张甜蜜的脸，点了点头就跟着阿姨走了。下午幼儿园放学的时候，永康县雄伟百货商店的职工王雄伟去接女儿时，才得知女儿早已被一个神秘的女人接走了。

登报、广播、[illegible]……都杳无音讯。“到底是谁带走了女儿，莫非晓笑她……”当这一念头跳入脑海时，夫妻俩差点昏厥过去。王晓笑是独生女，是王雄伟夫妇的心肝宝贝，王雄伟的妻子承包了“永康饭店”，口袋里的人民币还是有一点的。可是，这件事要不要报告公安机关呢？王雄伟夫妇经过思考作了明智的选择。

5月30日，心急如焚的王雄伟夫妇终于收到了一封匿名信。拿着信，他们的心似乎在颤抖，急忙撕开读了起来：“你的女儿已在我手中，请记住，在1天之内准备人民币5000元，如报公安局，你的女儿性命难保。……一个知情者　5月22日”

“可恨的绑票！永康县建国以来头一遭。”当这封信送到公安局长案头时，“蓝盾”们义愤填膺，拍案而起。还好！狐狸的尾巴毕竟露出来了。

眼下，作为此案唯一线索的信，字体清秀、无力，显然出于女人之手，所以，欲破此案，除了[illegible]的工作外，还应该特别注意女人！女人！！

公安机关迅速组织了[illegible]……

一声，“毙了你！”果真的扣动了枪机……

司机暗想，“完了！”他闭起了眼睛。“吱、吱、吱——”这是什么新式武器？！他只觉得满头满脸一丝丝地阴冷，似遭冰水喷射，闻到一股异味，顿时两眼难睁，泪水哗哗直淌。等他回过神来的时候，两个“女鬼”已掩没在黑如泼墨的旷野中。

持电击催泪枪这现代化武器抢劫的姑娘，这可是史无前例的怪案。女人，姑娘！真是神秘的姑娘！这与王晓笑绑票案是不是有什么联系呢？莫非她们……

奇怪的探监女

高墙、电网，看守所那阴森的灰色大铁门，一般人是不愿意来光顾的。可是居然也有3个时髦的妙龄姑娘对这里流出了兴趣。

5月12日，3名衣着入时的年轻女

部！

——侦察员发回的各种信息汇集破案指挥部：

——柏岩乡柏西村一个叫应某的老人家，出现过一个5—6岁的不知名的小女孩；

——5月27日，新楼乡铜山村夏某家也来过一个与王晓笑特征相似的小姑娘；

—5月31日，金川乡吕某家又出现似乎是相象的小女孩。

据公安干警判断，以上这些地方出现的小女孩，很可能就是被绑架的王晓笑。再经深入调查，先后出现过这小女孩的人家，均与两个姑娘有亲戚关系，这两姑娘就是：胡叶青、夏苏春。这不正是半个月前到县看守所探监的那妖艳女人吗？看来，到了该收网的时候了。公安局长果断地下达命令：一、千方百计保护小女孩的安全；二、收捕两位绑匪。……

此时，听到过广播的吕某，已断定他的小

智擒女绑魔

——5．25绑票案侦破纪实

·魏祥　李世进·

郎来此缠住了看守人员。“同志，我们要进去，接见！”“接见？你们是哪里的？”“古山的。”“叫什么名字。”“我叫夏苏春”稍瘦的一个姑娘自我介绍后，又指着另两个女伴说：“那是胡叶青和××。”“你们接见谁？”“胡振喧”。看守人员听到“胡振喧”三个字后心中一惊，胡振喧不正是前些日子收捕的一个流氓团伙的头子吗？！公安干警特有的责任感使他警觉起来，遂严肃地说：“你们是什么关系？有证明吗？”“真希罕，接见还要证明！什么关系？朋友嘛。”[illegible]

姨子闯了祸，虽然他不知道在他家中的那女孩“票价”5000元，但理智驱他走上大义灭亲的路。6月2日清早，他即赶到古山镇对岳父母说：“你自己把小女孩领回去！”谁知糊涂的岳父母竟然纵女胡叶青潜逃，而夏苏春倒被聪明的父母扭进了公安局。

6月2日，这是王晓笑被绑架的第9天，当晚5时，她终于从金川乡安然无恙地回到父母身旁。永康县公安局开创了48小时就神速安全侦破绑票案的奇迹！

千里追捕女绑匪

千里捕绑匪的警车拉响欢快的胜利警笛驶回永康，历时正好24小时。

姑娘的玫瑰梦

预审室笼罩着庄严肃穆的气氛，“5·25绑票案的要犯胡叶青、夏苏春分别在此接受审讯。

“夏苏春，你该知道怎样才能争取从宽处理？”

“我不想从宽。”

“为什么？”

“我想杀人，我要杀掉×××。”这魔女话不知耻地缠上她的“三角史”。预审员断然制止并严肃地说：“你要正视现实，好好交待！”

“该讲的都讲了，希望对我从严。”

“我不想转变观点。”

“枪毙就枪毙！”不意伤声[illegible]来，显然触到伤心处，虽是嘴硬骨头酥，但下面一段话也许有点佃到自己这如花似玉的金色年华沦为绑匪的个中原委：“父母对我太宠了，我人生太顺利，呜，呜，呜——。老天注定我走入逆境……。”真不失为一个变态女人的利嘴。

21岁的胡叶青显然比她19岁的同伙要老练狡猾得多，她口称“我是要改”，可是交待关键问题时东拉西扯，含糊其词，避尽软功。预审员压下心头怒火，甩出铁证，两犯无可狡赖才交待了本案的详细经过。

原来胡叶青、夏苏春走出校门就步入“流圈”。终日混迹于台球桌、咖啡厅和舞厅，与劳改释放、贩毒分子为伍，那“三角爱”的高强度刺激，群居鬼混的“乐巴”吸上[illegible]的吗啡，不能一刻没有，吃喝玩乐的玫瑰梦居然做得绘声绘色。

可惜“好景”不长，她们投靠的那个流氓团伙被破获，头儿胡振喧和她们心中的一些“白马王子”相继锒铛入狱。[illegible]

“嗖”地一下，用白皙的玉臂紧紧地挟住了他的脖子，死死地卡住了喉咙，使他动弹不得，胖姑娘也迅速地掏出了手枪，黑洞洞的枪口对准了司机的太阳穴。“老实点，钱有多少全掏出来，本姑娘要派用场。”瘦姑娘又腾出了另一只手，握着利刀，逼在司机的胸口上。施某看着这架势，瞟了一眼目露杀机的“女妖”，心里想：“若讲半个‘不’字，会丢掉老命。”“饶命，姑奶奶，女大王饶命。”施某虽是七尺男子，在这万籁俱寂的月黑杀人夜，面对手执快枪、利刀的“女大侠”，吓得乖乖地倾囊献上，然而也只有20多元。也许是“女大侠”嫌钱太少，大发淫威，胖姑娘晃了晃手中的枪声色俱厉地嚎叫一声：“毙了你！”果真扣动了枪机……

司机暗想：“完了！”他闭起了眼睛。“吱、吱、吱——”这是什么新式武器？他只觉得满脸一丝丝的阴冷，似遭冰水喷射，闻到一股异味，顿时两眼难睁，泪水哗哗直淌。等他回过神来的时候，两个“女鬼”已淹没在黑如泼墨的旷野中。

持电击催泪枪这现代化武器抢劫的姑娘，这可是史无前例的怪案。女人，姑娘！真是神秘的姑娘！这与王晓笑绑票案是不是有什么联系？莫非她们……

奇怪的探监女

高墙、电网，看守所那阴森的灰色大铁门，一般人是不愿意来光顾的。可是居然也有三个时髦的妙龄姑娘对这里产生了兴趣。

5月12日，三名衣着入时的年轻女郎来此缠住了看守人员。“同志，我们要进去，接见！”“接见？你们是哪里的？”“古山的。”“叫什么名字。”“我叫夏苏春。”稍瘦的一个姑娘自我介绍后，又指着另外两个女伴说：“那是胡叶青和××。”“你们接见谁？”“胡振喧。”看守人员听到“胡振喧”三个字后心中一惊，胡振喧不正是前些日子收捕的一个流氓团伙的头子吗?！公安民警特有的责任感使他警觉起来，遂严肃地说：“你们是什么关系？有证明吗？”“真稀罕，接见还要证明！什么关系？朋友嘛。”探监女缠起人来没完没了。“凭什么朋友不能接见?！”“不行，不能见！这有明文规定。”“四方窟窿真正，傻大兵！”其中一个女郎粗鲁地骂了起来。“那这东西请转交一下，行个方便，听说牢中吃不饱。”另一个使出软功。“不行，都不行！”看守员看出了这三个女人路数不正，严词拒绝。“你们快离开此地。”“真得侬精（讨厌），有什么了不起！”女郎们骂骂咧咧地消失在小巷深处。

“我们现在没钱，要设法多搞些钱给振喧送去。”不知是出于义气还是恋情，她们试图两肋插刀，内心蕴藏着一个铤而走险的罪恶计划……喔！又是女人，妙龄女郎！

旅社“两姐妹”

街之一隅，一张台球桌，只有两个姑娘在对峙，连观众也没一名。但俩姑娘似乎醉翁之意不在“球”，她们旁若无人，边玩边交谈，似乎在探讨什么。

“刚才在永康饭店吃的那碗馄饨吃得真悔。”胖姑娘不无忍气地说。“为什么？”另一个姑娘问。“我姐姐在这家店做过，女老板为人精明，手段过头。”“那我们搞她一下子！”“怎么搞法？”“把她的宝贝女儿晓笑弄出来……”这是5月24日下午，也许她们意识到在这光天化日下谈“请财神”的勾当不妥，当下付了球账，直奔人民旅馆而去。

不一会儿，人民旅馆出现了化名“巧燕、敏燕”姐妹的她们的身影。她俩大白天闷在房里，叽叽咕咕，写写画画，好像策划着什么，服务员当然不便打扰。

次日一早，永康饭店门前出现了这对姑娘的身影。11时许，王晓笑失踪了。她们与绑票案又有什么关系呢？

扭送夏苏春

公安局破案指挥部似乎出现了一张“示意图”：持枪女强盗→探监女郎→旅社姐妹→身高1.60米左右的披肩发姑娘→绑匪？局外人当然无须了解“蓝盾”勇士的神奇思路，但有一点是显而易见的，那就是绑票案关联到女郎，妙龄女郎。

——侦查员发回的各种信息汇集破案指挥部；

——柏岩乡柏西村一个叫应某的老人家，出现过一个5-6岁的不知名的小女孩；

——5 月 27 日，新楼乡铜山村夏某的家也来过一个与王晓笑特征相似的小姑娘；

——5 月 31 日，金川乡吕某家又出现似乎是相像的小女孩。

据公安民警判断，以上这些地方出现的小女孩，很可能就是被绑架的王晓笑。再经深入调查，先后出现过这小女孩的人家，均与两个姑娘有亲戚关系，这两位姑娘就是胡叶青、夏苏春。这不正是半个月前到县看守所要求探监的那妖艳女人吗？看来，到了该收网的时候了。公安局长果断地下达命令：一、千方百计保护小女孩的安全；二、收捕两位绑匪……

此时，听到过广播的吕某，已断定他的小姨子闯了祸，虽然他不知道在他家中的那女孩“票价”5000 元，但理智驱使他走上大义灭亲的路。6 月 2 日清早，他即赶到古山镇对岳父母说：“你自己把小女孩领回去！”谁知糊涂的岳父母竟然纵女胡叶青潜逃，而夏苏春倒被聪明的父母扭进了公安局。

6 月 2 日，这是王晓笑被绑的第 9 天，当晚 5 时，她终于从金川乡安然无恙地回到父母身旁。永康县公安局开创了 48 小时就神速安全侦破绑票案的奇迹。

千里追捕女绑匪

“噼噼啪啪”鞭炮齐鸣，笑声欢语。人们抬着香蕉、香烟涌向县公安局，慰问日夜奋战、劳苦功高的人民卫士，感谢他们神速破案，感谢他们安全救回小女孩。“这是我们应该做的，礼物不能收，你们的心意收下了。”老局长又接着说：“这场战斗并未结束！”

是啊，战斗还在进行。主犯胡叶青即王晓笑从相片上辨认出的那个胖阿姨还在逃，她突然在永康的大地上消失了。

胡叶青哪里去了呢？6 月 23 日，民警们在设卡夜巡中终于发现了蛛丝马迹，进而得知了逃犯的具体隐匿处。

警车呼啸而去，顶着炎炎赤日飞驰在新赣国道上。夏树苍翠，夕阳如血。晚饭时分警车到达江西德兴。在城北有一幢不显眼的平房，就是胡叶青的姑妈家，逃犯就藏匿在这里。然而此刻是否在家？三位刑警着便装暗藏武器来到此房周围，刑警副队长从正面往里瞅，只见一个身着白色短袖衬衫、黑色长裤的丰满姑娘，坐在屋子里悠闲自得地织着毛衣。

“就是她，没错!”刑警作了神速包围安排，堵住所有通道。

“叶青!”副队长面对胖姑娘突然喊了一声。

“哎——”姑娘闻声下意识地应了，证实没错。她骤见这不认识的俊武男人盯住自己，还未来得及回过神来，“咔”的一声被铐上了冰凉的手铐。

“你被捕了。”副队长庄严地宣布，办完了法定手续。

“为什么抓人?你是什么人?”老太婆胡的姑妈喊叫起来。当她得知自己的外孙女竟是绑匪时，她愣住了。

千里捕绑匪的警车拉响欢快的胜利警笛驶回永康，历时正好 24 小时。

姑娘的玫瑰梦

预审室笼罩着庄严肃穆的气氛。“5·25”绑票案的要犯胡叶青、夏苏春分别在此接受审讯。

“夏苏春，你该知道怎样才能争取从宽处理?”

“我不想从宽。”

“为什么?”

“我想杀人，我要杀掉×××。”这魔女恬不知耻地缠上她的“三角史”。预审员断然制止并严肃地说：“你要正视现实，好好交代!”

“该讲的都讲了，希望对我从严。”

“我不想转变观点。”

“枪毙就枪毙!”夏苏春不意失声狂哭起来，显然触到伤心处，虽是嘴硬骨头酥，但下面一段话也许有点悟到自己这如花似玉的金色年华沦为绑匪的个中原委：“父母对我太宠了，我人生太顺利了，呜呜呜……老天注定我走入逆境……”真不失为一个变态女人的利嘴。

21 岁的胡叶青显然比她 19 岁的同伙要老练狡猾得多，她口称“我是要改”，可是交代关键问题时东拉西扯，含糊其辞，耍尽软功。预审员压下心头怒火，甩出铁证，两犯无可狡赖才交代了本案的详细经过。

原来胡叶青、夏苏春走出校门就步入“流圈”。终日混迹于台球桌、咖啡屋和舞厅，与劳改释放、贩毒分子为伍，那“三角爱”的高强度刺激，群居鬼混的乐趣，吸上瘾的吗啡，不能一刻没有，吃喝玩乐的玫瑰梦居然做得绘声绘色。

可惜“好景”不长，她们投靠的那个流氓团伙被抓获，头儿胡振喧和她们心中的一些“白马王子”相继锒铛入狱。吃喝玩乐失去依靠，她们缺少钱；去向狱中头儿尽点义气也没有钱。钱，钱，钱？她们交游甚广，自认本身就有魅力、有价值，她们要搞钱，做一个“女佐罗”。

一天，在桥下“燕妮发廊”，夏苏春缠住了施某某。他曾要她推销鸦片，她知道他有支电击催泪手枪。施顶不住“女魔”的缠磨，把枪给了她，她当场试验，扣动扳机把他打得泪水汪汪。“好东西，好东西！”从此催泪枪落到“女魔”之手。5 月 22 日对三轮卡司机施某的那一幕正是“胜利”实习：抢点钱原来如此简单，事后也不见追查。终于走入“匪途”。

5 月 25 日上午，探准王晓笑送幼儿园。11 时许，由夏苏春拐出小姑娘挟上三轮卡直奔柏西。实施了这桩精心策划的罪恶绑票行动。天网恢恢，疏而不漏，她们追求的玫瑰梦终成泡影，如花似玉的妙龄女郎，竟成了世人憎恨的女绑匪，落了个万人唾骂的可耻下场。

（原载 1990 年 9 月 7 日《永康报》）

深夜大爆炸

——官川村“9·8”爆炸案侦破纪实

◎ 方新军

公元1991年9月8日凌晨3时30分，永康县清溪乡官川村发生一起爆炸大案。须臾，永康县公安局副局长谭建勋同志率领“尖刀班”迎着浓重的雾霭出击。

一场智谋与狡诈的撞击、正义与邪恶的较量拉开了序幕。

一

漆黑的夜空，像浸透了墨汁，伸手不见五指，凉飕飕的夜风呼呼地刮着……

村子里静悄悄的，劳累了一天的村民都已进入了梦乡，只有远处偶尔传来几声犬吠打破了夜的宁静。

一辆“轰达”100摩托车从县城神秘地驶来。引擎声在清溪乡官川路口戛然而止。8位鬼鬼祟祟的夜游客匆忙翻身下车。1人留守，2人蹑手蹑脚地来到胡丁旺户正在施工中的一层建筑，提心吊胆地窥视窃听一番，未发现异常动静，才壮着胆子窸窸窣窣地搞了一连串“小动作”。而后，慌慌张张地掉头鼠窜。

“轰、轰、轰……”村里顿时传出了震耳欲聋的几声巨响。

二

呼啸的警车，载着义愤填膺的民警紧急出动。

旋即，谭建勋率领精兵强将赶赴出事地点。

全村灯火通明，宛若白天。现场被梦中惊醒的村民围得水泄不通。

谭副局长是长期分管刑侦工作的老侦探。多年的侦查生涯培养了他沉着

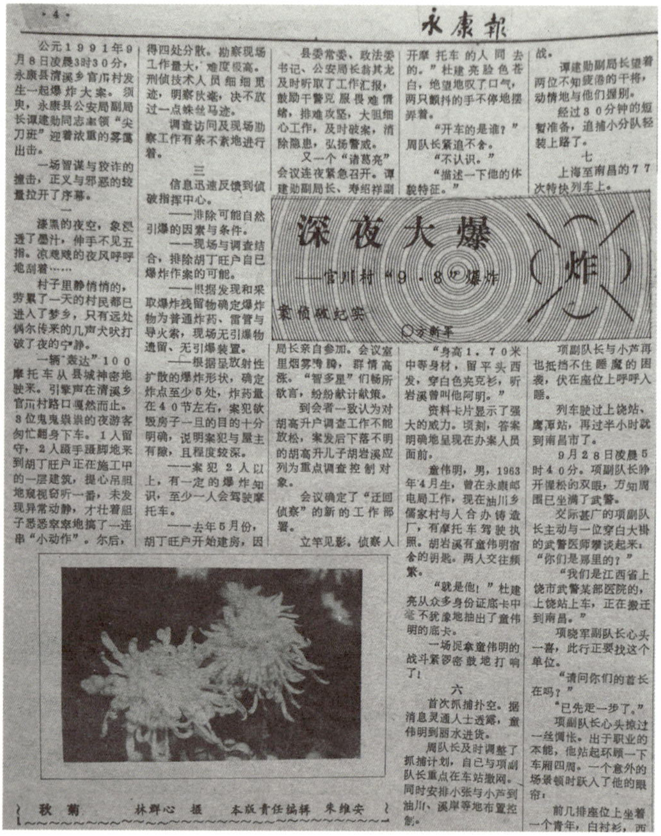

·4·

永康報

深夜大爆（炸）

——官川村“9·8”爆炸

案侦破纪实

○方新平

公元1991年9月8日凌晨3时30分，永康县清溪乡官川村发生一起爆炸大案。须臾，永康县公安局副局长谭建勋同志率领“尖刀班”迎着浓重的雾霭出击。

一场智谋与狡诈的撞击，正义与邪恶的较量拉开了序幕。

一

漆黑的夜空，象浸透了墨汁，伸手不见五指。凉飕飕的夜风呼呼地刮着……

村子里静悄悄的，劳累了一天的村民都已进入了梦乡，只有远处偶尔传来的几声犬吠打破了夜的宁静。

一辆“羲达”100摩托车从县城神密地驶来。引擎声在清溪乡官川村路口戛然而止。3位鬼鬼祟祟的夜游客匆忙翻身下车。1人留守，2人蹑手蹑脚地来到胡丁旺户正在施工中的一层建筑，提心吊胆地窥视窃听一番，未发现异常动静，才壮着胆子悉悉窣窣地搞了一连串“小动作”。尔后，

得四处分散。勘察现场工作量大，难度极高。刑侦技术人员细细觅迹，明察秋毫，决不放过一点蛛丝马迹。

调查访问及现场勘察工作有条不紊地进行着。

三

信息迅速反馈到侦破指挥中心。

——排除可能自然引爆的因素与条件。

——现场与调查结合，排除胡丁旺户自已爆炸作案的可能。

——根据发现和采取爆炸残留物确定爆炸物为普通炸药、雷管与导火索，现场无引爆物遗留、无引爆装置。

——根据呈放射性扩散的爆炸形状，确定炸点至少5处，炸药量在40节左右，案犯欲毁房子一旦的目的十分明确，说明案犯与屋主有隙，且程度较深。

——案犯2人以上，有一定的爆炸知识，至少一人会驾驶摩托车。

——去年5月份，胡丁旺户开始建房，因

县委常委、政法委书记、公安局长翁其龙及时听取了工作汇报，鼓励干警克服畏难情绪，排难攻坚，大胆细心工作，及时破案，消除隐患，弘扬警威。

又一个“诸葛亮”会议连夜紧急召开。谭建勋副局长、寿绍祥副局长亲自参加。会议室里烟雾腾腾，群情高涨。“智多星”们畅所欲言，纷纷献计献策。

到会者一致认为对胡高升户调查工作不能放松，案发后下落不明的胡高升儿子胡岩溪应列为重点调查控制对象。

会议确定了“迂回侦察”的新的工作部署。

立竿见影。侦察人

开摩托车的人同去的。”杜建亮脸色苍白，绝望地叹了口气，两只颤抖的手不停地摆弄着。

“开车的是谁？”周队长紧追不舍。

“不认识。”

“描述一下他的体貌特征。”

“身高1.70米中等身材，留平头西发，穿白色夹克衫，听岩溪曾叫他阿明。”

资料卡片显示了强大的威力。顷刻，答案明确地呈现在办案人员面前。

童伟明，男，1963年4月生，曾在永康邮电局工作，现在油川乡儒家村与人合办铸造厂，有摩托车驾驶执照。胡岩溪有童伟明宿舍的钥匙。两人交往频繁。

“就是他！”杜建亮从众多身份证底卡中毫不犹豫地抽出了童伟明的底卡。

一场捉拿童伟明的战斗紧锣密鼓地打响了！

六

首次抓捕扑空。据消息灵通人士透露，童伟明到丽水进货。

周队长及时调整了抓捕计划，自已与项副队长重点在车站撒网。同时安排小张与小芦到油川、溪岸等地布置控制。

战。

谭建勋副局长望着两位不知疲倦的干将，动情地与他们握别。

经过30分钟的短暂准备，追捕小分队轻装上路了。

七

上海至南昌的77次特快列车上。

项副队长与小芦再也抵挡不住睡魔的困袭，伏在座位上呼呼入睡。

列车驶过上饶站、鹰潭站，再过半小时就到南昌市了。

9月28日凌晨5时40分。项副队长睁开惺松的双眼，方知周围已坐满了武警。

交际甚广的项副队长主动与一位穿白大褂的武警医师攀谈起来：“你们是哪里的？”

“我们是江西省上饶市武警某部医院的，上饶站上车，正在搬迁到南昌。”

项晓军副队长心头一喜，此行正要找这个单位。

“请问你们的首长在吗？”

“已先走一步了。”

项副队长心头掠过一丝惆怅。出于职业的本能，他站起环顾一下车厢四周。一个意外的场景顿时跃入了他的眼帘：

前几排座位上坐着一个青年，白衬衫，西

秋菊　林群心　摄　本版责任编辑　朱维安

冷静、遇变不惊的性格。凭经验，他明白当前遇到的是件棘手的案子。

胡丁旺户正在施工中的一层建筑，被炸出大小洞穴5个，8块多楼板被炸断裂，整幢建筑遭到严重破坏。

由于爆炸力的破坏作用，在现场上遗留的爆炸物、引爆残留物与其他痕迹大部分被炸裂，少量遗留物也被炸得四处分散。勘查现场工作量大，难度极高。刑侦技术人员细细觅迹，明察秋毫，决不放过一点蛛丝马迹。

调查访问及现场勘查工作有条不紊地进行着。

三

信息迅速反馈到侦破指挥中心。

——消除可能自燃引爆的因素与条件。

——现场与调查结合，排除胡丁旺户自己爆炸作案的可能。

——根据发现和提取，爆炸物为普通炸药、雷管与导火索，现场无引爆物遗留、无引爆装置。

——根据呈放射性扩散的爆炸形状，确定炸点至少5处，炸药量在40节左右，案犯欲毁房子于一旦的目的十分明确，说明案犯与屋主有隙，且程度

较深。

——案犯2人以上，有一定的爆炸知识，至少一人会驾驶摩托车。

——1990年5月，胡丁旺户开始建房，因道路留置问题与邻居胡高升户发生纠纷，此后双方发生矛盾冲突多次。

指挥人员在首次紧急案情分析会上果断拍板，“将胡高升户列入重点工作视线，迅速摸清其家庭情况，社会关系，交往人员……”

法网，渐渐张开。

四

经过积极谨慎地工作，指挥人员认为初步接触胡高升户有关人员的条件已经成熟。

9月9日，县公安局刑警队向胡高升夫妇及有关人员发出传唤证。

胡高升老婆哭哭啼啼，连喊冤枉，责怪公安局轻信谗言乱怀疑人，责骂胡丁旺户自己作案诬陷好人。

其他几位也情绪对立，一问三不知，尽要嘴皮。

一团清水给搅浑了。

讯问受挫，没有达到预期的效果。

县委常委、政法委书记、公安局长翁其龙及时听取了工作汇报，鼓励民警克服畏难情绪，排难攻坚，大胆细心工作，及时破案，消除隐患，弘扬警威。

又一个“诸葛亮”会议连夜紧急召开。谭建勋副局长，寿绍祥副局长亲自参加。会议室里烟雾腾腾，群情高涨。“智多星”们畅所欲言，纷纷献计献策。

到会者一致认为对胡高升户的调查工作不能放松，案发后下落不明的胡高升儿子胡岩溪应列为重点调查控制对象。

立竿见影。侦查人员通过“迂回侦查”，捕捉到一个新的目标。

待业青年杜建亮，住缙云县壶镇镇新范村桥西南路118号。杜建亮与胡岩溪关系密切，案发前曾多次会面……

杜建亮知情或同案的可能性极大！调查人员精神一振。

狐狸终于露出了尾巴。侦破工作出现了新的转机。

五

9月25日，刑警队长周龙武飞车前往缙云，提审于1小时前被“请”到壶镇派出所的杜建亮。傍晚时分，杜建亮被“接”到永康公安局。周龙武队长、项晓军副队长亲自上马主审，摆开了审讯架势。

整整4个小时8个回合的较量，杜建亮终于方寸大乱，虚汗直冒。他最终“挺”不住了，像一只泄了气的皮球。

“我坦白，那夜是我与胡岩溪，还有一个开摩托车的人同去的。”杜建亮脸色苍白，绝望地叹了口气，两只颤抖的手不停地摆弄着。

“开车的是谁？”周队长紧追不舍。

“不认识。”

“描述一下他的体貌特征。”

“身高1.70米，中等身材，留平头西发，穿白色夹克衫，听岩溪曾叫他阿明。”

资料卡片显示了强大的威力。顷刻，答案明确地呈现在办案人员面前。

童伟明，男，1963年4月生，曾在永康邮电局工作，在油川乡儒家村与人合办铸造厂，有摩托车驾驶执照。胡岩溪有童伟明宿舍钥匙。两人交往频繁。

“就是他！”杜建亮从众多身份证底卡中毫不犹豫地抽出了童伟明的底卡。

一场捉拿童伟明的战斗紧锣密鼓地打响了！

六

首次抓捕扑空。据消息灵通人士透露，童伟明到丽水进货。

周队长及时调整了抓捕计划，自己与项副队长重点在车站撒网。同时安排小张与小卢到油川、溪岸等地布置控制。

“永康，永康，油川呼叫，童伟明落网。”9月27日下午5时，对讲机里传出了小张的喜报。队员们雀跃不已。

周队长抑制不住内心的喜悦，亲自驾车前往油川“接驾”。

审讯势如破竹。

在强大的政策攻势与无可辩驳的事实面前，童伟明脸无血色，垂头丧气，毫无招架之力。

又一个“堡垒”攻下了。可同志们并没有觉得轻松。本案的关键人物胡岩溪案发后杳如黄鹤。大家心头沉甸甸的。

胡岩溪究竟藏身何处呢？

据查，胡岩溪有一女朋友在江西省上饶市某武警总队医院，该单位刚刚搬迁到南昌市。

这是一个不能疏忽的落脚点。立即进军南昌！

项晓军副队长与青年民警卢智勇主动请战。

谭建勋副局长望着两位不知疲倦的干将，动情地与他们握别。

经过30分钟的短暂准备，追捕小分队轻装上路了。

七

上海至南昌的77次特快列车上。

项副队长与小卢再也抵挡不住睡魔的侵袭，伏在座位上呼呼大睡。

列车驶过上饶站、鹰潭站，再过半小时就到南昌市了。

9月28日凌晨5时40分。项副队长睁开惺忪的双眼，方知周围已坐满了武警。

交际甚广的项副队长主动与一位穿白大褂的武警医师攀谈起来：“你们是哪里的？”

“我们是江西省上饶市武警某部医院的，上饶站上车，正在搬迁到南昌。”

项晓军副队长心头一喜，此行正要找这个单位。

“请问你们的首长在吗？”

“已先走一步了。”

项副队长心头掠过一丝惆怅。出于职业的本能，他站起来环顾一下车厢四周。一个意外的场景顿时跃入了他的眼帘。

前几排座位上坐着一个青年，白衬衫，西洋发，瘦长的身材，一位圆圆胖胖的姑娘依偎在他身上。

会不会是胡岩溪呢？项副队长犯难了。天底下有这样巧的事吗？肯定吗？没把握，因为没有见过胡岩溪本人，只见过他的身份证底卡照片。否定吗？又不放心。

项副队长犹豫再三，叫醒了仍在酣睡中的小卢。

“怎么啦？”

“去看看那人是不是岩溪。”

一听“岩溪”两个字，小卢霍地站起来，睡意跑到九霄云外了，他整了整衣装，装出漫不经心的样子，向那青年走去。

小卢来回踱步两趟，心里暗说：“像，太像了。”

那青年仿佛察觉到什么，起身走动，见有人观察他，就走到开水桶边，装出随随便便的样子，敲了敲开水桶后准备走回座位。

小卢毅然迎上去，在俩人擦肩而过的一瞬间，急中生智拍了拍那青年人的肩膀，猛叫一声：“阿溪。”

那青年先是一惊，马上挤出一丝笑容，伸出右手，用永康乡音回答：“你好，到哪去？”

小卢顺势握住对方的手，不紧不慢地说：“就是来找你的。”

一直在旁边观察的项副队长，迅速逼近，将刑事拘留证呈现在胡岩溪面前。

胡岩溪刚一挣扎，双手就已被戴上了亮晶晶的手铐。

目睹这戏剧性一幕的周围旅客，惊诧不已。

“呜——”一声长鸣，列车在南昌站徐徐停下。

八

夜深了，刑警队长办公室的台灯还散发出柔和的光。

周队长桌上的烟缸，已被挤满了烟蒂。

这些天来，指导员胡跃进同志带队边应付日常工作，边到看守所“全方位”审讯，副队长项晓军同志带队在外围排查取证，案情又有了新的进展。其余几名涉案人员也无一漏网。这起爆炸大案的侦破工作已画上了圆满的句号。在侦破此案期间，民警们见缝插针，又破获了其他几起抢劫、盗窃大案，打了几个漂亮仗。然而，为此付出的代价也着实不小。多少同志没有过上星期天、吃顿安稳饭、睡个安稳觉了。整个刑事侦查机构犹如一架超负荷运转的机器。有的民警累病了也一声不吭，夜以继日、废寝忘食地守在工作岗位上。参战指挥人员始终与民警一道跌打滚爬，既当指挥员又当战斗员。民警的家属也默默地作出了许多自我牺牲。多好的同志，多好的队友啊！周队长的眼睛湿润了。

（原载 1991 年 10 月 30 日《永康报》）

缉捕盗枪幽灵

◎ 方新军

深夜，在改革大潮中喧嚣了一天的永康，沉入了梦乡，就在这静悄悄的秋夜里，一场不寻常的战斗在紧张地进行着。

9 月 2 日凌晨零时 18 分，永康县公安局接到金华市公安局的特急传真通报：两小时前，东阳市一派出所民警宿舍被盗“五四”手枪 1 支、子弹 10 发等物，要求各地公安机关全力协查。

案情十万火急！

正在县公安局通宵值班的县委常委、政法委书记、公安局长翁其龙与值班组长李欣展当机立断，马上派出大批民警、联防队员进行巡逻、守候、查旅馆，同时采取 4 条措施全力缉捕盗枪幽灵。

环城派出所按照县局部署，组织 6 名民警和联防队员，兵分两路，迅速出击。联防队员卢洪峰、俞法来、成友珍在 330 国道线城郊区域警惕地巡视着。

凌晨 2 时 20 分，3 名联防队员巡查到双股金钗地段时，发现公路边站着一个青年人，手拎一只公文包，裤脚卷得高高的，身上有很多泥巴。巡查人员疑窦顿生。

“哪里人？”

“永康人。”青年人犹豫了一下，慌忙用普通话回答。

“请出示身份证。”口音不对！盘问人员紧追不舍。

“忘带了。”

“包内什么东西？”

“没什么。”青年人边答边将手伸进包内。

小成、小俞想到枪案通报，机警地围住对方，拉住青年人的手，准备查包。青年人见势不妙，猛一挣扎，拎着包拼命逃窜。逃跑中借着夜幕掩护，拉开包扔掉枪又扔掉公文包。

联防队员奋起直追，沿水稻田追出 400 米时，忽然“目标”消失了。3

人分头进行搜寻。

小卢发现该青年伏在田埂脚，毫不犹豫地猛扑上去！一边掏手铐，一边高喊队友，共同将其制伏。而后，在水稻田里找到“五四”手枪 1 支、子弹 10 发、公文包 1 只等物。

环城派出所临时审讯室内。青年人坐在墙角小凳上，脑袋耷拉，神情沮丧。

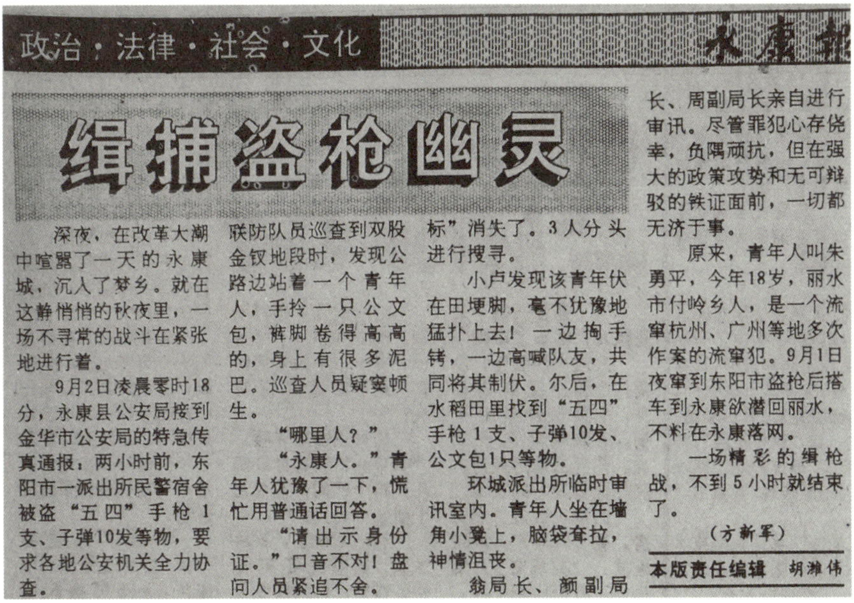
政治·法律·社会·文化　永康报

缉捕盗枪幽灵

深夜，在改革大潮中喧嚣了一天的永康城，沉入了梦乡。就在这静悄悄的秋夜里，一场不寻常的战斗在紧张地进行着。

9月2日凌晨零时18分，永康县公安局接到金华市公安局的特急传真通报：两小时前，东阳市一派出所民警宿舍被盗“五四”手枪1支、子弹10发等物，要求各地公安机关全力协查。

联防队员巡查到双股金钗地段时，发现公路边站着一个青年人，手拎一只公文包，裤脚卷得高高的，身上有很多泥巴。巡查人员疑窦顿生。

“哪里人？”

“永康人。”青年人犹豫了一下，慌忙用普通话回答。

“请出示身份证。”口音不对！盘问人员紧追不舍。

标”消失了。3人分头进行搜寻。

小卢发现该青年伏在田埂脚，毫不犹豫地猛扑上去！一边掏手铐，一边高喊队友，共同将其制伏。尔后，在水稻田里找到“五四”手枪1支、子弹10发、公文包1只等物。

环城派出所临时审讯室内。青年人坐在墙角小凳上，脑袋耷拉，神情沮丧。

翁局长、颜副局长、周副局长亲自进行审讯。尽管罪犯心存侥幸，负隅顽抗，但在强大的政策攻势和无可辩驳的铁证面前，一切都无济于事。

原来，青年人叫朱勇平，今年18岁，丽水市付岭乡人，是一个流窜杭州、广州等地多次作案的流窜犯。9月1日夜窜到东阳市盗枪后搭车到永康欲潜回丽水，不料在永康落网。

一场精彩的缉枪战，不到5小时就结束了。

（方新军）

本版责任编辑　胡潍伟

翁局长、颜副局长、周副局长亲自进行审讯。尽管罪犯心存侥幸，负隅顽抗，但在强大的政策攻势和无可辩驳的铁证面前，一切都无济于事。

原来，青年人叫朱勇平，18 岁，丽水市付岭乡人，是一个流窜杭州、广州等地多次作案的流窜犯。9 月 1 日夜窜到东阳市盗枪后搭车到永康欲潜回丽水，不料在永康落网。

一场精彩的缉枪战，不到 5 小时就结束了。

（原载 1992 年 9 月 18 日《永康报》）

“4·13”永康第一枪案

◎ 陈学军/黄震

枪案，震惊永康

仲春之夜，华灯初上，丽州小城，一派繁华。华溪江畔，车水马龙，各大商场里，顾客熙来攘往；霓虹灯幻出七色彩虹，舞厅里传出动人的旋律……

正是为了这万家的安乐，注定一些人必须奉献自身的欢笑。此时，永康市公安局刑侦队的民警们正紧急出动，分赴各犯罪分子窝点。

这次要擒拿的是一个盗窃团伙。团伙头子陈军，男，21岁，原为永康拖拉机厂职工，曾因盗窃被收容审查，并被列为帮教对象。但该犯仍不思悔改，自去年以来，又伙同金锦信、孔德元等，专干偷抢勾当，作案多起，盗窃价值巨大，公安机关经过内查外调，已基本掌握了他们的犯罪事实。正当公安机关准备收网的时候，狡猾的犯罪分子悄悄地躲了起来，并准备伺机外逃。公安民警估计他们外逃前一定会相互接头，于是就在他们经常出没的三个窝点布下了罗网。

“我们被打伤了，请速来人！”突然，所有公安民警的对讲机里，传来了熟悉而又微弱的紧急呼救声。

“不好，项副队长出事了。”陈孝明大队长迅速作出判断，他本能地看一下表，时针正指向1993年4月13日夜9时40分。他立即组织民警赶赴现场，同时马上把情况向局里作了汇报。

原来，当晚刑侦大队指导员胡跃进得到情况：案犯陈军等正在同案犯吕立溪家中，于是立即会同刚从四路归来的副队长项晓军前往擒拿。在市矿业公司职工宿舍5楼——吕立溪家中，项晓军、胡跃进以迅雷不及掩耳之势，抓获了屋内的陈军、金锦信、孔德元三犯，并用鞋带捆住各人双手，令案犯解下裤带趴在床沿。这时胡跃进意外地发现桌子上留有一张吕立溪写的字条，意思是说他出去一下，9 点钟前一定赶回来，叫陈军等人务必等他。胡跃进一看手表，当时是夜 9：05，估计吕即将回来。为了把案犯一举擒获，胡、项决定留下再等一会。于是由项晓军在屋内看住三名罪犯，自己到门口守候。

陈军等人清楚自己所犯的罪行。于是狗急跳墙，施出江湖盗贼解绳技术解开捆手绳子，然后疯狂扑向项晓军，胡跃进闻声冲进来，孔德元像疯狗般扑过去；项晓军抓住抵挡的空隙抽出手枪，陈军一把抓住项晓军持枪的手用力夺枪，嘴中叫道：“快用凳砸！”金锦信举起凳子，狠狠砸向项晓军头部。项晓军只觉眼一黑，昏了过去。陈军抢过枪，对准胡跃进扣动扳机，但没扣响，便同孔德元一起，用凳砸昏胡跃进，然后抢走六四式手枪一支，子弹 5 发，匆匆遁入夜幕。

“4・13” 枪案，就这样发生了。

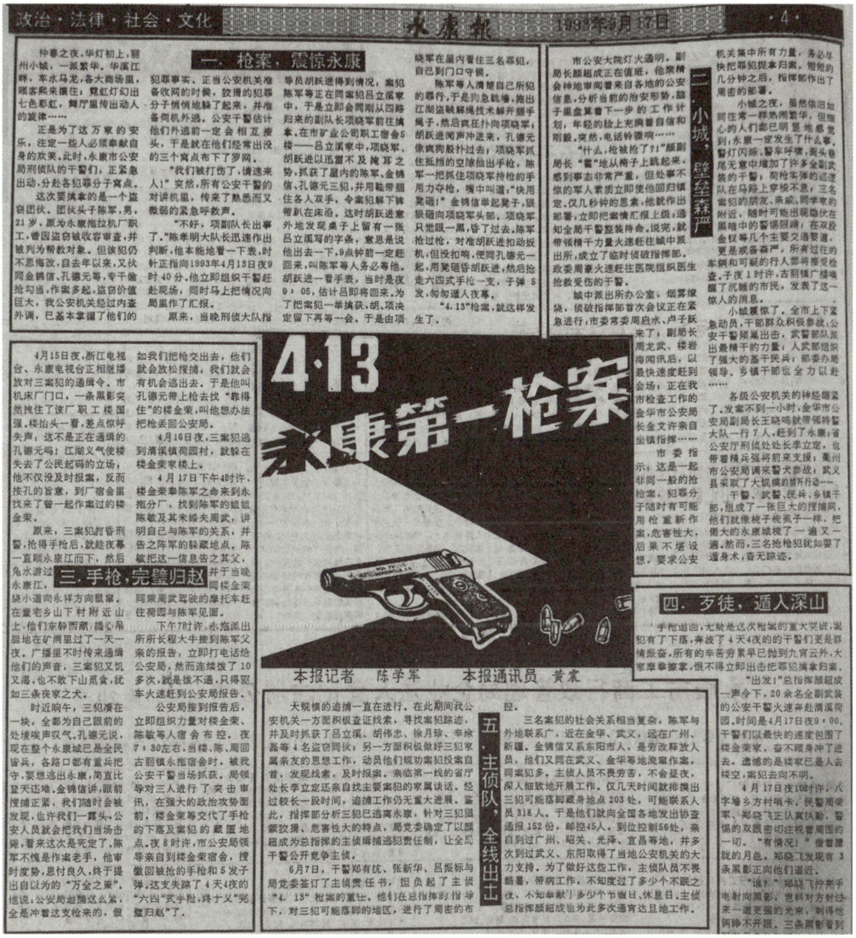

政治・法律・社会・文化　永康报　1993年[illegible]月17日　・4・

4・13 永康第一枪案

本报记者　陈学军　本报通讯员　黄家

仲春之夜，华灯初上，丽州小城，一派繁华。华溪江畔，车水马龙，各大商场里，顾客熙来攘往；霓虹灯幻出七色彩虹，舞厅里传出动人的旋律……

正是为了这万家的安乐，注定一些人必须奉献自身的欢笑。此时，永康市公安局刑侦队的干警们，正紧急出动，分赴各犯罪分子窝点。

这次要擒拿的是一个盗窃团伙。团伙头子陈军，男，21 岁，原为永康拖拉机厂职工，曾因盗窃被收容审查，并被列为帮教对象。但该犯仍不思悔改，自去年以来，又伙同金锦信、孔德元等，专干偷抢勾当，作案多起，盗窃价值巨大，我公安机关经过内查外调，已基本掌握了他们的

一、枪案，震惊永康

犯罪事实。正当公安机关准备收网的时候，狡猾的犯罪分子悄悄地躲了起来，并准备伺机外逃。公安干警估计他们外逃前一定会相互接头，于是就在他们经常出没的三个窝点布下了罗网。

“我们被打伤了，请速来人！”突然，所有公安干警的对讲机里，传来了熟悉而又微弱的紧急呼救声。

“不好，项副队长出事了。”陈孝明大队长迅速作出判断，他本能地看一下表，时针正指向1993年4月13日夜9时 40 分。他立即组织干警赶赴现场，同时马上把情况向局里作了汇报。

原来，当晚刑侦大队指导员胡跃进得到情况，案犯陈军等正在同案犯吕立溪家中，于是立即会同刚从四路归来的副队长项晓军前往擒拿。在市矿业公司职工宿舍5楼——吕立溪家中，项晓军、胡跃进以迅雷不及掩耳之势，抓获了屋内的陈军、金锦信、孔德元三犯，并用鞋带捆住各人双手，令案犯解下裤带趴在床沿。这时胡跃进意外地发现桌子上留有一张吕立溪写的字条，意思是说他出去一下，9点钟前一定赶回来，叫陈军等人务必等他。胡跃进一看手表，当时是夜 9：05，估计吕即将回来。为了把案犯一举擒获，胡、项决定留下再等一会。于是由项晓军在屋内看住三名罪犯，自己到门口守候。

陈军等人清楚自己所犯的罪行，于是狗急跳墙，施出江湖盗贼解绳技术解开捆手绳子，然后疯狂扑向项晓军，胡跃进闻声冲进来，孔德元像疯狗般扑过去；项晓军抓住抵挡的空隙抽出手枪，陈军一把抓住项晓军持枪的手用力夺枪，嘴中叫道：“快用凳砸！”金锦信举起凳子，狠狠砸向项晓军头部。项晓军只觉眼一黑，昏了过去。陈军抢过枪，对准胡跃进扣动扳机，但没扣响，便同孔德元一起，用凳砸昏胡跃进，然后抢走六四式手枪一支，子弹 5 发，匆匆遁入夜幕。

“4.13”枪案，就这样发生了。

二、小城，壁垒森严

市公安大院灯火通明。副局长颜超成正在值班，他聚精会神地审阅着来自各地的公安信息，分析当前的治安形势，脑子里盘算着下一步的工作计划，年轻的脸上充满着自信和刚毅。突然，电话铃骤响……

“什么，枪被抢了？！”颜副局长“霍”地从椅子上跳起来，感到事态非常严重，但处事不惊的军人素质立即使他回归镇定。仅几秒钟的思索，他就作出部署：立即把案情汇报上级；通知全局干警整装待命。说完，就带领精干力量火速赶往城中派出所，成立了临时侦破指挥部。政委周豪火速赶往医院组织医生抢救受伤的干警。

城中派出所办公室，烟雾缭绕，侦破指挥部首次会议正在紧急进行，市委常委周启水、卢子跃来了；副局长周龙武、楼岩梅闻讯后，以最快速度赶到会场；正在我市检查工作的金华市公安局长金文许亲自坐镇指挥……

市委指示：这是一起非同一般的抢枪案，犯罪分子随时有可能用枪重新作案，危害性大，后果不堪设想，要求公安机关集中所有力量，务必尽快把罪犯捉拿归案。短短的几分钟之后，指挥部作出了周密的部署。

小城之夜，虽然依旧如同往常一样热闹繁华，但细心的人们都已明显地感觉到，永康一定发生了什么事。警灯闪烁，警车呼啸，街头巷尾无意中增加了许多全副武装的干警，荷枪实弹的巡逻队在马路上穿梭不息，三名案犯的朋友、亲戚、同学家的附近，随时可能出现隐伏在黑暗中的警惕眼睛，在双胜、金钗等几个主要交通要道，更是戒备森严，所有过往的车辆和可疑的行人都将接受检查。子夜 1 时许，古丽镇广播唤醒了沉睡的市民，发表了这一惊人的消息。

小城震惊了。全市上下紧急动员，干部群众积极参战；公安干警倾巢出击，武警部队派出最精干的力量；人武部组织了强大的基干民兵；部委办局领导、乡镇干部也全力以赴……

各级公安机关的神经绷紧了。发案不到一小时，金华市公安局副局长王晓鸣就带领特警大队一行 7 人，赶到了永康；省公安厅刑侦处处长李立定，也带着精兵强将前来支援；衢州市公安局调来警犬参战；武义县采取了大规模的搜开行动……

干警、武警、民兵、乡镇干部，组成了一张巨大的搜捕网，他们就像梳子梳虱子一样，把偌大的永康城梳了一遍又一遍。然而，三名抢枪犯犹如耍了遁身术，杳无踪迹。

三、手枪，完璧归赵

4月15日夜，浙江电视台、永康电视台正相继播放对三案犯的通缉令。市机床厂门口，一条黑影突然拽住了该厂职工楼国强，楼抬头一看，差点惊呼失声：这不是正在通缉的孔德元吗！江湖义气使楼失去了公民起码的立场，他不仅没及时报案，反而按孔的旨意，到厂宿舍里找来了曾一起作案过的楼金荣。

原来，三案犯打昏刑警，抢得手枪后，就趁夜幕一直顺永康江而下，然后泅水游过永康江，绕小道向永祥方向鼠窜。在童宅乡山下村附近山上，他们东躲西藏，提心吊胆地在矿洞里过了一天一夜。广播里不时传来通缉他们的声音，三案犯又饥又渴，也不敢下山觅食，犹如三条丧家之犬。

时近晌午，三犯凑在一块，全都为自己眼前的处境唉声叹气。孔德元说，现在整个永康城已是全民皆兵，各路口都有重兵把守，要想逃出永康，简直比登天还难。金锦信讲，眼前搜捕正紧，我们随时会被发现，也许我们一露头，公安人员就会把我们当场击毙，看来这次是死定了。陈军不愧是作案老手，他审时度势，思忖良久，终于提出自以为的“万全之策”。他说，公安局追捕这么紧，全是冲着这支枪来的，假如我们把枪交出去，他们就会放松搜捕，我们就会有机会逃出去。于是他叫孔德元带上枪去找“靠得住”的楼金荣，叫他想办法把枪丢回公安局。

4月16日夜，三案犯逃到清溪镇荷园村，就躲在楼金荣家楼上。

4 月 17日下午4时许，楼金荣奉陈军之命来到永拖分厂，找到陈军的姐姐陈敏及其未婚夫周武，讲明自己与陈军的关系，并告之陈军的躲藏地点。陈敏把这一信息告之其父，并于当晚同楼金荣同乘周武驾驶的摩托车赶往荷园与陈军见面。

下午7时许，永拖派出所所长程大牛接到陈军父亲的报告，立即打电话给公安局，然而连续拨了 10 多次，就是拨不通，只得驱车火速赶到公安局报告。

公安局接到报告后，立即组织力量对楼金荣、陈敏等人宿舍布控。夜 7：30左右，当楼、陈、周回古丽镇永拖宿舍时，被我公安干警当场抓获。局领导对三人进行了突击审讯，在强大的政治攻势面前，楼金荣等交代了手枪的下落及案犯的藏匿地点。夜 8 时许，市公安局领导亲自到楼金荣宿舍，搜缴回被抢的手枪和 5 发子弹。这支失踪了 4 天4夜的“六四”式手枪，终于又“完璧归赵”了。

四、歹徒，遁入深山

手枪追回，尤其是这次枪案的重大突破，案犯有了下落，奔波了 4 天4夜的的干警们更是群情振奋，所有的辛苦劳累早已抛到九霄云外，大家摩拳擦掌，恨不得立即出击把罪犯擒拿归案。

“出发！”总指挥颜超成一声令下，20 余名全副武装的公安干警火速奔赴清溪荷园。时间是4月17日夜9：00。干警们以最快的速度包围了楼金荣家，奋不顾身冲了进去。遗憾的是楼家已是人去楼空，案犯去向不明。

4 月 17日夜10时许，八字墙乡方村哨卡，民警周荣军、郑晓飞正认真执勤，警惕的双眼密切注视着周围的一切。“有情况！”借着朦胧的月色，郑晓飞发现有 3 条黑影正向他们逼近。

“谁？”郑晓飞拧亮手电射向黑影，岂料对方射过来一道更强的光束，刺得他俩睁不开眼。三条黑影看到

五、主侦队，全线出击

大规模的追捕一直在进行。在此期间我公安机关一方面积极查证线索，寻找案犯踪迹，并及时抓获了吕立溪、胡伟忠、徐月珍、辛徐磊等 4 名盗窃同伙；另一方面积极做好三犯家属亲友的思想工作，动员他们规劝案犯投案自首，发现线索，及时报案。亲临第一线的省厅处长李立定还亲自找主要案犯的家属谈话。经过较长一段时间，追捕工作仍无重大进展。鉴此，指挥部分析三犯已逃离永康，针对三犯狙猾狡猾、危害性大的特点，局党委确定了以颜超成为总指挥的主侦缉捕逃犯责任制，让全局干警公开竞争主侦。

6月7日，干警郑有抗、张新华、吕振标与局党委签订了主侦责任书，担负起了主侦“4．13”枪案的重任。他们在总指挥的指导下，对三犯可能落脚的地区，进行了周密的布控。

三名案犯的社会关系相当复杂，陈军与外地联系广，近在金华、武义，远在广州、新疆。金锦信又系东阳市人，是劳改释放人员，他们又同在武义、金华等地流窜作案，同案犯多。主侦人员不畏劳苦，不舍昼夜，深入细致地开展工作。仅几天时间就排摸出三犯可能落脚藏身地点 203 处，可能联系人员 318 人。于是他们就向全国各地发出协查通报 152 份，邮控45人，到位控制56处，亲自到过广州、昭关、光泽、宜昌等地，并多次到过武义、东阳取得了当地公安机关的大力支持。为了做好这些工作，主侦队员不畏酷暑，带病工作，不知度过了多少个不眠之夜，不知奉献了多少个节假日、休息日。主侦总指挥颜超成也为此多次通宵达旦地工作。

小城，壁垒森严

市公安大院灯火通明。副局长颜超成正在值班，他聚精会神地审阅着来自各地的公安信息，分析当前的治安形势，脑子里盘算着下一步的工作计划，年轻的脸上充满着自信和刚毅。突然，电话铃骤响……

“什么，枪被抢了？”颜副局长“霍”地从椅子上跳起来，感到事态非常严重，但处事不惊的军人素质立即使他回归镇定。仅几秒钟的思索，他就作出部署：立即把案情汇报上级，通知全局民警整装待命。说完，就带领精干力量火速赶往城中派出所，成立了临时侦破指挥部。政委周豪火速赶往医院组织医生抢救受伤的民警。

城中派出所办公室，烟雾缭绕，侦破指挥部首次会议正在紧急进行，市委常委周启水来了；副局长周龙武、楼岩海闻讯后，以最快速度赶到会场；正在我市检查工作的金华市公安局长金文许亲自坐镇指挥……

市委指示：这是一起非同一般的抢枪案，犯罪分子随时有可能用枪重新作案，危害性大，后果不堪设想，要求公安机关集中所有力量，务必尽快把罪犯捉拿归案。短短的几分钟之后，指挥部作出了周密的部署。

小城之夜，虽然依旧如同往常一样热闹繁华，但细心的人们都已明显地感觉到，永康一定发生了什么事。警灯闪烁、警车呼啸，街头巷尾无意中增加了许多全副武装的民警，荷枪实弹的巡逻队在马路上穿梭不息；三名案犯的朋友、亲戚、同学家的附近，随时可能出现隐伏在黑暗中的警惕眼睛。在双股金钗等几个主要交通要道，更是戒备森严，所有过往的车辆和可疑的行人都将接受检查。子夜 1 时许，古丽镇广播唤醒了沉睡的市民，发表了这一惊人的消息。

小城震惊了。全市上下紧急动员，干部群众积极参战：公安民警倾巢出击，武警部队派出最精干的力量；人武部组织了强大的基干民兵，部委办局领导、乡镇干部也全力以赴……

各级公安机关的神经绷紧了。发案不到一小时，金华市公安局副局长王晓鸣就带领特警大队一行 7 人，赶到了永康；省公安厅刑侦处处长李立定，也带着精兵强将前来支援：衢州市公安局调来警犬参战；武义县采取了大规模的搜捕行动……

民警、武警、民兵、乡镇干部，组成了一张巨大的搜捕网，他们就像梳子梳虱子一样，把偌大的永康城梳了一遍又一遍。然而，三名抢枪犯犹如耍了遁身术，杳无踪迹。

手枪，完璧归赵

4 月 16 日夜，浙江电视台、永康电视台正相继播放对三案犯的通缉令，市机床厂门口，一条黑影突然拽住了该厂职工楼国强。楼抬头一看，差点惊呼失声：这不是正在通缉的孔德元吗！江湖义气使楼失去了公民起码的立场，他不仅没及时报案，反而按孔的旨意，到厂宿舍里找来了曾一起作过案的楼金荣。

原来，三案犯打昏刑警，抢得手枪后，就趁夜幕一直顺永康江而下，然后凫水游过永康江，绕小道向永祥方向鼠窜。在童宅乡山下村附近山上，他们东躲西藏，提心吊胆地在矿洞里过了一天一夜。广播里不时传来通缉他们的声音，三案犯又饥又渴，也不敢下山觅食，犹如三条丧家之犬。

时近晌午，三案犯凑在一块，全都为自己眼前的处境唉声叹气。孔德元说，现在整个永康城已是全民皆兵，各路口都有重兵把守，要想逃出永康，简直比登天还难。金锦信讲，眼前搜捕正紧，我们随时会被发现，也许我们一露头，公安人员就会把我们当场击毙，看来这次是死定了。陈军不愧是作案老手，他审时度势，思忖良久，终于提出自以为的“万全之策”。他说：公安局追捕这么紧，全是冲着这支枪来的，假如我们把枪交出去，他们就会放松搜捕，我们就会有机会逃出去。于是他叫孔德元带上枪去找“靠得住”的楼金荣，叫他想办法把枪丢回公安局。4 月 16 日夜，三案犯逃到清溪镇荷园村，就躲在楼金荣家楼上。

4 月 17 日下午 4 时许，楼金荣奉陈军之命来到永拖分厂，找到陈军的姐姐陈敏及其未婚夫周武，讲明自己与陈军的关系，并告之陈军的躲藏地点。陈敏把这一信息告之其父，并于当晚同楼金荣同乘周武驾驶的摩托车赶往荷园与陈军见面。

下午 7 时许，永拖派出所所长程大牛接到陈军父亲的报告，立即打电话给公安局，然而连续拨了 10 多次，就是拨不通，只得驱车火速赶到公安局报告。

公安局接到报告后，立即组织力量对楼金荣、陈敏等人宿舍布控。夜7:30左右，当楼、陈、周回古丽镇永拖宿舍时，被我公安民警当场抓获。局领导对三人进行了突击审讯，在强大的政治攻势面前，楼金荣等交代了手枪的下落及案犯的藏匿地点。夜8时许，市公安局领导亲自到楼金荣宿舍，搜缴回被抢的手枪和5发子弹。这支失踪了4天4夜的“六四”式手枪，终于又“完璧归赵”了。

歹徒，遁入深山

手枪追回，无疑是这次枪案的重大突破，案犯有了下落，奔波了4天4夜的民警们更是群情振奋，所有的辛苦劳累早已抛到九霄云外，大家摩拳擦掌，恨不得立即出击把罪犯擒拿归案。

“出发!”总指挥颜超成一声令下，20余名全副武装的公安民警火速奔赴清溪荷园。时间是4月17日夜9：00。民警们以最快的速度包围了楼金荣家，奋不顾身冲了进去。遗憾的是楼家已是人去楼空，案犯去向不明。

4月17日夜10时许，八字墙乡方村哨卡，民警周荣军、郑晓飞正认真执勤，警惕的双眼密切注视着周围的一切。“有情况!”借着朦胧的月色，郑晓飞发现有3条黑影正向他们逼近。

“谁?”郑晓飞拧亮手电射向黑影，岂料对方射过来一道更强的光束，刺得他俩睁不开眼。三条黑影看到眼前是身着警服的人时，吓得丢下背包，转身就逃。

“是他们!”郑晓飞迅速作出判断，迈开箭步追去，一边大喊“站住”!郑晓飞是跑步能手，歹徒跑起来哪里是他的对手。5米、2米、1米……眼看就要被追上了，突然后面传来“砰”的一声枪响——是队友鸣枪警告了。郑晓飞一呆，本能地应声卧倒，当他起来时，亡命之徒已窜进深山，无影无踪了。

枪声就是命令，民警、武警、交警、民兵及自发而来的方村农民共上千人，组成了一支浩浩荡荡的搜山大军。许多村民拿起了猎枪、应急灯；有三位熟悉地形的村民，自发要求当向导。大规模的搜山一直持续到第二天清晨，然而除了搜到一只犯罪分子扔下的背包外，其他一无所获。

主侦队，全线出击

大规模的追捕一直在进行。在此期间我公安机关一方面积极查证线索，寻找案犯踪迹，并及时抓获了吕立溪、胡伟忠、徐月珍、辛涂磊等4名盗窃同伙；另一方面积极做好三犯家属亲友的思想工作，动员他们规劝案犯投案自首，发现线索，及时报案。亲临第一线的省厅处长李立定还亲自找主要案犯的家属谈话。经过较长一段时间，追捕工作仍无重大进展。鉴于此，指挥部分析三犯已逃离永康，针对三犯猖獗狡猾、危害性大的特点，局党委确定了以颜超成为总指挥的主侦缉捕逃犯责任制，让全局民警公开竞争主侦。

6月7日，民警郑有抗、张新华、吕振标与局党委签订了主侦责任书，担负起了主侦“4·13”枪案的重任。他们在总指挥的指导下，对三犯可能落脚的地区，进行了周密的布控。

三名案犯的社会关系相当复杂，陈军与外地联系广，近在金华、武义，远在广州、新疆。金锦信又系东阳市人，是劳改释放人员，他们又同在武义、金华等地流窜作案，同案犯多。主侦人员不畏劳苦，不舍昼夜，深入细致地开展工作。仅几天时间就排摸出三犯可能落脚藏身地点203处，可能联系人员318人。于是他们就向全国各地发出协查通报52份，邮控45人，到位控制56处，亲自到过广州、昭关、光泽、宜昌等地，并多次到过武义、东阳取得了当地公安机关的大力支持。为了做好这些工作，主侦队员不畏酷暑，带病工作，不知度过了多少个不眠之夜，不知奉献了多少个节假日、休息日。主侦总指挥颜超成也为此多次通宵达旦地工作。

法网恢恢，疏而不漏

6月28日，案犯之一金锦信一到义乌就被我公安机关布控的暗线盯上，并马上报告义乌市公安局，在金华市刑侦支队的大力支持下，轻而易举地把金犯抓获了。

原来，三犯自从在八字墙方村被发现后，三人各自逃命，相互失散。后来金锦信意外地与陈军凑到一块，于是两人从武义到金华，再到衢州，逃向福建、广州、湖南、湖北等地。一路上两人又曾多次作案偷抢财物。在从沙市至宜昌途中，金、陈再次失散，金想回永康，但身无分文，只得沿途讨饭，结果刚流浪到义乌，就落入了法网。

金锦信落网后，主侦人员分析孔德元可能在永康，再经过深入细致的侦查，终于发现孔德元父亲孔兆咋有重大的窝藏嫌疑。于是在7月1日夜，刑侦队秘密传唤孔兆咋。审讯从夜7时一直持续到第二天，连续10多个小时的政策攻心。孔兆咋终于在第二天凌晨交代了孔德元就藏在清溪山西孔村施苏月家中的事实。

原来，孔与陈、金逃散后，单独逃往芝英方向。4月19日中午，逃到芝英五村外婆家中。4月21日由其父带回家中躲藏。4月22日，公安民警对孔家进行搜查，躲在楼上的孔德元吓得屁滚尿流地爬到隔壁楼上，由此，他感到在家里不够保险，于是由其父与同村一个远房亲戚——施苏月取得联系，于4月25日转移到施家。

7月2日，颜超成带领缉捕小分队出发了，一路上，颜副局长沉默不语，他把整个行动计划的每一个环节又重新参详了一遍，连可能发生的意外及防范措施都作了充分设想，直到认为万无一失为止。他暗下决心；这一回绝不能让罪犯再跑了。

一到山西，民警们立即把施苏月家团团包围，接着用话筒向内喊话，叫孔犯出来自首。孔德元听到动静，从楼口冲出，企图跳楼而逃，但一看那乌黑的十几支枪正对准他，知道已插翅难飞，只得乖乖地束手就擒。

且说陈军在宜昌与金锦信失散后，只身流窜到岳阳，后又辗转到湖南长沙，在那里结识了清溪镇邵宅村的邵静波。当邵得到陈军就是抢枪犯时，非但不报案，反而出于同乡义气，与陈一起返回永康，并让陈军化名徐志江藏在家中。7月2日，陈军又化名邵振广住进石柱下里溪闽味饭店。在那里，他与服务员徐美凤混得很熟。后来，又通过徐美凤到武义与号称“武义鳖王”的徐振通取得联系，并于8月8日来到武义，与王旭林、钟鸣等结成新的犯罪团伙，继续作案。

8月25日，主侦人员得知陈军已流窜到武义，立即通报给武义公安局并组织力量前往缉捕。武义公安局接到永康通报后，马上对陈军在武义的同案犯及交往人员实行查控。壶山派出所副所长李新法当夜便采取秘密侦查手段，寻找陈军踪迹。8月27日夜12时，终于查到了陈军在武义的落脚点。在所长傅中伟的带领下，李新法和几名民警突然包围了武义县城下荷巷王旭林的家。

案犯陈军还没从睡梦中清醒过来，一支乌黑的手枪已抵住了他的脑袋。至此，“4·13”枪案的追捕行动终于画上了一个圆满的句号。

枪案的启示

永康市第一枪案就这样结束了，随着时间的推移，事件的本身也许很快就会被人所淡忘，但是对于那众多的包庇者来说，其教训是永生难忘的。

“4·13”枪案所涉及的包庇、窝藏、资助逃犯的亲属、朋友、同学多达22人，现在已有13人被逮捕。他们之所以有意无意地帮助了罪犯，有的是碍于同学的情谊，有的是出于同乡义气，有的是难舍骨肉亲情，也就是说在情与法面前，他们都只掂到了情的分量，却忽视了法的尊严，从而使自己陷入了犯罪的深渊。由此可见，普及法律知识，让所有的人知法、懂法、守法，也是必要的一课。

（原载1993年9月17日《永康报》）

以“魔”制魔显神威

——“4 · 20”绑架勒索案侦破纪实

◎ 金菊爱/金永和

4 月 20 日凌晨，芝英三村一个才 1 岁半的小男孩突然从父母同处一室的小床上失踪，房门口留下了一张索要 20 万元的恐吓字条，消息震惊了丽州大地。案情则一时扑朔迷离。我市公安民警经过夜以继日连续作战，终于在 26 日晚上一举擒获了罪犯，并从罪犯魔爪下解救了被绑架的孩子。

5 月 4 日，金华市中级人民法院在我市公开审理此案，一审判处案犯吴九星死刑，剥夺政治权利终身。

凌晨，安卧在床上的孩子突然失踪

4 月 19 日晚，温柔和煦的春风不时掠过静谧的乡野，给劳累了一天的乡村人殷勤地编织着甜美的梦境。芝英三村一幢临溪而立的四层楼房内，应雄伟一家像往常一样，忙完了一天的工活，午夜之后相继熄灯休息。时间静悄悄地滑入到 4 月 20 日。

突然，一条蛰伏着窥视已久的黑影蹿下溪滩，从应家楼边搭建的简易工棚窗口爬入楼内，先撬掉东大门的门锁，然后蹑手蹑脚地摸上二楼。在连续开启第四个门时，找到了卧室。卧室门居然没上锁！那人不禁窃喜，闪身进入房内。转眼之间，黑影便匆匆下楼，走出东大门，消失在茫茫夜幕之中……

凌晨 4 时左右，女主人应林群起床解手时，忽然发现紧挨着大床的小床上已是空空如也。夫妻俩顿时大惊失色。“救命啊！”尖厉的呼救声本能地冲口而出，划破了春夜黎明前的宁静。

呼救声惊醒了熟睡中的左邻右舍和亲友，大家急忙奔进房来，都不知发生了什么事情。应雄伟夫妻俩怎能相信，在 1 时 30 分左右还曾把过尿、喂过食的才 1 岁半的儿子应宇刚，本好好地安卧在床上，怎会转眼便没了踪影？开始的混乱过去后，他们立即跑到芝英派出所报了案。随即亲友们分头四处

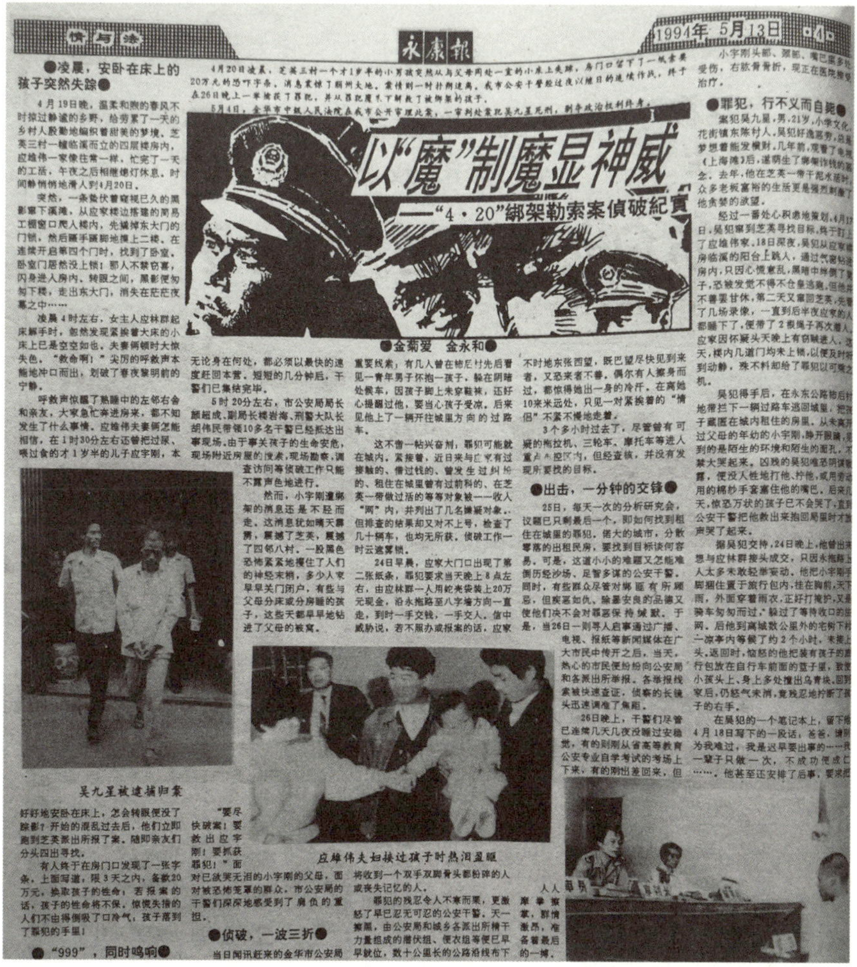

情与法　永康报　1994年5月13日　·4·

4月20日凌晨，芝英三村一个才1岁半的小男孩突然从与父母同处一室的小床上失踪，房门口留下了一纸索要20万元的恐吓字条。消息震惊了丽州大地，案情则一时扑朔迷离。我市公安干警经过夜以继日的连续作战，终于在26日晚上一举擒获了罪犯，并从罪犯魔爪下解救了被绑架的孩子。

5月4日，金华市中级人民法院在我市公开审理此案，一审判处案犯吴九星死刑，剥夺政治权利终身。

以“魔”制魔显神威

——“4·20”綁架勒索案偵破紀實

●金菊爱　金永和●

●凌晨，安卧在床上的孩子突然失踪●

4月19日晚，温柔和煦的春风不时掠过静谧的乡野，给劳累了一天的乡村人殷勤地编织着甜美的梦境。芝英三村一幢临溪而立的四层楼房内，应雄伟一家像往常一样，忙完了一天的工活，午夜之后相继熄灯休息。时间静悄悄地滑入到4月20日。

突然，一条潜伏着窥视已久的黑影窜下溪滩，从应家楼边搭建的简易工棚窗口爬入楼内，先撬掉东大门的门锁，然后蹑手蹑脚地摸上二楼。在连续开启第四个门时，找到了卧室。卧室门居然没上锁！那人不禁窃喜，闪身进入房内。转眼之间，黑影便匆匆下楼，走出东大门，消失在茫茫夜幕之中……

凌晨4时左右，女主人应林群起床解手时，忽然发现紧挨着大床的小床上已是空空如也。夫妻俩顿时大惊失色。“救命啊！”尖厉的呼救声本能地冲口而出，划破了春夜黎明前的宁静。

呼救声惊醒了熟睡中的左邻右舍和亲友，大家急忙奔进房来，都不知发生了什么事情。应雄伟夫妻俩怎能相信，在1时30分左右还曾把过尿、喂过食的才1岁半的儿子应宇刚，本好好地安卧在床上，怎会转眼便没了踪影？开始的混乱过去后，他们立即跑到芝英派出所报了案。随即亲友们分头四出寻找。

有人终于在房门口发现了一张字条，上面写道：限3天之内，备款20万元，换取孩子的性命；若报案的话，孩子的性命将不保。惊慌失措的人们不由得倒吸了口冷气：孩子落到了罪犯的手里！

吴九星被逮捕归案

●“999”，同时鸣响●

……无论身在何处，都必须以最快的速度赶回本营。短短的几分钟后，干警们已集结完毕。

5时20分左右，市公安局局长颜继成、副局长楼岩海、刑警大队长胡伟民带领10多名干警已经抵达出事现场。由于事关孩子的生命安危，现场附近房屋的搜索，现场勘察，调查访问等侦破工作只能不露声色地进行。

然而，小宇刚遭绑架的消息还是不胫而走。这消息犹如晴天霹雳，震撼了芝英，震撼了四邻八村。一股黑色恐怖紧紧地攫住了人们的神经末梢，多少人家早早关门闭户，有些与父母分床或分房睡的孩子，这些天都早早地钻进了父母的被窝。

“要尽快破案！要救出应宇刚！要抓获罪犯！”面对已欲哭无泪的小宇刚的父母，面对被恐怖笼罩的群众，市公安局的干警们深深地感受到了肩负的重担。

●侦破，一波三折●

当日闻讯赶来的金华市公安局……重要线索：有几人曾在柿后村先后看见一青年男子怀抱一孩子，躲在阴暗处候车，因孩子脚上未穿鞋袜，还好心提醒过他，要当心孩子受凉。后来见他上了一辆开往城里方向的过路车。

这不啻一帖兴奋剂，罪犯可能就在城内。紧接着，近日来与应家有过接触的、借过钱的、曾发生过纠纷的、租住在城里曾有过前科的、在芝英一带做过活的等等对象被一一收入“网”内，并列出了几名嫌疑对象。但排查的结果却又对不上号，检查了几十辆车，也均无所获。侦破工作一时云遮雾锁。

24日早晨，应家大门口出现了第二张纸条，罪犯要求当天晚上8点左右，由应林群一人用蛇皮袋装上20万元现金，沿永拖路至八字墙方向一直走，到时一手交钱，一手交人。信中威胁说，若不照办或报案的话，应家将收到一个双手双脚骨头都粉碎的人或丧失记忆的人。

应雄伟夫妇接过孩子时热泪盈眶

罪犯的残忍令人不寒而栗，更激怒了早已忍无可忍的公安干警。天一擦黑，由公安局和城乡各派出所精干力量组成的潜伏组、便衣组等便已早早就位，数十公里长的公路沿线布下……不时地东张西望，既巴望尽快见到来者，又恐来者不善。偶尔有人擦身而过，都惊得她出一身的冷汗。在离她10来米远处，只见一对紧挨着的“情侣”不紧不慢地走着。

3个多小时过去了，尽管曾有可疑的拖拉机、三轮车、摩托车等进入重点监控区内，但经查核，并没有发现所要找的目标。

●出击，一分钟的交锋●

25日，每天一次的分析研究会，议题已只剩最后一个，即如何找到租住在城里的罪犯。偌大的城市，分散零落的出租民房，要找到目标谈何容易。可是，这道小小的难题又怎能难倒历经沙场、足智多谋的公安干警。同时，有些群众尽管对绑匪有所顾忌，但疾恶如仇、除暴安良的品德又使他们决不会对罪恶保持缄默。于是，当26日一则寻人启事通过广播、电视、报纸等新闻媒体在广大市民中传开之后，当天，热心的市民便纷纷向公安局和各派出所举报。各举报线索被快速查证，侦察的长镜头迅速调准了焦距。

26日晚上，干警们尽管已连续几天几夜没睡过安稳觉，有的刚刚从省高等教育公安专业自学考试的考场上下来，有的刚出差回来，但人人摩拳擦掌，群情激昂，准备着最后的一搏。

小宇刚头部、颈部、嘴巴等多处受伤，右肱骨骨折，现正在医院接受治疗。

●罪犯，行不义而自毙●

案犯吴九星，男，21岁，小学文化，花街镇东陈村人。吴犯好逸恶劳，总是梦想着能发横财。几年前，观看了电视《上海滩》后，遂萌生了绑架作钱的念。去年，他在芝英一带干泥水活时，众多老板富裕的生活更是强烈刺激了他贪婪的欲望。

经过一番处心积虑地策划，4月17日，吴犯窜到芝英寻找目标，终于盯上了应雄伟家。18日深夜，吴犯从应家楼房临溪的阳台上跳入，通过气窗钻进房内，只因心慌意乱，黑暗中摔倒了凳子，恐被发觉不得不仓皇逃窜。但他并不善罢甘休，第二天又窜回芝英，先看了几场录像，一直到后半夜应家的人都睡下了，便带了2根绳子再次潜入。应家因怀疑头天晚上有窃贼进人，这天，楼内几道门均未上锁，以便及时听到动静，殊不料却给了罪犯以可乘之机。

吴犯得手后，在永东公路柿后村地带拦下一辆过路车逃回城里，把孩子藏匿在城内租住的房里。从未离开过父母的年幼的小宇刚，睁开眼睛，看到的是陌生的环境和陌生的面孔，不禁大哭起来。凶残的吴犯唯恐阴谋败露，便没人性地打他、拧他，或用劳动用的棉纱手套塞住他的嘴巴。后来几天，惊恐万状的孩子已不会哭了，直到公安干警把他救出来抱回局里时才放声哭了起来。

据吴犯交待，24日晚上，他曾出来想与应林群接头成交，只因永拖路上人太多未敢轻举妄动。他把小宇刚手脚捆住置于旅行包内，挂在胸前，天下雨，外面穿着雨衣，正好打掩护，又是骑车匆匆而过，躲过了等待收口的法网。后他到离城数公里外的宅树下村一凉亭内等候了约2个小时，未接上头，返回时，恼怒的他把装有孩子的旅行包放在自行车前面的篮子里，致使小孩头上、身上多处撞出乌青块。回到家后，仍怒气未消，竟残忍地拧断了孩子的右手。

在吴犯的一个笔记本上，留下他4月18日写下的一段话：爸爸，请别为我难过，我是迟早要出事的……我一辈子只做一次，不成功便成仁……。他甚至还安排了后事，要求把……

寻找。

终于有人在房门口发现了一张字条，上面写道：限3天之内，备款20万元，换取孩子的性命；若报案的话，孩子的性命将不保。惊慌失措的人们不由得倒吸了一口冷气：孩子落到了罪犯的手里！

“999”，同时鸣响

5时左右，我市公安局刑侦大队的民警们所佩带的BP机“999”同时鸣响。这是“紧急归队”的代号，这是只有出现大案、要案时才会发出的群呼信号，公安民警一收到此信号，无论身在何处，都必须以最快的速度赶回大本营。短短的几分钟后，民警们已集结完毕。

5 时 20 分左右，市公安局长颜超成、副局长楼岩海、刑警大队长胡伟民带领 10 多名民警抵达现场。由于事关孩子的生命安危，对现场附近房屋的搜索、现场勘查、调查访问等侦破工作只能不露声色地进行。

然而，小宇刚遭绑架的消息还是不胫而走。这消息犹如晴天霹雳，震撼了芝英，震撼了四邻八村。一股黑色恐怖紧紧地攫住了人们的神经末梢，多少人家早早关门闭户，有些与父母分床或分房睡的孩子，这些天都早早地钻进了父母的被窝。

“要尽快破案！要救出应宇刚！要抓获罪犯！”面对已欲哭无泪的小宇刚的父母，面对被恐怖笼罩的群众，市公安局的民警们深深地感受到了肩负的重担。

侦破，一波三折

当日闻讯赶来的金华市公安局副局长王晓明、刑侦支队队长高宪政和其他技术人员立即与我市公安民警一道投入战斗，一张无形的“网”悄悄而又迅速地撒开。

在明察暗访中，终于获得一条重要线索：有几人曾在柿后村先后看见一青年男子怀抱一孩子。躲在阴暗处候车，因孩子脚上未穿鞋袜，还好心提醒过他，要当心孩子受凉。后来见他上了一辆开往城里方向的过路车。

这不啻为一帖兴奋剂：罪犯可能就在城内。紧接着，近日来与应家有过接触的、借过钱的、曾发生过纠纷的、租住在城里曾有过前科的、在芝英一带做过活的等等对象被一一收入“网”内，并列出了几名嫌疑对象。但排查的结果却又对不上号，检查了几十辆车，也均无所获。侦破工作一时云遮雾锁。

24 日早晨，应家大门口出现了第二张纸条，罪犯要求当天晚上 8 点左右，由应林群一人用蛇壳袋装上 20 万元，到时一手交钱，一手交人。信中威胁说，若不照办或报案的话，应家将收到一个双手、双脚、骨头都粉碎的人或丧失记忆的人。

罪犯的残忍令人不寒而栗，更激怒了早已忍无可忍的公安民警。天一擦黑，由公安局和城乡各派出所精干力量组成的潜伏组、便衣组等便已早早就位，数十公里长的公路沿线布下了天罗地网。

这天晚上，天下着大雨，雨点借着乍暖还寒的冷风，使劲抽打着路上行人，使人陡增几分恐惧。应林群身背蛇壳袋，步履不免沉重而慌乱。她不时地东张西望。既巴望尽快见到来者，又恐来者不善。偶尔有人擦身而过，都惊得她出一身的冷汗。在离她10来米远处，只见一对紧挨着的“情侣”不紧不慢地走着。

3个多小时过去了，尽管曾有可疑的拖拉机、三轮车、摩托车等进入重点在控区内，但经核查，并没有发现所要找的目标。

出击，一分钟的交锋

25日，每天一次的分析研究会，议题已只剩最后一个，即如何找到租住在城里的罪犯。偌大的城市，分散零落的出租民房，要找到目标谈何容易。可是，这道小小的难题又怎能难倒历经沙场、足智多谋的公安民警。同时，有些群众尽管对绑匪有所顾忌，但疾恶如仇、除暴安良的品德又使他们绝不会对罪恶保持缄默。于是，当26日一则寻人启事通过广播、电视、报纸等新闻媒体在广大市民中传开之后，当天，热心的市民便纷纷向公安局和各派出所举报。各举报线索被迅速查证，侦查的长镜头迅速调准了焦距。

26日晚上，民警们尽管已连续几天几夜没睡过安稳觉，有的则刚从省高等教育公安专业自学考试的考场上下来，有的刚出差回来，但人人摩拳擦掌，群情激昂，准备着最后的一搏。

9时35分，20多个队员分四路神不知鬼不觉地包围了五福巷2号出租民房，随后6名精干的民警以迅雷不及掩耳之势破门冲进了2号房间。里面的两名男子，一个尚未反应过来已束手就擒。另一名男子眼见情势不妙，立即扑到一光着身子的小男孩身上。用双手死死卡住了小孩的脖子。孩子生命危在旦夕！岂容罪犯再逞凶狂！机智勇敢的民警奋力冲上去，合力制服了罪犯，从其魔爪下把孩子救了出来。

整个交锋还不到1分钟时间。

小宇刚被抱回局里后，市公安局副政委周豪赶紧给他买面包吃，有的立即给他找来小孩的衣服穿上。当夜，应雄伟、应林群夫妇从刑侦队员手里接过“阔别”7天7夜的儿子时，泣不成声。应林群咚地跪倒在地上，一迭声地说：“感谢政府，感谢公安局……”

小宇刚头部、颈部、嘴巴里多处受伤，右肱骨骨折，现正在医院接受治疗。

罪犯，行不义而自毙

案犯吴九星，男，21 岁，小学文化，花街镇东陈村人。吴犯好逸恶劳，总是梦想着能发横财。几年前，观看了电视剧《上海滩》后，遂萌生了绑架诈钱的恶念。去年，他在芝英一带干泥水活时，众多老板富裕的生活更是强烈刺激了他贪婪的欲望。

经过一番处心积虑的策划，4 月 17 日，吴犯窜到芝英寻找目标，终于盯上了应雄伟家。18 日深夜，吴犯从应家楼房临溪的阳台上跳入，通过气窗钻进房内，只因心慌意乱，黑暗中绊倒了凳子，恐被发觉不得不仓皇逃跑。但他并不善罢甘休，第二天又窜回芝英，先看了几场录像，一直到后半夜应家的人都睡下了，便带了 2 根绳子再次潜入。应家因怀疑头天晚上有盗贼进入，这天，楼内几道门均未上锁，以便及时听到动静，不料却给了罪犯以可乘之机。

吴犯得手后，在永东公路柿后村地带拦下一辆过路车逃回城里，把孩子藏匿在城内租住的房里。从未离开过父母的年幼的小宇刚，睁开眼睛，见到的是陌生的环境和陌生的面孔，不禁大哭起来。凶残的吴犯唯恐阴谋败露，便没人性地打他、拧他，或用劳动用的棉纱手套塞住他的嘴巴。后来几天，惊恐万状的孩子已不会哭了，直到公安民警把他救出来抱回局里时才放声哭了起来。

据吴犯交代，24 日晚上，他曾出来想与应林群接头成交，只因永拖路上人太多未敢轻举妄动。他把小宇刚手脚捆住置于旅行包内，挂在胸前，天下雨，外面穿着雨衣，正好打掩护，又是骑车匆匆而过，躲过了等待收口的法网。后他到离城数公里外的宅树下村一凉亭内等候了约 2 个小时。未接上头，返回时，恼怒的他把装有孩子的旅行包放在自行车前面的篮子里，致使小孩子头上、身上多处撞出乌青。回到家后，仍怒气未消，竟残忍地拧断了孩子的右手。

在吴犯的一个笔记本上，留下他 4 月 18 日写下的一段话：爸爸，请别为我难过，我是迟早要出事的……我一辈子只做一次，不成功便成仁……他甚至还安排了后事，要求把属于自己的屋基留给弟弟。但是，对自己所犯下的罪恶，他并没有真正悔悟，市中院开庭时，他的最后陈述居然是："希望法庭能从轻发落。"

21岁，正值绚烂的青春年华，他本可以凭自己并不愚笨的脑袋和已有一技之长的双手，营造出富足的生活，然而，膨胀的贪欲、好逸恶劳的习性，终于驱使他以身试法，走进了犯罪的深渊，用罪恶的双手葬送了自己的一生。

（原载1994年5月13日《永康报》）

28万元铺就的地狱之路

——我市“5·21”金库被盗案侦破纪实

◎ 陈学军/方金水/应广伟

雨夜报案

闪电、雷鸣、倾盆大雨……

这恼人的雨直搅得我市刑侦大队长胡伟民意乱心烦。是啊，许多突发性的案件总是发生在雨夜，这已是午夜11时40分了，胡伟民依然辗转难眠，冥冥中觉得有什么事要发生。

“嘀嘀嘀……”突然，拴在腰间的BP机骤响，敏锐的警觉使他迅速拨通大哥大：“什么？金库被盗？”刑大大队长脸色陡变，睡意全无，他立即组织刑警，直奔案发现场。

被盗的是丽州城市信用社金库。该社坐落在市区解放街140号。这是一家成立才7年的信用社。近年来，由于我市经济飞速发展，城市信用社资金存储量逐年翻倍，实力相当雄厚。这样的金库被盗，绝对不是小数目。经清点，被盗金额达28万余元，这是我市历史上数额最大的一起盗窃案。

勘查现场发现，金库墙上被挖开了一个不规则的洞。罪犯是从外墙打洞进来的。在值班人员的床上、地上及洞口散落着一捆捆五元面值的人民币。金库外面楼梯边的墙上又发现有2个洞，刑警们分析是犯罪分子开始时打的，挖开后，发现不是金库，又重新往里挖。

在12时45分，市公安局副局长楼岩海赶来了。这位军人出身的大个子，蹲在案犯进出的洞口和通道，久久凝视沉思。丽州城市信用社北墙紧挨着一幢私人住宅，两墙相隔只有24公分，最宽的地方也只有35公分。如此窄的通道，成年人根本无法正面通行，即使是侧身移动也很困难。犯罪分子要在如此狭窄的空间里打洞作案，足见其身材瘦小、打洞手段高明。不多久，楼副局长的脑海里就定格出罪犯的身材特征：案犯在两人以上，其中一人为小个子、瘦长形，年龄在20岁左右。

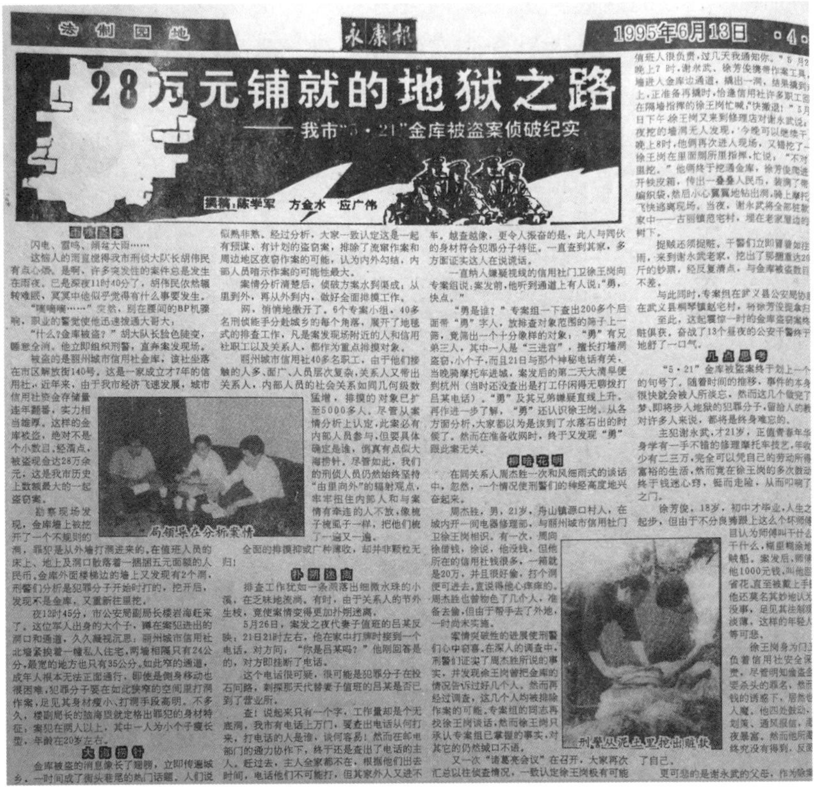

法制园地　永康报　1995年6月13日　·4·

28万元铺就的地狱之路

——我市"5·21"金库被盗案侦破纪实

撰稿：陈学军　方金水　应广伟

局领导在分析案情

刑警从泥土里挖出赃款

大海捞针

金库被盗的消息像长了翅膀，立即传遍城乡。一时间成了街头巷尾的热门话题。人们说平常曾听到银行被抢，却很少听到金库被盗。金库是何等森严堡垒，居然也被盗。足见犯罪分子手段是何等高明，他若要偷普通百姓的钱财，那可是囊中取物了……

金库盗案，非同一般。市委市府震惊了，市长王建平指示，一定要集中力量，迅速破案，并马上拨出 7 万元作为破案经费。与此同时，案情通报到金华市公安局和省公安厅。省委常委、省公安厅厅长斯大孝接报后作了重要批示，并派出刑侦专家赴永康指导侦破。金华市公安局局长金文许，也作了重要批示。5 月 24 日，省人民银行向全省金融部门发了特急通报，并直报中国人民银行总行。

面对来自各方的压力，市公安局方寸不乱，依然是稳扎稳打，有条不紊地进行了周密的部署。局领导会同有关人员召开紧急会议，组织了以局长高宪政为总指挥，以刑侦大队、内保科、城中派出所为主，抽调全局刑侦精英共 40 人分成 6 个小组，组成强有力的专案组。局领导在大会上宣布，案犯从谁眼皮底下溜过，谁就别想再吃公安这碗饭了。

没饭碗事小，砸牌子可就严重了。自我加压后的民警们，没有放过任何蛛丝马迹。案情分析会上，大家根据积累的经验和掌握的情况畅所欲言：案犯选择了一条人们难以想象人能进出的路线，使信用社前面的几道防线形同虚设，其作案时间恰好选择在营业人员已经下班而值班人员迟到的间隙，足见其对信用社情况相当熟悉，犯罪现场无慌乱痕迹，可见整个作案过程是从容不迫的。但从被打的三个洞和被盗现金面额分析，案犯又显得对此地似熟非熟。经过分析，大家一致认定这是一起有预谋、有计划的盗窃案，排除了流窜作案和周边地区夜窃作案的可能，认为内外勾结，内部人员暗示作案的可能性最大。

案情分析清楚以后，侦破方案水到渠成：从里到外，再从外到内，做好全面排摸工作。

网，悄悄地撒开了，6 个专案组，40 多名刑侦能手分赴城乡的每个角落，展开了地毯式的排查工作，凡是案发现场附近的人和信用社职工以及关系人，都作为重点排查对象。

丽州城市信用社 40 多名职工。由于他们接触的人多、面广、人员层次复杂，关系人又带出关系人，内部人员的社会关系如同几何级数猛增，摸排对象已扩至 5000 多人。尽管从案情分析上认定，此案必有内部人员参与。但要具体确定是谁，倒真有点似大海捞针了。尽管如此，我们的刑侦人员仍然始终坚持“由里向外”的辐射观点，牢牢揪住内部人和与案情有牵连的人这一点不放。像梳子梳虱子一样，把他们梳了一遍又一遍。

全面的摸排或许广种薄收，却并非颗粒无归！

扑朔迷离

排查工作犹如一条溅落出细微水珠的小溪，在乏味地流淌。有时，由于关系人的节外生枝，竟使案情变得更加扑朔迷离。

5月26日，案发之夜代妻子值班的吕某反映：21日21时左右，他在家中打牌时接到一个电话，对方问："你是吕某吗?"他刚回答是的，对方即挂断了电话。

这个电话很可疑，很可能是犯罪分子在投石问路，刺探那天代替妻子值班的吕某是否已经到了营业所。

查！说起来只有一个字，工作量却是个无底洞，我市有电话上万部，要查出电话从何打来，打电话的人是谁，谈何容易！然而在邮电部门的通力协作下，终于还是查出了电话的主人。赶过去，主人全家都不在，根据他们出去的时间，电话不可能是他们打的。但其家外人又进不去。再查，发现有个亲戚接出去一个分机，沿着线索追踪的结果令刑警们哭笑不得；那天晚上，江西一个打工仔闲得发慌翻电话号码本，偶然发现吕某的名字与其兄姓名一样，便拨了电话。

唐先派出所反映，胡某某，有名的打洞专家（指擅用打墙洞方式盗窃），案发前因盗窃价值20多万元的铝锭被抓，审查时脱铐逃跑，其用螺丝刀打洞的惯用手法与现场犯罪分子作案手段对上号。经查，予以排除。

22日，古山派出所的一位联防队员在朋友家玩时，听人说林某某一位亲戚真运气，拾到30万元钱。刑警想会不会是犯罪分子盗了钱后遗失？方新军立即带人调查，在芝英找到有关人员，证实有其事，并证实该人到芝英买过摩托车。越查越像，更令人振奋的是，此人与同伙的身材符合犯罪分子的特征。一直查到其家，多方面证实这人在说谎话。

一直被纳入嫌疑视线的信用社门卫徐王岗向专案组说：案发前，他听到通道上有人说："勇，快点。"

"勇是谁?"专案组一下查出200多个后面带"勇"字人。放入排查对象范围的筛子一筛，竟筛出一个十分相像的对象："勇"有兄弟三人，其中一人是"三进宫"，擅长打墙洞盗窃，小个子，而且21日与那个神秘电话有关，当晚骑摩托车进城，案发后的第二天大清早便到杭州（当时还没查出是打工仔闲得无聊拨打吕某电话）。"勇"及其兄弟嫌疑直线上升，再作进一步了解，"勇"还认识徐王岗。从各方面分析，大家都认为该到水落石出的时候了，然而在准备收网时，又发现"勇"跟此案无关。

柳暗花明

在同关系人周杰胜一次和风细雨的谈话中，忽然，一个情况使刑警们的神经高度兴奋起来。

周杰胜，男，21岁，舟山镇沅口村人，在城内开一间电器修理部，与丽州城市信用社门卫徐王岗相识。有一次，周向徐借钱，徐说，他没钱，但他所在的信用社钱很多，一箱就是20万，并且很好偷，打个洞便可进去。直说得他心痒痒的。周杰胜也曾物色了几个人，准备去偷。但由于帮手去了外地，一时尚未实施。

案情突破性的进展使刑警们心中窃喜。在深入的调查中，刑警们证实了周杰胜所说的事实，并发现徐王岗曾把金库的情况告诉过好几个人，然而再经过调查，这几个人均被排除作案的可能。专案组的同志再找徐王岗谈话，然而徐王岗只承认专案组已掌握的事实，对其他的仍然缄口不语。

又一次“诸葛亮会议”在召开，大家再次汇总以往侦查情况。一致认定徐王岗极有可能就是内奸，他既然会把金库的情况告诉周杰胜，也同样会把它告诉其他人，他没有说出来的人，极有可能就是案犯。局领导毅然决定，对一直外松内紧控制着的徐王岗正面接触。

6月2日，副局长楼岩海、刑侦大队长胡伟民亲自审讯徐王岗，那是一场智慧与邪恶的较量。徐王岗，人称“牛皮糖”，是一块不见棺材不掉泪的老姜。对此，专家组制定了一套周密的审讯方案，紧紧抓住内部案犯可能尚未跟外部案犯接触，钱未拿到先进班房于心不甘的心理，利用“马拉松”式的政策攻心，慢慢渗透，逐个击破的办法，迫使他交代。到了次日凌晨，徐王岗终于交代，他也曾对南苑路开摩托车修理店的谢永武说过信用社金库的情况。

狐狸尾巴终于露出来了。刑警们心中窃喜。凭直觉这个谢永武可能就是主犯。

此时已是凌晨2时，刻不容缓。内保科长陈孝明立即带领民警冒雨来到南苑路10号摩托车修理店，竟扑了个空。

民警们立即秘密守候。凌晨2时30分许，谢永武终于一头撞了进来，只见乌黑的枪口正对准着他。

连夜突击审讯。到了上午7时50分，谢永武终于交代与徒弟徐芳俊合伙盗窃金库的犯罪事实：

1995年4月初，徐王岗多次来到摩托车修理部说，最近信用社正忙于招工，偷金库很方便。只需从后挖个洞便能偷到钱，还说他可以帮忙放风，保证能成功。谢永武终于动了心，多次与徒弟一起前往察看地形，伺机下手。5月13日，徐王岗对谢永武说："这两天不能偷，值班人很负责，过几天我通知你。"5月20日晚上7时，谢永武、徐芳俊携带作案工具，翻墙进入金库边通道，撬出一洞，结果挖到走道上。正准备再撬时，恰逢信用社许多职工进社，在隔壁指挥的徐王岗忙喊："快撤退！"5月21日下午，徐王岗又来到修理店对谢永武说："昨夜挖的墙洞无人发现，今晚可以继续干。"晚上8时，他俩再次进入现场，又错挖了一洞，徐王岗在里面厕所里指挥，忙说："不对，往里挖。"他俩终于挖通金库。徐芳俊爬进去撬开铁皮箱，递出一沓沓人民币，装满了带去的编织袋，然后小心翼翼地钻出洞，骑上摩托车，飞快逃离现场。当夜，谢永武将全部赃款运到家中——古丽镇范宅村，埋在老家旁边的一棵树下。

捉贼还需捉赃，民警们立即冒着如注的大雨，来到谢永武的老家，挖出了那捆重达26多公斤的钞票。经反复清点，与金库被盗数目分文不差。

与此同时，专案组在武义县公安局协作下，在武义县桐琴镇赵宅村，将徐芳俊捉拿归案。

至此，这起震惊一时的金库盗窃案终于人赃俱获，奋战了13个昼夜的公安民警终于长长地舒了一口气。

几点思考

"5·21"金库被盗案终于画上了一个圆满的句号。随着时间的推移，事件的本身也许很快就会被人所淡忘。然而这几个做完了大美梦，即将步入地狱的犯罪分子，留给人的教训，对许多人来说，都是终生难忘的。

主犯谢永武，才21岁，正值青春年华，自身学有一手不错的修理摩托车技艺，年收入至少有二三万，完全可以凭自己的劳动所得过上富裕的生活。然而竟在徐王岗的多次鼓动下，终于钱迷心窍、铤而走险，从而叩响了地狱之门。

徐芳俊，18岁，初中才毕业，人生之路刚起步，但由于不分良莠跟上这么个坏师傅。并且认为师傅叫干什么就得干什么，糊里糊涂地上了贼船。案发后，师傅只给了他1000元钱。让他回家省着花。直至被戴上手铐时，他还莫名其妙地认为自己没事，足见其法制观念淡薄，这样的年轻人是何等可悲。

徐王岗身为门卫，肩负着信用社安全保卫之责，尽管明知偷盗金库是要杀头的罪名，然而在金钱的诱惑下，居然走火入魔。他帮忙出谋划策，通风报信，妄想一夜暴富。然而他所想要的终究没有得到，反而毁了自己。

更可悲的是谢永武的父母，作为除案犯之外的第一知情者，假如谢母在关键时刻能明白事理，割舍骨肉之情，婉劝儿子投案自首，或许能得到从宽处理。然而他们不仅知情不报，反而为儿子转移赃款。也就是说他们在情与法面前，只掂到了情的分量，而忽视了法的尊严，从而也使自己陷入了犯罪的泥潭。

此案发生后，受震动最大的当然是金融部门了。在案发现场，记者看到信用社是一幢二层旧砖木结构，外库的内门是木质的。司必灵锁没有平常百姓家的防盗片护卫。装着巨额现金的铁皮箱上的锁，并不比中学生抽屉的锁强多少，这对盗贼来说，打开铁箱易如反掌。另外，信用社每晚由2名职工在外库值班。规定20时前必须到达金库值班室。然而21日夜，两名值班的女工均未亲自到场，而是由其丈夫代替，其中一名在营业厅看电视看到22时30分。另一名姗姗来迟，22时半左右才到信用社。案犯交代，他们正是利用这“宝贵”的空隙下了手。由此可见，此案的发生，既有其偶然性，也有其必然性。正如省人民银行通报中所说：“……有关人员思想极度麻痹，严重违反库房管理和守库制度，违规存放巨额库存现金，导致案件发生。”案发后，丽州城市信用社痛定思痛，吸取惨痛教训，采取了一系列的整改措施，但愿“亡羊而补牢，未为晚也”。

（原载1995年6月13日《永康报》）

啤酒房爆炸之谜

◎ 应广伟/施俊星

6 月 13 日下午 3 时 10 分，新店乡石塘村经销店的女店主陈兰贞打开存放啤酒的仓库房门，上去拉动一箱啤酒时，突然“轰”的一声炸响，啤酒、玻璃乱溅，她当即被炸昏在地，不省人事。正在隔壁提寿生酒的张绍南被这剧烈的爆炸震呆了，但他马上就想到了妻子的安危，跑到啤酒房，发现倒在地上的妻子满脸是血，衣服破碎、身体多处流血，特别是左手腕几乎被炸断，只剩少量皮肉粘连着，惨不忍睹。听到这莫名其妙的爆炸声后，村民们纷纷涌向出事地点，看个究竟。他们帮助张绍南把受重伤的陈兰贞抬上拖拉机，送往市第一人民医院抢救。

过去不止一次听说过啤酒瓶发生爆炸事故的村民，怀着对假冒伪劣商品的憎恨，迅速对此爆炸案下了结论：啤酒瓶高温闷热引起大爆炸。村支书抓起电话就把这次爆炸事故反映到永康电视台，反馈到啤酒生产厂家——缙云仙都啤酒厂。当天夜里，永康电视台就对此案作了报道。

第二天，市公安局主管刑侦的副局长楼岩海闻此啤酒房爆炸的消息后，要求刑侦大队不管是不是啤酒瓶爆炸都去调查核实一下。刑侦大队副大队长胡顺达立即率刑技人员前往现场勘查。

现场是 5 间一层红砖水泥结构的平房，被炸的啤酒房在西棚头。啤酒房的门框被炸移位，窗玻璃全部炸碎，里面的 10 来箱啤酒大多已炸碎，旁边的墙上被炸出一个直径约 40 厘米的洞，一些包装纸盒还在冒烟。

啤酒瓶爆炸不可能有这么大的威力，啤酒瓶爆炸是物理运动，不可能引燃纸盒，只有炸药爆炸才能引起燃烧，而那个墙洞正好符合炸药爆炸中心点的特征。胡顺达很快作出判断，这是炸药爆炸。

法医赶到医院对陈兰贞作了检验，发现陈的伤基本上是烧灼伤，而烧灼伤只能是炸药爆炸引起。

技术员在现场勘查中提取到了钢珠、电池皮、碳棒等人为爆炸证据。

种种迹象表明，这是一起有预谋的爆炸杀人案，而且案犯设计了电动引爆装置。

而此时，啤酒瓶大爆炸的新闻正在引起各有关方面的重视，市检察院、工商局、劳动局纷纷派人来到石塘村调查“爆炸事故”，仙都啤酒厂也随后派人前来调查处理。

警方对外界严守了现场勘查的秘密。胡顺达向刑侦大队长方新军作了汇报，方新军迅速带民警前往石塘村增援。侦破工作紧张有序地展开。

警方从案犯报复爆炸杀人的动机入手侦查此案。问题是这5间平房不是受害人自己的，而是邻居陈吕德家的。去年10月张绍南家房子被烧，同张家关系较好的陈吕德就把未完工的平房借给张家当仓库。案犯会不会报复陈吕德家呢？民警们经过仔细分析，一致认为此案报复杀人的动机明显。经调查，陈吕德家没有结怨如此深的仇家，平常陈家人也很少涉足啤酒房，作案目标是针对张绍南家的。警方果断地把侦查重点放在侦查同张家有利害关系的对象上。

在询问中，张家提供了一名重大嫌疑对象，本村35岁的复员军人陈金东。陈金东是石塘村公认的聪明人，对电器修理很内行。4年前，张家19岁的大女儿欣赏他的聪明，同他谈起了恋爱，但在深入交往中，张女发现陈金东心胸狭窄，性格孤僻、暴戾，而同他分手。陈金东对此怀恨在心，几次到张家吵闹，敲掉张家的店柜台，并写信索要损失费15000元，张家未予理睬。有村民反映，陈金东懂爆破，曾用炸药炸过鱼。警方当即决定秘密传讯陈金东。

陈金东不在村中，警方就在他家附近蹲点守候。晚7时许，陈金东刚踏入家门即被押上警车。

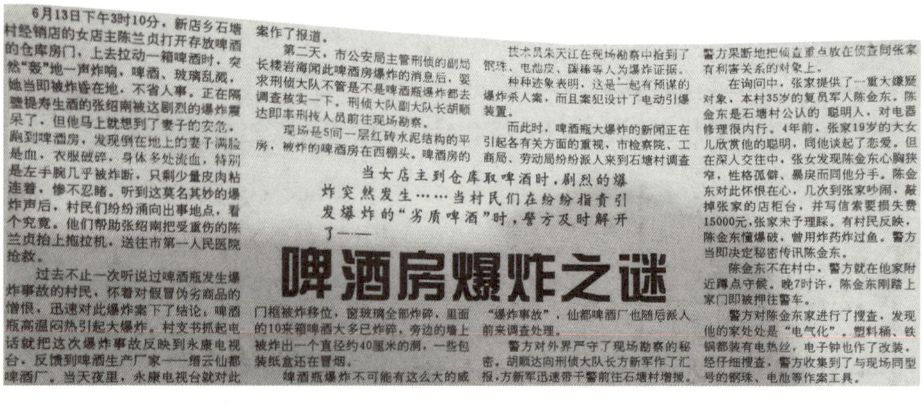

当女店主到仓库取啤酒时，剧烈的爆炸突然发生……当村民们在纷纷指责引发爆炸的“劣质啤酒”时，警方及时解开了——

啤酒房爆炸之谜

6月13日下午3时10分，新店乡石塘村经销店的女店主陈兰贞打开存放啤酒的仓库房门，上去拉动一箱啤酒时，突然“轰”地一声炸响，啤酒、玻璃乱溅，她当即被炸昏在地，不省人事。正在隔壁提寿生酒的张绍南被这剧烈的爆炸震呆了，但他马上就想到了妻子的安危，跑到啤酒房，发现倒在地上的妻子满脸是血，衣服破碎，身体多处流血，特别是左手腕几乎被炸断，只剩少量皮肉粘连着，惨不忍睹。听到这莫名其妙的爆炸声后，村民们纷纷涌向出事地点，看个究竟。他们帮助张绍南把受重伤的陈兰贞抬上拖拉机，送往市第一人民医院抢救。

过去不止一次听说过啤酒瓶发生爆炸事故的村民，怀着对假冒伪劣商品的憎恨，迅速对此爆炸案下了结论：啤酒瓶高温闷热引起大爆炸。村支书抓起电话就把这次爆炸事故反映到永康电视台，反馈到啤酒生产厂家——缙云仙都啤酒厂。当天夜里，永康电视台就对此案作了报道。

第二天，市公安局主管刑侦的副局长楼岩海闻此啤酒房爆炸的消息后，要求刑侦大队不管是不是啤酒瓶爆炸都去调查核实一下。刑侦大队副大队长胡顺达即率刑技人员前往现场勘察。

现场是5间一层红砖水泥结构的平房，被炸的啤酒房在西棚头。啤酒房的门框被炸移位，窗玻璃全部炸碎，里面的10来箱啤酒大多已炸碎，旁边的墙上被炸出一个直径约40厘米的洞，一些包装纸盒还在冒烟。

啤酒瓶爆炸不可能有这么大的威

技术员朱天江在现场勘察中拾到了钢珠、电池皮、碳棒等人为爆炸证据。

种种迹象表明，这是一起有预谋的爆炸杀人案，而且案犯设计了电动引爆装置。

而此时，啤酒瓶大爆炸的新闻正在引起各有关方面的重视，市检察院、工商局、劳动局纷纷派人来到石塘村调查“爆炸事故”，仙都啤酒厂也随后派人前来调查处理。

警方对外界严守了现场勘察的秘密，胡顺达向刑侦大队长方新军作了汇报，方新军迅速带干警前往石塘村增援。

警方果断地把侦查重点放在侦查同张家有利害关系的对象上。

在询问中，张家提供了一重大嫌疑对象，本村35岁的复员军人陈金东。陈金东是石塘村公认的 聪明人，对电器修理很内行。4年前，张家19岁的大女儿欣赏他的聪明，同他谈起了恋爱，但在深入交往中，张女发现陈金东心胸狭窄，性格孤僻、暴戾而同他分手。陈金东对此怀恨在心，几次到张家吵闹，敲掉张家的店柜台，并写信索要损失费15000元，张家未予理睬。有村民反映，陈金东懂爆破，曾用炸药炸过鱼。警方当即决定秘密传讯陈金东。

陈金东不在村中，警方就在他家附近蹲点守候。晚7时许，陈金东刚踏上家门即被押往警车。

警方对陈金东家进行了搜查，发现他的家处处是“电气化”，塑料桶、铁锅都装有电热丝，电子钟也作了改装，经仔细搜查，警方收集到了与现场同型号的钢珠、电池等作案工具。

警方对陈金东家进行了搜查，发现他的家处处是“电气化”。塑料桶、铁锅都装有电热丝，经仔细搜查，警方收集到了与现场同型号的钢珠、电池等作案工具。

但自认为天衣无缝的陈金东并不轻易服输，探长何建党等刑警同他作了三个回合斗智斗勇的较量，17 日凌晨他终低头认罪，交代了精心策划的作案经过：他利用在部队当侦察兵时学到的爆破知识和电子技术，于 12 日设计成功了电动引爆装置——触动即引发爆炸，13 日凌晨 3 时潜入啤酒房放置好引爆装置，天亮后就进城游玩一整天，制造不在现场，无作案时间的假象。

17 日上午，陈金东被刑事拘留，押往看守所。

（原载 1996 年 6 月 27 日《永康日报》）

失踪的白金戒指

◎ 吕剑新

公园里 特大盗窃案

1997 年 1 月 17 日，外出多日的吴嫦娥回到了古丽镇公园里的家，她打开房门，却吃惊地发现屋内的家具东倒西歪，一片狼藉，保险箱门、抽屉洞开……她赶紧拨通了报警电话。

接到报案的市公安局刑侦大队和城中派出所民警迅速赶到现场，经过勘查确定：犯罪嫌疑人从吴嫦娥家窗户入室，盗走了白金戒指、钻石戒指等金银玉器及一辆大黑鲨摩托车，损失物品价值在 11 万元以上。

这是一起特大盗窃案！侦查工作立即全面展开。

盗窃犯 上海落网

时钟转到了 1997 年 2 月 28 日，市公安局刑侦大队接到上海市某公安分局打来的电话：上海警方抓获了在上海准备以低价出售钻石戒指等金银玉器的永康籍犯罪嫌疑人陈龙升，请我市公安局查询发案情况。

这正是“1·17”盗窃大案的犯罪嫌疑人！公安局立即组织侦查人员北上，把犯罪嫌疑人带回审查，在上海被缴获的赃物也随之带回。

陈龙升，男，现年 28 岁，新店乡塘头村人，自幼便劣迹斑斑。24 岁时因盗窃被判有期徒刑 3 年，1996 年上半年出狱。审讯中：陈龙升自知难逃法网，交代了他先后三次窜入吴嫦娥家盗窃的犯罪事实，并声称摩托车和白金戒指已经卖给陌生人。

侦查人员立即展开了追赃工作，很快便追回了价值 2 万多元的大黑鲨摩托车，但价值 5 万多元的白金戒指却始终不见踪影。

陈龙升在侦查人员的多次审讯中，也隐约猜到了白金戒指的不菲价格，后来他干脆否认窃过白金戒指。

1997年8月23日　·3·　永康日报

公园里　特大盗窃案

1997年元月17日，外出多日的吴嫦娥回到了在古丽镇公园里的家。她打开房门，却吃惊地发现屋内的家具东倒西歪，一片狼籍，保险箱门、抽屉洞开……她赶紧拨通了报警电话。

接到报案的市公安局刑侦大队和城中派出所迅速赶到现场，经过勘查确定：作案的犯罪嫌疑人从吴嫦娥家窗户入室，窃走了白金戒指、钻石戒指等金银玉器及一辆大黑鲨摩托车，损失物品价值在11万元以上。

这是一起特大盗窃案！侦查工作立即全面展开。

盗窃犯　上海落网

时钟转到了1997年2月28日，市公安局刑侦大队接到上海市某公安分局打来的电话：上海警方抓获了在上海准备以低价出售钻石戒等金银玉器的永康籍犯罪嫌疑人陈龙升，请我市公安局查询发案情况。

这正是"1·17"盗窃大案的犯罪嫌疑人！公安局立即组织侦查人员北上，把犯罪嫌疑人带回审理，在上海被缴获的赃物也随即带回。

陈龙升，男，现年28岁，新店乡塘头村人，自幼便劣迹斑斑。24岁时因盗窃被判有期徒刑3年，1996年上半年出狱。审讯中，陈龙升自知难逃法网，交待了他先后三次窜入吴嫦娥家盗窃的犯罪事实，并声称摩托车和白金戒指已经卖给陌生人。

侦查人员立即展开了追赃工作，很快便追回了价值2万多元的大黑鲨摩托车，但价值5万多元的白金戒指却始终不见踪影。

陈龙升在侦查人员的多次审讯中，也隐约猜到了白金戒指的不菲价

失踪的

白金戒指

○吕剑新　设计：一虹

大案追踪

的没有窃白金戒指！"陈龙升的抵赖又进了一步。

"白金戒指被陈龙升窃走是无疑的，而审查陈龙升又审不出结果，我们得另外想想路子。"两位民警一直协商到晚上12点多钟。

通过多次认真阅卷，两人最后确定：从陈龙升外逃的路线及落脚点查找白金戒指。由于陈龙升编造的外逃路线漏洞百出，两人决定先到陈龙升落网的上海查访。

赴上海　细察暗访

1997年5月25日中午，吕文广和卢智勇经过5个多小时的旅途奔波，踏上了繁华的大上海。

据陈龙升交待，他在上海跟张名进住在一起，张就住在五角场政通路

了口，并答应晚上6时带张名进到商店与两位民警碰面。

张名进，男，39岁，浙江缙云人，1996年在嘉兴偶然认识陈龙升后，两人往来密切。2月26日，陈龙升携带部分窃来的金银玉器找到张名进，让张帮忙在上海找买家。虽然张名进对陈龙升带来的金银玉器感到怀疑，但哥们义气还是促使他帮陈龙升去找买主。陈龙升被上海警方抓获并押回永康后，知道了陈龙升底细的张名进后悔不已。5月26日中午，张名进听店老板说有永康来的警察找他，以为是来抓他的，便央求老板为他打掩护。下午得知警察找他是为了取证后，张名进虽仍有点紧张，但还是决定跟他们见面。

晚上6点，两位民警准时来到商店，张名进便讲起了陈龙升来上海的

来到嘉兴环城东路章德宝夫妇开的
动工具经销店。但见店门紧锁，卢
勇使劲拍了几下门，仍无人来开门

"要不先回去吧，明天再来。
卢智勇看着吕文广。他俩急急忙忙
来，晚饭还没有时间吃过，而倾盆
雨把他们全身都淋透了。

"既然已经来了，就再找找吧。
吕文广转身去敲旁边的门。

经过一阵子打听，两人终于找
章德宝的住处，并了解到，陈龙升
向章借了5000元钱。

开门的是章的妻子王宇，章德
到绍兴去了。

"陈龙升的事你知道吗？"两
民警开门见山。

"知道的，陈龙升到上海之前
我家呆了一夜。他是来看我们的，
接从永康来。"

陈龙升外逃的落脚点只有嘉兴
上海了，吕文广和卢智勇大喜过望
他们同时都想到了陈龙升曾向章德
借过5000元钱。

"他是来还债的吧。"他们话
有话。

"这我不清楚，那晚是章德宝
己在家中接待的，我一直都在商店。"
王宇显得有些紧张。

白金戒指极有可能就在章德宝
中。两位民警深知欲速则不达，便
王宇问了章德宝的情况，并向她宣
了法律知识。临别时他们让王宇告
章德宝："5月31日到永康市公安
预审科来一趟，争取主动。"

当晚，他们赶回了永康。

"我待陈龙升是很不错的，想不
到他却这样陷害我……"31日，章
宝把白金戒指送到预审科，悔恨连连

（注：文内姓名有改动）

拨迷雾　另辟蹊径

1997年4月，"1·17"盗窃大案的案卷送到市公安局预审科副科长吕文广和年轻的预审民警卢智勇面前。经过仔细阅读案卷，两人的思维不约而同地定格在"失踪"的白金戒指上。

"为了追缴白金戒指，我们仔仔细细地搜查了陈龙升的家，里外搜遍了，硬是没有白金戒指。"此案侦查人员这样说。

"这戒指是我丈夫在我们结婚周年时送给我的，因为太贵重，我一直舍不得戴，把它锁在保险箱中。"吴嫦娥听说白金戒指失踪，非常难过。

"其实我窃的东西中根本没有白金戒指，我是被侦查人员追问不过才骗他们说把戒指卖给了陌生人。我真的没有窃白金戒指！"陈龙升的抵赖又进了一步。

"白金戒指被陈龙升窃走是无疑的，而审查陈龙升又审不出结果，我们得另外想想路子。"两位民警一直协商到晚上12点多钟。

通过多次认真阅卷，两人最后确定：从陈龙升外逃的路线及落脚点查找

白金戒指，由于陈龙升编造的外逃路线漏洞百出，两人决定先到陈龙升落网的上海查访。

赴上海 细察暗访

1997 年 5 月 25 日中午，吕文广和卢智勇经过 5 个多小时的旅途奔波，踏上了繁华的大上海。

据陈龙升交代，他在上海跟张名进住在一起，张就住在五角场政通路 120 号。两位民警顾不上休息，匆匆吃过晚饭后便前往寻访。

夜上海灯火辉煌，景色迷人，他俩却无心欣赏。经过几个小时的打听寻找，他们终于来到了政通路 120 号，而此时已是晚上 10 点多钟。120 号门敲不开，他们只好先找了一个旅馆住下。

26 日早上，他们在当地户籍警的陪同下来到政通路 120 号，这是一间商店，三人一到商店，店老板就认出户籍警，并告诉他们张名进是此店打工仔，外出办事去了。

下午，他们又来到店里，店老板很热情，但表情有些不自然。在被告知张名进仍没回店后，他们认为其中有问题，便决定与店老板单独谈谈。

民警的刨根问底很快使店老板开了口，并答应晚上 6 时带张名进到商店与两位民警碰面。

张名进，男，39 岁，浙江缙云人，1996 年在嘉兴偶然认识陈龙升后，两人往来密切。2 月 26 日，陈龙升携带部分窃来的金银玉器找到张名进，让张帮忙在上海找买家。虽然张名进对陈龙升带来的金银玉器感到怀疑，但哥们义气还是促使他帮陈龙升去找买主。陈龙升被上海警方抓获并押回永康后，知道了陈龙升底细的张名进后悔不已。5 月 26 日中午，张名进听店老板说有永康来的警察找他，以为是来抓他的，便央求老板为他打掩护。下午得知警察找他是为了取证后，张名进虽仍有点紧张，但还是决定跟他们见面。

晚上 6 时，两位民警准时来到商店，张名进便讲起了陈龙升来上海的经过。

“陈龙升是从嘉兴到上海的，在嘉兴住在表妹夫章德宝家……陈龙升曾给我看过他带的金银玉器，白金戒指是绝对没有的……”

张名进是不可能隐藏白金戒指了，两人决定次日一大早便赶赴嘉兴。

奔嘉兴 真相大白

27 日晚上 5 时 30 分许，两位民警冒着大雨来到嘉兴环城东路章德宝夫妇开的电动工具经销店，但是店门紧闭，卢智勇使劲拍了几下门，仍无人来开门。

“要不先回去吧，明天再来。”卢智勇看着吕文广。他俩急急忙忙赶来，晚饭还没有时间吃，而倾盆大雨把他们全身都淋透了。

“既然已经来了，就再找找吧。”吕文广转身去敲旁边的门。

经过一阵子打听，两人终于找到章德宝的住处。并了解到，陈龙升曾向章借了 5000 元钱。

开门的是章的妻子王宇，章德宝到绍兴去了。

“陈龙升的事你知道吗？”两位民警开门见山。

“知道的，陈龙升到上海之前在我家待了一夜，他是来看我们的，直接从永康来。”

陈龙升外逃的落脚点只有嘉兴和上海了，吕文广和卢智勇大喜过望。他们同时想到了陈龙升曾向章德宝借过 5000 元钱。

“他是来还债的吧。”他们话中有话。

“这我不清楚，那晚是章德宝自己在家中接待的，我一直都在商店。”王宇显得有些紧张。

白金戒指极有可能就在章德宝手中。两位民警深知欲速则不达，便向王宇问了章德宝的情况，并向她宣讲了法律知识，临别时他们让王宇告诉章德宝：“5 月 31 日到永康市公安局预审科来一趟，争取主动。”

当晚，他们赶回了永康。

“我待陈龙升是很不错的，想不到他却这样陷害我……”31 日，章德宝把白金戒指送到预审科，悔恨连连。

（原载 1997 年 8 月 23 日《永康日报》）

万里大追捕

——“6·9”出租车抢劫案侦破纪实

◎ 童宇明/徐晓伟

假若能将本案的侦破过程拍摄成一部电影，一定扣人心弦、异常精彩。由于可以理解的原因，其中一些情节不能公开，本文将尽力还原侦查人员的风采。

出租车司机被杀　四个嫌疑人失踪

1997 年 6 月 10 日早上 6 点多钟，市公安局 110 报警服务台接群众报警：东永二线新竹路段发现遭受抢劫的康迪出租车，司机已被杀。市公安局领导高宪政、周龙武及刑侦大队、清溪派出所的民警马上赶赴现场。33 岁的驾驶员王巩洪被夹在驾驶室与副座之间，颈部印着一圈红红的被勒过的痕迹，还挂着绳子，嘴巴里塞着看似袜子的毛巾，一把水果刀丢在旁边。勘查现场后，年方 27 岁的清溪派出所分管刑侦工作的副所长徐子健怒火中烧，恨不得即刻把残忍的凶手揪出来加以严惩。

对现场附近场所进行全面访问，管片民警不到 2 个钟头就反馈：溪边村徐某家有 4 名外地客人不辞而别去向不明。徐子健很快就联想到，6 月 6 日夜全市大清查时曾在现场附近看见过 4 名游荡不定的外地打工者，当时自己在检查 4 人的证件后让他们去办好暂住证就走开了。4 名嫌疑对象的来龙去脉旋即查清：其中 1 名是徐某江西铜鼓的老婆舅张南萍，在我市第三纺织机械厂打工。6 月 6 日，张南萍的朋友陈钢带了 2 人从温州来永康，寻张南萍借路费回江西。

6 月 13 日，市公安局刑侦大队副教导员陈天兴会同徐子健、胡军伟到江西省铜鼓县。张南萍家办厂，条件尚好。张南萍父亲反映，儿子未曾回家，但他接到过张南萍打给其姐的电话，因为女婿徐某已与他有所联系，他曾在电话中问张南萍：“你是否在浙江永康作案杀人了？如果是你杀的话，不要东走西走，快到永康投案自首。”张南萍避而不答，仅说现今在福建某鞋厂打工。

民警们找到陈钢家。陈钢父亲刚去世，母亲回了湖南娘家。陈钢大哥了解到民警的来意后，突然想起从外省打来过的一个传呼，虽没回过电话但区号与电话号码都还保存着。向局里请示后，民警们连夜轮流开车横穿江西、福建，于次日中午赶到该电话号码所在地福建省平潭县的一个岛上。经多方调查，民警们找到从江西铜鼓来平潭打工的陈钢女友杨某。从杨某口中，民警们只得知陈钢已去广州，临走时曾对杨某说：“我已犯下很大的事，最近三四年不敢回来了。”

千辛万苦踩脚下　深入虎穴擒凶顽

1997 年 8 月 19 日，市公安局派遣徐子健、胡伟楚再度侦查本案。

民警们第一站去江西省，在南昌对张南萍妹夫家进行侦查，又在铜鼓请陈钢女友杨某提供情况，均无有价值的线索。在铜鼓，陈钢母亲交代了她们家在湖南省宁乡县的所有亲戚。民警们进湘调查了解后才发现，陈钢曾在母亲唯一未作交代的大姑妈家藏匿了半个月，后又不知逃到哪里去了。

民警们第二个目标选择广东潮州，准备在徐某的妻子、张南萍的姐姐张雪琴身上寻找突破口。张雪琴虽然名义上嫁到永康，但无子女，一直在潮州

的侦破影，一精彩。因，除能公开原侦察

姐的电话，因为女婿徐某已与他有所联系，他曾在电话中问张南萍：“你有否在浙江永康作案杀人了？如果你杀的话，不要东走西走，快到永康投案自首。”张南萍避而不答，仅说现今在福建某鞋厂打工。

民警们找到陈钢家。

知逃到哪里去了。

民警们第二个目标选择广东潮州，准备在徐某的妻子、张南萍的姐姐张雪琴身上寻找突破口。张雪琴虽然名义上嫁到永康，但无子女，一直在潮州“混”。徐子健、胡伟楚与张雪琴经过一段时间的接触，取得了她的初步

隆冬的打洛，早上8点天还未亮，夜里8点太阳没落山。12点半，当地2名民警配合徐子健、卢荣怀开着民用车悄悄潜往赌场。赌场老板西装笔挺神气活现。当地民警用当地土话问：“有无外地来的打工者？”“有无江西人？”赌场老板一概答

弟弟去医院。徐子健快尾随帅激，但又不能跑一跑，帅激会误以为打的对方追来，肯定拔腿逃。徐子健走得快，已得帅激用猜疑的目光回张望了几次。徐子健急生智闪进旁边的小巷，然绕到帅激背后，来了漂亮的“绑臂锁喉”动作，右手掐住帅激的头颈，左手把帅激的一只手反绑起来，再用脚将其顶住，把帅激悬空拎起。仅是转眼间，帅激的10多个朋友冲上来把徐子健围起来，其中一个对徐子健施展架势并威胁道：“干

日早上6

万里大追捕

——“6·9”出租车抢劫案侦破纪实

○童宇明　徐晓伟／文　○朱一虹／题饰

33岁的在驾驶部印着过的痕嘴巴里毛巾，一。勘查

陈钢父亲刚去世，母亲回了湖南娘家。陈钢大哥了解民警来意后，突然想起从外省打来过一个传呼，虽没回过电话但区号与电话号码都还保存着。向局里请示后，民警们连夜轮

信任，从她口中得知，她有3个弟弟，一个在铜鼓，一个在永康胡库，第三个在潮州。在潮州的就是张南萍。

12月12日，徐子健与刑侦大队民警卢荣怀在市公安局“6·9”出租车抢

“无”。民警最后直截了当地说：“有没有一个叫陈钢的青年人？”赌场老板与陈钢是朋友，顿起疑心，谎称：“这个人已在半个月前离开了。”恰巧，有一个跟陈钢番打过的老人走到这里，听说找陈钢

什么！”徐子健飞出一脚，来人就给镇住了。徐子健踢腿的一瞬间露出了挂在裤腰上的手枪，“是公安！”有人喊道，铜鼓县刑侦大队民警随即赶到，这才避免了可能发生的不测。

帅激的父亲是铜鼓的

"混"。徐子健、胡伟楚与张雪琴经过一段时间的接触，取得了她的初步信任，从她口中得知，她有3个弟弟，一个在铜鼓，一个在永康胡库，第三个在潮州。在潮州的就是张南萍。

12月12日，徐子健与刑侦大队民警卢荣怀在市公安局"6·9"出租车抢劫杀人案主侦责任书上签字。徐子健、卢荣怀及驾驶员应健在江西使尽浑身解数历尽千辛万苦，终于摸出可靠线索：陈钢躲在西双版纳勐海县打洛镇一个大赌场当保镖，另两名嫌疑对象叫帅激、柳铭浪，均是江西省铜鼓县人。

陈钢是铜鼓县的"罗汉头"（当地对流氓团伙头目的称呼），他单个儿可以同时跟5个人对打。而打洛镇与缅甸仅一河之隔，3分钟时间就可过桥出境，当地的社会治安形势较复杂。然而，不入虎穴焉得虎子！12月26日，徐子健、卢荣怀义无反顾地踏上了险关重重的南行之路。当夜7点多钟到达打洛镇。打洛镇公安分局该夜要侦查一特大贩毒案件，打算另外抽时间配合我市警方。水土不服、饮食不习惯这些都可以忍耐，徐子健最担心的是夜长梦多让陈钢溜走。

隆冬的打洛，早上8点天还未亮，夜里8点太阳没落山。12点半，当地2名民警配合徐子健、卢荣怀开着民用车悄悄潜往赌场。赌场老板西装笔挺、神气活现。当地民警用当地土话问："有无外地来的打工者？""有无江西人？"赌场老板一概答"无"。民警最后直截了当地说："有没有一个叫陈钢的青年人？"赌场老板与陈钢是朋友，顿起疑心，谎称："这个人已在半个月前离开了。"恰巧，有一个挨过陈钢毒打的老人走到这里，听说找陈钢，马上说："有，有，就蹲在临街那边的门口。"民警们简单作了一下分工，以迅雷不及掩耳之势把陈钢紧紧按在地上。这时，一大群不知情的甚至带凶器的闲散人员涌上来，把民警们团团围住，欲解救陈钢。千钧一发之际，当地民警跳到桌子上掏出警官证高高举起来，大喊："我们是警察！"围观者才未敢妄动。

26日至29日，徐子健几乎没有一分钟合眼睡觉，一副手铐把自己与陈钢铐在一起，从西双版纳回永康的漫漫长途，又经历了常人难以想象的艰辛……

马不停蹄再出击　勇往直前显身手

1998年元旦，徐子健、卢荣怀未来得及休整又奔赴江西省万载县，捉拿在那里养鸭的柳铭浪。连夜赶到万载，不料扑了个空，柳铭浪与其妹早在去年的 12 月 19 日因欠了一堆账而逃走。他俩马不停蹄地赶到铜鼓县。

1 月 2 日夜 7 点半，卢荣怀根据主侦组在铜鼓建立的关系绕大街小巷兜了一圈，10 分钟不到就发现在打台球的帅激，并且听说帅激要去寻柳铭浪。卢荣怀意欲一箭双雕，没有当场抓帅激。

当夜，铜鼓县刑侦大队民警分两批到街上配合我市警方行动。不久，徐子健、卢荣怀就看见帅激与其弟弟一道走来。帅激等人刚打过架，正送受伤的弟弟去医院，徐子健快步尾随帅激，但又不能跑，一跑，帅激会误以为打架的对方追来，肯定拔腿就逃。徐子健走得快，已引得帅激用猜疑的目光回头张望了几次。徐子健急中生智闪进旁边的小巷，突然绕到帅激背后，来了个漂亮的"绑臂锁喉"动作，右手掐住帅激的头颈，左手把帅激的一只手反绑起来，再用脚将其顶住，把帅激悬空拎起，仅是转眼间，帅激的 10 多个朋友冲上来把徐子建围起来，其中一个对徐子建施展架势并威胁道："干什么！"徐子健飞出一脚，来人就给镇住了。徐子健踢腿的一瞬间，露出了挂在裤腰上的手枪，"是公安！"有人喊道，铜鼓县刑侦大队民警随即赶到，这才避免了可能发生的不测。

帅激的父亲是铜鼓的县领导，但法律面前人人平等，主侦组把犯罪嫌疑人帅激带回了永康。

艰难困苦、险象环生的万里大追捕尚未结束，本案另外两名犯罪嫌疑人仍在追捕之中。

（原载 1998 年 1 月 10 日《永康日报》）

缉凶八日

——方岩“3·18”杀人案侦破日记

◎ 施海鸥

3月27日 阴

接到方岩镇先盘村钱国君被杀害的报案后，刑侦大队及方岩派出所全体民警召开第一次碰头会，气氛显得有些紧张。市委常委、市公安局长高宪政，局长助理、刑侦大队大队长方新军到会指示，听了初步侦查的情况汇报后，高局长作了指示，方大队长部署了下一步工作计划。

第一组，对案发前后现场沿途情况、死者生前活动情况及其他异常情况进行调查访问。

第二组，负责对现场周围进行第一步的搜索和同类案件的串并工作。

第三组，对死者家属因果关系进行进一步的调查。

案情初步分析后，定该案性质为抢劫杀人，但不排除报复杀人。

3月28日 雨

刚好晚上8点，天下着雨，窗外很黑。

“相同的时间，相同的条件……”方大队长自言自语，眼神望着滴滴答答落在窗户上的雨滴。

“走，到现场去。”方队长突然站起身。

“可能要做现场实验。”我想。一起去的还有朱铁江副大队长，民警胡志华、应孟江。

我们冒雨来到现场。现场很暗。两米之内，如果是熟悉的人可以认出，三米外基本上看不清脸，十米之外只能看到人影，如果骑自行车打雨伞经过，根本不可能认出是谁。这样的天气情况下，在凉亭守候实施报复杀人，基本上可以排除。

永康日报
丽州特刊
2·社会生活
1999·4·11

缉凶八日

——方岩"3·18"杀人案侦破日记

3月27日 阴

3月28日 雨

3月31日 雨

汽车又行了20多公里崎岖的山路，我们又到了刘衍华所在地的燕山派出所。出了汽车有些冷，天仍下着雨。

"开门！哥们！"配合我们工作的永修刑大的小周敲着派出所的门。

好久，从两楼阳台探出一个披着棉军大衣的人。

晚上11点多，在当地干警的配合下，我们悄悄侦察后得到了消息：刘衍华住在永修县云山企业集团燕山西洲农场，他现在还在南昌读书。但没有金宝这个人。当地一民警向我们提供，刘衍华有一个哥哥，头发前面染成黄色，名叫蔡四华，今年春节因偷窃，被抓到派出所后逃跑。这个蔡四华是不是我们要找的人？

几经周折，查明金宝确有

从公路到中心现场小路，特别泥泞难行，不小心就会滑倒。回来时大家都又湿又脏。

"案犯全身一定沾满污泥。"方大队长抖落身上的雨水做出判断。

3 月 29 日　雨

今天案情有了新的进展。

一组民警在调查时，发现有两名江西永修籍小工案发后不知去向，其中一个李德雨十七八岁，前面头发染成黄色，另一个叫熊永红。

另一组民警在后浅村钱某家调查时也发现，两名江西永修籍的小工是 3 月 11 日来永康的，案发前一天突然离开，衣被也未拿走。其中一名叫金宝，另一个叫刘衍华。

3 月 30 日　阴

今天我们的任务仍是寻找案犯遗留在现场的胶带纸的封头，范围已扩展到附近的胡库镇、世雅村。前两天，走遍了方岩镇的所有百货店，没有查到有价值的线索。

“你的店有透明胶带卖吗？”我问女店主。

“有。”她答道，拿出一个小的透明胶带。

“这么宽的有吗？”我伸出右手的拇指与食指比画着。

“有一卷，是我自己用的，你要用，给你一段。”她把一个已经用了一大半的胶带递给我，以为我要用胶带纸，我拿出现场案犯遗留的胶带与之比了比，量了一下。

“4.5 公分：窄了点儿。”我拿出笔记，记下今天走访的第 78 家百货店。

3 月 31 日　雨

案情很快又有了新的进展。

我被安排去江西永修开展工作，副大队长朱铁江带队，还有民警胡永松，司机小金。

晚上 7 点坐了一整天的车，现在汽车在这泥泞的山路上艰难地爬行，我的肚子叽叽咕咕叫个不停，头有些昏。

工作进展非常顺利，这已经是与永修刑侦大队接上头后的第四站，云山派出所。通过当地派出所已查明，李德雨，男，17 岁，家住永修县云山洪湖老屋农场；熊永红，男，20 岁，与李同在一个农场。原来他们两个人在当地派出所当护山的联防队员，1998 年上半年，两人在当地用两股钗将一村民刺成重伤后外逃。

汽车又行了 20 多公里崎岖的山路，我们又到了刘衍华所在地的燕山派出所。下了汽车有些冷，天仍下着雨。

“开门！哥们！”配合我们工作的永修刑侦大队的小周敲着派出所的门。

好久，从两楼阳台探出一个披着棉军大衣的人。

晚上 11 点多，在当地民警的配合下，我们悄悄侦查后得到了消息：刘衍华住在永修县云山企业集团燕山西洲农场，他现在还在南昌读书。但没有金宝这个人，当地民警向我们提供，刘衍华有一个哥哥，头发前面染成黄色，名叫蔡四华，今年春节因偷窃，被抓到派出所后逃跑，这个蔡四华是不是我们要找的人？

几经周折，查明金宝确有其人，真名叫魏道华，与蔡四华臭味相投，常干偷鸡摸狗的坏事。还查到他俩六七天前刚从永康打工回来。

李德雨、熊永红、蔡四华、魏道华四个有劣迹的人加在一起，“3・18”杀人案是否系他们所为？

在旅馆躺下时已是凌晨1点多了。

4月1日　大雨

“嘀……”钟铃响了，伸着懒腰，看了看手表，刚好6点30分，要赶一个多小时的山路，必须早一点起床。

昨晚布放出的线人很快就反馈回信息，李德雨、熊永红在一周左右前回家，现不知去向。“人不在就先不要打草惊蛇。”朱副大队长道。

蔡四华、魏道华这几天住在家中。据查，蔡很好赌，常睡懒觉，我们兵分两路，直接冲击案犯家中，朱副大队长提出缉捕计划。朱副大队长、我还有当地两名民警为第一组、冲击蔡家；胡永松加上当地三名民警为第二组、冲击魏家。汽车到了村口就不能走了，要步行三四里路才到。我们冒雨包围蔡四华的家。

“上！”朱副大队长低声下令。我们四人分别从前后门冲入。可是屋内空无一人。

两组会合后，魏道华也不在家中。马上冲击村子附近蔡、魏的所有亲戚家，几乎走遍了燕山的所有村庄，还是不见两人的踪迹。回镇里吃中午饭时已经下午3点多，大家的衣服也都湿透了，我的双腿也有些酸软。

饭后，朱副大队长提出，杀回马枪冲击魏家！

胡永松5点钟回来，带回一些照片，还有一个姓曹的电话号码。照片是魏道华的妹妹与妹夫的合影，还有几张家庭合照，可能是魏家的。下午去魏家时，魏道华的母亲已经回来了，地上有一把写有“曹”字的雨伞，细心的胡永松在魏家的墙上发现了一个用钢笔写的曹字，后面是一串数字，估计是电话号码。小胡暗暗记了下来，后又了解到魏的妹夫姓曹，在江西共青城学院保卫科工作。一连串的信息连在一起，可以断定，魏道华可能藏在共青城的妹夫家中。

“立即赶赴共青城。”朱副大队长打开车门，车外是阵阵雨点。

到共青城茶山派出所，已是晚上8点多。共青城学院保卫科有一姓曹的，但已经是40多岁的人了，不可能是魏道华的妹夫。电话本是1992年编的，查不到这个电话，更查不到姓曹的家庭住址。唯一的线索查不下去了，真是山穷水尽。

我们拿出照片让当地的民警们看看，或许他们中有人认识，其实我们心里也知道没多大希望，让人惊喜的是，其中一名民警认出照片上的那个人就是保卫科那曹某的儿子，在某酒厂工作，而且知道他家就在酒厂宿舍。

我们一下子来了精神，倦意尽消。

雨越下越大，酒厂宿舍是一幢两层的排屋，一共八间，曹家是右边第三间。每户上、下两屋。后面有楼梯通往二楼，侦查好地形后，朱副大队长叫一名当地民警用手机以魏道华朋友的身份打电话到曹家。

“喂！阿宝在吗？”

“你是谁？”话筒那边传来一男子声音。

“我是他朋友。”

“等一下，我叫他来接。”

“喂！喂……”那边响起另一个陌生的声音。

“有人在家。”那民警朝我们打了个手势。

“老哥！开一下！”当地民警叫了一声，出来开门的是一个50来岁的男子，早已守候在门外的我们一拥而进。同时，里面有一身影一闪就消失在后门口。我扑过去，同时大喊：“你站住！你站住！”我跃上楼梯，黑影已上了二楼的围墙，我一把抓住他的脚脖子，他却跃向墙那边一户人家，从二楼跳了下去，他踉跄一下向门口飞奔。来不及考虑什么，我也猛然从二楼跳了下去。“你往哪里跑！”我飞身一跃，刚好扑在他身上，用手臂一把锁住他的脖子往墙上死命按住，他拼命挣扎，我也许心里太急，就用永康话大叫：“快点来人！快点来！”朱铁江、胡永松冲上来，将其往车上拖，但这人力大如牛，一边挣扎一边用本地话叫：“快去叫人来！快救我！”不知用了多久，才将他制服。

“完了。”只见他长叹了一口气。

在汽车上我才知道，刚才抓到的是一条大鱼——魏道华。这时，我的右脚、腹部有些刺痛，可能是刚才从二楼跳下来时扭了一下。

4 月 2 日　阵雨

凌晨 1 时刚过。经过了几个回合的较量，犯罪嫌疑人魏道华终于交代了主要的罪行：案发当天晚上，魏道华伙同老乡蔡四华、李德雨、熊永红，携带刀、绳等作案工具，到方岩镇派溪村至先盘村公路上预谋拦路抢点钱。当晚 8 点 30 分左右，他们四人对骑自行车回家的钱国君进行抢劫。为了能顺利逃跑，怕钱国君报案，他们残忍地将其杀害。

4 月 3 日　有时有雨

押解魏道华返回永康的路上，魏道华问我，他最多能判多少年？

我默不作声，我想等待他的必将是法律的严惩。

（注：其他三名嫌疑犯警方正在缉捕中）

（原载 1999 年 4 月 11 日《永康日报》）

负案六年　潜逃内蒙　追捕千里　擒获真凶

◎ 吕纯儿/施海鸥

前几天古山镇世雅村报复电工将其殴打致死案件主犯周浙敏，经历六年的拒捕后，终于被我市民警从内蒙古包头市带回永康。

小事酿成大错

胡某是我市古山镇世雅村村民。在村里办厂，因急需用电便私拉私接。1995 年 10 月，其叔胡绍存将电线剪断，胡某便对其叔不念亲情的行为怀恨在心。因为胡绍存的不念情面，厂里停电造成了经济损失，胡某决心要给他点颜色看看。

1995 年 12 月，胡某通过其弟叫了四个重义气的哥们儿对其叔进行报复，拳打棍击后拂袖而去，其叔却因伤势过重而死亡。

事后，此事引起了亲戚及村民的义愤。把胡某的厂砸了，并联名上书向有关部门反映，要求严惩凶手，此案引起了市委、市府的高度重视。该案从犯已先后抓捕归案，主犯周浙敏闻讯后一直潜逃在外。

六年追捕

我市公安部门领导高度重视此案，成立了专案组，组织展开大范围追捕，通过广播、电视、宣传窗的形式向全国发出通缉令。在去年夏季严打追逃斗争中，将周浙敏列为公安部上网逃犯。数年来，追捕范围遍及大江南北，全国各地，但终因无线索可查或线索不准确而无所获。

2000 年 1 月，公安部门得到线索，案犯可能流窜北方，立即派出马飞、潘曲涛两位民警赶往北方。北国的冬天，整天雪花飞舞，冰冻三尺。

千里追寻

根据线索，马飞等人找到内蒙古东河区第一毛纺厂可疑人物黄杰。经调查，得知此人已下岗多年，与厂里失去联系，在当地警方的大力配合下对黄杰及其熟悉的人进行深入调查，找到了黄杰，并获得了一些蛛丝马迹，曾有一名南方口音的男子打来电话。公安民警对黄杰进行细心劝导，黄说出了其小舅子赵军是知情者。

将赵军带回公安局，讲哥们儿义气的赵军矢口否认认识南方人。公安民警就跟他解释内情及案件的严重性。经过长时间曲折的思想工作，赵军说出他认识一个叫周阿敏的南方人，在东河区毛章风小区的夜市里卖袜子，住处就在旁边。在赵军的带领下，公安民警立刻赶往毛章风小区夜市旁边周阿敏的住处。然而，由于城市规划需要，该夜市已搬迁，周阿敏的住处也随之搬走。线索又中断了。

法网恢恢

公安民警又重做赵军的思想工作，苦口婆心给他解释内情，打消哥们儿义气心理。最后，赵军终于说出周阿敏的新住处。根据赵军透露的地址，公安民警首先对周的住所以及四周具体情况、结构进行了调查。北方的房子都

负案六年 潜逃内蒙
追捕千里 擒获真凶

前几天，古山镇世……村报复电工将其殴打……死案件主犯周浙敏，……经6年的追捕后，终……被我市干警从内蒙古……头市带回永康。

小事酿成大错

胡某是我市古山镇……雅村村民，在村里办……，因急需用电便私拉……接。1995年10月，其……胡绍存将电线截断。……某便对其叔不念亲情……行为怀恨在心。因为……绍存的不念情面，厂……停电造成了经济损……，胡某决心要给他点……色看看。

1995年12月，胡某

……进行细心劝导，黄说出其小舅子赵军是知情者。

将赵军带回公安局，讲哥们义气的赵军矢口否认认识南方人。公安干警就跟他解释内情及案件的严重性。经过长时间曲折的思想工作，赵军说出他认识一个叫周阿敏的南方人，在东河区毛章凤小区的夜市里卖袜子，住处就在旁边。在赵军的带领下，公安干警立即赶往毛章凤小区夜市旁周阿敏的住处。然而，由于城市规划需要，该夜市已搬迁，周阿敏的住处也随之搬走。线索又中断了。

是一层楼，前面有一个小院。根据此情，民警们研究了抓捕方案。

在一个寒冷的夜晚，我市公安民警马飞、潘曲滔为了不惊动逃犯翻墙进入小院，与主人说清事由，明确周阿敏的房间，周阿敏的房间灯亮着。窗户的桌子上还放着一个保温杯，这十有八九就是逃犯周阿敏了！北方人是很少有用保温杯的习惯的，但经观察屋内无人。决定在屋内守候，潘曲涛、马飞闪电般躲在大门后。周阿敏一进门便被按在院子里的煤堆上。

走上不归路

1995 年 12 月，周的一个哥们儿让他到世雅去帮人报个私仇。四个人找到胡绍存，问胡为何要为难他的兄弟。胡说是公事公办，便一个嘴巴打过去，接着便一阵棍棒拳打。当日下午，犯案后在街上混的周浙敏听说世雅胡绍存已被打死了，一阵寒颤。哥们儿本叫他打几下，住几天院就好的怎么就死了呢？当夜便逃出了永康。

为了避开公安民警的通缉，周选择了内蒙古这个偏远的北方，隐姓埋名在那里做起了袜子生意。

列车徐徐驶向南方。曾日思夜想家乡的周浙敏幽幽地对公安民警说，我知道我回去等待我的是子弹。

（原载 2000 年 2 月 17 日《永康日报》）

狂徒扬言爆炸博览会开幕现场

◎ 陈李新

26 日上午，第六届五金博览会在五金广场开幕，我市人民沉醉在欢乐祥和的喜庆之中，可是，有谁知道，我市一名歹徒写信恐吓，要在 26 日上午爆炸五金广场。案情就是命令。我市警方迅速投入战斗，终于在盛会开幕前将歹徒拘留。

恐吓信惊动省长

21 日下午 2 时许，市委常委、公安局长陈庆华接到一封恐吓信。信中扬言：他对市政府土地政策不满，要求政府对土地政策公开“整改”。如不满足他的要求，他将在 26 日上午 9 时爆炸五金广场。10 月 1 日，爆炸方岩山。他要求市政府在 24 日《永康日报》头版头条刊登“整改方案”，如不登出他将采取行动。在信中，他叫嚣，他的雷管炸药相当充足，并由行家操作。这封恐吓信引起了陈庆华的高度重视。陈庆华一面在五金城加强治安工作，一面派章斌副局长向市委、市政府、金华市公安局指挥中心进行汇报。并迅速成立专案组，由副局长章斌任组长，局长助理俞流江任副组长，马上进行分析案情。

21 日夜，刑侦大队、治安、政保及城东、古山、方岩等各所主要领导全部在市公安局集合召开会议，分析案情及调查方案。22 点 50 分，省长柴松岳作了批示，要求省公安厅协助破案，宁可信其有，不可信其无，公安厅张副厅长接到批示后马上派刑事侦查工程师与相关技术人员火速赶往我市，并要求金华市公安局高度重视此案，认真落实柴省长批示，金华市卢副市长批示要求我市市委、市政府高度重视此案。楼朝阳市长要求市公安局高度重视此案，组织力量全力侦破。

层层批示，全省各相关领导都高度重视此案。可是要破此案谈何容易，寻找恐吓者如大海捞针。金华市公安局局长楼志浪，谭副局长带领技术人员赶到我市，与我市民警一起全力展开侦查。经排查，信是从胡库邮箱寄出的。但是寄信人有那么多，民警对所有嫌疑人员进行了审查，陈庆华、章斌、俞流江全部在古山分析可疑人员。金华市公安局副局长高宪政也火速赶到我市协助破案。经分析，有些人员虽有作案动机与条件，但均无法证实他们是恐吓者，此案又陷入了困境。

锁定疑犯

五金博览会即将开幕，破案迫在眉睫。陈庆华再次召集所有技术人员进行汇总，重新分析案情，将工作中心转到了芝英。排摸民警日夜加班，一家家清查。技术人员翻开了一页又一页的资料。“110”指挥中心主任胡高飞翻得手指发麻，头昏眼花，他们已多天没有好好吃过一餐饭了，但他们仍精神高度集中。突然，一份资料在他眼前一亮。

根据这份资料，专案组的调查圈缩小，主要调查50岁左右的农民。经刑侦大队技术人员的物证处理，最后将目标锁定在芝英一村，锁定犯罪嫌疑人应业凡。

24日夜11时许，刑大领导带领民警胡天俊、吕震河、林景东等秘密包围了应业凡的住所，将正在家里看电视的应业凡抓获，并在他家找到了装雷管的盒子、大字报，还有未寄出的相关信件。经刑侦大队工作人员的技术鉴定得到了证实。

狂徒扬言爆炸博览会开幕现场

炮制恐吓信疑犯已被警方抓获

26日上午，第六届五金博览会在五金广场开幕。我市人民沉醉在欢乐祥和的喜庆之中。可是，有谁知道，我市一名歹徒写信恐吓，要在26日上午爆炸五金广场。案情就是命令，我市警方迅速投入战斗，终于在盛会开幕前将歹徒抓获。

恐吓信惊动省长

21日下午2时许，市委常委、公安局局长陈庆华接到一封恐吓信。信中扬言：他对市政府土地政策不满，要求政府对土地政策公开“整改”，如不满足他的要求，他将在26日上午9时爆炸五金广场；10月1日，爆炸方岩山。他要求市政府在24日《永康日报》头版头条刊登“整改方案”，如不登出他将采取行动。在信中，他叫嚣，他的雷管炸药相当充足，并由行家操作。这封恐吓信引起了陈庆华的高度重视。陈庆华一面在五金城加强治安工作，一面让章斌副局长向市委、市政府、金华市公安局指挥中心进行了汇报，并迅速成立了专案组，由副局长章斌任组长，局长助理俞流江任副组长，马上进行分析案情。

21日夜，刑大、治安、政保及城东、古山、方岩等各所主要领导全部在市公安局集合召开会议，分析案情及调查方案。22点50分，省长柴松岳作了批示，要求省公安厅协助破案，宁可信其有，不可信其无。公安厅张副厅长接批示后马上派刑事侦查工程师与相关技术人员火速赶往我市，并要求金华市公安局高度重视此案，认真落实省长批示。金华市卢副市长批示要求我市市委、市政府高度重视此案。楼朝阳市长要求市公安局高度重视此案，组织力量全力侦破。

层层批示，全省各相关领导都高度重视此案。可是要破此案谈何容易，寻找恐吓者如大海捞针。金华市公安局局长楼志瑜、傅副局长带领技术人员赶到了我市，与我市干警一起全力展开侦查。经排查，信是从胡库邮箱寄出的。但是，寄信人有那么多，民警对所有嫌疑人员进行了审查。陈庆华、章斌、俞流江全部在古山分析可疑人员。金华市公安局副局长高宪政也火速赶到我市协助破案。经分析，有些人员虽有作案动机与条件，但均无法证实他们是恐吓者，此案又陷入了困境。

锁定疑犯

五金博览会即将开幕，破案迫在眉睫。陈庆华再次召集所有技术人员进行汇总，重新分析案情，将工作中心转到了芝英。排摸民警日夜加班，一家家清查，技术人员翻开了一页又一页的资料。“110”指挥中心主任胡高飞翻得手指发麻，头昏眼花，他们已多天没好好吃过一餐饭了，但他们仍精神高度集中。突然，一份资料在他眼前一亮。

根据这份资料，专案组的调查圈缩小，主要调查50岁左右农民。经刑大技术人员的物证处理，最后将目标锁定在芝英一村，锁定犯罪嫌疑人应业凡。

24日夜11时许，刑大领导带领民警胡天俊、吕震河、林景东等秘密包围了应业凡的住所，将正在家里看电视的应业凡抓获，并在他家找到了装雷管的盒子、大字报，还有未寄出的相关信件。经刑大工作人员的技术鉴定得到了证实。

应业凡对他的犯罪事实供认不讳。他交代了作案的经过：他一直以种田、卖小麦饼为主业。前段时期，芝英办工业区，将他所承包的2亩地收回，补偿给他每年1200公斤稻谷，他产生不满情绪，多次上访。19日夜，他在家看电视时看到了美国发生的案件后，就产生了采用爆炸威胁的念头。他关起门写起了恐吓信，并从包装炸药的箱子上撕下标签装进信封，以示他藏有炸药。随后他骑自行车到胡库进行了邮寄。他采用声东击西的办法。24日，他等在家等《永康日报》头版头条登出的“政府整改方案”，但他等到的是一副雪亮的手铐。

本报记者 陈李剑 文／摄

疑犯应业凡。

应业凡对他的犯罪事实供认不讳。他交代了作案的经过：他一直以种田、卖小麦饼为主业。前段时期，芝英办工业区，将他所承包的 2 亩地收回，补偿给他每年 1200 公斤粮谷。他产生不满情绪，多次上访。19 日夜，他在家看电视时看到美国发生的案件后，就产生了采用爆炸威胁的念头。他关起门写起了恐吓信，并从包装炸药的箱子上撕下标签装进信封，以示他藏有炸药。随后他骑自行车到世雅进行了邮寄。他采用声东击西的办法。24 日，他就在家等《永康日报》头版头条登出的“政府整改方案”，但他等到的是一副雪亮的手铐。

（原载 2001 年 9 月 30 日《永康日报》）

疯狂白闯团伙“闯”入班房过年

◎ 吕建华/贾建荣

近日，一个白闯团伙被我市警方抓获。

2001 年 10 月以来，城区范围的白闯案件明显增多，有时一天要发好几起。案犯作案的手法是简单的砸锁踹门，大白天入室盗窃如入无人之境。公安刑侦人员经分析认为，这些案件作案手法、特点相似，可能是同一团伙所为。

为及时侦破案件，有效防止犯罪分子临近年关大捞一把，市公安局领导十分重视，为此刑侦大队成立了专案组，破案的重担落到了王伟峰、李维彪两位警官身上。

2002 年 1 月 18 日夜，暂住城区小营盘的一名失主到公安机关报案，称 14 日她家中失窃的那部手机还有人在用，她刚才拨通时，接电话的是个女的，就住在新锦江大酒店。当夜，手机的新“主人”项华军（花街镇里坞村人）被“请”进了刑侦大队古丽中队的办公室。

白闯落网

面对公安人员的审查，老练的项华军显得镇定自若，百般狡辩。但王伟峰、李维彪从中得到了一个有价值的线索：项华军的弟弟项东常与方来、陈虎混在一起。这个方来，去年 11 月 29 日，曾因白闯盗窃被抓了。

19 日夜，古丽中队门前来了两名鬼鬼祟祟的年轻人，探听项华军的情况。戴顶鸭舌帽，脸上有颗黑痣的方来一露面便引起了王警官的注意。作为一名刑警，他早就练就了对嫌疑人过目不忘的本领。一个月前，他审查过方。于是，他们两人也被“请”进了刑警的办公室。在同一天，陈虎也因犯事被花街派出所刑事拘留。

对项东的审查，出乎意料地顺利。他很快就承认手机是自己偷的，与哥哥无关。再问方来，两人口径也是这样，因无其他确切的证据，项华军暂时重获了自由。

近日，一个白闯团伙被我市警方抓获。

去年10月份以来，城区范围的白闯案件明显增多，有时一天要发好几起。案犯作案的手法是简单的砸锁踹门，大白天入室盗窃如入无人之境。公安刑侦人员经分析认为，这些案件作案手法、特点相似，可能是同一团伙所为。

为及时侦破案件，有效防止犯罪份子临近年关大捞一把，市公安局领导十分的重视，为此刑侦大队成立了专案组，破案的重担落到王伟峰、李维彪两位警官身上。

今年元月18日夜，暂住城区小营盘的一名失主到公安机关报案，称14日她家中失窃的那只手机还有人在用，她刚才拨通时，接电话的是名女的，就住在新锦江大酒店。当夜，手机的新"主人"项华军（花街镇里坞村人）被"请"进了刑侦大队古丽中队的办公室。

白闯落网

面对公安人员的审查，老练的项华军显得镇定自若，百般狡辩。但王伟峰、李维彪从中得到了一个有价值的线索：项华军的弟弟项东常与方来、陈虎混在一起。这个方来，去年11月29日，曾因白闯盗窃被抓了。

19日夜，刑侦中队门前来了两名鬼鬼祟祟的年轻人，探听项华军的情况。戴顶鸭舌帽，脸上有颗黑痣的方来一露面便引起了王警官的注意。作为一名刑警，他早就练就了对嫌疑人过目不忘的本领。一个月前，他审查过方。于是，他们俩人也被"请"进了刑警的办公室。在同一天，陈虎也因犯事被花街派出所刑事拘留。

对项东的审查，出乎意外地顺利。他很快就承认手机是自己偷的，与哥哥无关。再问方来，两人口径也是这样，因无其它确切的证据，项华军暂时重获了自由。

第二轮交锋，在王伟峰、李维彪二位警官的步步紧逼下，项东很快就缴械投降，一口气交待了33起案件。

元月25日，项东被带出到作案现场指认。途中他提出想见见哥哥项华军，说自己兄弟情深。但这异常的举动引起了刑警们的怀疑。到了预定的地点，项华军出乎意外地避而不见，原先讲好叫他到五金城给弟弟送两只鸡腿，可等了二个小时也不见踪影。等刑警押着项东回看守所时，他又像幽灵般地出现，硬要塞给民警两包香烟，然后匆匆离去。

元月30日，审讯的重点转移到方来身上。也许是短短一个月内的二进宫给他带来了毁灭性的打击，原先死硬的那张嘴，一口气交代了50余起案件。方来所交代的案件，无论是数量还是案值，都是触目惊心的，单万元以上的就有8起之多。自2001年12月19日取保出来后，短短的一个月时间，偷窃的价值就高达十余万元。

方来的供述牵出了项华军、杨高星（男，20岁）。正巧项华军给王伟峰打了个电话，说为弟弟的事想请办案民警吃顿饭，顺便送两只手表。正发愁没有项华军消息的刑警们接到电话后喜上眉梢，佯装接受宴请。31日中午，项华军驾车来到刑侦中队门口，带来了两只仿造劳力士手表和二条假的软中华香烟。于是，他乖乖地被"请"进了刑侦中队，落入了法网。同日，他的表弟杨高星也被警察在花街镇杨坑村抓获。

疯狂作案

在项氏兄弟租住的房间里，刑警们在搜查时发现，屋里除了一张老板桌是用赃款购买的以外，其它的任何用品，大到电视机、电脑小到地毯、台灯[illegible]在衣柜里，挂着20余件鳄鱼牌T恤、夹克衫[illegible]闯作案的"战利品"。

在这个盗窃团伙里，同为17岁的项东、方来[illegible]是白闯作案的中坚。陈虎通常担当望风的角色，[illegible]锁即是项东、方来的杰作。他们曾有过将同一单元[illegible]楼到五楼的门全踹的"纪录"，也有将同一套间里的[illegible]扇门全部砸烂的疯狂。别是进去后没什么收获时，[illegible]往往会迁怒被盗对象，踹更多的门，损坏更多的[illegible]以此泄愤。元月6日，他们已经在南苑路一住户偷了2万元钱，竟在同一天还连偷六家。

去年11月4日下午，项东、方来、陈虎三人[illegible]水拖路，踹门进入一家专卖店的仓库，偷了价值2[illegible]元的鳄鱼牌服装，装成二大包，项、方每人提一只[illegible]手臂与脖子上还挂着多件衣服，浩浩荡荡地走出，[illegible]顾忌。最后他们打电话给项华军，让他开车来接。

去年12月24日，他们窜到塔海村的徐某家，[illegible]徐家的人正在二楼搞建筑。他们踹门入室，在人们[illegible]皮底下，将放在一楼房间里的二万元钱偷走。

除了白闯，他们也偶尔摸黑撬窗入室偷窃，作[illegible]样惊天动地。

去年10月6日，项东等人发现市区三马东路某[illegible]房积了一层灰尘，知道住户久不在家，便通过撬窗入[illegible]的手段偷到了钥匙，并于当夜将价值四万余元的[illegible]34吋彩电、先锋组合音响等家用电器一搬而空。[illegible]元月30日，刑警带着方来前来指认，失主才发现[illegible]被盗。

导致这一盗窃团伙翻船的那只手机，作案时[illegible]元月14日。当时项东、方来、陈虎正在小营盘附近的[illegible]网吧与几个女孩一起上网聊天。可当时三个人的身上都没有钱，觉得这样在女孩面前掉价，于是就去偷。[illegible]入附近一幢楼的二层，用砖头砸掉门锁后，入室偷了[illegible]只手机，将其中的一只卖给一手机店，得赃款650元[illegible]于挥霍。17日，项华军觉得其中一只手机的号码不错，就将卡换到自己的手机上使用，终于露了馅。

专人销赃

偷来的东西，一般由项华军销赃。他以老板的[illegible]目出现，低价销售偷来的物品。去年12月，项华军的[illegible]外公生日，他没钱又死要面子，于是就将价值近二万元的索尼34吋彩电以3000元的价格卖给了花街店[illegible]陈良勇。陈明知这彩电的市场价，也感觉到东西的来路可能不"正规"，为贪图便宜，他假装糊涂。2月1日，他因涉嫌销赃被公安机关刑事拘留。

价值近万元的先锋组合音响则被他以2800元的低价抵债。还将一台偷来的电脑以1500元的价格[illegible]给人家，换钱供自己挥霍。

项华军虽然不参与白闯作案，但他也是做贼的[illegible]手。去年6月他开了一家美容院，就是用赃款购置的。这以前，他在临安某宾馆做厨师，2月份的时候，他偷了三只博士音箱，得赃款7000元，开了这家美容院。在他们兄弟的带动下，杨高星也成了他们偷窃的帮凶。每次作案，给他50元工资。在方来第一次被抓期间，表兄弟三人接连四次到市东方电动工具厂偷盗机电产品案值数万元。

（因疑犯中三人未成年，项东、方来、陈虎均为化名）

本报特稿 吕建华 [illegible]

疯狂白闯团伙

"闯"入班房过年

第二轮交锋，在王伟峰、李维彪二位警官的步步紧逼下，项东很快就缴械投降，一口气交代了33起案件。

1月25日，项东被带出到作案现场指认。途中他提出想见见哥哥项华军，说自己兄弟情深。但这异常的举动引起了刑警们的怀疑。到了预定的地点，项华军出乎意外地避而不见，原先讲好叫他到五金城给弟弟送两只鸡腿，可等了两个小时也不见踪影。等刑警押着项东回看守所时，他又像幽灵般地出现，硬要塞给民警两包香烟，然后匆匆离去。

1月30日，审讯的重点转移到方来身上。也许是短短一个月内的"二进宫"给他带来了毁灭性的打击，原先死硬的那张嘴，一口气交代了50余起案件。方来所交代的案件，无论是数量还是案值，都是触目惊心的，单万元以上的就有8起之多。自2001年12月19日取保出来后，短短的一个月时间，偷窃的赃物价值就高达10余万元。

方来的供述牵出了项华军、杨高星（男，20岁）。正巧项华军给王伟峰打了个电话，说为弟弟的事情想请办案民警吃顿饭，顺便送两只手表。正发愁没有项华军消息的刑警们接到电话后喜上眉梢，佯装接受宴请。31日中午，项华军驾车来到古丽中队门口，带来了两只仿造的劳力士手表和二条假的软中华香烟。于是，他乖乖地被"请"进了古丽中队，落入了法网。同日，他的表弟杨高星也被警察在花街镇杨坑村抓获。

疯狂作案

在项氏兄弟租住的房间里，刑警们在搜查时发现，屋里除了一张老板桌是用赃款购买的以外，其他的任何用品，大到电视机、电脑，小到地毯、台灯都是偷来的。在衣柜里，挂着20余件鳄鱼牌T恤，夹克衫，也是白闯作案的“战利品”。

在这个盗窃团伙里，同为17岁的项东、方来、陈虎是白闯作案的中坚。陈虎通常担当望风的角色，砸门敲锁即是项东、方来的杰作。他们曾有过将同一单元的一楼到五楼的门全踹的“纪录”，也曾有过将同一套间里的五扇门全部砸烂的疯狂。特别是进去后没什么收获时，他们往往会迁怒被盗对象，踹更多的门，损坏更多的实物，以此泄愤。1月6日，他们已经在南苑路一住宅偷了1.2万元钱，竟在同一天还连偷6家。

去年11月4日下午，项东、方来、陈虎三人游荡到永拖路，踹门进入一家专卖店的仓库，偷了价值2.6万元的鳄鱼牌衣服，装成两大包，项、方每人提一只在手，手臂与脖子上还挂着多件衣服，浩浩荡荡地走出来，全无顾忌。最后他们打电话给项华军，让他开车来接。

2001年12月24日，他们窜到塔海村的徐某家，当时徐家的人正在二楼搞建筑。他们踹门入室，在人们的眼皮底下，将放在一楼房间里的2万元钱偷走。

除了白闯，他们偶尔也摸黑撬窗入室偷窃。作案同样惊天动地。

2001年10月6日，项东等人发现市区三马东路某楼房积了一层灰尘，知道住户久不在家，便通过撬窗入室的手段偷到了钥匙，并于当夜将价值4万余元的索尼34寸彩电、先锋组合音响等家用电器一搬而空。直到1月30日，刑警带着方来前来指认，失主才发现东西被盗。

导致这一盗窃团伙翻船的那部手机，作案时间是1月14日。当时项东、方来、陈虎正在小营盘附近的一个网吧与几个女孩一起上网聊天。可当时三个人身上都没有钱，觉得这样在女孩面前掉价，于是就去偷。进入附近一幢楼的二层，用砖头砸掉门锁后，入室偷了二部手机，将其中的一部卖给一手机店，得赃款650元用于挥霍。17日，项华军觉得其中一部手机的号码不错，就将卡换到自己的手机上使用，终于露了馅。

专人销赃

偷来的东西，一般由项华军销赃。他以老板的面目出现，低价销售偷来的物品。去年 12 月，项华军的外公生日，他没钱花又死要面子，于是就将价值近 2 万元的索尼 34 吋彩电以 3000 元的价格卖给了花街店园的陈良勇。陈明知这彩电的市场价，也感觉到东西的来路可能不“正规”，为贪图便宜，他假装糊涂。2 月 1 日，他因涉嫌销赃被公安机关刑事拘留。

价值近万元的先锋组合音响则被他以 2800 元的低价抵债。还将一台偷来的电脑以 1500 元的价格抵给人家，换钱供自己挥霍。

项华军虽然不参与白闯作案，但他也是做贼的高手。去年 6 月，他开了一家美容院，就是用赃款购置的。这以前，他在临安某宾馆做厨师，2 月份的时候，他拿了三只博士音响，得赃款 7000 元，开了这家美容院。在他们兄弟的带动下，杨高星也成了他们偷窃的帮凶，每次作案，给他 50 元工资。在方来第一次被抓期间，表兄弟三人接连四次到市东方电动工具厂偷盗机电产品案值数万元。

（因嫌疑犯中三人未成年，项东、方来、陈虎均为化名）

（原载 2002 年 2 月 10 日《永康日报》）

命案，二十三小时侦破

◎ 胡筱宁

2003 年 3 月 5 日晚，永康市丽州商城附近的三眼井巷发生一起凶杀案，市公安局刑侦大队接到报案后，迅速开展侦查工作，仅用 23 小时就成功侦破此案。陈伟清等犯罪嫌疑人被民警抓获归案。

“啊，血！喂，你怎么啦！”3 月 5 日晚 7 点 30 分，城区一市民胡某路经三眼井巷巷口时，发现一个年轻人躺在地上，旁边还流淌着一摊血。胡某立即报案，并打 120 电话叫来医院的救护车。后年轻人因腿动脉受伤，出血过多，经医院抢救无效死亡。从所携带物品得知，死者叫刘某，浙江松阳县人，今年 26 岁。

调　查

7 点 35 分，接到报案的刑侦大队、西城派出所民警火速赶到现场，随后局领导俞流江、钱子健也驱车赶到。死者死于何因？是打架斗殴，还是抢劫杀人？由于事发当夜，下着大雨，路上行人稀少，且发案地系旧城改造区，居住此地的多数是外来打工人员，这给民警的调查取证工作带来一定的难度。

人命关天，公安民警承受着巨大压力。为尽快破案，民警们连夜冒雨开展调查访问。第二天凌晨，民警在排摸中获得一条重要线索，有一个住在附近的湖北人曾参与打架斗殴，与此人一同居住的还有一伙湖北人。曾有人看见，这伙人当中自称夫妻的几位，居然一同上街拉“生意”，妻子接客，丈夫望风。民警们火速赶往湖北人的租房，可房内已经空空荡荡，人去楼空。经一番调查，除发现一些尚未使用的避孕套外，别无他物。

种种迹象表明此处极可能是卖淫窝点。而据法医尸检，刘某在死前曾有过性行为。民警判断刘某之死可能与嫖娼有关，要侦破此案必须从那伙湖北人身上着手。民警很快查明这伙湖北人在我市芝英、东阳及金华等地都有老乡。民警兵分三路，赴金华、东阳及芝英等地开展工作。同时与金华市局取得联系，对犯罪嫌疑人可能出现的地方进行布控。

落　网

3月6日下午，在金华市公安局的大力配合下，办案民警很快找到了犯罪分子可能藏匿的地方——婺城区花园小区。该小区位于婺城区南面，是一个相对僻静的地方。据布控民警介绍，曾有一男一女来这里找老乡借宿，并在小区内的公用电话亭内打过电话。民警们决定在此地进行蹲点守候。傍晚4时许，一个身穿西装的年轻人吹着口哨从住宅小区里走出来。“这可能就是我们要找的人。”“上！”还没等年轻人缓过神来，双手已被戴上锃亮的手铐。经审讯得知，此人正是涉案嫌疑人陈伟清。随后，东阳抓捕小组传来消息，犯罪嫌疑人王烈红在东阳光明大酒店抓获。杨美平、潘祥、万才平也相继在芝英、火车站落网。

真　相

经审查，犯罪嫌疑人陈伟清等人均系湖北省石首市人。自去年以来，他们就在我市充当卖淫女的“保护人”，以收取保护费为业。3月5日晚，犯罪嫌疑人万才平的女友周丽按照惯例到市区某广场拉客，并遇到了松阳人刘某。两人谈好价钱后，周丽便带他到预先租好的卖淫窝点。事后，刘某用一张100元的假币付给周丽当嫖资。当刘某穿好衣服走出房间时，周丽发现刘某

一个年仅二十六岁的年轻人，一次嫖娼，一张百元假币……生命就结束在滂沱的雨夜

命案，二十三小时侦破

2003年3月5日晚，永康市丽州鑫城附近的三眼井巷发生一起凶杀案。市公安局刑侦大队接到报案后，迅速开展侦查工作，仅用23小时就成功侦破此案。陈伟清等犯罪嫌疑人被民警抓获归案。

“啊，血！喂，你怎么啦！”3月5日晚7点30分，城区一市民胡某路经三眼巷口时，发现一个年轻人躺在地上，旁边还流淌着一滩血。胡某立即报案，并打120电话叫来医院的救护车。后年轻人因腿动脉受伤，出血过多，经医院抢救无效死亡。从所携物品得知，死者叫刘某，浙江松阳县人，今年26岁。

调　查

7点35分，接到报案的刑侦大队、西城派出所民警火速赶到现场，随后局领导俞流江、钱子健也驱车赶到。死者死于何因？是打架斗殴，还是抢劫杀人？由于事发当夜，天下着大雨，路上行人稀少，且发案地系旧城改造区，居住此地的多数是外来打工人员，这给民警的调查取证工作带来一定的难度。

人命关天，公安干警承受着巨大压力。为尽快破案，干警们连夜冒雨开展调查访问。第二天凌晨，民警在排摸中获得一条重要线索，有一个住在附近的湖北人曾参与打架斗殴，与此人一同居住的还有一伙湖北人。曾有人看见，这伙人当中自称夫妻的几位，居然一同上街拉“生意”，妻子接客，丈夫望风。干警们火速赶往湖北人的租房，可房内已经空空荡荡，人去楼空。经一番搜查，除发现一些尚未使用的避孕套外，别无他物。

种种迹象表明此处极可能是卖淫窝点。而据法医尸检，刘某在死前曾有过性行为。民警判断刘某之死可能与嫖娼有关，要侦破此案必须从那伙湖北人身上着手。民警很快查明这伙湖北人在我市芝英、东阳及金华等地都有老乡。民警兵分三路，赴金华、东阳及芝英等地开展工作。同时与金华市局取得联系，对犯罪嫌疑人可能出现的地方进行布控。

落　网

3月6日下午，在金华市公安局的大力配合下，办案民警很快找到了犯罪分子可能藏匿的地方——婺城区花园小区。该小区位于婺城区南面，是一个相对僻静的地方。据布控民警介绍，曾有一男一女来这里找老乡借宿，并在小区内的公用电话亭内打过电话。民警们决定在此地进行蹲点守候。傍晚4时许，一个身穿西装的年轻人吹着口哨从住宅小区里走出来。“这可能就是我们要找的人。”“上！”还没等年轻人缓过神来，双手已被戴上锃亮的手铐。经审讯得知，此人正是涉案嫌疑人陈伟清。随后，东阳抓捕小组传来消息，犯罪嫌疑人王烈红在东阳光明大酒店抓获。杨美平、潘祥、万才平也相继在芝英、火车站落网。

真　相

经审查，犯罪嫌疑人陈伟清等人均系湖北省石首市人。自去年以来，他们就在我市充当卖淫女的“保护人”，收取保护费为业。3月5日晚，犯罪嫌疑人万才平的女友周丽按照惯例到市区某广场拉客，并遇到了松阳人刘某。两人谈好价钱后，周丽便带他到预先租好的卖淫窝点。事后，刘某用一张100元的假币付给周丽当嫖资。当刘某穿好衣服走出房间时，周丽发现刘某所给的是假币，就马上追出去并与刘某发生争吵。在附近的陈伟清等人听到争吵声后，知道又有嫖客犯了“规矩”，迅速跑了过来。由于前几天，也有一名嫖客用假钞“付账”，陈伟清等人已经十分“恼火”，就把怨气都撒在刘某身上，对其拳打脚踢。见刘某还想逃跑，丧心病狂地陈伟清用随身携带的水果刀朝刘某的腿部猛刺一刀。刘某被刺后没跑出几步，就感到体力不支，倒在地上。陈伟清等人意识到事情不妙，马上回到出租房，收拾行李四处逃窜。可陈伟清等人万万没有想到，仅仅二十三小时，他们就被警方抓获归案。等待他们的将是法律的严惩！

（胡晟宇）

案发现场

刑警档案

给的是假币，就马上追出去并与刘某发生争吵。在附近的陈伟清等人听到争吵声后，知道又有嫖客犯了“规矩”，迅速跑了过来。由于前几天，也有一名嫖客用假钞“付账”，陈伟清等人已经十分“恼火”，就把怨气都撒在刘某身上，对其拳打脚踢。见刘某还想逃跑，丧心病狂的陈伟清用随身携带的水果刀朝刘某的腿部猛刺一刀。刘某被刺后没跑出几步，就感到体力不支，倒在地上。陈伟清等人意识到事情不妙，马上回到出租房，收拾行李四处逃窜。可陈伟清等人万万没有想到，仅仅 23 个小时，他们就被警方抓获归案。等待他们的将是法律的严惩！

（原载 2003 年 3 月 30 日《永康日报》）

千里追凶

——“3·4”古山墁塘杀人案侦破纪实

◎ 李维彪/胡筱宁

3月6日早晨，经过连续34小时的艰苦侦查，我市警方在江西萍乡境内从杭州开往重庆的列车上抓获了贵州绥阳籍强奸杀人犯罪嫌疑人潘正孟，成功破获3月4日发生在我市古山镇墁塘村的凶杀案。现犯罪嫌疑人潘正孟已被刑事拘留。

女青年在出租房中神秘被害

古山镇墁塘村有一幢出名的“贵州”楼，此楼因村民应某将一幢3层楼房隔成大大小小20多个房间，大多用于出租给附近打工的贵州籍外来人员而得名。

贵州女青年简某不久前到墁塘务工，就在贵州楼的2楼租了一个房间。3月2日，17岁的江西女青年雷某也来到简某所在的工厂务工。因雷某没地方睡，就提出与简某合睡。简某也想多个伴就同意了。4日上午7时，简某起床后叫雷某去上班，雷某说还要再睡一会儿，简某就自个儿先去上班了。中午11时半，简某吃完中饭后想到住处小睡一会儿，却发现房门上了挂锁。简某以为雷某出去玩了，也没多想就回工厂上班了。到了晚上9时简某回到住处，见房门还是上了锁。“雷某这疯婆子，班也不上，会到哪玩呢？”恰好这时房东应某走了过来，简某就叫房东应某打开房门。这一看不要紧，可吓坏了两人，只见雷某下身赤裸地仰躺在床上，应某见状马上拨打110报警电话。

永康警方立即赶到了现场，经进一步现场勘查和调查访问，警方确定雷某系窒息死亡，案件性质是强奸引起的杀人，案发时间为3月4日上午。

案件性质明确后，我局当即召集刑侦大队和古山派出所40余名精干民警成立侦查专案组。由局长韦炜亲自担任案件的总指挥，分管刑侦工作的副局长俞流江和局党委委员、刑侦大队大队长钱子健具体负责，迅速开展案件侦查工作。

一对贵州籍夫妇神秘失踪

“贵州”楼情况相当复杂，一幢3层楼房全部用于出租。房东应某又没有对租客情况进行登记，致使租住人员底数不清、情况不明。为此，专案指挥部决定以搞清出租房内的出租情况作为第一重点。

到3月5日凌晨5时，警方共查清“贵州”楼内有60名暂住人员，并从中得到了一条重要线索：住死者隔壁房的一对贵州夫妻，3月4日中午11时半突然搬离出租房，不知去向。经向两人务工的某家庭工厂调查，其中的男青年在上午7时半至9时曾离开过工厂，离开的具体活动情况不详，显然该男子具备作案时间和条件。

侦查人员以“贵州”楼内的暂住人员为重点，再一次进行仔细排查。在一外来人员处得知：离开的贵州夫妻自称潘正孟、王秀群，贵州遵义地区人。然而经进一步了解，潘正孟、王秀群到塅塘打工也只有10多天，与周围人员联系甚少，附近也没有熟识的老乡。他们的具体身份还是无法进一步核实。“一定要查清潘正孟、王秀群夫妇的真实身份与去向！”专案指挥部向参战民警下了命令。

千里追凶
——“3·4”古山塅塘杀人案侦破纪实
局领导迎接凯旋的追捕组刑警

功夫不负有心人，3月5日上午，案情出现转机。重案中队长李建成和民警谢泽军在检索人口登记情况时发现：2003年3月在胡库某衡器公司有一打工男青年叫“潘正刚”，而他是贵州遵义绥阳县郑场镇清坪村人。潘正孟与潘正刚只有一字之差，他们是什么关系？是同一人还是电脑搞错？为进一步确定潘正孟的身份，专案组果断决定，围绕潘正刚进一步开展工作。专案组民警一边将潘正刚的照片交于有关人员辨认，一边向公司的有关人员全面了解情况。同时专门派人前往其他地方寻找贵州遵义籍打工人员。在侦查人员多方努力下，5 日中午 12 时许，调查民警确认了以前在该公司务工的就是潘正孟，而非潘正刚。同时查明潘正刚系潘正孟弟弟。

刑警开着“宝马”车追列车

可潘正孟现在何处？侦查人员一边迅速向当地警方取得联系，一边快速对潘正孟的老乡分布情况进行全面调查。据东阳、义乌等地贵州遵义市绥阳县籍外来人员反映，永康市龙山镇西坞村也有一批贵州绥阳籍暂住人员。得到这一情况后，专案组民警立即返回永康，对西坞村的外来人员进行全面排查。据一贵州籍人员回忆，5 日中午，潘正孟的老婆曾到过他们的租住地，边哭边向他们借钱，他们问其出了什么事时，她只回答：“出人命了！”这一情况更加确定了潘正孟的犯罪嫌疑。同时，他们还向专案组民警反映了一条重要线索：潘正孟夫妻已于 5 日夜 10 时半从义乌乘“杭州—重庆”火车回老家。而此时已是 6 日凌晨 1 时许，火车驶离义乌站已有 3 小时。

兵贵神速，为保证及时将犯罪嫌疑人抓获，专案指挥部决定，分兵两路对潘正孟进行抓捕，一路由副大队长朱铁江驾驶“宝马”车从高速公路出发、争取追上火车，并在江西境内抓捕犯罪嫌疑人；一路由副大队长何建党带队从杭州坐飞机，直扑贵阳，再乘坐出租车到遵义站出口处拦截犯罪嫌疑人。6 日凌晨，在朱铁江副大队长的带领下，4 名侦查员风驰电掣般赶往江西。此时的宝马车有如离弦之箭飞驰在高速公路上，仅用 5 个小时就到达千里外的江西新余，并顺利登上了“杭州—重庆”的火车。

列车上，“火眼金睛”识嫌犯

但犯罪嫌疑人会坐哪一节车厢？如何在几千人中寻找出嫌疑人？最头痛的是，如果嫌疑人在下一个车站提前下车，那抓捕组所做的一切工作都将功亏一篑。为顺利将嫌疑人抓获，抓捕组民警决定争取在火车到达下一站前将犯罪嫌疑人抓获。在列车乘警的积极配合下，侦查员很快了解到此趟列车共有16节车厢，其中6节为卧铺，其余为硬座。为了在最短时间、以最快速度检查车厢所有人员，侦查人员决定兵分两路采取地毯式排查，一组由朱铁江副大队长带队，由专案组几名民警以查云南“2·23”嫌疑人为名进行检查；一组则由火车乘警带领几名工作人员以查车票为名进行检查。一节、二节、三节，“不对，难道潘正孟已经下车？”朱铁江副大队长走进最后一节车厢时，还是没有嫌疑人的踪迹。“潘正孟会不会已在中途下车？如果真是这样，我们接下去该从什么地方着手继续抓捕工作？”此时朱铁江心中不由得开始着急。

“请出示车票！”侦查员吕健站在最后一排向坐在最角落里的一对年轻夫妇问道。只见女人略带颤抖地从袋中掏出一张皱巴巴的车票，车票上赫然写着“义乌—重庆”几个字。吕健眼睛一亮，但他不动声响地向旁边的男人说：“请拿出身份证！”男的慌慌张张摸了好几个口袋，最后从随身皮包中拿出身份证。潘正孟，男，贵州省绥阳县人，此人正是抓捕组全力在找的犯罪嫌疑人潘正孟。原来，潘正孟夫妇上车后，为逃避抓捕而坐到了此趟火车的最后一节车厢的最后一个位置。

嫌疑人行孽不成而行凶

经审讯，嫌疑人潘正孟交代了入室强奸并杀人的犯罪事实。原来3月4日一大早，潘正孟就到工厂上班，后因工厂缺人手，他就想联系在四路务工的老乡到墁塘务工，可是掏电话本想打电话，却发现电话本扔在了出租房内。于是早上7时半，潘正孟回出租房取电话本，恰好看到被害人雷某刚起床。潘正孟见到睡眼惺忪的雷某，顿生邪念，闯入房内一把抱住雷某。雷某又惊又怕死命反抗，为怕别人听到，潘正孟穷凶极恶地掐死了雷某。为防止尸体被人发现，潘正孟将自己住处的挂锁锁到雷某住处的门上，而后强装镇定回厂里上班，吃过午饭后他向老板支了100元钱，收拾行李匆匆离开了墁塘村。他先是逃到了龙山镇西坞村一老乡的出租房内躲藏，然后又逃到义乌，直到坐上回老家的火车，才舒了一口气。他万万没想到，仅仅几个小时之后，追捕刑警就出现在他的面前。

（原载2004年3月15日《永康日报》）

跨国追捕“亿万富翁”

◎ 陈永柯

6月5日，潜逃十年的杀人逃犯徐贤标被刑侦大队民警从缅甸抓捕回国并顺利押回永康，我市警方首次跨国追捕行动宣告成功。

雪夜命案

1994年农历十二月廿三，天空飘着雪花，天气十分寒冷。晚上10时许，几辆挂着山西牌照的货车驶进330国道边的某客车饭店。几个司机从车上下来，准备在饭店里吃了晚饭再赶路，店主徐贤标招呼司机们坐下后便问他们要吃点什么，山西人喜欢面食，便问有没有面条。徐贤标面露难色说店里只有米饭没有面条，说完就叫人把饭菜端了上来。山西司机一看米饭已经没有热气，菜也是冷的，质量也不好，一看就没有食欲。他们就想到别的饭店看看有没有合胃口的饭菜，就站起来准备离开。徐贤标及店里的其他几个人见到手的生意要跑掉就有些不高兴地说了对方几句，双方因此发生争吵，后发展为斗殴，一名山西司机在斗殴中死亡。接到报案后，赶到现场的民警拘捕了有关涉案人员。而已连夜逃离永康的徐贤标成了漏网之鱼。

逃亡生涯

徐贤标匆匆逃离永康后，先后到过江西、福建等地。因年轻时曾在云南一带做过镶牙齿手艺，1995年年初徐贤标来到了中缅边境，重新干起了镶牙齿的行当。此后不久，徐贤标偷越国境，逃往缅甸，在缅甸的密林中，他曾被毒蛇咬伤，也曾被老虎追击，为了躲避野兽的伤害，晚上只好爬到树上过夜，吃尽了苦头。到达缅甸后，他一边给人镶牙齿，一边熟悉当地的情况，很快学会了一些当地语言，随后他又做起了贩木料、收购药材等生意，赚了一些钱，而后又用这些钱办起了一个蜡烛厂，几年下来赚了数亿元缅币（缅币 1 亿元折合人民币 100 万元），成为当地有名的亿万富翁。有了金钱之后，他结交了一些当地朋友，通过各种关系购买了缅甸的身份证，并在当地娶妻生子。凭着与当地军方的关系，徐贤标还获得了一个人武部副部长的头衔，手下有 30 个人 30 条枪，自己也购买了一把二十连发的手枪。徐贤标根本没有想到，永康警方在时隔多年以后还会盯着他。

发现线索

2003 年下半年，警方获得一条线索，徐贤标曾在中缅边境出现过。刑侦大队立即指派专人负责核实情况，摸清徐贤标的活动规律和落脚点。经过一段时间的努力，警方摸到了徐贤标的一些情况，并与云南方面取得联系，准备在徐贤标来云南做生意时将其抓捕。然而，神通广大的徐贤标却用 25 万元买通了某知情人，得知永康警方要抓捕他的消息。他很快放弃了在云南的生意，逃回缅甸。负责抓捕的民警并没有气馁，他们相信只要有足够的耐心和智慧就一定能将徐贤标抓捕归案。

跨国追捕

2004 年 5 月底，警方再次获得线索，徐贤标出现在缅甸掸邦东部第四特区某高级酒店。因为缅甸的七个特区中只有第四特区与我国警方有犯罪嫌疑

2 2004 年 6 月 15 日 综合 zong he 本版责任编辑 陈永柯 永康公安

跨国追捕"亿万富翁"

6月5日，潜逃十年的杀人逃犯徐贤标被刑侦大队民警从缅甸抓捕回国并顺利押回永康，我市警方首次跨国追捕行动宣告成功。

雪夜命案

1994年农历十二月廿三，天空飘着雪花，天气十分寒冷。晚上10时许，几辆挂着山西牌照的货车驶进了330国道边的某客车饭店。几个司机从车上下来，准备在客店里吃了晚饭再赶路。店主徐贤标招呼司机们坐下后便问他们要吃点什么，山西人喜欢面食，便问有没有面条。徐贤标面露难色说店里只有米饭没有面条，说完就叫人把饭菜端了上来。山西司机一看米饭已经没有热气，菜也是冷的，质量也不好，一看就没有食欲。他们就想到别的饭店看看有没有合胃口的饭菜，就站起来准备离开。徐贤标及店里的其他几个人见到手的生意要跑掉就有些不高兴地说了对方几句，双方因此发生争吵，后发展为斗殴，一名山西司机在斗殴中死亡。接到报案后，赶到现场的民警拘捕了有关涉案人员。而已连夜逃离永康的徐贤标成了漏网之鱼。

逃亡生涯

徐贤标匆匆逃离永康后，先后到过江西、福建等地。因年轻时曾在云南一带做过镶牙齿手艺，1995年初，徐贤标来到了中缅边境，重新干起了镶牙齿的行当。此后不久，徐贤标偷越国境，逃往缅甸，在缅甸的密林中，他曾被毒蛇咬伤，也曾被老虎追击，为了躲避野兽的伤害，晚上只好爬到树上过夜，吃尽了苦头。到达缅甸后，他一边给人镶牙齿，一边熟悉当地的情况，很快学会了一些当地语言，随后他又做起了贩木料、收购药材等生意，赚了一些钱，而后又用这些钱办起了一个蜡烛厂，几年下来赚了数亿元缅币（缅币1亿元折合人民币100万元），成为当地有名的亿万富翁。有了金钱之后，他结交了一些当地朋友，通过各种关系购买了缅甸的身份证，并在当地娶妻生子。凭着与当地军方的关系，徐贤标还获得了一个人武部副部长的头衔，手下有30个人、30条枪，自己也购买了一把二十连发的手枪。徐贤标根本没有想到，永康警方在时隔多年以后还会盯着他。

发现线索

2003年下半年，警方获得一个线索，徐贤标曾在中缅边境出现过。刑侦大队立即指派专人负责核实情况，摸清徐贤标的活动规律和落脚点。经过一段时间的努力，警方摸到了徐贤标的一些情况，并与云南方面取得联系，准备在徐贤标来云南做生意时将其抓捕。然而，神通广大的徐贤标却用25万元买通了某知情人，得知永康警方要抓捕他的消息。他很快放弃了在云南的生意，逃回缅甸。负责抓捕的民警并没有气馁，他相信只要有足够的耐心和智慧就一定能将徐贤标抓捕归案。

跨国追捕

2004年5月底，警方再次获得线索，徐贤标出现在缅甸掸邦东部第四特区某高级酒店。因为缅甸的七个特区中只有第四特区与我国警方有犯罪嫌疑人互相移交协议，这是一个绝好的抓捕时机。兵贵神速，6月1日凌晨，刑大教导员徐子健和综合中队副中队长胡龙赶到杭州，中午乘飞机到达昆明，下午转机赶到西双版纳，随后马不停蹄坐了二个多小时的出租车赶到勐海县打洛镇。此时，已是晚上7点多钟，而中缅边境已在半小时前封关，任何人不得过境。心急如焚的民警担心错过了抓捕时机，顾不上吃晚饭，找到打洛公安分局，向局领导介绍了案情，在当地警方的协助下，与掸邦东部第四特区警察局刑侦科取得了联系，徐子健告知对方徐贤标所在的……址和相貌特征。十几分钟后，……某酒店318房间内被缅甸警方……但徐贤标拒不承认自己的身份，……自己是缅甸人，并出示了缅甸……等相关证件。当地警方同时也接到……个徐贤标所在特区各方人士打来的……话，要求释放徐贤标。

徐子健得知情况十分着急，……即将贴有徐贤标照片的通缉令和……资料转交给缅甸警方，以确认其身份。鉴于缅甸方面的复杂情况，为防止……现意外，第二天一早，徐子健和胡龙……好过境手续，赶到缅甸第四特区警……局。一见到徐贤标，徐子健出其不意……用永康话叫他的名字，毫无防备的……贤标随口用永康话回答。徐子健心中大喜，此人正是徐贤标无疑。徐贤标……知道自己中计，无奈只好承认自己就是徐贤标，是犯案后从永康逃到缅甸来的。徐子健简要向缅甸警方介绍了案情，办理了交接手续，将徐贤标带回了打洛公安分局。

6月5日，徐子健和胡龙将徐贤标顺利押回永康。刑侦民警凭着锲而不舍的精神和智慧与谋略，出色地完……

人互相移交协议，这是一个绝好的抓捕时机。兵贵神速，6 月 1 日凌晨，刑侦大队教导员徐子健和综合中队副中队长胡龙赶到杭州，中午乘飞机到达昆明，下午转机赶到西双版纳，随后马不停蹄坐了两个多小时的出租车赶到勐海县打洛镇。此时，已是晚上 7 点多钟，而中缅边境已在半小时前封关，任何人不得过境。心急如焚的民警担心错过抓捕时机，顾不上吃晚饭，找到打洛公安分局，向局领导介绍了案情，在当地警方的协助下，与掸邦东部第四特区警察局刑侦科取得了联系。徐子健告知对方徐贤标所在的准确地址和相貌特征。十几分钟后，徐贤标在某酒店 318 房间内被缅甸警方扣押。但徐贤标拒不承认自己的身份，声称自己是缅甸人，并出示了缅甸身份证等相关证件。当地警方同时也接到多个徐贤标所在特区各方人士打来的电话，要求释放徐贤标。

徐子健得知情况十分着急，他立即将贴有徐贤标照片的通缉令和相关资料转交给缅甸警方，以确认其身份。鉴于缅甸方面的复杂情况，为防止发生意外，第二天一早，徐子健和胡龙办好过境手续，赶到缅甸第四特区警察局。一见到徐贤标，徐子建出其不意地用永康话叫他的名字，毫无防备的徐贤标随口用永康话回答。徐子健心中大喜，此人正是徐贤标无疑。徐贤标也知道自己中计，无奈只好承认自己就是徐贤标，是犯案后从永康逃到缅甸来的。徐子健简要向缅甸警方介绍了案情、办理了交接手续，将徐贤标带回了打洛公安分局。

6 月 5 日，徐子健和胡龙将徐贤标顺利押回永康。刑侦民警凭着锲而不舍的精神和智慧与谋略，出色地完成了首次跨国追捕行动。

（原载 2004 年 6 月 15 日《永康日报》）

126份笔录揪出投毒女老乡

◎ 李维彪

1月25日夜10点21分，四川开江县籍嫌疑人龙维琼耷头认罪，1月14日发生在古山某炊具公司的投毒杀人案成功告破。

洗锅工怪病

1月14日，天降瑞雪，天气异常寒冷。古山某炊具公司搪瓷车间因有一个高温火炉显得格外温暖。中午12点多钟，刚吃完中饭的不粘锅车间姚主任像往常一样来到搪瓷车间火炉旁烤火。

姚主任刚坐下，车间洗锅工老杨来到其面前讲感冒头晕要请假。细心的姚主任发现老杨走路一摇一晃，脸色苍白，嘴唇发黑，感觉情况比较严重。他就起身帮忙，准备扶老杨回住处。可刚走出公司门口，老杨蹲在地上起不来了，姚主任感觉不对劲就打电话通知公司领导，公司领导知道情况后马上就派车将老杨送往医院。“平常体格健壮的老杨，怎么感冒起来有这么严重的症状？”姚主任不由觉得有几分怪异。

让人更意想不到的是，到了下午4点多钟，年仅43岁的老杨经医院抢救无效死亡了。老杨突然死亡的消息很快在厂里炸开了锅：“老杨可是天天都加班，身体极好的人呀！”“可从没看到过老杨生病呀！”“吃中饭我还刚和他开过玩笑呢！”……大家都在议论老杨是否得了什么怪病暴死。

亲属要求公司赔偿

虽然公司的许多人都对老杨的突然死亡感到奇怪，但其妻子对老杨的死却是另一种看法。她认为自己一家人出门打工三年始终记住在外莫与人争，从来都是本本分分干活，不惹事结怨，应该不会遭人算计。

另外，10多天前老杨因同样症状在自己陪同下到市区医院看过，医生明确告诉过她其丈夫是中毒了，有可能与工作环境有关，若抢救不及时有生命危险。医生还劝过以后尽量不要再干洗锅的工作。老杨妻子认定老杨之死是因工作环境有毒而引起，要求公司赔偿。

警方介入调查

该炊具公司领导认为老杨在其厂里出事，从道义出发，给老杨家属一定的赔偿是应该的。但同时认为，在公司干活的其他人，和老杨干同样活，甚至来公司时间比他还要早的工人都没事，老杨在公司若因工作环境而引起中毒可能性不大。

126份笔录揪出投毒女老乡

洗锅工怪病

元月14日，天降瑞雪，天气异常寒冷。古山某炊具公司搪瓷车间因有一个高温火炉显得格外温暖。中午12点多钟，刚吃完中饭的不粘车间姚主任像往常一样来到搪瓷车间火炉旁烤火。

姚主任刚坐下，车间洗锅工老杨来到其面前讲感冒头晕要请假。细心的姚主任发现老杨走路一摇一晃，脸色苍白，嘴唇发黑，感觉情况比较严重。他就起身帮忙，准备扶老杨回住处。可刚走出公司门口，老杨蹲在地上起不来了。姚主任感觉不对劲就电话通知公司领导，公司领导知道情况后马上就派车将老杨送往医院。“平常体格健壮的老杨，怎么感冒起来有这么严重的症状？”姚主任不由觉得有几分怪异。

让人更意想不到的是，到了下午4点多钟，年仅43岁的老杨经医院抢救无效死亡了。老杨突然死亡的消息很快在厂里炸开了锅：“老杨可是天天都加班，身体

是因工作环境有毒而引起，要求公司赔偿。

警方介入调查

该炊具公司领导认为老杨在其厂里出事，从道义出发，给予老杨家属一定的赔偿是应该的。但同时认为，在公司干活的其他人、和老杨干同样活，甚至来公司时间比他还要早的工人都没事，老杨在公司若因工作环境而引起中毒可能性不大。

炊具公司在支付家属应急费用后并没及时给予赔偿。老杨的妻子就向多个部门反映，希望能得到相应赔偿。元月20日中午，古山派出所觉得事情异常，马上向市刑侦大队通报。刑侦大队大队长徐子健和教导员何建党接到通报后凭借刑侦人员特有的敏感性认为很有可能是一起凶杀案，于是马上召集重案中队全体人员前往调查。

子健坚定地说：“这是一起投毒杀人案件，成立专案组侦查。案件发生在工厂，不可能外来人员作案，嫌疑人员就在公司范围，马上抽调古山所、刑侦大队预审、情报中队人员参战”。同时他又强调：“我们已经错过了调查的黄金时间，要有紧迫感、抓紧时间。”

疑犯竟是女老乡

身经百战的刑侦人员都明白：“投毒案件往往是疑难的案件，范围虽然不大，但要确定犯罪嫌疑人往往又是很难的。”大家也都知道排查死者老杨矛盾情况是破案关键。为此，所有参战人员按照分工马上投入对该炊具公司126名职工的逐个仔细排查。

为彻底了解情况，对一个职工的询问往往要制作数千字的笔录。工作量繁重是显而易见的。这注定是一个不眠之夜。到第二天凌晨7点钟，126份笔录及时摆到了专案指挥部的办公室，几名重点人员也浮出水面。

炊具公司在支付家属应急费用后并没及时给予补偿。老杨的妻子就向多个部门反映，希望能得到相应赔偿。1 月 20 日中午，古山派出所觉得事情异常，马上向市刑侦大队通报。刑侦大队大队长徐子健和教导员何建党接到通报后凭借刑侦人员特有的敏感性认为很有可能是一起凶杀案，于是马上召集重案中队全体人员前往调查。

疑案初现端倪

经过一个下午紧锣密鼓的调查，刑侦人员很快掌握到了宝贵的第一手资料。该炊具公司是一家以经营搪瓷、不粘锅为主的企业，有员工 126 名，分

搪瓷、不粘锅等6个车间。死者老杨2004年2月进厂，生前为搪瓷、不粘锅车间的洗锅工。1月14日那天，老杨早上7：00从住处吃早饭后上班，上午正常干活，中午11:30在厂里用饭盒蒸饭吃，菜是自己早上从家里带出的豆腐。吃完中午饭不久出现头昏等现象。其妻子和儿子14日那天在家中吃的是老杨没有带走的菜和与老杨一样的米均无异常反应。同时，根据技术人员化验鉴定证实老杨在公司吃的饭菜有毒。

听完汇报的分管刑侦工作的副局长钱子健坚定地说："这是一起投毒杀人案件，成立专案组侦查。案件发生在工厂，不可能外来人员作案，嫌疑人员就在公司范围，马上抽调古山所、刑侦大队预审、情报中队人员参战。"同时他又强调，"我们已经错过了调查的黄金时间，要有紧迫感，抓紧时间"。

疑犯竟是女老乡

身经百战的刑侦人员都明白："投毒案件往往是疑难的案件，范围虽然不大，但要确定犯罪嫌疑人往往又是很难的。"大家也都知道排查死者老杨矛盾情况是破案关键。为此，所有参战人员按照分工马上投入对该炊具公司126名职工的逐个仔细排查。

为彻底了解情况，对一个职工的询问往往要制作数千字的笔录。工作量繁重是显而易见的。这注定是一个不眠之夜。到第二天凌晨7点钟，126份笔录及时摆到了专案指挥部的办公室，几名重点人员也浮出水面。

不过，因投毒案件的特殊性，为做到万无一失，专案指挥部的领导经过慎之又慎的讨论，决定对重点人员进行第二轮全方位的调查，进行逐个分析排除。专案组又经过连续4天深入公司每个车间调查访问。不放过任何蛛丝马迹。到24日深夜，其他重点嫌疑人员纷纷被排除，与老杨同工的女老乡龙维琼的嫌疑却步步上升。专案指挥部成员一致认同破案条件已成熟。于是25日夜6点钟，龙维琼被"请进"市刑侦大队办公室。经连续3小时的突击审查：犯罪嫌疑人龙维琼交代了因在与老乡老杨工作交往过程中产生矛盾而投毒杀人的犯罪事实。

（原载2005年3月15日《永康日报》）

大火烧不掉罪恶

◎ 李维彪

我市美丽的国家级旅游胜地“方岩风景区”山脚住着一位年过六旬的老汉。因其一身孤苦伶仃无妻无女，且身患隐疾，平常在方岩山上乞讨为生。方圆几村人都以“阿牛”称他，其真实姓名反而鲜有人知。然而就在几天前，这一身凄凉、与世无争且风烛残年的“阿牛”却被杀害在家中并被残忍地焚尸灭迹。

2006年1月16日刑侦大队和方岩派出所联合成立的专案组经过连续4天的缜密侦查成功破获了该群众反响极大、影响恶劣的杀人放火案。查实犯罪嫌疑人是从“阿牛”处借了钞票的同村妇女黄夏茶。同日，犯罪嫌疑人黄夏茶因涉嫌放火罪被永康市公安局依法刑事拘留。

火烧“阿牛”家

1月12日夜9点多钟，“阿牛”所在的村庄已是一片静谧。大多数的朴实村民都已进入梦乡。与“阿牛”家仅一路之隔的“阿红”因照料儿子还未睡觉，她无意间透过自家房间窗户看时，发现“阿牛”家窗户里冒着火光。“阿红”马上惊慌失措地叫喊起来“火烧屋了！火烧屋了！”……很快，整个村庄都沸腾了。

因“阿牛”家是老式木质结构的房子，火势蔓延得特别快。虽然全村的老少都加入了自发的救火行动，附近独松村的义务消防队也及时赶来火火。但也只是让其他人家的房子免受牵连而已。“阿牛”家所在明堂三间房子已全部倒塌，现场成了一片废墟。

大火发生时，住在“阿牛”隔壁的人并没听到什么呼救声。而在前几天，“阿牛”已和村里很多人讲过要到金华去看病。另外大伙儿也感觉近日没见过“阿牛”，所以包括村干部在内的所有人都庆幸“阿牛”不在家，大伙也就逐渐地散去了。

到了13日凌晨1时许，村联防队几名骨干准备回家休息，为安全起见，大家决定再到现场检查一下防止复燃。于是，大家赶回到现场。在检查现场时，一名细心的队员注意到房子东南边废墟下好像压了一个圆形似人头的东西。“该不会是个人吧！”该联防队员马上招呼大家一起过来看。于是，大伙一起搬掉上面一些木块，一具被烧焦了的尸体赫然入目。“出人命了。”闻讯赶来的村主任马上拨通了110的报警电话。

竟是杀人放火案

接到报警后，方岩派出所民警火速赶到了现场进行初查，虽然起火原因一时并未明确。13日上午，刑侦大队大队长徐子健果断抽调精干人员主动介入调查，经过一下午的调查访问和技术人员现场勘查复位，刑侦人员发现“阿牛”家没有起火的火源。而且阿牛也在火灾之前的一两天就应该已经死亡，另外有细心的周边群众反映直到13日上午“阿牛”家的房门都是锁着的。很明显，这是一起先杀人后放火灭迹的重大案件。

因案情重大，分管刑侦工作的副局长钱子健马上召集刑侦大队和方岩派出所的20余名民警成立专案组具体负责案件的侦破工作。市委常委、公安局长韦炜也亲临现场关注案件的进展情况。

案件露端倪

鉴于被害人“阿牛”及本案“先杀人后放火”的特殊情况，专案组决定先重点围绕被害人“阿牛”做文章。刑侦人员通过对知情人的走访，很快了解到一个重大情况：“阿牛”虽然以乞讨为生，但手头却一直有余钱。三四个月前，还曾借给在方岩山开店的妇女黄夏茶5000元钞票。近几天因自己病情恶化连续多次向黄夏茶催讨钞票。但黄夏茶夫妻两人态度十分冷淡。

“犯罪嫌疑人会是他们夫妻两人吗?”显然这是要马上核查清楚的一件事情。大要案中队中队长章义钱率民警立马赶到方岩山天街找到黄夏茶夫妻两人。刚见面，黄夏茶就非常干脆承认向“阿牛”借过5000元钱。但她称三天前已经将钱还给“阿牛”了，并坦然拿出一张欠条做凭证。

“还钱后还有保留欠条的？有些蹊跷!”刑警敏锐感觉到。在请示专案指挥部后，刑侦人员果断地将黄夏茶夫妻带回到方岩派出所进一步查证。

疑犯坦然应对

然而案件的进展并不像想象的顺利，到派出所后黄夏茶夫妻两人都表现自如。黄夏茶坦然讲：阿牛在1月8日、9日连续到她们家来要钱，她呢在9日就从朋友阿娇处借了2000元，加上另外前段时间从一个外地人处借来2000元钞票和自己储蓄的1000多元钞票凑够5200元钞票，当晚就去还钱，但阿牛不在家。到10日早上阿牛又来讨钱，她就答应晚上去还钱，到夜7点多钟她就一个人拿钱还给阿牛并拿回借条。另外她还讲12日晚上7点多钟后，就和同村几个人到几公里外的“雅佳酒楼”舞厅跳舞直到夜9点多钟才回家，她回家后一会儿村里人叫喊起来才知道“火烧屋的”。对前两天的活动情况如与什么人碰面、做什么事情也记得清清楚楚。同样，黄夏茶的丈夫对刑侦人员的问话也作了翔实的回答，其除了对妻子具体从什么人处借钱的情况不清楚以外，其他的与妻子所讲的能对应。

黄夏茶夫妻讲完，已到了吃晚饭的时间。但刑侦人员必须马上投入紧张的核查工作。因近几天来与夫妻两人接触的人达50多名，杀人案具体发案时间不明，对每一个时间段都要核实。刑侦专案人员只好通宵达旦地开展调查走访工作。

经时晚上的紧张走访工作，侦查人员拿到的材料似乎都对黄夏茶夫妻有利，黄夏茶的丈夫几乎可以排除直接作案可能，黄夏茶除了10日夜还钱过程无人证明外活动都比较正常。12日晚上黄夏茶从舞厅回来就9点多钟了，放火作案时间极为勉强。同时黄夏茶所讲的借钱情况也都是真实的。

做足细工，案情大白

“难道他们不是作案人?”14日夜7时许，刑侦大队会议室灯火通明。专案组成员召开案情分析会，专门讨论黄夏茶夫妻的情况。在会上，分管刑侦工作的副局长钱子健坚定地说：“案件的性质不会错，黄夏茶的丈夫嫌疑可以排除，但不等于黄夏茶可以排除。我们要用足细工再调查，对借钱的情况和黄夏茶一家的经济来往情况都要深入调查清楚，同时要围绕黄夏茶交往情况对其情况进行彻底摸排。”

领导坚定的决心鼓舞了参战民警的斗志，大家按领导的要求，对黄夏茶情况进行彻底调查。几小时后，刑侦大队教导员何建党率领的几名侦查人员通过细致工作，了解到了令人兴奋的线索：“黄夏茶虽然是从那外地人那里借过2000元钞票，但之后已经还给他人900元钱的。另外在1月9日那天，黄夏茶向“阿娇”借钱时还是提出要5000元钞票，“阿娇”没那么多钱拿给了她2000元，黄夏茶好像还有些失落。综合两信息，黄夏茶没有她自己所讲的5200元钞票，这样黄夏茶要拿回借条也就不可能了。

通过与黄夏茶熟识人员的走访。刑侦人员又了解到黄夏茶现在只有38岁，但她先后有过3个丈夫，性格脾气暴躁、有时喜怒无常、酷爱抽烟、身体素质较好，平常做事就有些不计后果。金华刑侦支队的专家从综合角度对黄夏茶进行会诊时，就比较倾向黄夏茶符合该案犯罪嫌疑人的刻画。

刑侦人员还从黄夏茶的丈夫处了解到：在1月9日黄夏茶买来一个塑料桶的汽油让其三轮摩托车加过油。而在此之前，黄夏茶对丈夫的摩托车用油是从不关心的。在案发前后，黄夏茶突然接触助燃物，这也是一个相当值得可疑的情况。

另外，在2006年1月14日深夜，刑侦人员出于人性化的考虑让黄夏茶夫妻两人短暂会面。刑侦人员突然返回恰好撞见黄夏茶贴近丈夫耳朵讲悄悄话，而这与有人在场时是明显的对比，也是可疑情况。

2006年1月15日凌晨1时许，专案组所有成员再次召开案情分析会。在会上大家形成一致意见，黄夏茶是重大作案嫌疑对象，应果断对其采取刑事拘留强制措施并加大审讯力度。

一小时后，刑侦大队长徐子健亲自对犯罪嫌疑人黄夏茶宣布刑事拘留的决定，随后，徐子健大队长带队的审讯组紧紧抓住钞票来龙去脉这条主线对黄夏茶进行强有力的讯问。2小时后，犯罪嫌疑人黄夏茶开始招架不住，神情紧张不安……最后黄夏茶一声叹息后，承认事情是她做的。

还债诱发杀人，放火为灭迹

1月16日、17日，徐子健大队长又分别对犯罪媒疑人黄夏茶进行翔实的讯问，最终搞清犯罪嫌疑人黄夏茶犯罪的整个过程。原来：1月8日早上，“阿牛”向其催讨5000元欠款，她感觉钞票没地方来，当日下午她从方岩山上下来时突然产生了放火烧死“阿牛”的邪念。并且当日夜，她就到附近加油站买了10元钱的汽油。

汽油拿回家后她又对犯罪后果产生极大恐惧，“还钱？下手？”这两个念头一直在脑海里徘徊。到9日，她决心打消犯罪的念头，就叫丈夫将买回的汽油加到家里的三轮摩托车里去。

当日，她又从“阿娇”（同在方岩山上开店）那里借来2000元钞票，然而算上家中余钱也只凑了3200元钞票。因钱数量不够，她估计“阿牛”不会接受，所以一直犹豫是否去还钱。思前想后，她最终决定去还钱，同时她也做好最坏的打算：“阿牛”还不接受就弄死他。1月10日夜7点多钟，她腋下夹带一个木槌，手上拿着钞票进入“阿牛”家。

是时，“阿牛”正在看电视。因这几天“阿牛”催得她心烦，她也没好气地将3200元钞票甩给了阿牛。高分贝地说道：“你数一下，这里3000元，200元利息。剩下2000元钞票过年后会还的。”果然如她事前所料。“阿牛”

边数钱边唠叨："不肯的，我要去看病，要花很多钱的。"她顿时火了起来并丧失了理智，"量小非君子、无毒不丈夫"的念头一下子涌了上来。她趁数钱的"阿牛"不备就举起木槌朝"阿牛"头部狠狠敲去……"阿牛"断气后，她抢回了钞票，并翻动抽屉拿回以前写给"阿牛"的借条。

完事后，虽然她内心也极其害怕，表面伪装极为正常。接下来两天过着正常的生活，照样到方岩山顶开店，与其他人打牌、赶集，连一起睡觉的丈夫都没感觉到她有什么异常。不过，她内心知道纸包不住火，"阿牛"的尸体迟早被人发现，11 日早上，她就用锁将"阿牛"家的房门锁上。12 日下午，为彻底解决心患。自以为聪明的她想到了放火烧掉"阿牛"的房子毁尸灭迹，这样公安机关就破不了案了。

于是，12 日下午她又去买来汽油，到夜 9 点多钟，跳舞结束与大家分手后，她就直接到"阿牛"家开门入室，随后利索地在"阿牛"床被上淋洒了汽油，将煤气打开，然后才用打火机将火点燃。

机关算尽太聪明，自以为做得天衣无缝的黄夏茶没有想到，熊熊大火不但没有烧掉罪证，反而暴露了自己杀人焚尸的罪行。公安民警仅用三天时间就侦破了这起杀人纵火案。

（原载 2006 年 1 月 30 日《永康日报》）

水库浮尸谜案

◎ 陈永柯

裸尸惊现

1月22日傍晚，已经下班正在家里准备吃饭的刑侦大队民警突然被紧急召回。10分钟前，刑侦大队接到象珠派出所打来的电话，有群众在三渡溪水库发现一具女尸。

刑侦技术人员和象珠派出所民警赶到现场，将尸体打捞上来后发现是一具全裸女尸，尸体已经高度腐败，右耳戴一银耳环，头发染成棕色。法医勘验尸体脸上有伤，初步判断为他杀，警方立即成立专案组开展侦查。查找尸源是破案的重要一环，民警由近及远，首先在象珠镇范围开展对近期失踪人员的排查，结果却是一无所获，民警又将范围扩展到全市乃至全省。

找到尸源

1月25日，警方在排查中发现丽水市莲都区一名失踪女子与尸体相像，该女子姓陈，今年30岁，是一家大型商场的业务员，家住丽水莲都区某小区，去年12月27日外出后未归，经进一步确认，死者就是陈某。警方围绕陈某的生前活动情况和社会关系开展调查，却进展甚微。

案发已三天，是情杀是财杀还是因车祸意外，仍无法确定，专案组民警心急如焚。当天下午，案件有了突破性进展。一名目击者向警方提供线索，他曾看到陈某被二个男青年拉上一辆白色面包车。这可能是一起绑架案。警方立即调整侦查方向，从白色面包车入手开展调查。

嫌犯落网

1月25日夜，专案组民警调查发现，象珠镇郑家村人郑志滔可能与案件有关。刑侦大队大队长徐子健亲自部署抓捕。深夜11时20分将郑志滔抓获，带回象珠派出所突击审查，郑志滔拒不交代。从郑志滔使用的手机中，徐子健发现有一个号码在案发前后与郑志滔联系频繁，而调查显示该号码的机主是一名女子。经进一步调查，该女子购买该手机后给他人使用。徐子健断定，使用这个手机的人就是同伙。1月26日凌晨，使用该手机的同村人郑建仁被抓，刑警同时在其家中搜出一部被弃而不用的手机，该手机正是陈某被抢之物，在郑建仁被押回刑侦大队的路上，郑志滔开始交代，郑建仁就是杀人案的主谋。

首次作案

2006年夏天，郑建仁找到郑志滔，说自己赌博输了十几万，还借了高利贷。想和郑志滔一起想办法搞钱。郑志滔也手头很紧，正缺钱花，二人一拍即合。经过几次商量，二人决定去绑架一个小孩，敲诈家属，二人租了一辆轿车，去温州、义乌等地寻找作案目标，但没有下手的机会。后来，郑建仁的哥哥帮郑建仁还了高利贷，郑建仁将自己创办的喷漆厂转让给了哥哥。转眼到了年底，二人又商量如何搞钱。郑志滔告诉郑建仁，在郑建仁租住的龙腾数码城对面的小区停放着一辆白色面包车，有一次他用一把捡来的钥匙去开，居然发动了。不如偷了车去卖钱。于是二人将这辆白色面包车偷来，开到临海去卖，但因为没有行驶证没能卖掉。郑建仁就说留着自己用，这样还能省下一笔租车的钱。他们还到义乌偷了几块牌照，挂在偷来的面包车上使用。几天后郑建仁认为美容院的小姐赚钱容易，二人商量去绑架美容院的“小姐”。二人开车去了武义东干，在一个美容院里以300元包夜的形式带出一个外地服务员。二人将女服务员带到永康一条偏僻的路上，威胁女服务员拿出钱来，否则就把她扔

水库浮尸谜案

裸尸惊现

1月22日傍晚，已经下班正在家里准备吃饭的刑侦大队民警突然被紧急召回。10分钟前，刑侦大队接到象珠派出所打来的电话，有群众在三渡溪水库发现一具女尸。

刑侦技术人员和象珠派出所民警赶到现场，将尸体打捞上来之后发现是一具全裸女尸，尸体已经高度腐败，右耳戴一银耳环，头发染成棕色。法医勘验尸体脸上有伤，初步判断为他杀，警方立即成立专案组开展侦查。查找尸源是破案的重要一环，民警由近及远，首先在象珠镇范围开展对近期失踪人员的排查，结果却是一无所获，民警又将范围扩展到全市乃至全省。

组民警心急如焚。当天下午，案件有了突破性进展。一名目击者向警方提供线索，他曾看到陈某被二个男青年拉上一辆白色面包车。这可能是一起绑架案。警方立即调整侦查方向，从白色面包车入手开展调查。

嫌犯落网

1月25日夜，专案组民警调查发现，象珠镇郑家村人郑志滔可能与案件有关。刑侦大队大队长徐子健亲自部署抓捕。深夜11时20分将郑志滔抓获，带回象珠派出所突击审查，郑志滔拒不交代。从郑志滔使用的手机中，徐子健发现有一个号码在案发前后与郑志滔联系频繁，而调查显示该号码的机主是一名女子。经进一步调查，该女子

自己创办的喷漆厂转让给了哥哥。转眼到了年底，二人又商量如何搞钱。郑志滔告诉郑建仁，在郑建仁租住的龙腾数码城对面的小区停放着一辆白色面包车，有一次他用一个捡来的钥匙去开，居然发动了。不如偷了车去卖钱。二人于是将这辆白色面包车偷来，开到临海去卖，但因为没有行驶证没能卖掉。郑建仁就说留着自己用，这样还能省下一笔租车的钱。他们还到义乌偷了几块牌照，挂在偷来的面包车上使用。几天后郑建仁认为美容院的小姐赚钱容易，二人商量去绑架美容院的“小姐”。二人开车去了武义东干，在一个美容院里以300元包夜的形式带出一个外地服务员。二人将女服务员带到永康一条偏僻的路上，威胁女服务员拿出钱来，否则就把她扔到水库里。该服务员表示自己家里很穷，实在拿不出钱，二人无奈，抢了她的手机，将她带到出租房里捆绑起来，关了一夜。第二

到水库里。该服务员表示自己家里很穷，实在拿不出钱，二人无奈，抢了她的手机，将她带到出租房里捆绑起来，关了一夜。第二天，郑志滔将其用围巾蒙眼，开车带出一段路后将其推下车并威胁其不许报案。

犯罪升级

12 月下旬，二人又开车到丽水寻找作案目标，这次他们把作案的目标瞄向了背包的女子和开车的单身男子。但一连去了两次丽水都没有得手。12 月 27 日，二人事先准备好透明胶带、水果刀、尼龙绳等工具，又来到丽水，这次他们找了个偏僻的居民小区，在小区门口“守株待兔”。晚上 9 点多钟，陈某从小区出来，正好撞在了他们的枪口上。二人强行把陈某拉上车，陈某一下子没反应过来，等被拉到车上才明白自己被绑架了，她大喊“抢劫，救命”。但是小区比较僻静，没有人听到她的呼救，她很快就被郑志滔按倒在面包车后座上，郑建仁驾车往永康方向开。路上，陈某拼命挣扎，并踢碎了一块窗玻璃。郑志滔揪住她的头发，使劲往车窗上撞，撞了几下，陈某就不动了。车子开到永康后。二人用事先准备的透明胶带和尼龙绳捆绑住陈某的手脚和嘴巴。对陈某进行搜身后劫得背包一只及手机、皮夹、现金、银行卡、存折、化妆品等物。二人将车开到三渡溪水库附近，见陈某已苏醒，便对其进行殴打，威胁其说出存折和银行卡的密码。陈某告知了存折密码，说银行卡已经多年不用，忘记了密码，并将一条金手链交给了郑志滔，二人见陈某脸上的伤口流血，滴在面包车的脚垫上，便决定将脚垫拿下来烧毁，同时烧毁了陈某的背包等物品。见陈某有几分姿色，随后二人对其实施了轮奸，并将其衣裤全部脱光烧毁，而后又用绳子勒，用手掐陈某的脖子，致其死亡后，将尸体用石块捆绑沉入水库。

作案之后

作案后二人回到郑建仁在龙腾数码城附近的租房，商量去外地将陈某的存折和银行卡上的钱取出来。第二天上午，郑志滔从汽车西站坐车去衢州，头戴鸭舌帽去银行取钱，因为存折不能跨地区支取，银行卡又没有密码，一分钱也没有取到。郑志滔只好将存折和银行卡撕毁后丢弃，将抢来的黄金手链卖给一家打金店，卖了 2400 元后在一小旅馆住了一夜。第二天回到永康告诉郑建仁钱没取到，金手链卖了 1800 元，并将其中的 1300 元分给了郑建仁，抢来的一部手机在用了几天后也交给了郑建仁。十几天前，郑志滔没钱用，又将抢来的一只金戒指卖给永富南路一打金店，卖了 135 元。

因为绑架陈某时，陈某在车上反抗，踢碎了一块车窗玻璃，郑建仁就将面包车开到了摩兴公司附近的一个汽车修理厂修理。过了两天，修理厂老板打电话给郑建仁说那辆面包车是其舅舅一个月前丢失的，问郑建仁这车是哪里来的，郑建仁谎称是从外地低价买来的，并同意将车还给失主。汽车修理厂的老板与郑建仁原本认识，相信了郑建仁的谎话，只要帮舅舅要回车子也就不再追究了，还让舅舅去派出所销案。郑建仁打电话给郑志滔，让郑志滔把车开去洗干净，并将放在车上的几块牌照扔掉，这样二人以为还了车、毁了迹、沉了尸，一切都做得神不知鬼不觉，毫无破绽。二人还商量着年前再干一票，好有钱过年，不料，尸体从水库浮了上来，仅仅三天，警察就找上门来。

（原载 2007 年 1 月 30 日《永康日报》）

冲动的代价

——“3·1”故意伤害致人死亡案侦破纪实

◎ 胡烈松/应晓波

仅仅是一次偶然的路过，也仅仅是一句随口说说的话，不料却闯下弥天大祸，由此而引发双方一场争斗，结果造成一死一伤的惨痛悲剧。面对这起突发的故意伤害致人死亡案，我市警方快速反应，深查细排，在案发后不到48小时内就将犯罪嫌疑人罗代玉、孙长学、李海印一一抓获归案，案件成功告破。但案件背后，留给人们的却有太多的深思……

案件突发

3月1日晚9时20分许，市公安局110指挥中心接到报警：“在市经济开发区银川西路的草坪上，有人被杀死了。”面对这突如其来的警情，经济开发区派出所民警立即赶往案发现场，发现草坪上躺着两个人，一个背上鲜血直流，有生命危险，另一个则已经死亡。处警民警立即将受伤人员送往医院抢救，与此同时马上封锁案发现场，并向上级领导报告。随后，市公安局分管刑侦工作的副局长钱子健、党委委员徐子健及值班局领导也先后赶到案发现场，市委常委、公安局长韦炜对此案也非常关注，指示快速成立专案组，全力侦破案件。

警方调查

专案组首先对报警人彭易礼进行了详细询问，了解案发的整个经过。据彭易礼讲：当晚与他们发生争斗的是刚才在草坪上喝酒的三个男子，其中一个手里有刀，在双方争斗中，他的老乡张国强被刺伤，已送往医院抢救，另一个老乡李柳冰已被刺死，自己由于当时躲避得快，仅受了点皮外伤；那三个男子他一个也不认识，只知案发时一个穿黑色上衣，一个穿白色 T 恤衫，当时和那三个男子一起喝酒的还有几个女的，由于情况发生得太突然，别的情况他没有太在意。

对案发现场勘查的情况也很快反馈到专案组：死者李柳冰，右颈动脉被刺中，因流血过多，已当场死亡；现场遗留有一瓶已开过的鲜橙汁饮料和两袋快喝完的江西产婺源白酒，以及一些饼干、瓜子、鸡腿等食品，很显然案发前案犯等人就在草坪上聚会喝酒。

根据初步掌握的情况，专案组首先安排力量对案发现场外围各道路口进行了查控，严查可疑人员和车辆出入，重点查控身上可能有伤或带有酒气的男女人员；其次组织人员对案发现场周围进行巡查和调查访问，寻找目击者和知情人。

调查访问和查控工作一直到了案发次日凌晨 4 时许。其间各种情况陆续反馈到专案组。距案发现场不到 50 米的一家副食品店老板反映：案发当晚 8 时许，有两个女的曾到他店里买过 6 瓶仙都小炮啤酒，年龄在 20 岁左右，其中一个穿红色上衣，大概过了 20 分钟，又有一个男的把先前那两个女的买去的 5 个仙都小炮空啤酒瓶拿回来退，之后又买了 2 瓶啤酒，这个男的年龄也在 20 岁左右，穿黑色上衣。根据调查访问的情况，专案组综合分析认为：（1）案犯方人数至少有 5 人以上，其中至少有三名男

10 永康日報 YongKang Daily

永康警界·综合 yongkangjingjiezonghe

冲动的代价

——“3·1 故意伤害致人死亡案”侦破纪实

仅仅是一次偶然的路过，也仅仅是一句随口说说的话，不料却闯下弥天大祸，由此而引发双方一场争打，结果造成一死一伤的惨痛悲剧。面对这起突发的故意伤害致人死亡案，我市警方快速反应，深查细排，在案发后不到 48 小时内就将犯罪嫌疑人罗代玉、孙长学、李海卯一一抓获归案，案件成功告破。但案件背后，留给人们的却有太多的深思……

案件突发

3 月 1 日晚 9 时 20 分许，市公安局 110 指挥中心接到报警：“在市经济开发区银川西路的草坪上，有人被杀死了。”面对这突如其来的警情，经济开发区派出所民警立即出警，赶往案发现场，发现草坪上躺着两个人，一个背上鲜血直流，有生命危险，另一个则已经断气死亡。处警民警立即将受伤人员送往医院抢救，与此同时马上封锁案发现场，并向上级领导报告。随后，市公安局分管刑侦副局长钱子健、党委委员徐子健及侦查局领导吕军伟也先后赶到案发现场，市委常委、公安局长韦炜对此案也非常关注，指示快速成立专案组，对案件展开全力侦破。

警方调查

专案组首先对报警人彭易礼进行了详细询问，了解案发的整个经过。据彭易礼讲：当晚与他们发生争打的是刚才在草坪上喝酒的三个男子，其中一个手里有刀，在双方争打中，他的老乡张国强被刺伤，已送往医院抢救，另一个老乡李柳冰已被刺死，自己由于当时躲避得快，仅受了点皮外伤；那三个男子他一个也不认识，只知案发时一个穿黑色上衣、一个穿白色 T 恤衫，当时和那三个男子一起喝酒的还有几个女的，由于情况发生太突然，别的情况他没有太在意。

对案发现场勘察的情况也很快反馈到专案组：死者李柳冰，右颈动脉被刺中，因流血过多，已当场死亡；现场遗留有一瓶已开过的鲜橙汁饮料和两袋快喝完的江西产婺源白酒，及一些饼干、瓜子、鸡腿等食品，很显然案发前案犯等人就在草坪上聚会喝酒。

根据初步掌握的情况，专案组首先安排力量对案发外围各道路口进行了查控，严查可疑人员和车辆出入，重点查控身上可能有伤或带有酒气的男女人员；其次组织人员对案发现场周围进行巡查和开展调查访问，寻找目击者和知情人。

调查访问和查控工作一直到了案发次日凌晨四时多。期间各种情况陆续反馈到专案组。距案发现场不到 50 米的一家副食品店老板反映：案发当晚 8 时许，有两个女的曾到他店里买过 6 瓶仙都小炮啤酒，年龄在 20 岁左右，其中一个穿红色上衣，大概过了 20 来分钟，又有一个男的把先前那两个女的买去的 5 个仙都小炮空啤酒瓶拿回来退，之后又买了 2 瓶啤酒，这个男的年龄也在 20 岁左右，穿黑色上衣。根据调查访问的情况，专案组综合分析认为：(1)案犯方人数至少有 5 人以上，其中至少有三名男子和两名女子；(2)案发时，案犯已喝了不少酒，很可能是借酒性闹事；(3)从案发地点看，案犯之中很可能有人就在经济开发区某公司里打工，或者落脚点在经济开发区一带；(4)从喝酒这一情况看，案发当晚案犯之中可能有人过生日或别的高兴事情；(5)从现场遗留的食品看，购买这些食品的地点有可能就在周围的商场超市里。根据以上这些情况分析，专案组决定采取兵分两路，一路根据现场遗留的食品结合案犯的穿着，对案发周围的商场超市进行调查，看看是否能找到购买食品的地点，从中发现或确定嫌疑人的人数和体貌特征；另一路则围绕喝酒、生日等情况对案发周边的公司进行排摸，看看是否可以从中发现可疑线索。

子和两名女子；（2）案发时，案犯已喝了不少酒，很可能是借酒性闹事；（3）从案发地点看，案犯之中很可能有人就在经济开发区某公司里打工，或者落脚点在经济开发区一带；（4）从喝酒这一情况看，案发当晚案犯之中可能有人过生日或别的高兴事情；（5）从现场遗留的食品看，购买这些食品的地点有可能就在周围的商场超市里。从以上这些情况分析，专案组决定兵分两路：一路根据现场遗留的食品，结合案犯的穿着，对案发现场周围的商场超市进行调查，看看是否能找到购买食品的地点，从中发现或确定嫌疑人的人数和体貌特征；另一路则围绕喝酒、生日等情况对案发周边的公司进行摸排，看看是否可以从中发现可疑线索。

锁定疑犯

随着排查的深入，到案发次日上午 10 时许，侦查员很快找到了案犯等人在案发当晚购买食品的地点：一个是位于案发现场不到 1000 米的自选超市里，案犯等人在这里买了鲜橙汁饮料和两袋江西产婺源白酒及鸡腿等食品；另一个地点位于后吴村路口的夜市小摊上，案犯等人在这里买了饼干和瓜子。至此，案发当晚案犯的活动情况基本有了一个大概的轮廓：案犯等人先在后吴村路口的小摊上买了饼干和瓜子，然后步行到那个自选超市里又买了鲜橙汁饮料、白酒等其他食品，之后通过超市旁的小巷直接到达案发现场聚会喝酒。

对购买食品地点的锁定，使案件的侦查方向一下子明朗起来。专案组立即安排人员对该超市的监控录像进行了调取。通过全面观看录像，最终锁定案发当晚购买鲜橙汁饮料、白酒等食品的总共有三男四女，后通过受害人彭易礼的辨认，该三名男子正是案发当晚与他们发生争斗的人。专案组立即请技术部门对录像进行技术处理，从中剪辑出该三男四女的照片。接着，专案组一方面组织经济开发区各公司的保卫科长观看录像，查找照片上的人员；另一方面则围绕剪辑出的照片，对案发当晚三男四女沿途一带活动的情况进行重点排查，与此同时发出悬赏公告，积极发动群众举报照片上的三男四女。

疑犯归案

公告张贴出去后，很快各种情况一一向专案组传来，可又马上一一被排除否定。在这种情况下，专案组始终坚信，疑犯迟早会浮出水面，只不过是时间问题。果然不出专案组所料，到了3日晚7时许，可靠线索终于传来：那照片上的四个女子正是在开发区某公司里上班的张某等四人。

侦查员立即前往抓捕，很快就在某公司外面的马路上将张某等四人抓获归案。迫于警方的强大压力，张某等人很快交代了案发当晚的情况，案发当晚与彭易礼等人发生争斗的三名男子，分别叫罗代玉、孙长学、李海印，其中罗代玉、孙长学就在经济开发区东永一线附近的一个公司里上班，李海印则住在炉头那边。

得知案犯落脚点后，专案组马上行动，兵分两路进行抓捕。一路火速赶到该公司对罗代玉、孙长学进行抓捕，另一组则赶到炉头村对李海印进行抓捕，结果两路人马都扑了个空，案犯罗代玉、孙长学、李海印都不在各自的住所。在这种情况下，专案组一方面要求各抓捕组落实好蹲点守候工作，另一方面则安排力量对罗代玉等人平时经常活动的地点进行扩大搜寻。

晚9时许，正在炉头加油站附近进行搜寻的侦查员小徐等人，突然发现迎面走来的两个男子，从体貌特征上看，很像案犯罗代玉、孙长学两人，后通过辨认，结果确定正是他俩。说时迟，那时快，小徐等人还没等罗代玉、孙长学反应过来，上去两个锁喉顶摔，就将两人一一抓获。通过审查，小徐等人得知李海印已前往古山去找老乡。他们又马不停蹄赶到古山，后在有关部门的协助下，连夜摸清了李海印老乡的住处，后一举将躲在厕所里的李海印抓获。至此，涉案人员悉数被警方抓获，无一漏网。

真相大白

后经查明，案发的整个经过是这样的：3月1日晚6时许，在我市经济开发区某公司上班的彭易礼、张国强、李柳冰三人，跟往常一样，吃过晚饭后一起到附近的一家网吧上网。当晚9时许，三人从网吧出来，准备回住地休息。当三人路过开发区银川西路一草坪时，看见罗代玉等人正在那里喝酒。这时，罗代玉就对彭易礼他们说："兄弟，一起过来喝酒。"彭易礼听后，随口回了一句："他妈的，我们又不认识你。"就这句话引起罗代玉、孙长学、李海印三人的极大不满。他们借着酒性，一人拿起一个啤酒瓶，二话没说，朝彭易礼冲过去就打。彭易礼三人很快就与对方扭打成一团。在争斗中，罗代玉拿出随身带的刀，先后朝张国强、李柳冰刺去，两人先后被刺中倒地。这时一直在旁边目睹整个过程的张某等人大喊："别打了，别打了，有人流血了，有人躺在地上了。"罗代玉等人见事情闹大了，就马上逃离了现场。受了点皮外伤的彭易礼，赶紧拨打了110报警……

案件发生后，犯罪嫌疑人罗代玉、孙长学、李海印自认为自己平时不经常外出，认识自己的人不多，3月1日晚那天到草坪上喝酒也没有熟人看到过，所以案发后仍然像往常一样在公司里正常上下班。然而正所谓"法网恢恢，疏而不漏"，令他们想不到的是我市警方这么快就找到了他们。

（原载2008年3月14日《永康日报》）

五人抢劫团伙被我市警方摧毁

◎ 李江

公园遇劫匪

4 月 10 日 22 时许，市公安局刑侦大队打击街面犯罪侦查中队接到一名青年女子报警，称在华溪北路塔海公园内遭人抢劫。

当日 21 时 40 分许，受害人胡某和朋友陈某在华溪北路塔海公园的亭子里聊天，突然从树后蹿出四名男子，其中一名走上来从后面拍了一下陈某的肩膀，说了句“打劫”，便拔刀向其刺去，还没反应过来的陈某腹部被狠狠地刺了一刀后，被丧心病狂的歹徒推入了落差数米的华溪中。同时，另两名男子冲上来捂住胡某的嘴，一把将其按倒在地进行搜身。胡某奋起反抗，歹徒便拔刀朝其背部和手腕刺去。而后，这伙歹徒抢走了胡某一部价值不菲的诺基亚手机和部分现金后，迅速消失在夜色中。一名出租车司机和在附近散步的路人听到求救声后，将奄奄一息的陈某救上岸，并将他们两人送往医院救治。据医生介绍，陈某腹部小肠整根被刺断，胡某手腕、背部被刺伤，深可见骨，多根神经被刺断。

犯罪分子惨无人道的恶劣行径在社会上引起了强烈的反响，公安局局长徐峰，副局长钱子健，刑侦大队大队长徐子健都对此案作了重要批示，要求尽快破案，并将此案列为督办案件进行侦破。

在案情讨论会上，民警们通过分析后认为，作案的犯罪分子很可能是惯犯，一定还有案底。侦查员对前段时间发生的抢劫案件，进行了分析串并，从蛛丝马迹中搜寻一切有价值的线索进行追查和走访。经过调查后发现，3 月 21 日深夜，在市老人民医院住院部对面的溪边、永康宾馆旁的人行道上也发生了类似的案件。在对其中的一名受害者江西籍汪姓男子进行再次走访时，民警了解到其中一名案犯特征非常明显，长得猪头大耳，还戴着一副眼镜。根据这一线索，民警们决定从案犯的落脚点入手，对城区这一带的网吧、旅

10 永康日报 YongKang Daily

永康警界·综合 yongkangjingjiezonghe

手持刀枪 跨省流窜 屡酿血案

五人抢劫团伙被我市警方摧毁

近日，警方在侦破一起公园恶性抢劫案中，发现并摧毁了一跨省持枪抢劫团伙，破获发生在湖南、浙江两地的抢劫案件16起、盗窃案件30余起。

主要犯罪嫌疑人杨正保被抓获。

公园遇劫匪

4月10日22时许，市公安局刑侦大队打击街面犯罪侦查中队接到一名青年女子报警，称在华溪北路塔海公园内遭人抢劫。

当日21时40分许，受害人胡某和朋友陈某在华溪北路塔海公园的亭子里聊天，突然从树后窜出四名男子，其中一名走上来从后面拍了一下陈某的肩膀，说了句“打劫”，便拔刀向其刺去，还没反应过来的陈某腹部被狠狠地刺了一刀后，被丧心病狂的歹徒推入了落差数米的华溪中。同时，另两名男子冲上来捂住胡某的嘴，一把将其按倒在地进行搜身。胡某奋起反抗，歹徒便拔刀朝其背部和手腕刺去。而后，这伙歹徒抢走了胡某一部价值不菲的诺基亚手机和部分现金后，迅速消失在夜色中。一名出租车司机和在附近散步的路人听到求救声后，将奄奄一息的陈某救上岸，并将他们两人送往医院医治。据医生介绍，陈某腹部小肠整根被刺断，胡某手腕、背部被刺伤，深可见骨，多根神经被刺断。

犯罪分子惨无人道的恶劣行径在社会上引起了强烈的反响，公安局长徐峰，副局长钱子健，刑侦大队大队长徐子健都对此案作了重要批示，要求尽快破案，并将此案列为督办案件进行侦破。

在案情讨论会上，民警们通过分析后认为，作案的犯罪分子很可能是惯犯，一定还有案底。侦查员对前段时间发生的抢劫案件，进行了分析串并，从蛛丝马迹中搜寻一切有价值的线索进行追查和走访。经过调查后发现，3月21日深夜，在市老人民医院住院部对面的溪边、永康宾馆旁的人行道上也发生了类似的案件。在对其中的一名受害者江西籍汪姓男子进行再次走访时，民警了解到其中一名案犯特征非常明显，长得猪头大耳，还戴着一副眼镜。根据这一线索，民警们决定从案犯的落脚点入手，对城区这一带的网吧、旅馆等一些不法分子经常落脚的场所进行了布控。经过两个星期的艰苦侦查，仍无所获。4月25日，民警在市河东路一带进行走访时，有群众向民警反映，有四名无所事事的湖南籍男子，经常入住在河东路的一家低档旅馆，这四人中为首的是一名猪头大耳戴着眼镜的粗俗男子。

根据该线索，民警到那家旅馆进行了调查，但由于那家旅馆的老板并没有按照规定对住宿的旅客进行登记，侦查员没有从他那获得有价值的线索。民警们并没有放弃，终于有一个卖早点的妇女向民警反映，这伙人在她那买早点的时候好像跟她说过是在武义一家叫“君君笔业”的工厂打工。获得这个线索后，民警们迅速赶到位于武义深塘工业区的那家工厂。

“君君笔业”是一家以手工业为主的制造铅笔的工厂，有几十名工人，但大多数职工是女性，只有5名男性员工，而这5名男性员工中又正好有一名湖南籍的男子。民警对其进行了调查，该男子自称石登国，湖南省花垣县人，称自己一直在工厂内务工，晚上也都上班的，并没有外出过，更没有参与过违法犯罪的事情。

民警在对其出勤表进行调查时，发现了破绽。该男子4月10日出勤表上标着“9”，4月11日标着“0”，通过向管理人员了解“9”表示他白天上过班，晚上请假，“0”表示他4月11日整天都没有上过班，而发案时间恰巧就是4月10日夜，他为什么要说谎？案情似乎一下子又出现了转机。

在再一次交锋中，石登国终于败下阵来，他向民警交代这起案件是他跟“田正明”、“田正勇”、“胖哥”三个贵州人干的，把那名受害男子刺伤并推入河中的正是他。

馆等一些不法分子经常落脚的场所进行了布控。经过两个星期的艰苦侦查，仍无所获。4 月 25 日，民警在市河东路一带进行走访时，有群众向民警反映，有四名无所事事的湖南籍男子，经常入住在河东路的一家低档旅馆，这四人中为首的是一名猪头大耳、戴着眼镜的粗俗男子。

根据该线索，民警到那家旅馆进行了调查，但由于那家旅馆的老板并没有按照规定对住宿的旅客进行登记，侦查员没有从他那里获得有价值的线索。民警们并没有放弃，终于有一个卖早点的妇女向民警反映，这伙人在她那买早点的时候好像跟她说过是在武义一家叫“君君笔业”的工厂打工。获得这个线索后，民警们迅速赶到位于武义深塘工业区的那家工厂。

“君君笔业”是一家以手工业为主的制造铅笔的工厂，有几十名工人，但大多数职工是女性，只有 5 名男性员工，而这 5 名男性员工中又正好有一名湖南籍的男子。民警对其进行了调查，该男子自称石登国，湖南省花垣县人，称自己一直在工厂内务工，晚上也都要上班，并没有外出过，更没有参与过违法犯罪的事情。

民警在对其出勤表进行调查时，发现了破绽。该男子4月10日出勤表上标着“9”，4月11日标着“0”，通过向管理人员了解“9”表示他白天上过班，晚上请假，“0”表示他4月11日整天都没有上过班，而发案时间恰巧就是4月10日夜，他为什么要说谎？案情似乎一下子又出现了转机。

在再一次交锋中，石登国终于败下阵来，他向民警交代这起案件是他跟“田正明”、“田正勇”、“胖哥”三个贵州人干的，把那名受害男子刺伤并推入河中的正是他。

牵出持枪抢劫大案

石登国被关押进看守所后，寝食不安，心情焦虑，情绪非常不稳定，他这一反常的现象再次引起了民警的注意。民警故意对其不闻不问，也不对其进行审问。5月4日，看守所里传来消息：“石登国病了。”

“石登国病了。”主管街面犯罪的刑侦大队副大队长邱军成闻讯后，不禁哈哈大笑道：“他这是心病。”心病还需心药医，见时机已经成熟，当日中午，侦查员便前往对“病中”的石登国进行了提审。在提审室里，民警并没有就案件的情况对其进行讯问，而是跟石登国拉起了家常，一个多小时过去了，审讯民警发现石登国欲言又止。民警便佯装要结束提审，让其回监室好好休息。此时，石登国突然跪倒在地，一把拉住侦查员小李的手：“你们别走，我把事情都交代清楚……”

原来，石登国真实姓名叫杨通金，1983年12月17日出生，湖南省花垣县麻栗场镇登高村四组人。4月10日夜，与其一同作案的其他三名男子，也并非贵州人，而是与其同村的杨正保、杨通运、石斌，为首的猪头大耳、戴着一副眼镜的“胖哥”就是石斌。此外，石登国还交代出了另外一起发生在湖南省花垣县的惊天大案。

2008年春节过后，无所事事的石斌、杨通金、杨正保、杨通运等人碰到一起，大家都觉得手头紧，没钱花，寻思着要找点刺激的活来干干，这时一向脑子灵光，在这群人中还算有点文化的石斌就提议：“我们要干就干大的，209国道就在家旁，何不去搞辆大货车。”他这一席话，让在场的每个人都亢奋不已。说干就干，当天“军师”石斌和杨通金就想办法借了3把长管猎枪，谋划着大干一场。正月十三深夜，夜黑风高，四个人见时机已成熟，便伙同邻村的另两名男青年一起带着3把猎枪，20发子弹，埋伏在209国道边，伺机作案，然而过往的大货车都异常警觉，他们没有得逞的机会。眼见抢劫大货车无望，石斌又提议说：“我每天都要经过一个砖瓦厂，那个老板很有钱的，我们何不到他家去捞一把。”于是6人又转到了在当地有一定影响的企业主黄某家，6个人用撕破的衣服将脸蒙住，破门入内，对房内的黄某等5人进行毒打，致使5人不同程度受伤，其中黄某的儿子稍加反抗，便被杨通金用枪管猛戳眼睛，血流不止，之后6人对5名受害者及房内进行了搜查，盗走数千元现金和三部手机后逃离现场。

这起案件发生后，在当地引起了强烈的反响，一时小镇上许多企业主人人自危。案件的发生，也引起了当地公安机关的高度重视，湖南省公安机关将该起案件列为督办案件进行侦破。随着风声越来越紧，石斌等6人也感觉到了危险，2月底6人商议后，觉得老家不能再待了，为了掩人耳目，6人分两组，分头逃亡，登高村的杨通金、杨正保、杨通运、石斌逃到了我市，邻村的另两名青年则到了深圳躲藏。没想到在我市再次作案，便被警方抓获。

主犯落网

杨通金的落网，使案件初露端倪，抢劫团伙成员全部现身。侦查员分析认为，团伙其他三名成员地址不固定，如果不能及时抓捕，很容易走漏风声四处潜逃。抓捕在逃的“胖哥”石斌等人成为此案能否圆满告破的重点。

民警通过对杨通金的审查，获悉石斌等3人在我市作案后，慑于压力，已于4月20日逃往武义躲藏。此外，杨通金还交代，杨正保身上携带着一张姓名为“田正明”的身份证。围绕这一线索，民警们连夜赶往武义，在当地公安机关的协助下，对武义县城的一些场所进行了布控。通过调查发现，4月23日、24日、28日，曾有人在武义三次使用“田正明”的身份证。但4月29日之后“田正明”就再也没有出现过了。

难道“田正明”已逃离了武义？民警陷入了沉思。在逃的主犯迟迟未能归案。这让主管侦查的邱军成也焦急了起来，5月8日，他再次召集民警召开案情分析会，会上，民警一致分析认为，这伙人没有固定的生活来源，又不愿打工干活，他们很可能会再次作案，而作案的话就有可能被抓，4 月 29 日之后，他们会不会已经被其他公安机关抓获了？这一大胆的设想，让民警们看到了希望。邱军成亲自对近期邻近县市公安机关处理的人员进行了查询，发现 4 月 29 日武义县公安局熟溪派出所治安拘留了一名湖南花垣籍的犯罪嫌疑人杨正学，当查阅杨正学的照片时，民警小李一眼就认出照片上的男子就是杨正保，与杨正学一同被治安拘留的同案犯经过辨认就是另一案犯“胖哥”石斌，通过进一步了解，民警发现这两人拘留期限的最后一天就是 5 月 8 日。民警们火速赶往武义县治安拘留所，提审再过一小时就将被释放的石斌、杨正保。

通过审讯石斌、杨正保，自知大势已去的两人很快就交代了“4 · 10”塔海公园抢劫案、2 月 20 日湖南省花垣县黄某家的蒙面持枪入室抢劫案，以及 2008 年 3 月份以来，在市老人民医院附近的溪边、永康宾馆旁的河边、武义壶山公园、湖南省花垣县公园等地的暴力抢劫案件 14 起；另外，还交代了在湖南、浙江两地的盗窃案件 30 余起。

（原载 2008 年 7 月 4 日《永康日报》）

歹徒绑架轮奸　警方七天破案

◎ 贾雪莎

三名年轻男子开着轿车，当街劫持女性至旅馆实施轮奸，警方仅用短短一周的时间，就抓获李某等三名犯罪嫌疑人，摧毁了这个轮奸犯罪团伙。7月16日，该团伙成员李某、朱某和林某已被警方刑事拘留。

女青年被轮奸

7月8日晚，四川人林某与女友结伴出去吃夜宵，途经汽车西站附近一偏僻处时，被一辆银色桑塔纳轿车拦住了去路。车上几名男青年开始与其搭讪，见林某两人没有理会，几个男青年便跳下车朝她们追了过去，林某和女友见势不妙撒腿就跑。林某的女友跑得快，幸运逃脱，落在后面的林某被追上来的几个男青年连拖带拽拉到了车上。上车后，几个人开始对林某动手动脚，虽然林某一直强烈反抗，但车上的两名男青年分别抓住她的手，摁住她的头，威胁其不许抬头看，一名男青年在车上就对其进行了强奸。车行一个多小时后，该三名男青年带着林某找了家小旅馆，并凑钱开了间房，对林某进行了轮奸。林某被三人折腾了一个晚上，在其苦苦哀求下，几个人威胁其不准报案，随后扔给林某100元钱，扬长而去。

查找作案地点

9日上午，林某向警方报案，警方接到报案后高度重视，并认定这是一起性质极其恶劣的轮奸案件，市委常委、公安局长徐峰要求刑侦大队全力侦破此案，重案中队具体负责此案的侦查。

由于在车上林某一直被歹徒威胁着不敢抬头看，加上精神高度紧张，所以并不清楚车子行驶的具体路线，只知道自己最后是从金华回到永康，至于案犯的特征也说不清楚。这无疑给侦破工作增加了难度。根据受害人提供的这条仅有的线索，重案中队立即召开案情分析会，对案件进行分析，并果断决定将金华郊区的小旅馆作为本案的突破口。

侦破工作迅速展开，正午时分，重案中队民警朱福禄等人顶着高温，带林某对金华郊区范围内的旅馆挨家盘查，由于林某对案发旅馆的印象很模糊，第一次盘查无功而返。然而，侦破此案，一定要先找到当日发案的旅馆，朱福禄不辞辛劳，再次带着林某回到金华继续寻找、走访，在第三次对金华郊区的小旅馆进行“地毯式”搜索之后，案发旅馆终于“浮出了水面”。通过走访，警方得知：几名嫌疑人均操丽水缙云的口音，用于作案的车子是一辆银色桑塔纳轿车，车子的引擎盖上有一个明显的特征：两条对称的花纹。有群众还回忆说该车车牌号后三位数是“987”。通过电子监控系统，民警查到的确有一辆牌照号码为苏 J. B987 的银色桑塔纳轿车频繁出现在永康、丽水、金华。

寻找作案车辆

获得这条关键的线索后，朱福禄等民警立刻着手进行了查证。在电子监控系统中提取该车照片，让受害者辨认。然而，在反复比对及核查后，却发现犯罪嫌疑人驾驶的桑塔纳轿车使用的是假牌照，线索再一次中断。中队在开会研究后，决定根据该轿车引擎盖上有两条对称的花纹这一个明显的特征，同时在丽水、永康、金华等地进行全面布控，并通知相关部门协查这辆银色

永康日报 永康警界·综合 10 2009年7月24日 星期五 在线投稿 www.ykrb.com 编辑：陈邦进

歹徒绑架轮奸 警方七天破案

■本报通讯员 贾雪莎

三名年轻男子开着轿车，当街劫持女性至旅馆实施轮奸。警方仅用短短一周的时间，就抓获李某等三名犯罪嫌疑人，摧毁了这个轮奸犯罪团伙。7月16日，该团伙成员李某、朱某和林某已被警方刑事拘留。

图为犯罪嫌疑人用于作案的轿车。

水、永康、金华等地进行全面布控，并通知相关部门协查这辆银色桑塔纳轿车，一发现可疑车辆立即查扣。很快，13日上午，丽水警方查扣了一辆银色轿车，车上有一男一女。经审讯，车上的这名男子正是“7·9”轮奸案的主犯李某。根据李某交代，警方很快于同日中午将另一同案犯朱某抓获。朱福禄在两人供述中得知，还有一名案犯林某潜逃至缙云县壶镇。朱福禄等民警即刻赶往缙云县壶镇，于16日将林某擒拿归案。至此，“7·9”恶性轮奸案成功告破。

首次作案得手

在审查中，警方得知，李某、朱某和林某均系缙云县人。李某年仅20岁，父母办厂，家庭经济宽裕，李某平时帮助家里的厂运货。朱某23岁，林某22岁，两人都在理发店工作，有固定的收入。李某交代：今年5月份，其花一万元钱买了一辆二手的桑塔纳轿车，有了车后，李某频繁地与朱某和林某混在一起。一日，三人在一起喝酒，酒醉后无聊

小平台 大作用

经济开发区“新永康人之家”服务社QQ群运行良好

■本报通讯员 胡永丽

“您好，这里是永康经济开发区‘新永康人之家’服务社QQ群，受理临时户口申报、居(暂)住证申领、补领、延期及换领，项目变更更正，依法开展民工维权和咨询，接待群众举报或投诉。”

“您好，我昨天上传的数据和照片，可以领暂住证了吗？”

“可以了，证件已打印好，随时可以过来领证。”

……

这是经济开发区[illegible]月份建立，并开通[illegible]家”服务社QQ群[illegible]平台。别看平台小，[illegible]

据专管民警胡[illegible]QQ群交流平台，[illegible]平台，将政府对新永[illegible]到辖区各村(居)及[illegible]人办理各种居(暂)住[illegible]无偿的咨询和服务，[illegible]集质量和服务管理水[illegible]工作服务并使流动人[illegible]作再上新台阶。

桑塔纳轿车，一发现可疑车辆立即查扣。很快，13 日上午，丽水警方查扣了一辆银色轿车，车上有一男一女。经审讯，车上的这名男子正是“7·9”轮奸案的主犯李某。根据李某交代，警方很快于同日中午将另一同案犯朱某抓获。朱福禄在两人供述中得知，还有一名案犯林某潜逃至缙云县壶镇。朱福禄等民警即刻赶往缙云县壶镇，于 16 日将林某擒拿归案。至此，“7·9”恶性轮奸案成功告破。

首次作案得手

在审查中，警方得知，李某、朱某和林某均系缙云县人。李某年仅 20 岁，父母办厂，家庭经济宽裕，李某平时帮助家里的厂运货。朱某 23 岁、林某 22 岁，两人都在理发店工作，有固定的收入。李某交代：2009 年 5 月份，其花一万元钱买了一辆二手的桑塔纳轿车，有了车后，李某频繁地与朱某和林某混在一起。一日，三人在一起喝酒，酒醉后无聊就想找点“乐子”。这时，一人提议共同出钱到美容店找个小姐来玩玩，臭味相投的一伙人很快便达成了一致。由于不敢在人多的地方进行这样的勾当，三人想到用李某的车充当作案工具，将小姐骗上车后开到偏僻的地方再找机会下手。当晚，三人凑了 150 元钱，将车子开到我市汽车西站的某美容院，谈好价格后带了一名“小姐”上车，随后快速逃离了永康市区，找到一家小旅馆开了间房对其实施了轮奸。第一次受害人并没有过多地反抗，更没有报案，只是催促他们快点完事好将她早点送回去。有了这次“成功”的经验后，几个人尝到了“甜头”，于是更加有恃无恐，接二连三地对不同女子实施了轮奸。

犯罪升级被抓

据李某交代，他们先后作案共 7 次。每次都选择像汽车西站这样有“小姐”频繁出没的地方，将“小姐”骗上车。当“小姐”拒绝时，他们就用威逼、恐吓的方法强迫发生关系。如果带的钱够，他们就将“小姐”带到小旅馆开房间，如果钱不够，他们就把车子开到偏僻的地段，在车上实施轮奸。三人发泄完，往往都将“小姐”带到偏僻的地方丢下，留给她们打车的钱就扬长而去。由于一些“小姐”不配合，他们逐渐从开始的挑逗、哄骗上升到生拉硬抢，逼迫受害者与他们发生性行为。“7·9”轮奸案发生前，三名嫌疑人侵犯的对象都为休闲中心的“小姐”，由于受害人的特殊性，导致无一人报案，警方不清楚有这样一个犯罪团伙存在，犯罪嫌疑人越来越有恃无恐。直到这一次，李某的犯罪行为再次升级，当街劫持路人林某，该团伙才被警方一网打尽。

（原载2009年7月24日《永康日报》）

警方七天破案 千里擒获两凶犯

◎ 陈永柯

4 日下午，“4·25”故意杀人案的犯罪嫌疑人龙秀清、麻爱山被民警从广东押回永康。市领导徐华水、陈美蓉、徐峰，金华市公安局副局长高宪政，我市政法委副书记应军，公安局领导赵晨晓、徐子健、蒋东炜等看望慰问了凯旋的追捕组民警。金华市公安局给我市公安局发来贺电，祝贺我市公安局成功破获“4·25”杀人分尸案，并向全体参战民警表示慰问。充分肯定我市公安局在侦办现行命案中，领导重视，采取侦查措施及时有力，参战民警放弃节假日休息时间全力攻坚，展现了全体参战民警认真负责、严谨细致的工作作风和扎实的攻坚能力。

草丛惊现尸块

4 月 25 日上午 9 点 40 分，在我市打工的湖北利川人段某和妻子谷某开着三轮车从城西新区章店污水处理厂南围墙外的小路经过，看到路旁小树边有两只漂亮的山鸡，段某就捡了块石头打山鸡，山鸡飞走了，谷某走过去想找找草丛中是不是有山鸡蛋。她看到丈夫从草丛中拉出一只崭新的棕色旅行箱，并拉开了旅行箱的拉链。谷某看到里面有半截穿牛仔裤的人的躯体，顿时大惊失色。段某赶紧拨打了 110 报警。

警方开展侦查

警方赶到现场发现，箱内有一具男尸躯干，无头无脚。男尸上身着黑色 T 恤，下身穿淡蓝色牛仔裤，系黑色“BOSS”牌皮带，内着黑白相间的短裤。腰挂钥匙 1 串，上有小剪刀 1 把、防盗门钥匙 1 把、掏耳勺 1 个。

法医检验尸块后判断死者年龄在 30 岁左右，身高 170 厘米，体态偏胖。

死亡时间在 7 日以内。并根据死者胃容物分析其在饭后 1 小时遇害。根据血液凝固等情况分析在死后 10 小时后被分尸。

警方从死者穿着分析为外地来永务工人员的可能性很大。装尸块的旅行箱较新，箱底的滑轮几乎没有磨损，旅行箱上还贴有价格标签，标价 80 元，为中低档产品。根据这些情况可以判断作案人很有可能也是外地人，旅行箱是为分尸抛尸而临时购买的。

警方兵分四路：一路对现场周边进行搜索，以期发现其他尸块；一路对近期失踪的人员进行比对甄别；一路对周边的村庄和工厂开展访问，注意发现突然离开的可疑人员或其他行为异常的可疑人员；一路对附近的商场超市进行走访，调查近期购买过同类旅行箱的人员。

取得重大进展

4 月 25 日夜，排查工作有了重大突破，民警在走访城西工业区一超市时，一营业员回忆前几天有人曾购买过一只类似的旅行箱。民警调取了超市的监控录像，经过查找，发现 4 月 20 日上午 10 时 05 分曾有两名青年到超市购买了一只标价 80 元的棕色旅行箱。两人同时还在超市里各买了一顶 15 元的鸭舌帽。这两人有重大作案嫌疑。民警获取了两人的图像资料，对现场周边的企业开展了新一轮的排查。

永康日报 | 警界 10　2010年5月7日　星期五　在线投稿 www.yknews.com.cn　编辑：陈邦进

男男同性恋引发杀人分尸血案

警方七天破案　千里擒获两凶犯

■通讯员 陈永柯

4 日下午，4·25 故意杀人案的犯罪嫌疑人龙秀清、麻爱山被民警从广东押回永康。市领导徐华水、陈美蓉、徐峰，金华市公安局副局长高宪政，我市政法委副书记应军、公安局领导赵晨晓、徐子健、蒋东炜等看望慰问了凯旋的追捕组民警。金华市公安局给我市公安局发来贺电，祝贺我市公安局成功破获 4·25 杀人分尸案，并向全体参战民警表示慰问。充分肯定我市公安局在侦办现行命案中，领导重视，采取侦查措施及时有力，参战民警放弃节假日休息时间，全力攻坚，展现了全体参战民警认真负责、严谨细致的工作作风和扎实的攻坚能力。

草丛惊现尸块

4 月 25 日上午 9 点 40 分许，在我市打工的湖北利川人段某和妻子谷某开着三轮车从城西新区章店污水处理厂南围墙外的小路经过，看到路旁小树边有两只漂亮的山鸡，段某就捡了块石头打山鸡，山鸡飞走了，谷某走过去想找找草丛中是不是有山鸡蛋。她看到丈夫从草丛中拉出一只崭新的棕色旅行箱，并拉开了旅行箱的拉链。谷某看到里面有半截穿牛仔裤的人的躯体，顿时大惊失色。段某赶紧拨打了 110 报警。

5月4日，2名犯罪嫌疑人被押解回永康。

排查很快有了进展，某锯业公司有三名分别叫龙技争、龙秀清和麻志红的湖南花垣县人前几天突然离开了。麻志红4月18日开始突然没来上班，没有向厂里请假，工资也没有结。龙技争是4月20日下午以家里有急事为由向车间主任请假并向厂里支取了1000元钱后离开的。龙秀清说他去送一下龙技争，第二天还要来上班的。但直到4月26日也没有回来。麻志红今年32岁，在厂里已经干了两年多了，而龙技争、龙秀清都是湖南花垣县补抽乡吉久村人，今年只有18岁，三人住在工厂宿舍五楼的一个房间里。

发现凶杀现场

民警用死者的防盗门钥匙一试，就打开了517的房门。房间里只有两张床，空荡荡的。地面明显有拖擦过的痕迹，墙面用泡沫灭火器喷过，但在西面靠窗的墙上，民警发现了大量喷溅血迹。在墙角、卫生间门上也有喷溅血迹。民警断定这里就是杀人和分尸的第一现场。

广东抓捕嫌犯

经过调查，两人已离开永康多日，去向不明。4月27日中午，警方派出追捕组前往湖南对两人展开追捕。第二天，追捕组抵达长沙，获悉犯罪嫌疑人曾在广东出现，追捕组兵分两路，一路继续前往犯罪嫌疑人的老家守候，另一路飞往深圳。5月1日，追捕民警在广东惠州市发现了犯罪嫌疑人的踪迹，当天下午，在一个小旅馆内将化名龙技争的麻爱山抓获，根据他的交代，民警在排塘至华村的公路边的草丛中找到了用旅行箱盛装的死者的其他尸块。当晚10时许，追捕民警在佛山市抓获另一犯罪嫌疑人龙秀清。

据麻爱山交代，三年前，初中未毕业的他与麻志红发展为同性恋关系，并把他带到永康，在一家餐馆打工。2010年春节后，麻志红又把龙秀清带到永康，发展为同性恋关系，三人同居一室。麻志红经常打骂威胁他们，不让他们找女朋友。他们两人不愿与麻志红继续保持同性恋关系，于4月20日凌晨在公司宿舍内与麻志红发生争斗，两人用菜刀和凳子砍击麻志红的头颈部，将麻志红杀死。将尸体藏在床底后外出上网。第二天在城西工业区的一家超市购买了一只旅行箱，准备分尸。后来发现一只箱子装不下麻志红的尸体，两人又去另一超市购买了一只旅行箱，并买了一把剔骨刀。在房间，两人将麻志红的尸体分成三段，分别装进两只旅行箱里，抛在章店污水处理厂路边和排塘至华村的公路边的草丛中。作案后两人逃往广东佛山。4 月 30 日，麻爱山去惠州找在那里打工的女友，龙秀清仍躲在佛山，直到落网。现两人已被刑拘，案件正在进一步审理之中。

（原载 2010 年 5 月 7 日《永康日报》）

刑警奋战五天四夜　侦破百万巨款被盗案

◎ 朱窈

案　情

失窃的保险箱里装有 50 多万港币、40 多万人民币以及 10 万元的承兑汇票。

保险箱就放在永康某餐厅里，主人姓胡是位企业主，在金华办厂。负责看管的是该餐厅的一名管理人员姓梁，是胡某的小舅子。

胡某说，小舅子就在餐厅工作，与保险箱日夜不离，将钱放在那里他很放心。保险箱里的一大部分钱是刚打进来的货款。

发现保险箱被盗是在 7 月 28 日上午，小梁报的案。

市公安局高度重视，刑侦大队迅速成立“7・28”专案组，党委委员徐子健亲自指挥侦破，专案组成员即刻夜以继日地开展侦查。

现　场

现场在餐厅四楼的一个房间内。

房间看上去并不凌乱，不像其他入室盗窃一般有翻动的痕迹，嫌疑人直奔保险箱，目的很明确。

细致的民警侦查发现，餐厅后门上插着把钥匙，与原配钥匙吻合度很高。警方还发现，在一楼到四楼的窗台上都留下了脚印。

餐厅里装有多个监控摄像头，但几个能远拍到正面的监控被事先用胶带粘住，警方在模糊的监控里发现，嫌疑人有两名，作案时戴鸭舌帽、口罩、手套，穿着长袖、长裤，作案时间长达 50 分钟。

疑　点

查看现场后，疑点接踵而来，至少有三点：

1. 餐厅后门为什么会插着一把钥匙？

2. 有钥匙为什么还爬窗？

3. 嫌疑人奇怪的衣着。

警方询问餐厅工作人员后得知，后门原配钥匙一直放在一楼的吧台上，但这点只有餐厅内部人员才知道，而且门上的钥匙非原配。“根据这两点，警方初步判定，熟人作案的可能性极大；嫌疑人大热天穿长袖、长裤，戴鸭舌帽、口罩、手套，说明他们事先有预谋；事先在监控上粘胶带，说明他们对餐厅内的格局十分了解。”刑侦大队重案中队中队长朱福禄介绍。

排　查

一方面，警方让餐厅工作人员、受害者当场辨认监控中嫌疑人的背影、行走姿态；另一方面，对可疑人员进行细致排查，特别留意曾在餐厅工作过的人员。

刑警奋战五天四夜

侦破百万巨款被盗案

■通讯员 朱窈

案情

失窃的保险箱里装有50多万港币、40多万人民币以及10万元的承兑汇票。

保险箱就放在永康某餐厅里，主人姓胡，是位企业主，在金华办厂。负责看管的是该餐厅的一名管理人员，姓梁，是胡某的小舅子。

胡某说，小舅子就在餐厅工作，与保险箱日夜不离，将钱放在那里他很放心。保险箱里的一大部分钱是刚打进来的货款。

发现保险箱被盗是在7月28日上午，小梁报的案。

市公安局高度重视，刑侦大队迅速成立“7·28”专案组，党委委员徐子健亲自指挥侦破，专案组成员即刻夜以继日地开展侦查。

现场

现场在餐厅4楼的一个房间内。

房间看上去并不凌乱，不像其他入室盗窃一般有翻动的痕迹，嫌疑人直奔保险箱，目的很明确。

细致的民警侦查发现，餐厅后门上插着一把钥匙，与原配钥匙吻合度很高。警方还发现，在一楼到四楼的窗台上都留下了脚印。

餐厅里装有多个监控摄像头，但几个能拍到正面的监控被事先用胶带粘住，警方在模糊的监控里发现，嫌疑人有两名，作案时戴鸭舌帽、口罩、手套，穿着长袖、长裤，作案时间长达50分钟。

他利用上班便利，时常到4楼的棋牌室转，不仅熟悉了4楼的格局，还知道那里有个保险箱，每天流动的现金就有15万—20万元。

巨额现金勾起了朱某心中的贪欲与虚荣心，他决定“飘”一把。他上班时偷偷去吧台拿了后门钥匙，配了备用钥匙后又将原配钥匙放回了原处。

7月1日，朱某以工资低为由向老板提出辞职。

辞职后，朱某立即回到老家缙云，开始“招兵买马”。但因没人敢干而耽搁了几天。

直到朱某找到了陆某。

两人一起买了鸭舌帽、口罩、手套、胶带等物。陆某还叫其表弟租了一辆白色轿车，于7月28日凌晨2点抵达餐厅门口，实施盗窃。

插曲

原本计划很周密的“行动”，也出现了不少“插曲”。

朱某、陆某来到餐厅后门，掏出事先配好的钥匙开门，哪知不但开不了，钥匙还被卡在锁里拔不出来。情急中，他俩决定爬窗上四楼。

到达四楼房间后，保险箱的重量还是远远超出了他们的预计，他们先用事先带来的扁担扛，没走几步就坚持不了，只能将保险箱放在一张凳子上，最后费了九牛二虎之力才将保险箱搬到电梯上。

成功得手后，朱某等人未敢停留，直接

在前不久辞职的几名员工中，警方将注意力放在了最近离开的朱某身上。7月1日，朱某以工资低为由离开餐厅。

有人反映，朱某平时好吃懒做，对社会有不满情绪。经警方调查，朱某就在前几天离开缙云去了温州。

朱某有重大嫌疑。8月1日，专案组赴温州，并于当天晚上在温州苍南将犯罪嫌疑人朱某、陆某抓获，成功追回赃款人民币 36 万、港币 53 万元等。同时，警方在缙云抓到另两名同案犯。

真　相

事发的餐厅是一家高级餐厅，四楼是棋牌室，生意很好，平时进出的多为有钱人。朱某，缙云人，半年前到该餐厅工作，拿着不到 2000 元的月工资，曾被老板送到上海培训，以为回来能得到重用，哪知只是“管几个人，没有实权”。

辞职其实是朱某故意制造的假象，为其提供不在场证据。早在辞职前，朱某就已经开始预谋。

他利用上班便利，时常到四楼的棋牌室转，不仅熟悉了四楼的格局，还知道那里有个保险箱，每天流动的现金就有 15 万–20 万元。

巨额现金勾起了朱某心中的贪欲与虚荣心，他决定“飘”一把。他上班时偷偷去吧台拿了后门钥匙，配了备用钥匙后又将原配钥匙放回原处。

7 月 1 日，朱某以工资低为由向老板提出辞职。

辞职后，朱某立即回到老家缙云，开始“招兵买马”。但因没人敢干而耽搁了几天。

直到朱某找到了陆某。

两人一起买了鸭舌帽、口罩、手套、胶带等物。陆某还叫其表弟租了一辆白色轿车，于 7 月 28 日凌晨 2 点抵达餐厅门口，实施盗窃。

插　曲

原本计划很周密的“行动”，也出现了不少“插曲”。

朱某、陆某来到餐厅后门，掏出事先配好的钥匙开门，哪知不但开不了，钥匙还被卡在锁里拔不出来。情急中，他俩决定爬窗上四楼。

到达四楼房间后，保险箱的重量还是远远超出了他们的预计，他们先用事先带来的扁担扛，没走几步就坚持不住了，只能将保险箱放在一张凳子上，最后费了九牛二虎之力才将保险箱搬到电梯上。

成功得手后，朱某等人未敢停留，直接将车开回老家，并试图用线切割的方式割开保险箱，但试了几次都未成功。其间，朱某还试过用火熔化，因怕里面的现金被烧，中途停止了。最后，朱某找到了一个专门从事切割行业的朋友，才打开了保险箱。

意　外

保险箱被打开，里面的40多万人民币被拿走。朱某等人狂喜，但他们很快就冷静下来。“当时我就想到，如果被抓，就在牢里待几年，如果没被抓，就一辈子逃亡。”被抓后，朱某坦言。

但他们还是做了。他们想，家里是不能待了，而且不能露富，得常换住处躲避警方追查。于是，他们逃到了温州苍南。

但还是有两点出乎他们的意料。一是警方很快找到了他们；二是被他们扔在废弃养鸡场里的保险箱内还有50多万元的港币。

等待他们的是法律的严惩。

（原载2011年8月5日《永康日报》）

永康“清网行动”追捕组深圳出击

◎ 吴晓华/陈永柯

11 月 30 日 22 时 20 分，广东省阳江市，某高尔夫高级会所的一幢别墅内，一名中年男子冲完澡，躺在床上，打开电视。

该男子睡眼惺忪地盯着电视画面，心中盘算：“今年的生意又好过去年，明天还要与一个国外大客户见面，想必能干的妻子都打点好了一切。这些年在这儿打拼出一片天下，多亏了她。这么晚不知她睡了没有……”

此时，一墙之隔，从浙江一路追踪而来的永康追捕组民警已经守候在门外，准备实施抓捕。

男子拿起手机，房门突然被打开。民警一拥而上，以迅雷不及掩耳之势将其戴上手铐。至此，该男子 12 年的逃亡生涯画上了句号。

该男子姓胡，是 12 年前永康一起挪用数百万公款的在逃主犯之一。半个小时后，在东莞，他的妻子——同案犯应某在家中被抓获。

夫妻挪用公款数百万元

1999 年，为了弥补妻子家中生意上的亏空，当时在永康某储蓄所工作的胡某以还贷款为由从受害人方某某等十多户农户手中骗得现金 180 多万元，后又与其妻应某挪用公款 200 余万，携款潜逃。

2000 年，两人被公安部列为 B 级逃犯。但民警在侦查中始终未查到他俩的蛛丝马迹。胡某夫妻和其 6 岁的女儿就像在人间蒸发了。

嫌疑人可能在深圳

2011 年“清网行动”开展以来，警方高度重视对这两名公安部 B 级逃犯的追捕工作，金华市公安局副局长查宗贤、刘胜和包案指挥。相关部门领导参与研究部署并在追逃一线研判分析，市公安局副局长徐子健包干攻坚，与市公安局刑侦大队大队长、“清网办”主任吕旭杰多次召开会议专题研究部署，整合一切可整合的资源，加大对两名逃犯的信息研判力度。

11 月 23 日，刘胜和来到市公安局认真听取了有关追逃落实情况，并有针对性地进行了部署，金华市公安局抽调行动技术支队支队长汪承基和民警钱利成，市公安局抽调 4 名民警，成立追捕组。追捕组组长为徐子健。由于抓捕对象是一对夫妻，徐子健的妻子、市公安局民警程海燕也加入抓捕组。另两名组员分别是永康刑大重案中队中队长朱福禄和民警陈可为。

当天，徐子健和程海燕等一起赶往应某母亲居住的杭州，进行秘密侦查。朱福禄等三人前往胡某老家无锡秘密侦查。案情进展迅速。

11 月 27 日早上 6 时 30 分，追捕组在杭州萧山机场秘密逮捕了正准备登机前往北京的应某的弟弟，并将他带回永康，他是该案的同案犯。经过一路的斗智斗勇，民警分析应某可能在深圳。

守候：整整三天两夜

经请示领导，追捕组乘下午 4 时的飞机，赶赴深圳。

下了飞机，追捕组直接来到东莞。胡某夫妻开的公司就在深圳和东莞交

10 永康日报 2011 年 12 月 9 日 星期五
在线投稿 www.yknews.com.cn 编辑：蒋伟文 电话：87138728
警界 JINGJIE

永康“清网行动”追捕组深圳出击

潜逃十二年公安部 B 级嫌犯夫妻落网

■通讯员 吴晓华 陈永柯

11 月 30 日 22 时 20 分，广东省阳江市，某高尔夫高级会所的一幢别墅内，一名中年男子冲完澡，躺在床上，打开电视。

该男子睡眼惺忪地盯着电视画面，心中盘算：“今年的生意又好过去年，明天还要与一个国外大客户见面，想必能干的妻子都打点好了一切。这些年在这儿打拼出一片天下，多亏了她。这么晚不知她睡了没有……”

此时，一墙之隔，从浙江一路追踪而来的永康追捕组民警已经守候在门外，准备实施抓捕。

男子拿起手机，房门突然被打开。民警一拥而上，以迅雷不及掩耳之势将其戴上手铐。至此，该男子 12 年的逃亡生涯画上了句号。

该男子姓胡，是 12 年前永康一起挪用数百万公款的在逃主犯之一。半个小时后，在东莞，他的妻子——同案犯应某在家中被抓获。

案情：夫妻挪用公款数百万元

1999 年，为了弥补妻子家中生意上的亏空，当时在永康某储蓄所工作的胡某以还贷款为由从受害人方某某等十多户农户手中骗得现金 180 多万元，后又与其妻应

2000 年，两人被公安部列为 B 级逃犯。但民警在侦查中始终未查到他俩的蛛丝马迹。胡某夫妻和其 6 岁的女儿就像在人间蒸发了。

逃亡剧 落幕彩云之南

不敢登记结婚，不敢生小孩 更不能孝敬父母

■通讯员 朱霜

往事 纵使改名换姓也不能忘记

江西武宁人辛甘（化名）怎么也没有想到，还会有人记得这个名字，因为，他对外宣称自己是“王春华”已经有 11 年了。如果不是一群民警冲进来，连他自己也忘记了原来的姓名。

这 11 年，他藏得很深，以至于周围人都没有察觉。

辛甘涉嫌故意伤害致人死亡罪，案发时间在 2000 年 7 月。当时，辛甘 25 岁，在方岩镇一家做刀具的工厂里打工，而且，不久前刚谈了女朋友。女朋友是当地人，比他小几岁，纵使家里反对，她也要死心塌地跟着他。

7 月 11 日晚上，天下着大雨，辛甘跟女友没带伞，在方岩镇文楼村的一个小亭里躲雨，亭子边上有一口池塘，风景不错。

雨越下越大，进来躲雨的人越来越多，其中就有两个姓程的江西人，两人是兄弟，也在当地打工。两人进亭后，看了一眼辛甘，但眼神马上游离开来，互不理睬。

其实，辛甘跟程氏两兄弟在前一天晚上就见过，并且还为一老乡跟两兄弟吵了几句。显然，程氏兄弟到第二天还是没有消气。在亭子内，3 人再次起了争执，还打成一团。扭打过程中，辛甘拿起了放在边上的一把长柄铁骨雨伞，在黑暗中不停挥舞。他记得，两人先后被他打到池塘里去，而且其中一人爬上岸后就倒地不起。他害怕了，逃到山上躲了起来。

事后证实，倒地的是弟弟，被伞骨刺中左胸，送到医院后因失血过多死亡。哥哥也受伤了，他头上有一个很深的伤口，而且左眼被刺伤。

在山上躲了两天后，辛甘逃到了云南。

界处。在当地警方的配合下，追捕民警首先确定了该公司董事长就是应某，而其丈夫——公司经理李某的照片与胡某一模一样——长方脸、头部有疤，由此推断李某很可能就是胡某。

由于夫妻俩开的公司规模大且上档次，胡某夫妇在当地也有一定的身份，要抓捕不是一件易事。

为确保万无一失，徐子健与其他同志商量了多个抓捕方案，大家一致认为同时抓捕两人是最佳方案。

于是，六名民警同时在其公司和应某家门口进行守候，等待两人同时出现的最佳时机。

可不巧的是，除了应某每天要对公司账目进行管理，会有规律地出现在公司和家里外，胡某应酬多，两人一直没有同时出现。

守候的时间是如此难熬，民警们都铆足了劲，等待着收网时刻的到来。

抓捕：一前一后分别擒获

11 月 30 日上午，胡某去了阳江。徐子健果断决定，追捕组就地分成两组。徐子健和汪承基、朱福禄一组，跟踪胡某适时实行抓捕；程海燕、钱利成、陈可为三人一组继续跟踪应某，保持联系，随时准备动手。

徐子健他们驱车跟踪胡某到阳江，晚上，见其下榻某高尔夫高级会所。与此同时，确定东莞那边应某也回了家。徐子健决定收网，首先从阳江开始。

通过排查，朱福禄迅速锁定胡某在别墅一楼房间。22 时 22 分，房门被快速打开，民警迅速将刚想打电话的胡某按压在床上，还没等他回过神来，冰冷的手铐已经锁住了他的双手。

“这边已经抓获，你们那边马上行动！”

22 时 30 分，程海燕这边敲响了应某的家门。见不开门，陈可为爬窗而入打开了门。程海燕走进卫生间，发现了应某，经过简短的问话，应某承认了自己的身份，但提出要交代一下公司的业务并见一见自己的两个女儿（小女儿系在逃亡期间所生）。

抓捕组同意了她的请求。

12 月 1 日凌晨，追捕组顺利会合，将胡某夫妇暂时关押在当地看守所。徐子健长长地舒了一口气，拿起电话激动地向远在金华等待消息的领导和同事们报捷。

应某交代，刚到广东的时候，两人只有 3000 元钱，卖过米粉、给人装过防盗窗、当过宾馆服务员和保险推销员，直到后来把握到了高尔夫行业的商机，成立了公司，拥有了 30 多个员工。虽然现在两人生活富足，但有家不能回，隐姓埋名的日子不好过。有一次到杭州看望母亲，在回来的飞机上，因疑心旁边坐的是警察，两人赶忙下了飞机。被抓的那天，刚好是小女儿 10 岁生日，那天她给孩子开了一个特别大的 PARTY……

2 日，胡某夫妇被追捕组民警押上了回浙江的飞机。下午 3 时许，潜逃 12 年的他俩被押回永康。市委常委、市长陈美蓉，市委常委、公安局长徐峰，政法委副书记应军，市公安局党委副书记、政委赵晨晓，市公安局纪委书记蒋东炜等领导到高速路口迎接凯旋的追逃组成员。

目前，胡某、应某已被检察院以挪用公款罪采取强制措施。

（原载 2011 年 12 月 9 日《永康日报》）

“110吗？我老婆被人杀掉了”

◎ 吕笑

“我老婆被人杀掉了！”11日凌晨4时30分，市公安局指挥中心接到报案。

死者是一名“站街女”

民警火速赶到位于市区河东路的案发现场。报案人周某称自己一觉醒来，发现隔壁房间里老婆岳某仰躺在床上，流了很多血，早就没气了。因为没有手机不能报案，他冲到屋外找人帮忙，正巧遇到路过的小王，他用小王的手机拨打了110报警。

民警立即围绕现场开展调查。周某和妻子岳某都是贵州人，两人婚后一直在老家务农。三年前，为了抚养5个子女，岳某来到了永康务工。可是，岳某一没文化，二没手艺，在永康根本找不到像样的活儿。一开始，岳某在一家工厂打工，可是家里有好几张嘴要吃饭，挣来的钱根本不够开销。经亲戚介绍，岳某在河东路做起了“站街女”。

由于“站街女”的工作性质复杂，接触人员面广，案件侦破难度很大。市委常委、公安局长傅建军，副局长徐子健亲临现场指挥侦破，金华刑侦支队支队长金承飞也到现场指导侦查工作。刑侦大队大队长吕旭杰带领民警兵分多路开展深入调查。

经过现场勘查，岳某身中数刀，但并无钱财损失。因此首先排除了抢劫杀人的可能。

从对附近群众的走访中，警方了解到岳某有一个“相好”陈某，那么，会不会是情杀呢？经过调查，案发当日，陈某一直在武义的工厂上班，没有作案时间。

将调查重点转向死者丈夫

警方在走访中了解到一个新情况，周某和妻子关系不好，两人经常吵架。

会不会是周某杀了妻子？这是一个大胆的猜想，警方在继续排查其他线索的同时，将调查的重点转向了报案人：死者的丈夫周某。

周某称案发当日，岳某被别人包夜，睡在最外面的房间。其间，周某听到一些轻微的响声，但也没有注意，可是第二天一醒来，就发现妻子遇害了。

办案民警通过摸排，并没有发现周某所说的包夜的客人。警方又仔细勘查现场，发现周某睡觉的房间和岳某被杀时睡的房间仅一墙之隔，隔音效果并不好。经法医鉴定，岳某身中数刀，在死前有挣扎的痕迹，无服食安眠药和被捂住嘴巴的痕迹。岳某死前与凶手搏斗时会发出很大的响声，为何周某称只听到了轻微的响声呢？

这些情况让警方进一步加大了对周某的怀疑。

报案人右手有一处新鲜抓痕

分管刑侦工作的副局长徐子健决定，直接接触周某。徐子健轻拍周某的肩膀，开始与他闲聊起来。连副局长都亲自“关心”这个案件，周某有些“受宠若惊”，在谈及相关案情时，他说话开始结巴，手也开始哆嗦了。周某的表现明显异常，确有重大作案嫌疑。

从现场勘查情况看，死者生前与凶手发生过搏斗，那么凶手的身上很可能会留下伤痕，吕旭杰提出了自己的推测。果然，经法医鉴定，周某的右手有一处新鲜的抓痕。

“110吗？我老婆被人杀掉了”

警方侦查发现，报案人就是凶手

■通讯员 吕英

“我老婆被人杀了！”11日凌晨4时30分，市公安局指挥中心接到报案。

死者是名“站街女”

民警火速赶到位于市区河东路的案发现场。报案人周某称自己一觉醒来，发现隔壁房间里老婆岳某仰躺在床上，流了很多血，早就没气了。因为没有手机不能报案，他冲到屋外找人帮忙，正巧遇到路过的小王，他用小王的手机拨打了110报警。

民警立即围绕现场开展调查。周某和妻子岳某都是贵州人，两人婚后一直在老家务农。三年前，为了抚养5个子女，岳某来到了永康务工。可是，岳某一没文化，二没手艺，在永康根本找不到像样的活儿。一开始，岳某在一家工厂打工，可是家里有好几张嘴要吃饭，挣来的钱根本不够开销。经亲戚介绍，岳某在河

将调查的重点转向了报案人：死者的丈夫周某。

周某称案发当日，岳某被别人包夜，睡在最外面的房间。期间，周某听到一些轻微的响声，但也没注意，可是第二天一醒来，就发现妻子遇害了。

办案民警通过排摸，并没有发现周某所说的包夜的客人。警方又仔细勘查现场，发现周某睡觉的房间和岳某被杀时睡的房间仅一墙之隔，隔音效果并不好。经法医鉴定，岳某身中数刀，在死前有挣扎的痕迹，无服食安眠药和被捂住嘴巴的痕迹。岳某死前与凶手搏斗时会发出很大的响声，为何周某称只听到了轻微的响声呢？

这些情况让警方进一步加大了对周某的怀疑。

报案人右手有一处新鲜抓痕

分管刑侦的副局长徐子健决定，直接接触周某。徐子健轻拍周某的肩膀，开

儿女一起来永康，劝妻子回家，可是妻子一直不愿回家。因为妻子干这一行，周某觉得很丢人，两人曾多次争吵。

案发当日凌晨3时许，周某为劝妻子一起回老家，两人因此又发生争吵。“你别管我，再管我弄死你！”岳某的火气蹭地上来了，两人扭打起来。岳某这句无意中说出的气话却在周某心中留下了阴影。周某想到了前几天岳某买回来几包老鼠药，“说不定她早就准备用老鼠药把我毒死了！这样下去，我早晚要死在她手里！”周某想到这里，就拿起了房间里的刀子向岳某的身上刺去。刺了几刀，岳某就趴在床上一动不动了。周某慌了，把她翻过来一看，已经没气了。

编造妻子被人包夜后被杀的谎言

睡在里屋的孩子被父母的打闹声吵醒，看见母亲趴在床上浑身是血，顿时吓

“这人有很大的嫌疑，我相信这个案子一定能破!”凭借多年经验，吕旭杰对侦破此案很有信心。

在传唤周某之前，警方已严密设计了审讯方案，决定用迂回的提问方式逐步击破周某的心理防线。果然，不到5分钟，周某就招供了。

夫妻吵架，怒而杀妻

周某交代，知道妻子在永康做“站街女”后，他很气愤。2012年春节前夕，他带着儿女一起来永康，劝妻子回家，可是妻子一直不愿意回家。因为妻子干这一行，周某觉得很丢人，两人曾多次争吵。

案发当日凌晨3时许，周某为劝妻子一起回老家，两人因此又发生争吵。“你别管我，再管我弄死你。”岳某的火气噌地上来了，两人扭打起来。岳某这句无意中说出的气话却在周某心中留下了阴影。周某想到了前几天岳某买回来几包老鼠药，“说不定她早想用老鼠药把我毒死了，这样下去，我早晚要死在她手里。”周某想到这里，就拿起房间里的刀子向岳某的身上刺去。刺了几刀，岳某就趴在床上一动不动了。周某慌了，把她翻过来一看，已经没气了。

编造妻子被人包夜后被杀的谎言

睡在里屋的孩子被父母的打闹声吵醒，看见母亲趴在床上浑身是血，顿时吓哭了。

“爸爸，我们报警吧。”14岁的大女儿哭个不停。“不要报警，不然我们几个人就没人养了。”13岁的二女儿很镇定。周某觉得二女儿的话在理，况且最小的孩子才上幼儿园，怎么能让他们成为没爹没妈的孩子呢。

“孩子们，你们听爸爸的话，待会儿警察叔叔问你们什么都说不知道，不然就没有爸爸了。”周某先安抚好孩子，想着该如何解决此事。经过近一小时的思想斗争，周某决定先出去找个证人证明自己也是刚发现妻子被杀，然后想好如何向警方讲述事情经过，编造妻子被人包夜后被杀的谎言，将警方的视线转移到包夜的客人身上。不料，一切都难逃民警的火眼金睛，不到半天，他的谎言就被彻底揭穿。

（原载2012年6月15日《永康日报》）

租豪车再抵押　诈骗百万被刑拘

◎ 周梦梦

因资金周转困难，程某竟然想到把别人的车当掉换取现金，事主发现后报警。接到报案后，我市公安局高度重视，迅速作出反应，于 18 日将嫌疑人抓获并积极联系车主。到目前为止，被程某抵押的车辆共有 20 余辆，其中不乏保时捷卡宴、宝马 X6 等豪车，涉案金额达数百万元。

低价抵押租来的汽车

家住芝英镇的曹女士最近遇到了一件“好事”，经好友介绍，有位程先生愿意将他手中的九成新宝马 5 系抵押给她，向她借款 15 万元。曹女士是做生意的，对“诈骗”这个事平时听得多，当下心里就有警惕：天底下怎么会有这么便宜的事？便称自己没有钱。然而此时程先生上前出示了这辆宝马车的车辆转让协议及借条，偷偷地告诉程女士：“这辆车是山上赌场抵押来的，我这边有好几辆了，钱周转不过来所以想低价抵几辆。”曹女士想了想，便要求看看汽车证件。程某说：“证件是没有，不过我不会让你亏的，车抵押给你开，借的款每月我给你 2 分利息。”旁边曹女士的好友也附和：“大家这么熟，我也不会帮他骗你这么点钱，我帮他作担保。”曹女士心动了，心里比画了一下：宝马车可以开，借的钱还有 2 分利息，而且车在我手里，他也不会不还。就这样，曹女士取了 15 万元钱交给了程某，程某还与她签订了抵押合同，这下曹女士放下心来，因为与好友两家素有往来，抵押到车的她，也没有要求好友给她写担保书。

直到宝马车真正的主人找上门，曹女士才知道自己被程某骗了。

轿车租赁公司老板报警，程某及其同伙落网

黄先生是我市某轿车租赁公司的老板，他手里就有 4 辆车被程某以租车

的名义骗去。2013 年 1 月开始，程某先后在他的公司租借了 4 辆车，从 6 月开始，为了防止汽车被盗，黄先生在每辆车身上都安装了 GPS 定位系统。黄先生发现其中 2 辆车已经有月余没有挪动过了，而另外一辆车，位置已经追踪不到。黄先生电话联系了程某，程某含糊其辞，一会儿说车子在朋友那里，一会儿说车子马上要还了，会把钥匙寄回来给他。然而程某迟迟不归还车子，租金也总是一拖再拖。黄先生托人一打听，原来程某已经将其中一辆车以 6 万元抵押给了派溪村的一个人。黄先生慌了神，赶紧拿起电话报了警。

市刑侦大队接到报案后，当即开展行动，妥善处理被抵押的车辆，并于 18 日在南京将程某及其同伙杨某抓获。

一共骗取抵押轿车 20 余辆

程某系方岩人，29 岁，在方岩办有一个杯厂，因资金周转困难，程某很苦恼。这时厂里的销售杨某说，福建那边有个地方，不管什么来源的车都可以抵押，并且短期内可将车取回。程某心生一计，到律师那里拿了一份空白的转让协议和借条，自己与杨某填好表并签字盖章，然后开着一辆租来的奥

10 永康日报 2013 年 8 月 23 日 星期五
在线投稿 www.yknews.com.cn 编辑：蒋伟文 电话：87138728

警界 JINGJIE

租豪车再抵押 诈骗百万被刑拘

■通讯员 周梦梦

因资金周转困难，程某竟然想到把别人的车当掉换取现金，事主发现后报警。接到报案后，我市公安局高度重视，迅速作出反应，于 18 日将嫌疑人抓获并积极联系车主。到目前为止，被程某抵押的车辆共有 20 余辆，其中不乏保时捷卡宴、宝马 X6 等豪车，涉案金额达数百万元。

低价抵押租来的汽车

家住芝英镇的曹女士最近遇到了一件“好事”，经好友介绍，有位程先生愿意将他手中的九成新宝马 5 系抵押给她，向她借款 15 万。曹女士是做生意的，对“诈骗”这个事平时听得多，当下心里就有警惕：天底下怎么会有这么便宜的事？便称自己没有钱。然而此时程先生上前出示了这辆宝马车的车辆转让协议及借条，偷偷地告诉程女士：“这辆车是山上赌场抵押来的，我这边有好几辆了，钱周转不过来所以想低价抵几辆掉。”曹女士想了想，便要求看看汽车证件。程某说：“证件是没有，不过我不会让你亏的，车抵押给你开，借的款每月我给你 2 分利息。”旁边曹女士的好友也附和：“大家这么熟，我也不会帮他骗你这么点钱，我帮他作担保。”曹女士心动了，心里比划了一下：宝马车

花街派出所解决村民饮水难

近日，我市花街镇塔石头村村民到派出所反映村中饮水困难。所长王刚指派民警迅速到塔石头村实地了解情况。塔石头村位于花街镇山区，由于持续高温天气，村中的饮用水源——一口小水库，水质浑浊，几近干涸。村民需要用水要先开启水泵，过 10 来分钟后，才会有水流到村民家，村民用水缸接水，等水静置一段时间后才能使用。王刚获知这一情况后，马上与花街镇党委联系，用消防车将自来水送至塔石头村，解决塔石头村民饮水难的问题。

通讯员 小范

迪 Q5 与索纳塔 8 代到了福建。轿车果然顺利抵押掉了，程某拿到了 22 万元的现金。奥迪 Q5 的车主李先生及时察觉，并亲自到福建将车子开了回来。抵押借钱的人不肯了，追到我市要求程某还钱或者再弄一辆车来，程某当即去另外一家租赁公司借了一辆途胜汽车“还给”对方，对方满意地开着车回去了。

看钱来得容易，程某一发不可收拾，继续以买车、租车等手段骗取了数家租赁公司的车，然后以伪造合同的方式抵押给其他人。截至 20 日，据警方初步统计，程某共骗取抵押轿车 20 余辆，其中仅一个租赁车公司被骗轿车就有 10 辆之多，涉案金额达数百万元。目前程某已被刑拘。市公安局提醒广大车主，租借轿车要提高警惕，通过合法的手续进行，以免上当受骗。

（原载 2013 年 8 月 23 日《永康日报》）

警方破获一起特大玉石诈骗案

◎ 章芳敏

永康市公安局刑侦大队向新疆籍维吾尔族人阿布（化名）返还价值上千万元的和田籽玉，一起特大的玉石诈骗案成功破获。据了解，这是永康警方近年来破获的涉案单块玉石价值最高的一起案件。

3360 万元玉石款　买主一分钱没付就消失了

5 月 31 日下午，以阿布为代表的 20 多名新疆籍维吾尔族人到永康市公安局刑侦大队报案称他们共同所有的一块重约 90 公斤的和田玉石（初步估算价值 3000 余万元）被骗，玉石款无法追回。阿布说，该玉石不只是他一个人所有，拥有“股份”者多达 1500 人，主要的“股份”在 20 多人手中。他们要求警方尽快为其追回玉石或货款。

阿布说，向他购买玉石的人姓程，是永康人，自己多年前就认识了，还曾多次在一起喝茶聊天，彼此都比较信任。2014 年 3 月，程某在永康向阿布购买玉石，当时签订协议 3360 万元玉石款，程某分 9 期全部付清，最晚的还款期限是 2014 年 5 月底，程某还把自己在前仓镇某水库农庄的别墅作为抵押。阿布等人本以为这桩买卖很保险，结果还是被骗了。程某一分货款也没付就消失了，他们找到程某所说的抵押别墅，才发现该别墅并不完全属于程某所有，而且这幢别墅既没有土地证也没有房产证。

玉石被抵押给澳门赌场　因欠钱太多已无能力赎回

这起案件同时也引起了永康市政府的高度重视，6 月 1 日，永康市公安局立即对这起案件立案侦查并成立专案组，由局党委委员应昶牵头，抽调刑侦大队、法制大队、派出所等部门民警开展侦查，先后对相关的 20 余名当事人进行了询问。

6月4日，犯罪嫌疑人程某被抓捕归案。45岁的程某很早就出来混社会，据他交代，他是听人说起去澳门赌场赚钱来得快，就去了澳门赌场洗码。程某说，他并不是去赌博，而是在赌场赚洗码费。据了解，澳门赌场赌博人员参与赌博前需要把现金码化成“礼码”（等同于现金），然后用礼码参与赌博。而程某从事的就是筹码转换的工作，从中抽取1.2%的码水。

2月，程某从一个永康人处购买了一块玉石拿去澳门赌场作为抵押，当时与赌场签约拿走了3000万元的筹码，可是，程某运气不好，在澳门赌场洗码不但没赚到钱反而还被别人欠钱，结果账收不回来，他短短几个月就欠了澳门赌场上千万元。程某左思右想，想到了先前在永康某玉器店认识的新疆

10 永康日报 | 警界·新闻

永康日报 2014年7月25日 星期五
在线投稿 www.yknews.com.cn 编辑：李争鸣

警方破获一起特大玉石诈骗案

涉案和田玉石重约90公斤，初步估算价值上千万元

■通讯员 章芳敏

18日，市公安局刑侦大队向新疆籍维族人阿布（化名）返还了价值上千万元的和田籽玉，一起特大的玉石诈骗案由此成功破获。据了解，这是我市警方近年来破获的涉案单块玉石价值最高的案件。

8日，警方成功将这块和田玉石追回。

3360万元玉石款 买主一分钱没付就消失了

5月31日下午，以阿布为代表的20多名新疆籍维族人到市公安局刑侦大队报案，称他们共同所有的一块重约90公斤的和田玉石（初步估算价值上千万元）被骗，玉石款无法追回。阿布说，该玉石的拥有者多达1500人，但主要“股份”在他们20多人手中，他们请求警方尽快追回玉石或货款。

阿布说，向他购买玉石的人姓程，是永康人，自己多年前就认识了，还曾多次在一起喝茶聊天，彼此都较为信任。今年3月，程某在永康向阿布购买玉石，当时签订协议3360万元玉石款，程某分9期全部付清，最晚的还款期限是今年5月底，程某还把自己在前仓镇某水库农庄的别墅作为抵押。

阿布等人本以为这桩买卖很保险，结果还是被骗了。程某一分货款都没付就消失了，他们找到程某所说的抵押别墅，才发现该别墅并不完全属于程某所有，而且这幢别墅既没有土地证也没有房产证。

玉石被抵押给澳门赌场 因欠钱太多已无能力赎回

这起案件引起了市政府的高度重视，6月1日，市公安局对这起案件立案侦查并成立专案组，由市公安局党委委员应昶奉头，抽调刑侦大队、法制大队、派出所等部门民警开展侦查，先后对相关的20余名当事人进行了询问。

6月4日，犯罪嫌疑人程某被抓捕归案。据悉，今年45岁的程某很早就出来混社会，他听说赌场赚钱来得快，就去了澳门赌场洗码，赚洗码费。澳门赌场赌博人员参与赌博前，需要把现金码化成“礼码”（一种筹码），然后用礼码参与赌博。而程某干的就是筹码转换工作，并从中抽取1.2%的码水。

2月份，程某从一个永康人处购买了一块玉石拿去澳门赌场作抵押，当时与赌场签约拿走了3000万元的筹码。可是，程某运气不好，在澳门赌场洗码，不但没赚到钱，反而还被别人欠钱，结果帐收不回来，短短几个月，就欠了澳门赌场上千万元。

程某想到了先前在永康某玉器店认识的新疆人阿布，曾经听他说起有玉石，于是就想把价值昂贵的玉石骗来抵押给赌场，然后继续在澳门赌场赚洗码费。随后，程某就想方设法联系到阿布等人，并串通陈某某作为担保人，最终成功骗到了一块重约90公斤的和田籽玉，阿布等人却从未拿到任何货款。

程某诈骗得手后，在杭州将玉石交给了澳门赌场联系人叶某。随后，叶某就将玉石转运到其他地方。有玉石作抵押后，澳门赌场方面答应再给程某3000万元的筹码。可是，澳门赌场拿到玉石后，就让程某先还清2月份欠下的2300万元，没还清就不再继续给他筹码。这时候，程某意识到自己已没有办法从赌场把玉石赎回来了，就回到永康。此时，永康警方正好也找到了他。

人阿布，曾经说起他有玉石，于是就想把价值昂贵的玉石骗来抵押给赌场，然后继续在澳门赌场赚洗码费。随后程某就想方设法联系到阿布等人，并串通陈某某作为担保人，最终成功骗到了一块重约90公斤的和田籽玉，阿布等人却从未拿到任何货款。

程某诈骗得手后，在杭州将玉石交给了澳门赌场联系人叶某，随后，叶某就将玉石转运到其他地方。有玉石作为抵押后，澳门赌场答应再给程某3000万元的筹码。可是，澳门赌场拿到玉石后，就让程某先还清2月签约欠下的2300万元筹码费，没还清就不再继续给他筹码。这时候，程某意识到自己已经没有办法再从赌场把玉石赎回来了，就回到了永康。此时，永康警方正好也找到了他。

警方锁定突破口　玉石终被追回

程某向警方交代，他现在非常后悔自己当初不应该去澳门赌场，他也很想能快点找到玉石减轻自己的罪行。可是自从杭州那次玉石交易后，他就再也没见过玉石，也不知道玉石现在何处。

永康警方通过对案件的梳理，最终把寻找玉石的突破口锁定到澳门赌场联系人叶某身上。通过对叶某的调查，警方得知他会不定期在澳门及其周边城市停留。掌握这一线索后，警方快速行动，并于7月3日联合拱北口岸边防检查站警察在叶某入境检查时当场将其成功抓获。

专案组通过连夜审讯，叶某最终如实交代了玉石下落。7月8日，在叶某的配合下，永康警方成功将这块和田玉石追回。

目前，犯罪嫌疑人程某以涉嫌诈骗罪被采取刑事强制措施，而叶某以涉嫌掩饰、隐瞒犯罪所得罪被采取刑事强制措施，案件还在进一步审理中。犯罪嫌疑人陈某某现已涉嫌诈骗罪被警方上网追逃。

（原载2014年7月25日《永康日报》）

5名“水库大盗”疯狂作案60多起

◎ 何香庚

近日，永康市公安局打击侵财“飓风行动”专案组打掉一个盗窃犯罪团伙，抓获5名犯罪嫌疑人，破获发生在金华各县市水库附近盗窃车内物品案25起。目前，该5名犯罪嫌疑人均已被依法执行逮捕。

相似的作案手段引起警方关注

8月28日，唐先镇中山水库发生了一起盗窃案，受害人停放在水库边的电瓶车坐垫中的一部手机被偷。

8月29日，前仓镇三联水库也发生了一起盗窃案。受害人应先生放于车内的三部手机、一只手表和近2000元现金被盗。

8月30日，唐先镇中山水库又发生了一起盗窃案，受害人施先生放在车后备箱里的1.35万元现金、两部手机和一个玉佩挂坠被盗，损失近5万元……

连续三天的盗窃案件都发生在水库，且作案手法相似，引起了警方的高度关注，市公安局打击侵财“飓风行动”专班小组立即召集刑侦大队、网警大队、巡特警大队等警力，连同龙山、象珠派出所成立了专案组，展开调查。

专案组反应迅速仅用一天抓获嫌疑人

针对所掌握的案件情况，专案组民警分析该三起盗窃案很可能是同一团伙所为，抓住了作案手段的特征，最终专案组串并案件达10多起。

专案组民警通过调取发生相关案件水库的所有视频录像，发现有5个男青年反复出现在案发时的监控录像中。他们一般骑两辆电动车到达水库，停留时间约两小时，有重大作案嫌疑。

确定嫌疑人后，专案组民警加班加点，做了大量的调查研判，确定了嫌疑人的落脚点，对5名嫌疑人展开抓捕行动。最终警方在西城街道某出租屋内抓获了3名犯罪嫌疑人，在某旅馆内抓获了另2名犯罪嫌疑人。在出租屋内，民警还搜出了镊子等作案工具。

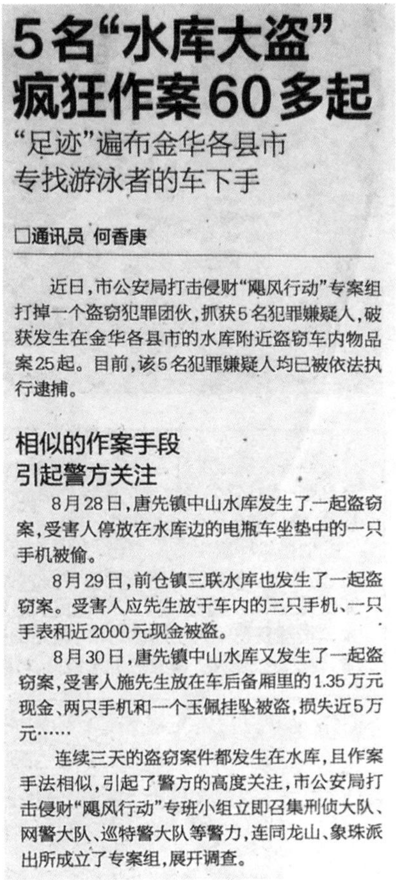

5名“水库大盗”疯狂作案60多起

“足迹”遍布金华各县市

专找游泳者的车下手

□通讯员 何香庚

近日，市公安局打击侵财“飓风行动”专案组打掉一个盗窃犯罪团伙，抓获5名犯罪嫌疑人，破获发生在金华各县市的水库附近盗窃车内物品案25起。目前，该5名犯罪嫌疑人均已被依法执行逮捕。

相似的作案手段 引起警方关注

8月28日，唐先镇中山水库发生了一起盗窃案，受害人停放在水库边的电瓶车坐垫中的一只手机被偷。

8月29日，前仓镇三联水库也发生了一起盗窃案。受害人应先生放于车内的三只手机、一只手表和近2000元现金被盗。

8月30日，唐先镇中山水库又发生了一起盗窃案，受害人施先生放在车后备厢里的1.35万元现金、两只手机和一个玉佩挂坠被盗，损失近5万元……

连续三天的盗窃案件都发生在水库，且作案手法相似，引起了警方的高度关注，市公安局打击侵财“飓风行动”专班小组立即召集刑侦大队、网警大队、巡特警大队等警力，连同龙山、象珠派出所成立了专案组，展开调查。

犯罪团伙专盯水库游泳者的车

为了尽快弄清嫌疑人的作案情况，审查攻坚小组成员开始高强度的审讯。

由于5名犯罪嫌疑人都有“几进宫”的经历，起初对于审讯软硬不吃，对民警的教育、说理无动于衷。审查民警不断地总结、分析，并多次调整审查方案，对每名犯罪嫌疑人都“量身定制”了专门的审讯方案。经过10多天艰苦的审查攻坚，5名犯罪嫌疑人终于交代了盗窃的犯罪事实。

犯罪嫌疑人梁甲、梁乙、梁丙、梁丁、周某5人是同乡，皆是贵州省贞丰县人，都有扒窃前科，其中梁甲和梁乙还曾是狱友。2014年3月至7月，5人先后刑满释放。从2015年6月起，这5人开始了疯狂的“水库盗窃之旅”。他们几乎每天都会到水库作案，“足迹”遍布了我市、东阳、浦江、武义、金华等地，共作案60多起。目前，警方已查实的案件就有25起，并追回两个玉制挂坠、一部手机、数只手表和银行卡等赃物。

（原载2015年10月14日《永康日报》）

潜逃 20 年终被抓获归案

◎ 胡湘

2016 年 12 月 6 日，永康市公安局通过多方工作，成功在云南抓获潜逃 20 年的命案在逃人员吴乙（化名），并于 8 日将其押解回永。目前，吴乙已被依法刑事拘留。

1996 年 3 月 13 日，被害人童某驾驶一辆小货车行经城区丽州南路与永三中路交叉路口附近时，不慎剐擦到吴乙哥哥吴甲（化名）夫妻二人。双方随即发生了争吵，继而扭打起来。吴甲妻子迅速跑回家中叫来吴乙，而吴甲则是跑进附近一饭店抢了把菜刀，反身继续扭打了起来。闻讯赶来的吴乙趁童某与吴甲纠缠之际，从身后用匕首向童某捅了两刀。随后，吴家兄弟两人迅速逃离了现场。童某则抢救无效死亡。2012 年，吴甲在云南昆明落网。此次吴乙的落网，让这起时隔 20 年的命案积案圆满结案。

20 年不懈追逃，18 天辛苦蹲守

案发当天，接到群众报警后，民警迅速赶赴现场，对吴家兄弟进行抓捕，却发现他们已畏罪潜逃。

从吴家兄弟潜逃开始，警方就开始了一场历时 20 年之久的追逃接力战。其间，民警换了一茬又一茬，但追逃的脚步却从未停止。每年警方都将得到的信息进行核对和调查走访，确保不漏过任何一个关键性线索。

2012 年 10 月，在清网行动中，吴甲在云南昆明被抓获。在案发 16 年后，该案的一名犯罪嫌疑人落网，这极大地鼓舞了警方的信心，在对吴乙的追逃中更加不遗余力，充满斗志。

2016 年 7 月，市公安局刑侦大队民警王斌在整理命案积案时，发现吴乙以“陈某”的身份在云南昆明有生活的踪迹。然而，警方实地调查取证后，却发现“陈某”已许久没有出现。在对该身份的关系人进行调查后，也没有得到任何有效线索。调查似乎难以继续。但困境之中，从来不

会有“放弃”二字。功夫不负有心人，王斌等人继续对“陈某”这个身份进行深挖侦查后，成功发现了“杨某”其人，并猜测这是吴乙的另一身份。

永康日报 编辑：施夏琦 电话：87138090 Email:ykdaily@163.com 2016年12月14日 星期三 Police 警界

回首半生 乡音在耳难成言 颠沛流离在路上

潜逃20年终被抓获归案

□通讯员 胡湘

6日，市公安局通过多方工作，成功在云南抓获潜逃20年的命案在逃人员吴乙(化名)，并于8日将其押解回永。目前，吴乙已被依法刑事拘留。

1996年3月13日，被害人童某驾驶一辆小货车行经城区丽州南路与永三中路交叉路口附近时，不慎刮擦到吴乙哥哥吴甲(化名)夫妻二人。双方随即发生了争吵，继而扭打起来。吴甲妻子迅速跑回家中叫来吴乙，而吴甲则是跑进附近一饭店抢了把菜刀，反身继续扭打了起来。闻讯赶来的吴乙趁童某与吴甲纠缠之际，从身后用匕首向童某捅了两刀。随后，吴家兄弟两人迅速逃离了现场。童某则抢救无效死亡。2012年，吴甲在云南昆明落网。此次吴乙的落网，让这起时隔20年的命案积案圆满结案。

8日，民警将吴乙(中)带下火车。

11月21日，在前期调查得知“杨某”踪迹最近出现在云南省怒江傈僳族自治州泸水市后，王斌即率队赶往当地。

泸水市是一个少数民族人口占总人口近九成的县城，语言交流不畅，饮食不习惯，这些都给整个工作造成了阻碍。但王斌等人相互鼓劲，用最快的速度查看完活动区域内所有的监控，并在监控画面中发现了“杨某”的身影。他们将“杨某”与之前得到的吴乙的形貌进行比对后，确认“杨某”就是吴乙的另一身份。

为了蹲守吴乙，王斌等人频繁往返于吴乙住处和市区之间，每每在路上奔驰，总是不免心惊。60余公里，往返车程需五六个小时。然而得到的蹲守结果却是吴乙一直待在房子里。

所幸，在对“杨某”调查中有了进展。吴乙近段时间用“杨某”的身份办理了暂住证。王斌从办理用途推测，其或许是为了办理驾照。走访全市所有的驾校后，王斌得到吴乙在12月6日将前往当地车管所办理驾照业务的消息。于是当天，王斌三人便在车管所门口蹲点，终于在13时许，成功将前来办理业务的吴乙抓获。

逃亡20年，他隐姓埋名，乡音难成言

在抓捕过程中，吴乙对于王斌三人的出现并不愕然，而是平静。在对吴

乙的审讯中，他表示，20 年的担惊受怕终于在那一刻结束了。20 年前，因为自己的一时冲动，给两个家庭带来了灾难，每每想起，总是悔恨不已。

回望过去 20 年，往事艰辛酸苦又历历在目。当年吴乙还是一个 22 岁的年轻小伙，人生才翻开新的篇章，如今已然过了不惑之年。一生中最美好的时光都由于一时冲动变成了逃亡时的忍饥挨饿、颠沛流离。人生被折腾得一片狼藉。这些年，吴乙总是忍不住想：如果当初没发生这件事，自己如今会是什么样子？家庭，工作……但不论什么样，总是比现在更好。

当年伤人逃走后，由于怕使用身份证暴露行踪，一路上都躲躲藏藏，更名换姓，先后在上海、广东、云南等地生活。其间，他在一些不需要身份信息的地方如建筑工地打零工维持生计。虽然也想过到公安机关投案自首，但始终没有下定决心。

在逃亡的日子里，只要见到警察，听到警车的鸣笛声响起，吴乙就惶恐不安，有如惊弓之鸟。走在路上，听到远处一阵警笛声，他便心里一紧。随后，见警车从自己身旁飞驰而过，紧绷的肌肉才慢慢放松下来。

之后，通过非法手段获得了“漂白”身份后，吴乙的生活总算比起之前是安定了些。然而，却也仍是不易。离县城 60 余公里的村子、简易的民工房，这是他被抓时的住处。终于被民警找到时，吴乙如释重负地说道：“这 20 年来，我心里不安稳，就连觉也睡不好，每天都在担惊受怕。终于，从今天起，我不用再过这种日子了。”

12 月 8 日，吴乙被押回永康，这是他在 20 多年后再次踏上家乡的土地。在民警的陪同下，吴乙见到了 20 年未见的父母，想到自己未曾在他们跟前尽过孝，反而让他们劳神伤心，吴乙无法平静。虽然父母不再是自己记忆中的面容，头发已白，皱纹爬满了脸庞，然而一句句的话语中却仍是自己始终惦念的慈爱与关怀。吴乙双膝跪地，抱着母亲泪流不止。

听着一句句念叨与询问，吴乙不曾开口，不仅是因为 20 年的生疏，更是因为远离故土后，多年不使用，永康话已然忘了如何说起。望着手中的肉麦饼，吴乙想起这是母亲担心自己饿而亲手做了带来的，眼眶还是微湿。但说起肉麦饼这个永康特色小吃，吴乙摸着说了句：“这是我小时候妈妈最爱做的饼。”他已说不出它的名字了，却仍记得它在自己的记忆中代表的美好。

（原载 2016 年 12 月 14 日《永康日报》）

奋战三天四夜警方抓获命案嫌犯

◎ 卞一夫/吕倍思

2017 年 7 月 22 日晚，在江南街道马竹岭村附近的山上，我市警方发现一名失踪多日女子的尸体，经勘查，系他杀。警方专案组快速锁定犯罪嫌疑人，并于 7 月 23 日晚发布悬赏通告。通过一名群众提供的关键线索，在 7 月 24 日凌晨 4 时许，警方将犯罪嫌疑人舒某剑成功抓获。

女子山上遇害，警方全力查案

7 月 20 日晚，一名缙云籍男子向市公安局报警，称其暂住我市的妻子舒某已失联超过 24 小时，疑似失踪。

接到报警后，警方通过侦查发现舒某曾在 7 月 18 日 21 时，骑着一辆电动车驶进马竹岭村附近的一座山上。当日 22 时许，一名男子骑着舒某的电动车下山，之后就未发现舒某的其他踪迹。根据这个情况，警方分析舒某有疑似被侵害的可能。对此，市委常委、公安局长陈曙初要求以命案侦破机制对该案开展调查，警方迅速抽调刑侦大队、派出所、指挥中心等部门的精干力量组成了“舒某失踪案专案组”，由分管局领导坐镇指挥侦破工作。

7 月 22 日 20 时许，在马竹岭村附近山上的一片草丛里，警方发现了一具女性尸体。经警方查验，正是失踪多日的舒某，系他杀，骑走舒某电动车的男子有重大作案嫌疑。专案组民警通过摸排、走访、勘查，很快锁定了犯罪嫌疑人的身份为被害人的同事——28 岁的永康籍男子舒某剑。犯罪嫌疑人舒某剑有多次违法犯罪前科，2017 年 2 月还因盗窃被警方处罚。

7 月 23 日 18 时 18 分，永康市公安局官方微信公众号对外发布了悬赏通告，并公布了犯罪嫌疑人舒某剑的照片及他的相关信息。短短数小时内，该信息就被大量阅读转发。

小伙随手一拍，照片成为重要线索

“110吗，我想提供杀人嫌疑犯的线索！”悬赏通告发出3个小时后，警方接到市民小甲（化名）的来电，称其当天在江南街道勤丰村见到过犯罪嫌疑人舒某剑。

据小甲回忆，7月23日9时许，他来到鹭岭隧道内纳凉。其间，家人来电询问他在哪里，小甲随手拍下旁边几名陌生男子打牌的照片，告知家人自己的位置。11时许，小甲在隧道外面的路上偶遇其中一名身穿白衣参与打牌的男青年，他骑着一辆较旧的电动车从隧道中出来，五分钟后又看到他骑了回去。

当晚，小甲在微信上看到了警方发布的悬赏通告，发觉犯罪嫌疑人与白天在隧道遇见的白衣男子极为相似。小甲赶紧翻出白天拍的照片与逃犯的照片对比，发现两者衣服特征完全一致。

永康日報　2017年7月26日 星期三　编辑:程卡 电话:87138090 Email:ykdaily@163.com　Police 警界　07

奋战三天四夜警方抓获命案嫌犯

机智小伙无意间拍下的照片成关键线索

7月22日晚，在江南街道马竹岭村附近的山上，我市警方发现一名失踪多日女子的尸体，经勘查，系他杀。警方专案组快速锁定犯罪嫌疑人，并于7月23日晚发布悬赏通告。通过一名群众提供的关键线索，在7月24日凌晨4时许，警方将犯罪嫌疑人舒某剑成功抓获。

□通讯员 卞一夫 吕倍思

女子山上遇害，警方全力查案

7月20日晚，一名缙云籍男子向市公安局报警，称其暂住我市的妻子舒某已失联超过24小时，疑似失踪。

接到报警后，警方通过侦查发现舒某曾在7月18日21时，骑着一辆电动车驶进马竹岭村附近的一座山上。当日22时许，一名男子骑着舒某的电动车下山，之后就未发现舒某的其他踪迹 。根据这个情况，警方分析舒某有疑似被侵害的可能。对此，市委常委、公安局长陈曙初要求以命案侦破机制对该案开展调查，警方迅速抽调刑侦大队、派出所、指挥中心等部门的精干力量组成了“舒某失踪案专案组”，由分管局领导坐镇指挥侦破工作。

7月22日晚20时许，在马竹岭村附近山上的一片草丛里，警方发现了一具女性尸体。经警方查验，正是失踪多日的舒某，系他杀，骑走舒某电动车的男子有重大作案嫌疑。专案组民警通过排摸、走访、勘查，很快锁定了犯罪嫌疑人身份为被害人的同事——28岁的永康籍男子舒某剑。犯罪嫌疑人舒某剑有多次违法犯罪前科，今年2月份还因盗窃被警方处罚。

7月23日18时18分，市公安局官方微信公众号对外发布了悬赏通告，并公布了犯罪嫌疑人舒某剑的照片及他的相关信息。短短数小时内，该信息就被大量阅读转发。

小伙随手一拍，照片成为重要线索

“110吗，我想提供杀人嫌疑犯的线索！”悬赏通告发出3个小时后，警方接到市民小甲（化名）的来电，称其当天在江南街道勤丰村见到过犯罪嫌疑人舒某剑。

据小甲回忆，7月23日9时许，他来到鹭岭隧道内纳凉。期间，家人来电询问他在哪里，小甲随手拍下旁边几名陌生男子打牌的照片，告知家人自己的位置。11时许，小甲在隧道外面的路上偶遇其中一名身穿白衣参与打牌的男青年，他骑着一辆较旧的电动车从隧道中出来，五分钟后又看到他骑了回去。

当晚，小甲在微信上看到了警方发布的悬赏通告，发觉犯罪嫌疑人与白天在隧道遇见的白衣男子极为相似。小甲赶紧翻出白天拍的照片与逃犯的照片对比，发现两者衣服特征完全一致。

自己拍下的这名白衣男子形迹十分可疑，极有可能就是警方通缉的杀人凶手。小甲立即拿起电话，向警方通报了自己白天看见的情况。

一男子拒绝赡养父母被拘留

拘留所耐心帮教 终将其感化

□通讯员 叶宁

17日，市拘留所矛盾化解中心协助市人民法院成功处置了一起拒不履行法院判决案件，被执行人郦甲因拒绝赡养、承担父母医疗费，被依法处以司法拘留。最终，郦甲经拘留所工作人员教育感化，依法履行法院判决。

今年均已77岁的我市市民郦某、应某夫妇育有三子，均已成家立业。近年来，郦某、应某夫妇年事已高，自理能力越来越差，住进了养老院。

去年7月，应某因病住院治疗花掉医疗费13000余元，他向三个儿子提出支付赡养费、医疗费，无果。应某遂于去年11月7日向市人民法院提起诉讼。法院立案审理后依法作出判决：三个儿子每人每年支付赡养费7000元，另还需承担13000元医疗费。事后，二儿子、三儿子均依照判决履行了义务，但大儿子郦甲拒不履行法院生效裁决。今年7月12日，郦甲被市人民法院依法司法拘留，送市拘留所执行。

郦甲入所后，拘留所工作人员第一时间找郦甲谈话，了解其生活、工作、家庭状况，以及为何不赡养父母等情况。

14日，市拘留所邀请律师向被拘留人员讲授《赡养与诚信》专题法律讲座，通过详实的案例，具体的法律法规阐述赡养的必要性。郦甲深受触动，并当场承诺，马上与妻子商量履行相关赡养义务的事宜。

17日上午，市拘留所安排郦甲与妻子会见，夫妻俩表示将尽快筹措资金。当日下午，市人民法院工作人员来到拘留所，郦甲依法履行了法院自己拍下的这名白衣男子形迹十分可疑，极有可能就是警方通缉的杀人凶手。小甲立即拿起电话，向警方通报了自己白天看见的情况。

展开地毯式搜索，嫌疑人睡梦中落网

群众的举报为警方缩小犯罪嫌疑人的查缉范围提供了重要帮助。专案组获得线索后，立即开展有针对性的调查，很快就发现犯罪嫌疑人舒某剑当日在不同时间段里，分别骑着一辆自行车和一辆黑色电动车，出现在勤丰村的道路上。

专案组随即派出警力赶赴当地展开搜捕。在得知犯罪嫌疑人舒某剑有随身携带刀具的习惯，直接抓捕存在着较大的危险，且其可能藏匿的鹫岭隧道位置偏僻，山林茂密，道路崎岖，参与侦查的民警保持高度警惕，不放过任何疑点持续展开地毯式搜索。

7 月 24 日 1 时许，在靠近鹫岭隧道的一家农庄门前，办案民警发现了犯罪嫌疑人舒某剑使用过的交通工具。4 时许，两名民警在鹫岭隧道附近水库边，发现了一名躺在地上休息的男子。经辨认，确认该男子就是犯罪嫌疑人舒某剑。民警立即通知专案指挥部并在周围布控，很快援兵赶到，民警瞅准时机，把尚在睡梦中的犯罪嫌疑人舒某剑一举抓获，并从其身上搜出了一把刀具和一把剪刀。

犯罪嫌疑人舒某剑落网后向警方交代，7 月 18 日晚，他为劫财而杀害了同单位的上司舒某，并抢走了苹果手机等财物，被害人微信上的 6000 元也被转出用于赌博，很快输了个精光。

7 月 24 日上午，永康市公安局领导对向警方提供重要线索的小甲表示感谢，并向其发放了 1 万元的公民举报奖金。

（原载 2017 年 7 月 26 日《永康日报》）

警方不懈侦查　22年前命案告破

◎ 吕倍思

2017年10月12日晚上6时许，在台州市路桥区分局路南派出所内，我市公安局刑侦大队重案中队的民警赵学锋终于见到了他从警5年来最想抓的犯罪嫌疑人，内心百感交集。眼前这名男子方脸小眼，面色枯黄，神情颓废。他就是22年前一起命案的犯罪嫌疑人王某聪。

作案手法极其残忍，案发现场疑点重重

回溯到1995年11月26日，我市经济开发区苏溪村发生了一起命案。56岁的村民王大妈被人发现身受重伤倒在自家屋内，紧急送往医院后仍不治身亡。命案现场布满血迹并有搏斗痕迹，死者头部有多处严重开裂的伤口，经确认，系他杀。接到报警后，市公安局迅速成立专案组，投入大量警力开展侦查。

2012年，赵学锋通过社会招考进入市公安局，被分配到刑侦大队重案中队，参与重大案件的侦破工作。赵学锋是苏溪村人，加入重案中队后，他才获悉多年前发生在本村的这起命案。凶手作案手法极其残忍，案发现场疑点重重，犯罪嫌疑人亦未抓获。赵学锋深受触动，决心一定要抓到凶手，将其绳之以法。

5年的时间里，已成为该案专案组一员的赵学锋时刻不忘关注此案并积极查找相关线索。10月12日下午，赵学锋接到指令，得知该案的犯罪嫌疑人出现在台州市路桥区。他同专案组成员立即赶到当地，于是就有了开头的一幕。

22年的悬案，警方从未放弃侦破

在台州警方的协助下，隐匿了22年的犯罪嫌疑人终于落网，与赵学锋同

样感慨的还有以前调查过此案的侦探员们。现任刑侦大队教导员的应孟江就是首批调查此案的警员之一。他回忆："记得当时天气很冷，为寻找线索，我们长期驻守在案发一线不间断勘查。虽然成功提取到犯罪嫌疑人遗留的重要痕迹信息，推断出行凶者是一名男性，但除此之外线索寥寥，导致案情陷入僵局，未能及时侦破此案。"

22 年来，我市警方从未放弃对该案的侦破，历任公安局领导均对此案高度重视，不定期调度警力开展案件的调查，将收集到的海量数据进行深入分析。随着刑侦技术的日益完善，发现了越来越多的线索。今年 10 月，市公安局再次全面梳理该案痕迹物证和线索，并在上级和兄弟县市公安机关的协助下，终于锁定犯罪嫌疑人为台州籍男子王某聪，这场持续了整整 22 年的悬案终于打破了僵局。10 月 13 日凌晨，犯罪嫌疑人王某聪被专案小分队顺利带回我市。

永康日报 2017年10月18日 星期三 编辑：程卡 电话：87138090 Email:ykdaily@163.com

Police 警界 07

警方不懈侦查 22年前命案告破

压在受害人亲属心里的巨石终于可以放下了

嫌疑人王某聪（左二）被押回我市

12日晚上6时许，在台州市路桥区分局路南派出所内，我市公安局刑侦大队重案中队的民警赵学锋终于见到了他从警5年来最想抓的犯罪嫌疑人，内心百感交集。眼前这名男子方脸小眼，面色枯黄，神情颓废。他就是22年前一起命案的嫌疑人王某聪。

□通讯员 吕倍思

作案手法极其残忍，案发现场疑点重重

回溯到1995年11月26日，我市经济开发区苏溪村发生了一起命案。56岁的村民王大妈被人发现，身受重伤倒在自家屋内，紧急送往医院后仍不治身亡。命案现场布满血迹并有搏斗痕迹，死者头部有多处严重开裂的伤口，经确认，系他杀。接到报警后，市公安局迅速成立专案组，投入大量警力开展侦查。

2012年，赵学锋通过社会招考进入市公安局，被分配到刑侦大队重案中队，参与重大案件的侦破工作。赵学锋是苏溪村人，加入重案中队后，他才获悉多年前发生在本村的这起命案。凶手作案手法极其残忍，案发现场疑点重重，犯罪嫌疑人亦未抓获。赵学锋深受触动，决心一定要抓到凶手，将其绳之以法。

5年的时间里，已成为该案专案组一员的赵学锋时刻不忘关注此案并积极查找相关线索。10月12日下午，赵学锋接到指令，得知该案的犯罪嫌疑人出现在台州市路桥区。他同专案组成员立即赶到当地，于是就有了开头的一幕。

22年的悬案，警方从未放弃侦破

在台州警方的协助下，隐匿了22年的犯罪嫌疑人终于落网，与赵学锋同样感慨的还有以前调查过此案的侦探员们。现任刑侦大队教导员的应孟江就是首批调查此案的警员之一。他回忆："记得当时天

年10月，市公安局再次全面梳理该案痕迹物证和线索，并在上级和兄弟县市公安机关的协助下，终于锁定犯罪嫌疑人为台州籍男子王某聪，这场持续了整整22年的悬案终于打破了僵局。10月13日凌晨，犯罪嫌疑人王某聪被专案小分队顺利带回我市。

结对帮扶党员带头

市公安局扶贫济困暖民心

□通讯员 胡湘

"我觉得乡村的'两美'建设要科学规划，要有自己的特色，不能好大喜功，丢掉了自己原生态的特点。"16日上午，在唐先镇谏庄村结对帮扶工作座谈会上，市公安局党委委员胡一兵这样说。

为精准扶贫到位有力，我市开展"百个部门百强企业扶百村"活动，谏庄村是市公安局结对帮扶的经济薄弱村。该村地处唐先镇西部山区，有着得天独厚的自然环境以及乡村文化特色旅游资源。市公安局领导多次到该村实地走访，与村民座谈。

在扶贫工作中，市公安局党支部始终用党员先锋模范带头作用要求自己，积极开展工作。年过古稀的胡永康是唐先镇中山村人，家境贫寒，他是市公安局政治处党支部的结对帮扶对象。去年8月，市公安局各党支部开展了与唐先镇12名贫困户结对帮扶活动，帮助他们脱贫。

11日，市公安局指挥中心、法制大队、网警大队的党支部一起来到中山村，慰问3名老人。10日，市看守所（拘留所）党支部也携带爱心款到唐先镇里岭脚村赵县平家中慰问。交警大队与市阳光爱心义工协会签订《阳光花朵助学结对协议书》，向贫困学子送助学款。江南派出所民警们从2014年开始，就资助一名家境贫困的女孩，包揽了这名女孩高中三年的学杂费和生活费。

22年前的命案积案被成功侦破，这是今年省公安厅部署的命案及具有重大社会影响案件积案攻坚专项行动的一个新战果，为此省公安厅还特意发来贺电表示祝贺。据悉，近12个月以来，市公安局已侦破命案积案4起，此外，市公安局还连续13年保持现行命案全破，大大震慑了不法犯罪分子，有力维护了辖区长治久安。

偷窃后被撞见，抡起扁担砸向主人

王某聪被带回我市后接受了审讯，他对杀害王大妈一事供认不讳。据其描述，1995年11月26日上午9时许，王某聪为探望朋友途经苏溪村，发现王大妈家中无人，且前院无隔断，还有一丛芦苇可作掩护，缺钱的他便起了贼心，撬开门锁，翻箱倒柜，偷走了床底下的三四百元钱。

得手后的王某聪正准备关门离去时，恰逢王大妈干完农活回到家，两人撞了个正着。王大妈发现家中出现的陌生人，下意识地拉住了王某聪。为防止行踪暴露，王某聪顿时起了杀心，抡起一旁的扁担狠狠地砸向王大妈。不到2分钟的时间，王大妈被砸成重伤倒在血泊中，王某聪随即逃离了现场。

接下来的22年里，王某聪再也没有踏足过永康，犯下此案的罪恶常常让他夜不能寐。1997年，王某聪结了婚，后育有一子，小心翼翼的他从未跟旁人提及过那段过往。

放下心中巨石，受害人亲属感谢警方

“抓到逃了22年的凶手，不容易啊。”说起王大妈被害一案，许多当地老人至今都还挂念着。被害人王大妈在村里口碑很好，她生前守了十几年的寡，独自抚养两个儿子长大，非常不容易。

案发当天中午11时许，王大妈的小儿子沈先生上完夜班回家看望母亲，没曾想第一个目睹了王大妈被害的惨状，他抱着一丝希望赶紧将其送到医院，但母亲仍不治身亡。王大妈的突然离世给沈先生一家带来巨大打击，事情发生后，沈先生悲痛万分，他拼命工作淡化这段悲伤。现年52岁的沈先生对母亲的记忆依然清晰，他说母亲生前吃苦耐劳，勤俭持家，存了一点钱想买一辆三轮车卖水果，改善一家人的生活。

“凶手是谁，躲在什么地方？事情过去了那么多年，我还以为抓不到凶手了。”13 日 9 时许，沈先生来到市公安局，确认杀死母亲的犯罪嫌疑人已被抓获，他激动得不能言语，久久之后才说：“这件事就像一块巨石压在我心里，现在终于可以放下了，真的太谢谢你们了！”

目前，犯罪嫌疑人王某聪已被依法刑事拘留，案件还在进一步调查中。

（原载 2017 年 10 月 18 日《永康日报》）

我市警方破获公安部督办网络诈骗案

◎ 叶宁

近日，我市公安局公布了公安部督办的“2016·11·17”系列性木马网络诈骗案侦破的情况。

2016年10月以来，我市公安局在公安部、省公安厅、金华市公安局的指导下，以及相关网络企业安全部门的配合下，历时数月，辗转全国数十个省市，开展侦查、取证、抓捕工作，最终成功破获这起利用钓鱼软件诈骗受害人银行卡资金的案件。经过两次统一抓捕行动，该案已有225名犯罪嫌疑人被采取刑事强制措施，目前被移送审查起诉177人，现已进入审判阶段。行动期间，共扣缴涉案电脑70多台、手机230多部，银行卡700余张，目前已挽回经济损失达400余万元。

专案组全力出击，外围取证夯实案件办理基础

2016年10月25日，在收到涉嫌一起“利用钓鱼软件诈骗受害人银行卡资金”盗窃案件的线索后，市公安局党委班子高度重视，迅速成立了由市委常委、公安局长陈曙初任组长，刑侦、网警、各派出所等相关警种精干力量参与的永康“2016·11·17”系列性木马网络诈骗案专案组，对该线索开展专案侦查。

专案组对该案进行初步分析后发现，本案涉及的受害人众多，上千名受害人分布在全国各地，地域也比较分散，大多数受害者不在金华或者浙江范围之内，而且每个受害人损失的金额都不大，几十元、几百元或几千元不等，加上有些受害人害怕报案后会被相关公司处以罚款，所以出现了不配合取证等情况。尽管侦破工作遭遇阻碍，但专案组依旧迎难而上，后经专案组研究决定，准备先在金华范围内获取3名以上受害人的材料后，再将范围扩大至全国。10月28日，金华范围内受害人取证结束，案件得以正式立案。

民警扮成外卖小哥，擒获此案关键人物

为尽快将网络背后的黑手绳之以法，减少受害人损失，防止类似案件再发，市公安局快速出击，专案组对本案 5 条线索背后的犯罪嫌疑人身份进行了详细梳理，并在去年 11 月初，专案组兵分 5 组前往福建、江苏、吉林、广东、杭州等地展开抓捕行动。在相关网络企业大数据配合下，2016 年 11 月 4 日后，5 名涉嫌使用钓鱼软件进行网络诈骗的犯罪嫌疑人陆续归案。

通过审讯，民警得知，这 5 名犯罪嫌疑人的钓鱼软件均从一黄姓男子处购得，专案组在对缴获的电脑和手机进行分析后发现，这名黄姓男子的下线达 300 多人，因此能否抓获黄某成为本案的关键。

市公安局刑侦大队副大队长胡海平是这次抓捕嫌疑人黄某的带队人，他和专案组精干力量一起赶赴福建云霄县开展缉捕。说起这次抓捕过程，胡海平用了“日思夜想、茶饭不思”来形容，他说：“黄某具有一定的反侦查能力，非常狡猾。此前，曾有诸暨、嵊州等四个公安机关前往福建对其进行抓

永康日报 2017年11月1日 星期三 编辑：程卡 电话：87138090 Email:ykdaily@163.com Police 警界 07

百名警力万里追踪抓获225人，挽回损失400余万元

我市警方破获公安部督办网络诈骗案

近日，我市公安局公布了公安部督办的“2016.11.17系列性木马网络诈骗案”侦破的情况。

2016年10月份以来，我市公安局在公安部、省公安厅、金华市公安局的指导下，以及相关网络企业安全部门的配合下，历时数月，辗转全国数十个省市，开展侦查、取证、抓捕工作，最终成功破获这起利用钓鱼软件实施诈骗受害人银行卡资金的案件。经过两次统一抓捕行动，该案已有225名犯罪嫌疑人被采取刑事强制措施，目前被移送审查起诉177人，现已进入审判阶段。行动期间，共扣缴涉案电脑70多台、手机230多台，银行卡700余张，目前已挽回经济损失达400余万元。

□通讯员 叶宁

专案组全力出击，外围取证夯实案件办理基础

去年10月25日，在收到涉嫌一起“利用钓鱼软件诈骗受害人银行卡资金”盗窃案件的线索后，市公安局党委班子高度重视，迅速成立了由市委常委、公安局长陈曙初任组长，刑侦、网警、各派出所等相关警种精干力量参与的永康“2016.11.17系列木马网络诈骗案”专案组，对该线索开展专案侦查。

专案组对该案进行初步分析后发现，本案涉及的受害人众多，上千名受害人分布在全国各地，地域也比较分散，大多数受害者不在金华或者浙江范围之内，而且每个受害人损失的金额都不大，几十元、几百元或几千元不等，加上有些受害人害怕报案后会被相关公司处以罚款，所以出现了不配合取证等情况。尽管侦破工作遭遇阻碍，但专案组依旧迎难而上，后经专案组研究决定，准备先在金华范围内获取3名以上受害人的材料后，再将范围扩大至全国。10月28日，金华范围内受害人取证结束，案件得以正式立案。

审查深挖惊现“案中案” 二次抓捕彻底摧毁网络犯罪团伙

随着警方更深入调查，专案组发现了另一条重大线索：多名嫌疑人都曾打款给一名“谭”姓男子，且谭某银行卡账号收付款金额较有规律，结合对已归案嫌疑人的审查，专案组分析极有可能还存在着另一个利用木马盗号、贩卖账号的团伙。

为尽早查明真相，今年1月10日，抓捕组前往广西柳州市开展对谭某的抓捕。经过5天的蹲点守候，抓捕组在谭某家中成功将其抓获，并现场勘查其所有笔记本电脑，发现电脑内确有大量的盗号木马和一些已经盗取的账号、密码。专案组顺藤摸瓜，在柳州、来宾等地抓获了其他犯罪嫌疑人潘某、张某、覃某。

办案民警介绍，QQ、QT、YY、IS等都是较为常见的刷单接单平台，谭某等人谎称自己是网络店铺卖家，把

捕，但均未成功。”

到达福建后，专案组开始日夜排查、蹲点守候，但是由于该地先前已被警方冲击过，蹲守了一个星期，黄某并没有出现。但他们并不气馁，得知黄某有一个要好的朋友，胡海平决定从这条线索入手。经过侦查，专案组终于掌握了黄某的蛛丝马迹，他就躲在这位朋友家的附近。那块区域有三四幢房子，如果民警大张旗鼓一幢幢地排除，难免会打草惊蛇，胡海平等人决定扮成外卖小哥摸清情况。功夫不负有心人，经过三天三夜蹲守排查，抓捕组终于成功将犯罪嫌疑人黄某抓获，并现场缴获了电脑、手机、银行卡等作案工具。2017 年 11 月 17 日，黄某被顺利押解回永康。

黄某的归案，为专案组接下来的案件深挖和扩线打击打下了良好基础。

网络诈骗犯罪团伙浮出水面，第一批 101 名犯罪嫌疑人归案

黄某被押解回永康后，如实交代了自己的犯罪事实。这款木马软件是一款专门针对网上银行支付环节的诈骗软件，受害人均为网络店铺卖家。为提高网店的销量和信誉度，一些网络兼职人员会主动通过聊天平台与网店商家建立联系，帮忙刷单。在付款时，商家一般都会远程登录到兼职人员电脑，自己支付订单。但本案嫌疑人就是冒充网络兼职人员，在商家远程付款时，开启该木马软件进行半路拦截，所付款项就被转到了嫌疑人的账户内。

据黄某交代，他主要向网络兼职刷单人员出售这个软件，价格定在 200 元到 600 元之间，使用期为一个月，到期后需续费，有了新账号、新密码才能继续使用。据统计，购买这款软件的“客户”最多时达到了 400 多人，黄某个人获利 64 万余元。办案民警介绍，该软件的编写者申某，已于今年 1 月在江苏被抓获，他在负责软件编写的同时，还为购买者提供技术指导，通过视频、QQ 远程控制来提供教学服务。就这样，一个针对刷单的钓鱼软件产业链呈现在警方面前。这个产业链包括 3 个层次，分别为软件开发、软件销售、实施诈骗。目前，黄某、申某因分别涉嫌诈骗、非法传授犯罪方法罪、诈骗罪共犯被依法起诉。

根据黄某的供述，专案组很快确定了第一批嫌疑人的身份信息，并从 2016 年 12 月至 2017 年春节前夕，共派出 17 个抓捕组，分赴河北、广东、广西、湖南、福建等 12 个省市开展第一次统一抓捕行动。历时近一个月，各抓

捕组传来捷报，共抓获犯罪嫌疑人 101 名，这些嫌疑人均被采取刑事强制措施，同时还有刑拘上网追逃人员 5 名，扣缴电脑 70 多台、手机 90 多部，成功摧毁了以犯罪嫌疑人黄某为首的集编写软件、盗号、销售、诈骗全链条式系列性木马网络诈骗犯罪团伙，并且将每一名犯罪嫌疑人都顺利、安全押解回永康。

审查深挖惊现“案中案”，二次抓捕彻底摧毁网络犯罪团伙

随着警方更深入调查，专案组发现了另一条重大线索：多名嫌疑人都曾打款给一名“谭”姓男子，且谭某银行卡账号收付款金额较有规律，结合对已归案嫌疑人的审查，专案组分析极有可能还存在着另一个利用木马盗号、贩卖账号的团伙。

为尽早查明真相，2017 年 1 月 10 日，抓捕组前往广西柳州市开展对谭某的抓捕。经过 5 天的蹲点守候，抓捕组在谭某家中成功将其抓获，并现场勘查其所有笔记本电脑，发现电脑内确有大量的盗号木马和一些已经盗取的账号、密码。专案组顺藤摸瓜，在柳州、来宾等地抓获了其他犯罪嫌疑人潘某、张某、覃某。

办案民警介绍，QQ、QT、YY、IS 等都是较为常见的刷单接单平台，谭某等人谎称自己是网络店铺卖家，把含有木马病毒程序的商品链接发给刷单手，趁机盗取刷单手账号。随后将盗得的账号、密码按个进行贩卖，给网络诈骗者提供了一条龙全方位服务。初步分析，该团伙曾向 300 多人出售过 IS 账号，从中获利 100 余万元。目前，谭某因涉嫌非法获取计算机信息系统数据罪、盗窃罪被依法起诉。

在第二次统一抓捕行动中，我市公安局联合武义、磐安县公安局开展抓捕行动。此次行动集各单位的精干力量，分 22 个小组共计 90 余名警力，奔赴全国 19 个省市开展上门取证与抓捕工作。最终，专案组排除万难，艰苦跋涉数千公里，共成功抓获犯罪嫌疑人 98 名。

近年来，市公安局始终保持对电信网络犯罪的高压严打态势，特别是针对电信网络犯罪专业化、集团化、智能化的特点，改变以往“各自为战”的分散打击模式，专门成立以“以专制专”为定位、“集约攻坚”为职能的新型犯罪打击机制，即打击电信网络新型违法犯罪工作专班机制，集中一批具

备专业特长的民警开展分析研判、统一指挥、扩线经营、审查攻坚等工作，让专业的人干专业的事，真正做到“打团伙、端窝点、断链条”。

据统计，2016 年以来，市公安局共破获电信网络新型违法犯罪案件 1681 起，破获多起公安部督办案件，打掉犯罪团伙 29 个，503 名犯罪嫌疑人被依法刑事拘留。与此同时，2016 年至今，市公安局共紧急止付被骗资金 1810.2 万余元，追回赃款 1626.6 万余元。

（原载 2017 年 11 月 1 日《永康日报》）

附　录

1980 年至 2018 年，永康市公安局刑侦大队经历了从无到有、从小到大的历史蜕变，每一年都有新变化。

永康刑侦大事记（1980-2018）

☆ 1980 年

1980 年 1 月，永康县公安局组建刑警队，并开始施行《中华人民共和国刑法》、《中华人民共和国刑事诉讼法》。

☆ 1981 年

1981 年 8 月 11 日，永康县活塞厂学徒工朱某（女，19 岁，永康人）因不服母亲管教，将氰化钾投入药罐，致使母亲服药后中毒死亡，后朱某被抓获归案。

1981 年 12 月 20 日，全县进行为期 4 天的集中打击刑事犯罪统一行动，抓获流窜盗窃等各种违法犯罪分子 25 人，犯罪团伙 4 个、21 人。

☆ 1982 年

1982 年 10-11 月，全县列出重点人口 387 人，一般违法人员 855 人，对重点人口和违法人员进行填表制卡。

☆ 1983 年

1983 年 8 月 24 日凌晨 2 时至下午 6 时，全县进行严厉打击严重刑事犯罪活动的第一战役第一仗，收捕 135 人。

☆ 1984 年

1984 年 1 月 15 日凌晨，进行“严打”第一战役第二仗，收捕 143 人。

1984 年 7 月 5 日晚，进行“严打”第一战役第三仗，收捕 70 人。

1984 年 9 月 10 日，开展了“严打”第二战役第一仗，收捕 62 人。

☆ 1985 年

1985 年 2 月 2 日，开展了“严打”第二战役第二仗，收捕 63 人。

1985 年 7 月 24 日，开展了“严打”第二战役第三仗，收捕 30 人。

1985 年 9 月 25 日，开展了“严打”第二战役第四仗，收捕 27 人。

☆ 1986 年

1986 年 1 月 15 日，开展了“严打”第二战役第五仗，参战 220 人，收捕 33 人。

1986 年 5 月 15 日，全县开展反盗窃斗争，至 8 月 20 日结束。

1986 年 7 月 22 日，苏川乡白塔村郑某某被杀，拖拉机被抢劫。作案从永康开始，凶杀现场在东阳县，抛尸在云和县，销赃在福建省浦城县，涉及二省七县，8 月 4 日破案。

☆ 1987 年

1987 年 5 月 16 日，破获永康县伞厂价值 4 万余元成品伞被盗大案，王某等 4 名案犯被抓获。

1987 年 8 月，开展打击流氓、清除社会丑恶现象斗争。捣毁桥下乡杭温公路边淫乱窝点，在城关镇等地查获一批流氓、卖淫嫖娼、传播淫秽物品的违法犯罪分子。

☆ 1988 年

1988 年 7 月 30 日，前仓善塘岭公路上四辆货车驾驶员被抢劫。8 月 18 日，开展打击抢劫团伙犯罪专项斗争，至 9 月 10 日，查获抢劫、流氓、盗窃团伙 11 个，抓获团伙犯罪成员 32 人，分别予以逮捕和劳动教养等处理。至此，发生在金温、永东公路沿线的 12 起抢劫案全部破获。

1988 年 10 月 29 日夜，油川乡西卢村一村民被盗一只装有 6000 元现金的密码箱，次日破案，人赃俱获。

1988 年 11 月 5 日，全县开展集中打击刑事犯罪。12 月 24 日止，抓捕犯罪分子 137 人，挖出盗窃团伙 19 个 92 人。破案 275 起，缴获赃款财物 30 万元。

☆ 1989 年

1989 年 3 月，开展打击盗窃破坏电力设备犯罪专项斗争，6 月结束。

1989 年 3–4 月，芝英、溪岸、古山、倪宅等地财税所、信用社等财经单位连续发生撬锁盗窃案件，组织 30 多名民警破案，抓获郑某（福州人）。

1989 年 5 月初，开展打击流窜犯罪专项斗争，至 6 月 14 日，抓获各类违法犯罪分子 192 人，其中流窜犯 78 人，摧毁团伙 10 个，破案 275 起，缴获赃款 8 万余元。

☆ 1990 年

1990 年 5 月 25 日，两名女案犯从工人文化宫幼儿园骗走一六岁女童，向其父母寄信索要 5000 元现金。永康县公安局迅速侦破，将两名犯罪嫌疑人抓获归案，顺利解救被拐女童。

1990 年 8 月下旬，全县开展反窃车斗争，打击盗窃自行车违法犯罪活动。

1990 年 11 月 23 日，永康县公安局在县城十字路口召开打击盗窃犯罪暨返还赃物大会，当众处罚 2 个盗窃团伙的 7 名案犯，并将价值数万元的彩色电视机、录像机、煤气瓶等赃物返还失主。

☆ 1991 年

1991 年 8 月 12 日，破获一起发生在岩后乡西村的特大麻醉抢劫案。缴获黄金首饰价值一万余元。

1991 年发生凶杀、抢劫、爆炸、投毒等 9 类案件 54 起，破 49 起，破案率 90.74%，9 起凶杀案全破。

☆ 1992 年

1992 年 6 月下旬，重点查处容留引诱妇女卖淫及卖淫嫖娼等侵犯妇女人身权利的犯罪，破获强奸案件 8 起，9 名强奸犯、1 名容留妇女卖淫的案犯被逮捕，2 名卖淫妇女被劳教，41 名卖淫女和嫖客被治安处罚。

1992 年 9 月 2 日凌晨，东阳发生盗枪案。2 小时后，协助东阳在双股金钗截获案犯，缴获五四手枪一支及子弹 10 发。

1992 年 10 月，永康撤县设市，永康县公安局刑警队更名为永康市公安局刑侦队。

☆ 1993 年

1993 年 2 月 25 日，柏岩乡贾处村一楼房被炸，2 人被炸伤，27 日抓获案犯。

1993 年 3 月 23 日，李店二村发生凶杀案，杀死一人，放火烧楼 8 间。8 月 15 日抓获案犯。

1993 年 4 月 13 日，3 名案犯拒捕，打伤二名民警，抢走六四手枪及 5 发子弹。6 天后追回。8 月 27 日，三人被抓获。

1993 年 5 月，永康市公安局刑侦队更名为永康市公安局刑事侦查大队。

1993 年 6 月 15 日，开展“三打一禁”（打击团伙犯罪、打击车匪路霸、打击拐卖妇女儿童、查禁卖淫嫖娼）斗争集中行动，168 名党政领导干部、1820 名政法干警和治保人员参加，抓获违法犯罪人员 32 人，缴获一批赃物。

1993 年 7 月 19 日，开展“三打一禁”第二次集中行动，1478 人参战，查获各类犯罪团伙 6 个、27 人，抓获违法犯罪人员 64 人。缴获赃款 18000 多元及一批赃物。

1993 年 7 月 27 日夜，古丽镇周塘村牟店自然村一户人家遭 4 名歹徒入室抢劫，劫去装有 2 万多元现金、价值 3000 多元物品的保险箱。次日，4 名案犯投案。

1993 年 8 月 3 日，古丽镇荆山夏村发生爆炸杀人案，死伤各一人，22 日破案，抓获案犯。

1993 年 12 月，开展“追逃犯、破大案、反窃车”行动。

1993 年，永康市公安局实行刑事侦查大案主侦制和探长制。

☆ 1994 年

1994 年 1 月 2 日晚，一名案犯潜入方岩镇岩上村一村民家行窃时被发现，将一名孕妇及其 5 岁的女儿杀死。1 月 8 日，利用刑侦技术破获该案，抓获犯罪嫌疑人程某某。

1994 年 4 月 20 日，芝英一名 3 岁儿童被绑架，案犯留言敲诈 20 万元，26 日破案。救出人质，抓获案犯。

1994 年 10 月，永康刑侦大队被评为全省优秀刑侦队。钱子健被评为全省优秀人民警察。

☆ 1995 年

1995 年 5 月 20 日，倪宅中学教师蒋某某杀死市物资再生公司出纳孙某某，劫走 6.39 万元。次日，蒋某某移尸金华抛尸时被抓获。

1995 年 5 月 21 日夜，丽州城市信用社金库被犯罪分子挖墙进入，盗走现金 28 万余元，为新中国成立以来全省最大的金库被盗案。1995 年 6 月 3 日，抓获犯罪嫌疑人徐某某、谢某某等三人，并在古丽镇范宅村双门自然村犯罪嫌疑人谢某某家菜地挖出被埋藏的 28 万余元赃款，案件告破，人赃俱获。永康市公安局被浙江省公安厅记集体二等功。

1995 年 7 月 31 日，破获“7・24”敲诈 80 万元现金的绑架案，一名被绑架到江西的 5 岁儿童得到安全解救，5 名案犯被全部抓获。

1995 年 10 月 1 日，舟山镇溪塘村发生一起爆炸杀人案，炸死二人。案犯被当场抓获。

1995 年 11 月 5 日夜，唐先镇唐上村一村民因宅基纠纷，雇请一批流氓进行打砸，打死一人，打伤二人。案犯相继被抓获。

1995 年 9 月 25 日至 12 月 31 日，开展百日破案大会战，破刑事案件 658 起，抓获 1556 人。

1995 年 11 月 9 日，一辆桑塔纳出租车及司机在儿童公园附近被劫持失踪。1996 年，案犯在江西德兴被抓获。

☆ 1996 年

1996 年 1 月 21 日，古山镇黄家村胡某雇用 4 名流氓打手，将其叔父伤害致死，永康市公安局当日抓获该胡；8 月，同案犯舒某在宁夏被追捕归案。

1996 年 1 月 23 日，永康市公安局开展集中搜捕逃犯和重点打击流氓恶势力行动，抓获违法犯罪分子 61 名，其中逃犯 17 名。

1996 年 3 月 23 日，金华市公安局决定对 1995 年度刑事破案工作成绩显著的永康市公安局集体嘉奖一次，局长高宪政、副政委周豪同时受到通令嘉奖。

1996 年 3 月 27 日凌晨，仙居籍方某潜入永康市公安局前仓警务区民警宿舍，盗走“六四式”手枪 1 支、子弹 8 发；5 月 12 日，永康市公安局破获此案，抓获方某，追回枪、弹。

1996 年 4 月 22 日，永康刑侦大队查获一个贩毒团伙，缴获海洛因 323.51 克，4 名案犯全部抓获，其中新店乡荆州村李某某和后吴村吴某某被判处死刑，执行枪决。

1996 年 4 月 26 日凌晨，石柱至芝英公路厚莘村地段发生持刀抢劫案，一辆温州货车的车主和驾驶员被砍重伤，劫走现金 4 万元；永康市公安局接警后迅速出警，凌晨 1 时许抓获 2 名案犯。

1996 年 4 月 29 日–5 月 3 日，永康市公安局开展以黑社会性质的犯罪团伙和流氓恶势力为打击重点的“严打”行动，其间，抓获违法犯罪分子 187 名，破获刑事案件 100 多起。

1996 年 5 月 28–31 日，永康市公安局在全市集中搜捕，抓获违法犯罪分子 202 名。

1996 年 6 月 28–29 日，永康市公安局在清溪、西溪、古山、唐先、胡库等 6 乡镇召开公开处理打架斗殴、敲诈勒索、危害一方的流氓恶势力大会，对 57 名强奸、抢劫、盗窃等犯罪分子宣布逮捕、刑拘等处理决定。

1996 年 8 月 20 日至 9 月 9 日，永康市公安局开展缉捕逃犯专项行动，公检法司联合发布《关于敦促犯罪分子限期投案自首的通告》3500 份；其间，归案逃犯 56 名，其中到公安机关投案自首 49 名。

1996 年 8 月 26–27 日，永康市公安局开展反盗抢汽车、摩托车、自行车集中整治行动，查扣和收缴无牌无证及有嫌疑的汽车 6 辆、摩托车 695 辆、自行车 1682 辆。

1996 年 8 月 29 日，象珠镇雅吕村一村民为向姐夫敲诈钱财，绑架 7 岁外甥并杀死，后写匿名信敲诈得现金 2 万元；9 月 11 日，永康市公安局破获此案，抓获案犯，缴获 2 万元赃款。

1996 年 9 月 1 日凌晨，永（康）中（山）公路唐先与中山交界路段，一辆客车内 3 名持刀歹徒抢劫 19 名乘客，砍伤 6 名乘客，劫走现金 91000 多元及移动电话、金项链等物；永康市公安局凌晨 3 时 40 分接警出击，4 时 30 分抓获 1 名案犯，缴回现金 87500 多元，当日返还被害者，对另 2 名案犯组织追捕。

1996 年 9 月 4 日，古丽镇东街村徐某某与某女在高镇村溪滩幽会时，遭 3 名歹徒守候抢劫，劫走现金 70 元及寻呼机等物，徐某某被刺身亡；11 月 1 日，永康市公安局破获此案，抓获 2 名案犯。

1996 年 9 月 23–24 日，永康市公安局开展“严打”集中搜捕行动，抓获违法犯罪分子 97 名，逃犯归案 11 名，收缴各类枪支 311 支，查扣车辆 658 辆。

☆ 1997 年

1997 年 4 月 21 日凌晨，芝英八村应益和家中发生入室凶杀案，应某某及妻、儿、保姆计 4 人被杀身亡，女儿双目被刺失明。

1997 年 6 月 9 日，3 名案犯乘出租车至永中公路清溪镇大园童机械配件厂地段，将出租车司机王某某杀死，劫去现金 200 元；12 月下旬永康市公安局先后抓获 2 名案犯。

1997 年 6 月 24 日，江苏省江都市卢某某骗租同市的桑塔纳出租车，到永康将司机王某杀死抛尸黄棠村，劫车逃走；26 日永康市公安局破获此案，在青田抓获案犯，缴获被劫汽车。

1997 年 10 月–12 月，永康市公安局开展“打流窜、反盗窃、破大案”侦破战役。破获刑事案件 997 起，其中重特大案件 478 起，抓获案犯 280 名（在册逃犯 25 名）。

1997 年 11 月 30 日，出租车司机林某在溪岸纸箱厂附近被杀；12 月 24 日、26 日永康市公安局先后抓获 2 名犯罪嫌疑人。

1997 年 11 月下旬，永康市公安局实施派出所、刑侦工作改革；派出所工作重心由繁忙的破案工作转移到管理、防范工作上来；同时改革刑侦体制，建立以刑警为主体，派出所为依托，多警种协调，职责明确，运转高效的破案机制。

1997 年 12 月 21 日，永康市公安局成立古丽刑侦中队，专门负责原城中、城北、环城 3 个派出所辖区刑事案件受理侦查。

☆ 1998 年

1998 年 1 月 14 日，永康市人民政府颁发《关于对公安局连破大案予以通报表彰的决定》，决定对永康市公安局在 1997 年 12 月下旬连续成功破获“6・9”、“11・29”二起抢劫出租车杀人案件予以通报表彰一次。

1998 年 2 月 11 日夜，永康刑侦大队古丽中队抓获盗窃犯罪嫌疑人徐某某（男，21 岁）、楼某（男，21 岁）。经查，二犯合伙自 1996 年以来在市区撬防盗门入室盗窃作案达 30 余起，盗得摄像机、金戒指、金项链等物，总价值达 20 余万元。

1998 年 2 月 18 日，永康刑侦大队会同金华市公安局刑侦支队对去年“11・5”古丽镇溪心投毒案犯罪嫌疑人徐某某（男，44 岁，古丽镇溪心人）进行审查，经过一天一夜的较量，成功突破了此案。经查，1997 年 11 月 5 日，徐某某为报复同村徐某，趁其新房落成宴请亲朋、村民之机，在其家的水井里投入大量甲胺磷农药，致使 28 名村民不同程度中毒。

1998 年 6 月 19 日，永康刑侦大队在江西警方协助下抓获“6・13”凶杀案犯罪嫌疑人张某某（男，46 岁，永康人）并带回永康。经查，6 月 13 日晚 7 时许，张某某在自己住处因情用钢球将与其有姘居关系的王某击昏并扼颈致其窒息死亡，而后出逃江西。

1998 年 6–8 月，永康市公安局开展“反盗抢、禁黄毒、强防管”夏季严打整治行动。全市“严打”期间破获刑事案件的绝对数和大案数分别是去年同期的 3.3 倍和 3.1 倍，有效遏制了全市刑事发案大幅上升的势头。

1998 年 10–12 月，组织开展“反窃车、追逃犯、破大案”冬季严打整治行动。通过行动，共破获各类刑事案件 388 起，其中大案 162 起，抓获各类违法犯罪人员 737 名，其中逮捕（刑拘）104 名，劳教 7 名，摧毁各类犯罪团伙 21 个、83 人，缴获汽车 11 辆、摩托车 116 辆。

1998 年 11 月 17 日，永康市公安局在江南乐苑召开“反窃车”公开处理暨返还赃物大会，20 名窃车犯罪嫌疑人分别被宣布刑拘或逮捕，2 辆汽车、25 辆摩托车当场返还给被盗车主。

☆ 1999 年

1999 年 7 月 5 日至 10 月 10 日，开展以“追逃、反盗、扫丑”为重点的夏季严打整治斗争。破各类刑事案件 742 起，抓获各类违法犯罪嫌疑人员 1837 名，抓获各类逃犯 221 名，查破各类违法犯罪团伙 65 个、285 人。城中所民警应昶、古丽刑侦中队民警林景东因追逃工作成绩突出受到公安部电话会议表扬。

1999 年 11–12 月，组织侦破会战，先后侦破 7–10 月沈宅系列性拦路抢劫案、中山五指岩持土铳抢劫案、西溪西塘杀人分尸案、芝英杀人案等重特大案件。

☆ 2000 年

2000 年，在公安部组织的全国打击拐卖妇女儿童专项行动中，永康市公安局抓获人贩子 29 名，其中刑拘 26 名，解救妇女 58 名、儿童 12 名，协助外地警方解救妇女 8 名。

☆ 2001 年

2001 年 1 月 15 日，永康市公安局成功破获“1 · 13”绑架案，犯罪嫌疑人舒某某被抓获归案。该案件被金华市公安局评为十大成功案例之一。

2001 年 1 月中旬，永康市公安局刑侦大队与预审大队合并，原预审大队 6 名民警（含中层领导）并入刑侦大队，内增设办案指导中队，侦审合一工作完成。

2001 年 5 月 21 日至 8 月 20 日，永康市公安局开展了“两深挖一攻坚”破案会战，该战役成绩位居全金华市各县（市、区）公安（分）局第二名，受到金华市公安局集体嘉奖。

2001 年 8 月中旬，永康市公安局在严打整治斗争中，成功侦破一个 51 人之众的永康特大恶势力犯罪团伙，经过 4 个多月的艰苦侦查，查破了该流氓恶势力团伙 1998 年以来所作案件 98 起，有 30 余名团伙成员被依法提起公诉。

2001 年 9 月 3 日夜，永康市公安局开展“破案追逃”战役，缉捕逃犯 210 名，破获刑事案件 646 起，抓获违法犯罪嫌疑人 1290 名。

2001 年 9 月 21 日，永康市公安局收到一封扬言将于 9 月 26 日和 10 月 1 日分别在五金城和方岩山制造爆炸，促使政府对土地加强管理的恐吓信；9月24日，侦破此案，抓获嫌疑人应某某，消除博览会和国庆节期间的隐患。

☆ 2002 年

2002年2月20日夜，永康市委常委、公安局长陈庆华专程慰问了为永康市公安局及时侦破2月13日抢劫杀人案提供线索的护村队长程振昌，并号召全市护村队员、治保积极分子向他学习。

2002年3月31日，美国康州警政厅名誉厅长、美国鉴识科学培养研究院院长、国际著名刑事鉴定专家李昌钰博士一行，在金华市委常委、公安局长楼志浪的陪同下，应邀来永康市公安局参观访问，并与永康市公安局有关领导和刑侦人员进行刑侦学术交流。

2002年3月6日，金华市委常委、公安局长楼志浪发来贺电对永康市公安局成功侦破“3·1”杀人案、“2·28”杀人奸尸案、“1·13”拦路抢劫杀人案和去年“9·25”胡库塅塘强奸杀人案签发贺电，表示祝贺和慰问。

2002年6-8月，永康市公安局开展“反盗抢、禁黄毒”专项斗争；其间8月16日，召开专项斗争公开处理大会，对5个抢劫、抢夺团伙的18名犯罪嫌疑人宣布逮捕。

2002年6月下旬，永康刑侦大队东城中队破获系列性飞车抢夺案。通过对犯罪嫌疑人杨某某等的突击审查，破获系列性飞车抢夺案件20余起，盗窃案件5起，抢劫案件1起。

2002年6月，永康市公安局为刑侦大队技术中队创达标工作一次性投入50多万元。购置了移动办公系统、工具痕迹比对仪、照相器材等若干日常仪器和达标必备仪器。

2002年7月，通过侦查破获了发生在1999年10月28日永康上谢地段的铁路货运列车翻车案件。

2002年8月1日，永康市公安局一举破获以王某某为首的特大贩、吸毒，拎包，扒窃团伙。抓获首要分子王某某在内的涉案人员20人，缴扣用于运输、藏匿毒品、赃物的交通工具三星太空车一辆，缴获毒品海洛因146.67克，摇头丸（冰毒）22.54克及各种品牌、型号的手机、小灵通32部，金银首饰、名贵手表、数码相机等赃物，扣缴现金人民币约17万元，另港币、美元、各国货币若干，受到上级公安机关的充分肯定，被省公安厅列为重大典型案例。

2002年9月23日上午，永康市召开公安宣判大会。对徐某等10名盗窃犯罪嫌疑人宣布逮捕决定，对吴某等四名盗窃犯宣读了8个月至6年的判决书；金华市中级人民法院对故意杀人犯邓某某、宋某某、熊某某、史某某等4人宣读了死刑判决。市委副书记、政法委书记李秋华，市委常委、副市长朱寿安，市委常委、公安局长陈庆华，市人大副主任童道松，市政协副主席池庭有等领导在大会主席台就座，公检法民警及各界群众近千人参加了大会。

☆ 2003年

2003年5月26日，永康市公安局刑侦大队预审办案指导中队成立。

2003年5月28日，永康市公安局成功告破“4·19”故意伤害致死案。发生于2003年4月19日夜华联地段的故意伤害致死案的犯罪嫌疑人胡某某在本市桥下工业区被抓获。

2003年6月17日，永康市公安局召开“打防控”信息综合应用系统培训会。刑侦大队、各派出所全体民警、交巡警大队事故中队信息专管员等200余人参加了培训。决定6月21日，“打防控信息综合应用系统”在永康市公安局开始运行，要求做到全警采集，并按照“谁主办、谁采集、谁录入”的原则，把“案、人、物、证、线”等内容按时统一录入电脑，实现信息共享。

2003年7月8日，永康市公安局在五金城广场召开夏季打击伤案犯罪公开处理大会，19名犯罪嫌疑人经永康市人民检察院批准被当场宣布逮捕。

2003年7月21日晚，永康市公安局召开了全体民警参加的“网上反盗抢”动员大会。党委副书记、副局长俞流江部署了战役实施方案。为期6个月的“网上反盗抢”活动拉开了帷幕。通过网上作战共直接破获各类刑事案件125起，抓获在逃人员43名，负案逃犯10名。

2003年7月27日，开展“网上反盗抢”活动以来，永康市公安局破获我省首起通过倒查认定的跨省市杀人案件。犯罪嫌疑人张某在盗窃时被群众当场抓获，并扭送至东城派出所，后张某被移送到刑侦大队东城中队。经刑侦大队指纹比对，认定了2001年12月21日发生在福建省晋江市陈埭镇苏厝村的入室抢劫杀人案现场指纹系张某所留。张某对2001年12月21日的杀人案件供认不讳。

2003年9月5日，永康市公安局通过网上作战又破获一起故意杀人案。永康市东城街道华溪北路132弄发生一起故意杀人案。经过永康市公安局缜密侦查，6小时内确定了犯罪嫌疑人并在安徽成功将犯罪嫌疑人陈某某抓捕归案。这是永康市公安局网上反盗抢活动以来，通过网上作战破获的又一起故意杀人案。

2003年10月17日，永康市公安局部署“百日破案会战”活动。根据浙江省公安厅、金华市公安局的统一部署，结合全省“网上反盗抢”战役、全国“指纹破案会战”、“打击盗窃、破坏电力设施、窃电犯罪”专项行动，永康市公安局从2003年10月开始至2004年1月底止，在全市范围内开展以“抓现行、反盗抢、破大案”为主要内容的百日破案会战。至年底，先后破获各类刑事案件1211起，抓获犯罪嫌疑人465名。

2003年12月中旬，团市委命名永康市公安局刑侦大队东城中队、江南中队为二星级青年文明号，刑侦大队技术中队、综合中队、狱侦中队、交巡警防暴中队为一星级青年文明号。

2003年12月31日止，永康市公安局按照浙江省公安厅统一部署，有力地开展了以“打击街面犯罪、抓捕街面逃犯”为主要内容的三次“101”集中统一行动。

☆ 2004年

2004年2月，永康市公安局侦破的“9·5”杀人案被金华市公安局列为2003年全市十大成功刑事案例。

2004年3月15日，永康市公安局成立刑侦大队打击街面犯罪侦查中队和打击盗窃犯罪侦查中队，撤销江南、东城、西城3个责任区刑侦中队。

2004年5月1日夜，永康市公安局破获冒充公安民警，以查暂住证为名抢劫手机的案件3起，浙江省公安厅刑侦总队为此专门发来贺电表示祝贺。

2004年5月8日，永康市公安局刑侦大队教导员徐子健被评为永康市第二届十大杰出青年并受表彰。

2004年6月23日，永康市公安局部署开展打击治理利用手机短信和网络诈骗犯罪的专项行动。该行动时间到7月底止。

2004年6月下旬，永康市公安局“5·10”案件专案组，永康市公安局狱侦中队民警李妙分别被金华市公安局荣记集体三等功和个人三等功一次，并分别荣获奖状、奖章、证书和奖金。

2004年7月21日，永康市公安局在全市开展铲除流氓恶势力违法犯罪活动（简称“斩恶”行动），时间至9月20日。其间侦破了原永康市人大常委章某某涉黑涉恶案。

2004年7月23日上午，全市刑侦工作会议在永康市明珠大酒店召开。

2004年8月20日，永康市公安局利用信息导侦1小时成功破获“8·20”入室抢劫杀人案，2天内抓获案犯。

2004年8月21日，永康市公安局组织开展“雷霆行动”，该行动至12月20日结束。

2004年9月24日，永康市公安局破获特大贩卖、运输毒品案，缴获海洛因

303克，刑拘7名主要犯罪嫌疑人。

2004年10月29日，西城街道盛华纸箱厂发生保险箱内14万元人民币被盗的特大盗窃案；11月3日、7日，永康市公安局分别在湖南吉首市、花垣县抓获2名犯罪嫌疑人。

2004年12月8日，浙江省委常委、公安厅厅长王辉忠到永康市公安局视察指导打击“两抢”工作。

2004年12月22日，在永康刑侦大队增设办案指导中队，单设禁毒大队。

☆ 2005年

2005年1月18日，永康刑侦大队被金华市刑侦支队评为2004年度刑侦秘书信息工作先进单位，民警黄洁个人被通报表扬一次。

2005年1月21日，永康市公安局民警应孟江被永康市政法委授予政法系统“十佳干警”光荣称号，刑侦大队被授予“先进基层政法单位”光荣称号。

2005年1月26日，永康市公安局古山派出所抓获犯罪嫌疑人龙某某，告破发生在永康市古山镇世雅维亿公司内的“11·4”投毒杀人案件。

2005年1月，永康刑侦大队“系列盗销摩托车、电动自行车”侦破组被金华市公安局荣记个人三等功一次，民警胡加友、胡龙、黄洁同志因工作突出被金华市公安局各荣记个人三等功一次，并分别颁发奖状、奖章、证书和奖金。

2005年3月初，永康刑侦大队被金华市公安局评为2004年“打击涉电犯罪专项行动”先进单位。

2005年3月初，永康刑侦大队破获的“2004·8·20”入室抢劫杀人案被评为金华市2004年十大成功刑事案例。

2005年3月15日，永康市公安局推行《公民举报犯罪线索奖励办法（试行）》。

2005年3月27日，永康市公安局告破3月23-24日发生在我市的7起“在自动取款机上盗取银行卡里现金”的案件（总价值40000余元），抓获5名犯罪嫌疑人。

2005年4月13日，永康市公安局在为期三个月的打击“两抢”专项行动中，经金华市公安局考核，成绩名列全市第三名，受到金华市公安局通报表彰。

2005年4月15日，永康市公安局组织农村派出所刑侦专干进行刑事技术轮训，每位派出所刑侦专干参训半个月，到刑侦大队跟班值周一周。此次轮训的目的是有效提高农村派出所刑事案件现场勘查质量，从提升刑侦专干的专业技术水平上挖掘农村派出所的破案潜力，拉动永康市公安局的破案增长。

2005 年 4 月下旬，永康刑侦大队打击街面犯罪侦查中队被共青团金华市委员会授予市级“青年文明号”称号。

2005 年 5 月 10 日，永康市公安局部署开展“打盗抢、强防控、严管理、建机制”暨打击“两抢一盗”专项行动，该行动至 12 月底结束。

2005 年 5 月 25 日，永康刑侦大队打击街面犯罪侦查中队成功摧毁一重大涉毒、涉枪犯罪团伙，抓获付某某等犯罪嫌疑人。

2005 年 5 月 30 日，永康市公安局快速破获发生在龙山镇西溪村一起杀人分尸案。受害人贾某被人杀死并分尸八块，埋在龙山镇洪塘水库边的地里。经侦查，永康市公安局于次日抓获犯罪嫌疑人叶某某。

2005 年 6 月 18 日，永康市公安局由刑侦大队大队长徐子健带队的追捕小组远赴贵州省镇宁县和云南省镇雄县，经过 9 天工作，成功抓获了“2005・6・5”李店伤害致死案案犯姜某某和“2004・8・21”汽车西站伤害致死案主犯申某某，并顺利押解回永康。

2005 年 7 月 27 日，永康市公安局“特大系列盗窃本田案专案追赃组”转战湖北、湖南二省，成功抓获集盗窃、销赃于一身的盗窃本田轿车团伙成员潘某某(男，湖南益阳人)，并追缴回被盗的本田、2000 型桑塔纳、金杯汽车各一辆，挽回损失 40 多万元。

2005 年 9 月 27 日，永康刑侦大队民警在永康市江南街道金胜小区成功抓获三名涉嫌技术开锁实施盗窃的犯罪嫌疑人，经技术比对和审查，破获了今年 7 月以来，发生在永康市城区的系列技术开防盗门锁盗窃案共 20 多起，涉案价值 20 多万元，缴获赃款赃物价值 10 万余元。

2005 年 11 月 17 日，永康刑侦大队在永康市河头溪沿 4 弄 25 号 2 幢 502 房间抓获涉嫌技术开锁入室盗窃犯罪嫌疑人涂某某、盛某某、陈某某。破获发生在永康市各开放小区的技术开锁入室盗窃案件 20 多起及陈某某单独撞门入室盗窃 10 多起，涉案总价值 10 万余元。

2005 年 12 月 20 日，永康刑侦大队通过侦查排摸、网上查询，在西城街道洋潮宾馆内抓获三名涉嫌盗窃汽车的犯罪嫌疑人，并当场在床下缴获自配汽车钥匙、遥控器等作案工具，破获徐某蓝色马自达汽车被盗案，追回被盗汽车。

☆ 2006 年

2006 年 1 月 1 日，成功破获 2005 年 12 月 31 日发生在古山镇塆塘村的杀人案件。

2006 年 1 月 16 日，成功破获 1 月 12 日发生在方岩景区岩上村的杀人焚尸案。

2006 年 4 月 21 日至 6 月 20 日，永康市公安局开展“打团伙、破大案、反盗抢、控发案”专项行动。

2006 年 4 月 21 日，成功破获省公安厅挂牌督办的 2006 年系列盗窃电信设施案件，经深挖，共破案 60 余起。

2006 年 4 月 27 日，永康市区中兴广场发生一起枪击杀人案，5 月 19 日，永康市公安局破获此案。金华市公安局致来贺电。5 月 30 日，永康市公安局专门召开了“4·27”中兴广场枪杀案侦破总结大会。

2006 年 6 月 7 日，成功抓获樊某某等 7 名飞车抢夺嫌疑人，破获了当年 4 月以来，发生在我市的飞车抢夺金项链案件 10 余起，当场缴获被抢金项链 4 条，总案值达 5 万余元。

2006 年 6 月 19 日，成功破获“6·18”骆某某被害案。

2006 年 8 月 10 日，永康市公安局通过网上战术的运用，抓获罗某某、刘某某等 4 名广西平乐籍抢夺犯罪嫌疑人，破获系列飞车抢夺金项链案件 20 多起，涉案价值达 15 万余元。

2006 年 10 月 20 日，永康市公安局成功破获发生在葛塘山村的“9·29”杀人案和 2001 年发生在河南一村毛车岭头螺丝坑的“9·6”杀人积案。

2006 年 11 月 23 日，永康市公安局在金华市公安局刑侦支队的协助下，在贵州省贵阳市抓获省公安厅督捕逃犯吴某某，成功破获发生在西城街道金大塘村的“1·15”杀人焚尸案。

☆ 2007 年

2007 年 1 月 16 日，金市公通字〔2007〕3 号文件下发，永康市“2006·4·27”持枪杀人案侦破，被评为 2006 年金华市十大成功刑事案例。

2007 年 1 月 27 日，浙公刑〔2007〕3 号文件下发，永康刑侦大队打击街面犯罪侦查中队、打击盗窃犯罪侦查中队被命名为 2004-2005 年度全省二级责任区刑警队。

2007 年 3 月 6 日，金市公通字〔2007〕24 号文件下发，永康刑侦大队被评为 2006 年度全市刑侦工作先进单位；吕健、卢庭高、陈望安被评为优秀侦查员、技术员。

2007 年 3 月 21 日，永康市公安局下发《关于调整刑侦大队专业中队部分职责的通知》，将城区四所辖区发生的破坏电力设备案、破坏公用电信设施案、破坏军事通信设施案、破坏广播电视设施案、室外盗窃电力通信设施案的管辖单位从刑侦大队打击盗窃犯罪侦查中队调整到打击街面犯罪侦查中队。

2007 年 3 月 29 日，西溪镇发生一起毒鼠强投毒案，数十人出现中毒症状；4 月 4 日，浙江省委常委、公安厅厅长王辉忠等领导到永康市公安局指导侦破；5 月 23 日破获此案，犯罪嫌疑人程某某交代了使用毒鼠强投毒的犯罪事实。

2007 年 4 月 18 日，永康刑侦大队在丽州北路 91 号抓获犯罪嫌疑人李某（男，1982 年 9 月生，贵州毕节人）、付某某（男，1983 年 12 月生，云南镇雄人），破获“4 · 16”十里牌村入室盗窃杀人案。

2007 年 4 月 20 日，永康刑侦大队打击街面犯罪侦查中队通过审查深挖破获发生在我市和武义、金华等地的系列性盗窃摩托车案件 10 余起，缴获被盗摩托车 4 辆，案值 45000 余元。

2007 年 4 月 24 日，永康市公安局抓获犯罪嫌疑人段某某、陈某、段某（均为贵州人），快速破获 23 日晚 7 时许发生在芝英街道油川村露天舞厅的一起故意伤害致死案件。

2007 年 4 月 26 日晚 8 时许，东城街道城北路与 330 国道路口发生一起故意杀人案件。9 时许，出租车管理站城塘站点执勤人员将身上有伤、欲坐车出城的犯罪嫌疑人陈某某（男，27 岁，贵州贞丰人）抓获，快速破获该案。

2007 年 4 月 28 日凌晨，永康刑侦大队打击街面犯罪中队民警与电信部门人员一起快速出警，在石柱电信机房至下杨村地段现场抓获犯罪嫌疑人潘某某，缴获被盗剪的 400 对电缆线 140 米，后又抓获同案犯李某某、蒋某某，破获 2007 年以来发生在我市唐先、石柱、四路、方村等地盗剪通信电缆线案件 12 起，涉案金额达 10 余万元。

2007 年 4 月 29 日，永康市公安局成立局“打黑除恶”办公室，负责打黑除恶工作，徐子健任主任。

2007 年 5 月 24 日凌晨，永康刑侦大队在西城街道一出租房内抓获犯罪嫌疑人黄某某（男，1972 年 10 月出生，福建莆田人）、唐某某（男，1967 年 4 月出生，重庆市忠县人），缴获涉案手机 11 部、人民币 5000 余元，破获 4 月以来发生在永康、武义等地的飞车抢夺案 20 余起。

2007 年 6 月 4 日，王辉忠厅长在浙江省公安厅刑侦总队上报的《关于永康市“3 · 29”投毒案侦破情况的报告》上批示“向参战民警表示祝贺”。孟庆丰副厅长批示“此案看似简单，侦破实属不易。请刑侦总队会同当地公安机关深入总结积累经验”。

2007 年 6 月 18 日，永康市公安局经过对犯罪嫌疑人刘某某（男，云南镇雄人）的审查，破获“5 · 26”杀人抛尸案。

2007年7月19日23时许，舟山前村高某在家看电视时，被3名蒙面人持铁棍殴打，致其膝盖骨粉碎性骨折；10月31日，永康市公安局成功破获此案，先后抓获涉案的3名犯罪嫌疑人。

2007年7月30日，永康市公安局破获金华市公安局督办的“古山前杭村杀人案”。7月11日下午，永康市公安局接到报案：古山镇前杭村小山头山上发现尸体。经初步勘查，系一具高度腐败的无名男尸，属他杀。永康市公安局立即成立专案组全力侦查，参战民警克服现场条件差、尸源不清等困难，不畏炎热酷暑，连续作战，经过半个多月的努力，终于在7月27日凌晨在河南省郸城县抓获云南鲁甸籍犯罪嫌疑人龙某某，后又于7月30日凌晨在云南鲁甸抓获两名同案犯龙某某、毛某某，成功破获这起金华市公安局挂牌督办的杀人案。

2007年10月24日，永康刑侦大队、金华市公安局刑侦支队民警组成的追捕组在福建省厦门市抓获浙江省公安厅督捕逃犯腾某某。经审查，腾某某交代了2007年6月在永康市西城街道周塘村7号二楼东棚头租房内将姘妇刘某杀死藏在床下后潜逃的杀人案件。该尸体于6月15日被发现。

2007年11月7日，永康市公安局开展打击抢劫犯罪集中统一行动，其间，清查旅馆业204家，娱乐场所92家，建筑工棚、出租私房716处，外来人口1583人；抓获各类违法犯罪嫌疑人41名，行政拘留19名，刑事拘留2名，缴获被盗摩托车、电动自行车15辆，收缴到各类管制刀具7把，赃物合计价值22400元。

2007年11月上旬，永康市公安局经过近2个多月的缜密侦查，成功摧毁了金华市公安局督办的以邵某某等为首的“古山一霸”特大涉恶团伙，抓获犯罪嫌疑人21名，其中刑事拘留16名、取保候审2名、行政处罚3名，破获自2006年以来的聚众斗殴、寻衅滋事、故意伤害、抢劫、抢夺、盗窃、故意损坏公私财物、破坏电力设备等案件120余起。

2007年12月2日，永康刑侦大队街面中队使用警犬抓获2名犯罪嫌疑人，缴获被盗的400对通信电缆线100米以及作案工具，侦破10余起盗窃通信电缆案件，涉案价值达5万余元。

2007年12月5日，永康市公安局民警陈永利、应韶彤、李文斌、柳建品、郑卫龙、黄洁、程涛、吕健、胡龙、周睿、朱益飞、谢泽军、卢庭高、李维彪等被金华市公安局聘为全市公安机关刑事犯罪侦查破案能手。

2007年12月11日，永康市公安局用“数据分析研判法”侦破的系列性蒙面入室抢劫案获全市公安机关“典型技战术案例”；吴华锦获痕迹检验和视频图像处理能手称号。

2007 年 12 月 13 日，永康市公安局破获金华市公安局督办的涉恶案件。永康刑侦大队分别在永康市绿苑宾馆、武义桐琴抓获 7 名犯罪嫌疑人刘某某、王某某、余某、赵某、张某某、王某某、刘某某等，经审查，破获了在永康、武义桐琴等地的抢劫、盗窃、寻衅滋事等案件 10 多起。

2007 年 12 月 14 日，永康市公安局代表队荣获全市公安机关刑侦信息应用比武第二名。

2007 年 12 月中旬，金华市委命名永康刑侦大队为金华市级文明单位。

2007 年 12 月 20 日，全省刑侦侦技战法研讨会在永康市明珠大酒店召开，会期 2 天。浙江省公安厅刑侦总队领导、各科室负责人，全省各地刑侦支队主要责任人、办公室主任，金华市各局分管刑侦工作的副局长、刑侦大队长及永康市公安局部分刑侦民警、信息员等 100 余人参加了会议。浙江省公安厅孟庆丰副厅长，刑侦总队徐定安总队长，金华市公安局高宪政副局长，永康市委常委、公安局长韦炜出席了会议。会上，各地市推荐上报的 20 个技战法课题上台进行了演示交流。大会对各地上报的调研论文和技战法进行了评比表彰，其中有 7 个技战法分别获得一、二、三等奖，永康刑侦大队黄洁总结的技战法被评为三等奖受到表彰。

☆ 2008 年

2008 年 2 月 8 日凌晨，永康市区发生一起持枪抢劫案，24 万元现金和手机、手提电脑、金项链等物被劫。当天中午，永康刑侦大队、巡特警大队在金华市公安局技侦支队的协助下，在武义县城抓获两名抢劫犯罪嫌疑人吴某某（男，24 岁）、吴某某（男，38 岁，均系贵州松桃人），当场缴获作案用的仿六四式手枪 1 支（内有子弹 2 发）和抢劫所得的现金 12 万多元、2 部三星手机。

2008 年 2 月 27 日，由永康刑侦大队、金华市公安局技侦支队 4 名民警组成的追捕组经过一个星期的努力工作，在贵州省松桃县大兴镇抓获 2008 年 2 月 8 日永康特大持枪抢劫案的 2 名在逃犯罪嫌疑人吴某某（男，28 岁）、龙某某（男，35 岁，均系贵州松桃人），缴获仿六四式手枪二支、子弹二发，追缴赃款 13 万多元，至此，该案的 4 名犯罪嫌疑人已全部抓获归案。

2008 年 4 月 25 日、5 月 8 日，永康刑侦大队街面中队相继抓获涉嫌抢劫罪、非法制造枪支罪的湖南籍犯罪嫌疑人杨某、石某和杨某某，破获湖南省公安厅督办的特大蒙面持枪抢劫案及金华市公安局督办的系列抢劫案。

2008 年 5 月 9 日，金华市打黑除恶工作会议在我市召开。

2008 年 6 月 12 日凌晨，永康市公安局开展“风暴一号”行动，抓获 21 名涉恶涉毒犯罪团伙成员，缴获一批违禁物品和赃物。

2008 年 8 月 13 日，永康市公安局抓获用土铳将他人伤害致死而潜逃 10 年的犯罪嫌疑人彭某，破获 10 年前命案积案。1994 年 4 月 14 日夜，永康市芝英街道西卢村发生一起故意伤害致死案，犯罪嫌疑人彭某（男，29 岁，贵州万山特区人）用土铳将受害人卢某（女，当时 16 岁，永康人）打死后一直潜逃。永康市公安局虽然开展了多次追捕工作，但均无所获。2008 年，永康刑侦大队加大追捕力度，刑侦大队重案中队经过连续三个月的不懈努力，在湖南怀化、浙江宁波展开卓有成效的调查工作，获取了犯罪嫌疑人彭某在广东湛江的信息。永康刑侦大队随即派出侦查员赴广东湛江进行追捕，于 8 月 13 日 23 时许，侦查员成功发现犯罪嫌疑人彭某踪迹并将其抓获。

2008 年 8 月 15 日，永康市江南街道发生一起劫持人质案件，永康市公安局迅速反应，在金华市公安局的支持下，多警种联合作战，成功解救人质，抓获 2 名嫌疑人。

2008 年 9 月 18 日，永康刑侦大队抓获犯罪嫌疑人叶某（男，48 岁，永康人）、孔某（男，55 岁，富阳人）、刘某（男，31 岁）、刘某（男，23 岁，均系云南镇雄人），缴获作案用的广州本田轿车一辆、撬棍 2 根等物。经查：自 2007 年年底以来，该 4 人在永康市区龙川路、卫星路等地入室盗窃作案 10 余次，涉案价值 30 多万元。

2008 年 9 月 19 日，全市公安机关刑警三年苦练基本功大比武活动开展侦查、信息、痕迹专业、体能、射击等项目的比赛，永康刑侦大队在比武活动中荣获团体第一名。吴华锦获痕迹专业第二名，柳建品获痕迹专业第三名。

2008 年 9 月 22 日，永康市公安局在西城街道火车站广场召开“双打”公开处理大会，对严某等 35 名涉恶犯罪嫌疑人宣布处理决定。

2008 年 10 月 23 日，浙江省公安厅刑侦总队沈虹一行在金华市公安局刑侦支队支队长叶旭池、五大队大队长黄云峰的陪同下到永康市公安局调研指导打黑除恶工作。

2008 年 11 月 3 日，永康市公安局打掉徐某某涉恶犯罪团伙。

2008 年 11 月 12 日，浙江省青年文明号、青年岗位能手活动组委会下发表彰决定（浙青文〔2008〕7 号），继续认定永康刑侦大队打击街面犯罪侦查中队为 2007 年度“省级青年文明号”。

☆ 2009 年

2009 年 2 月 23 日凌晨，东城街道黄棠村发生一起抢劫杀人案，4 人被抢，其中 1 人被刺经抢救无效死亡；永康市公安局迅速展开侦查，当天中午，抓获涉案的 5 名犯罪嫌疑人。

2009 年 2 月 25 日，永康市公安局召开打击“两抢”犯罪公开处理大会。

2009 年 3 月 7 日，永康市公安局应用犯罪心理测试技术（测谎）破获一起疑难的重大交通事故逃逸案。

2009 年 3 月 17 日，永康市公安局在五金城广场召开集中返还赃物大会，及时将被盗抢的汽车、摩托车、电脑、手机、服装、金银首饰、现金等价值 200 多万元的赃物赃款返还给受害人。

2009 年 4 月 13 日，芝英街道雅庄纸箱厂职工祝某被砍死在厂区宿舍，其女友被砍伤，犯罪嫌疑人周某逃窜；永康市公安局芝英派出所接警后开展巡逻布控，14 日零时许抓获案犯。

2009 年 6 月 8 日–14 日，永康市公安局开展打击两抢“风雷二号”集中行动，清查场所 118 处，查扣可疑车辆 34 辆，抓获 11 名“两抢”犯罪嫌疑人。

2009 年 10 月 9 日，永康市公安局成功从福建将被拐卖的妇女姚某（女，19 岁，永康人）解救回永康。

☆ 2010 年

2010 年 4 月 1 日夜，永康市公安局开展“斩恶一号”抓捕行动，抓获违法犯罪嫌疑人 36 名，其中 16 名被刑事拘留，破获一批寻衅滋事、打架斗殴、损毁财物等涉黑案件。

2010 年 5 月 12 日，永康市公安局召开“斩恶一号”专项行动公开处理大会，对 14 名涉恶犯罪嫌疑人宣布处理决定。

2010 年 5 月 14 日，金华市市委常委、政法委书记俞流传和市委常委、公安局长毛善恩到永康市公安局检查指导打击“两抢”犯罪工作。

2010 年 7 月 8 日，浙江省公安厅副厅长徐定安等一行到永康市公安局检查指导反“两抢”和“打黑除恶”工作。

2010 年 9 月 14 日，永康市公安局开展“斩恶三号”行动，抓获违法犯罪嫌疑人 40 名，其中刑拘 17 名，摧毁以李某为首的涉黑涉恶犯罪团伙和以王某为首的涉恶团伙。

2010 年 12 月 15 日早上 6 时许，经济开发区车马何村 249 号出租房内发生 2 人死亡、2 人重伤、1 人轻伤的凶杀案；是日，抓获犯罪嫌疑人赵某（男，40 岁，贵州赫章县人）。

☆ 2011 年

2011 年 1 月 3 日，成功解救当日被绑架的 12 岁男童，6 日抓获索要赎金 15 万元的 3 名犯罪嫌疑人。

2011 年 1 月 18 日清晨，永康市公安局开展“猎鼠一号”行动，抓获 20 名嫌疑人，成功打掉一个涉嫌盗窃企业保险箱的团伙。

2011 年 2 月 17 日，永康市公安局抓获公安部督捕的杀人潜逃 13 年的犯罪嫌疑人程某。

2011 年 3 月 7–8 日，永康市公安局开展“斩恶四号”行动，抓获 40 名违法犯罪人员，摧毁以江西人朱某为首的涉恶团伙。

2011 年 3 月 16 日，永康市公安局撤销现有刑侦街面、反盗窃 2 个专业中队，分别在城区 4 个派出所成立刑侦责任区中队。

2011 年 4 月 19 日，浙江省公安厅副厅长徐定安到永康市公安局检查指导经侦、刑侦等相关工作。

2011 年 6 月 13–14 日，永康市公安局开展“斩恶五号”行动，抓获犯罪嫌疑人 30 名，其中刑拘 10 名。

2011 年 8 月 17–18 日，永康市公安局开展打防“两抢”犯罪集中统一行动。

2011 年 9 月 1–7 日，永康市公安局开展“斩恶六号”集中行动，抓获以杨某某等为首的黑恶势力团伙成员 80 多名。

2011 年 9 月 7 日，永康市公安局与镇雄县公安局签订两地警务合作协议。

2011 年 9 月 16 日，浙江省公安厅纪委书记、督察长华远平到永康市公安局检查指导“清网”专项行动。

2011 年 9 月 29 日夜，永康市公安局完成赴柬埔寨执行押解电信诈骗专案 60 名犯罪嫌疑人任务，其中 35 名移交给台湾警方，25 名被带回永康。

2011 年 12 月 11 日，永康市公安局开展代号为“零点行动”的打击行动，出动警力 800 多人，抓获嫌疑人 188 名。

☆ 2012 年

2012 年 3 月 30 日，永康市公安局开展打击侵财性犯罪第一次集中抓捕行动，抓获犯罪嫌疑人 20 名，其中刑拘 18 名，破获一系列盗窃案件及“两抢”案件。

2012 年 5 月 23 日，金华市公安机关视频工作现场会在永康市公安局召开。

2012 年 5 月 23–24 日，永康市公安局对部督案件“浙江省永康市‘10·12’破坏计算机信息系统案”浙江地区违法犯罪嫌疑人，开展代号为“净网一号”

统一收网行动，抓获违法犯罪嫌疑人60多名，涉案价值共计200多万元。

2012年7月19日，永康人应某在永康市江南街道某高档别墅家中被杀身亡。7月31日，永康市公安局抓获犯罪嫌疑人蒙某，破获该案。

2012年9月19-20日，永康市公安局开展打击侵财犯罪集中统一抓捕行动，其间抓获盗窃、诈骗犯罪嫌疑人53名，其中直接刑事拘留33名，行政拘留11名，打掉盗窃团伙5个、诈骗团伙1个。

2012年10月11日，金华市公安机关打击侵财犯罪专项行动决战阶段工作推进会在永康市公安局召开。

2012年10月18日，浙江省公安厅副厅长徐定安一行到永康市公安局检查指导刑侦工作。

2012年12月10日，永康市公安局伤检中心正式启用。

☆ 2013年

2013年3月7日，公安部督察组来永康市公安局督导“打盗抢，保民安”专项行动。

2013年4月2日，胡某通过网络被骗600万元，永康市公安局迅速组织警力成立专案组开展侦查，4月25日，在广西南宁抓获3名涉案犯罪嫌疑人，成功冻结400余万元赃款。

2013年9月26-27日，永康市公安局开展打击侵财犯罪第二次集中统一抓捕行动，抓获各类侵财犯罪嫌疑人39名，采取刑事强制措施26名，其中刑拘“两抢”犯罪嫌疑人12名；共摧毁抢劫团伙3个、盗窃团伙4个、诈骗团伙1个，破获“两抢”案件18起、盗窃案件60余起，缴获赃款赃物3万余元。

2013年12月14日，永康市公安局破获涉疆价值达1000多万元的玉石案，抓获4名犯罪嫌疑人，追回大块玉石20余块、玉石籽料256粒，涉案价值800余万元。

2013年12月31日，永康市公安局开展“利剑一号”专项行动，出动警力1071人，盘查可疑人员1471人，清查出租房屋2789间，登记暂住人员263人，抓获违法犯罪嫌疑人30多名，其中刑拘18名（侵财11名）、行政处罚12名。

☆ 2014年

2014年4月3日，浙江省公安厅党委副书记、常务副厅长洪巨平到永康市公安局调研打防侵财工作。

2014年4月24-25日，永康市公安局报送的《推进审查攻坚专业化建设，全力提升审查攻坚破案能力》经验受到浙江省委常委、公安厅厅长刘力伟等批示肯定。

2014 年 5 月 15 日、7 月 15 日浙江省公安厅刑侦总队和物证鉴定中心领导分别率刑侦专家到永康市公安局指导侦破“1997 · 4 · 21”案件。

2014 年 7 月 18 日，永康市公安局将报称被骗的 3360 万元玉石从犯罪嫌疑人手中追回，交给新疆籍受害人。

2014 年 9 月 10 日，永康市公安局将在越南海防抓获的涉嫌非法吸收公众存款达 3000 多万元的犯罪嫌疑人胡某强押解回永康。

2014 年 9 月 28 日，金华市公安局在永康召开案件审查攻坚队伍建设现场会，充分肯定并推广永康市公安局案件审查攻坚工作经验，永康市公安局的工作经验得到国务委员、公安部部长郭声琨的批示肯定。

2014 年 11 月 24 日，永康市公安局部署“利剑四号”通信（网络）诈骗案件宣传防范和追逃工作。

2014 年 11 月 28 日，永康市公安局与云南昭通市公安局开展警务交流工作。

☆ 2015 年

2015 年 1 月 4 日，永康市公安局破获一起绑架儿童案。1 月 4 日 19 时，永康市公安局在芝英桑元下村抓获犯罪嫌疑人余某（男，43 岁，陕西省镇巴县人），成功解救人质胡某某。

2015 年 3 月 16 日 7 时许，花街镇副业场村路口副食店内发生一起故意杀人案。当晚 9 时许，成功在武义县范宅垄工业区某工厂宿舍抓获犯罪嫌疑人汪某某（男，27 岁，江西浮梁人）。

2015 年 4 月 9 日，永康市公安局在永康市政府会议中心 8111 会议室组织召开 2015 银行业防范通信（网络）诈骗培训会。

2015 年 5 月 5 日，永康市公安局与人民银行永康支行共同联合制发了《永康市公安局中国人民银行永康市支行涉案账户银行查询、冻结快速通道工作机制》。

2015 年 7 月 23 日，浙江省公安厅刑侦总队预审办案支队政委虞定昌到永康市公安局指导审查攻坚工作，金华市公安局刑侦支队领导朱茂均、傅利斌、陈素青等人陪同。

2015 年 8 月 21 日，永康市公安局“飓风行动”开展第一次集中统一抓捕行动。行动共打掉孙某等人盗销电动车、吸贩毒犯罪团伙，吴某等人盗窃电动车犯罪团伙及孟某等人盗窃电瓶团伙 3 个犯罪团伙，共抓获 14 名团伙成员（其中 5

人为吸毒人员)，破获盗窃电动车、电动车电瓶案件40多起。

2015年9月1日，永康市公安局破获以梁某达（男，34岁）为首的贵州贞丰籍特大盗窃车内物品团伙案，抓获犯罪嫌疑人梁某达等7人（均为贵州贞丰县人)，该团伙在金华、永康、东阳等地，盗窃水库边停放车辆的车内物品数十起，案值100多万元。

2015年9月29日，浙江省公安厅物证鉴定中心副主任陈德良同志带队对永康市公安局申报全国一级技术室进行检查。

2015年11月12日，永康市公安局举行打防违法犯罪暨赃物返还宣传活动，现场向部分受害人返还永康市公安局追缴的赃款、赃物共计价值180万元。

2015年11月19日，永康市公安局开展2015年度合成作战典型案例评选活动。

2015年11月28日，永康市公安局民警施永良参加公安部刑侦局等举办的2015年侦查前沿论坛并作主题演讲，是唯一一位在主会场上进行主题发言的县级公安机关代表。

☆ 2016 年

2016年2月22-23日，浙江省公安厅“春雷行动”专项行动督察组到永康市公安局检查督导行动开展情况，督察组由浙江省公安厅派出督察二队郭永福队长带队。

2016年3月23日18时许，永康市江南街道龙域天城小区发生一起命案，小区一住户杜某被杀害。3月24日上午7时许，在永康总部中心附近成功抓获犯罪嫌疑人高某（男，33岁，江苏人)、丁某（男，24岁，缙云人）二人。

2016年3月14日，永康市西城街道发生一起案值235万元的电信网络诈骗案件，该案被列为2016年公安部打击治理电信网络新型违法犯罪专项行动第一批挂牌督办案件。3月30日下午，专案组在广西百色平果县一举摧毁一个电信网络诈骗犯罪窝点，抓获以潘某、丘某为首的广西宾阳籍嫌疑人10名，破获了3·14永康西城235万元被诈骗案，并带破辽宁75万元被诈骗案和上海80万元被诈骗案等多起电信网络诈骗案，目前总涉案金额已达400多万元。

2016年4月20日，永康市公安局抓获公安部列为十大电信诈骗A级逃犯吴春燕。

2016年6月，永康市公安局打掉一个分工明确的涉嫌侵犯公民个人信息的特大犯罪团伙，共抓获并刑拘犯罪嫌疑人48人，扣押涉案手机30余部、电脑20余台、赃款172万余元及使用非法所得购买的路虎、奔驰、宝马，卡宴牌豪车4

辆，案件总涉案金额达3000万元。

2016年7月29日，永康市公安局向受害人返还追回的价值668.8万元的玉石。

2016年10月23日，永康市公安局抓获尹某等四名台湾籍的犯罪嫌疑人，首次打掉一个台湾籍电信诈骗犯罪团伙。

2016年11月16日，永康市公安局在福建云霄县一出租房成功抓获涉嫌以钓鱼软件淘宝刷单方式进行盗窃的犯罪嫌疑人黄某（男，28岁，福建云霄县人），缴获作案电脑、手机、银行卡若干，经初步审讯，该案涉案金额上百万元，其下线人数达200多人。

2016年12月8日，永康市公安局在云南怒江自治州泸水县车管所内抓获拥有多个漂白身份、已潜逃20年的命案逃犯吴某某（男，42岁，永康人），破获一起时隔20年的命案积案。

☆ 2017年

2017年1月4日，永康市公安局举行2016年度合成作战典型案例评选活动。

2017年2月28日，公安部刑事犯罪侦查局九处打击“盗抢骗”分片调研组组长孙兆渊一行到永康市公安局调研打击云南镇雄籍“盗抢骗”地域性职业犯罪情况。

2017年2月28日，永康市公安局刑事科学技术室拿到省质量技术监督局发放的检验检测机构资质认定证书。

2017年3月1日，公安部刑事犯罪侦查局副局长刘忠义等相关部领导及部物证鉴定中心处长刘寰、刘开会等部专家组一行14人到永康市公安局指导永康“1997·4·21”特大故意杀人案侦破工作。

2017年3月2日，公安部刑事犯罪侦查局政委曾海燕一行在省公安厅刑侦总队总队长俞流江，金华市委常委、公安局长聂展云等领导陪同下，到永康市公安局调研指导工作。

2017年4月10日凌晨，永康市公安局于案发后2小时在黄棠出租车管理站抓获犯罪嫌疑人曾某某，破获经济开发区大坟山沿村故意杀人案。

2017年6月1日，永康市公安局在重庆秀山县抓获犯罪嫌疑人陈某某，破获江南街道东村故意杀人案。

2017年7月6日，永康市公安局组织开展打黑除恶统一抓捕行动，行动共抓捕嫌疑人员37名，破获涉黑恶案件40余起。

2017年7月24日，永康市公安局在永康市江南街道永祥鹭岭隧道附近水库坝上抓获犯罪嫌疑人舒某某（男，28 岁，浙江永康人），破获江南街道马竹岭村故意杀人案。

2017 年 8 月 24 日，金华市公安局党委委员、副局长叶旭池在金华市公安局刑侦支队支队长朱茂均等人的陪同下，到永康市公安局指导永康“1997·4·21”特大故意杀人案侦破工作。

2017 年 9 月 4 日，浙江省公安厅在永康市举办全省公安机关命案积案破案技战法培训会。浙江省公安厅党委委员、副厅长、政治部主任刘静出席并讲话，浙江省公安厅刑侦总队总队长俞流江主持会议。金华市委常委、公安局长聂展云，省公安厅刑侦总队有关总队领导、刑事技术专家、严重刑事犯罪侦查队负责人，各市分管刑侦工作的副局长、刑侦支队长、刑科所所长，永康市委常委、公安局长陈曙初，局领导徐子健、应昶、李建成，刑侦大队相关领导参加会议。

2017 年 9 月 5 日，浙江省公安厅刑侦总队总队长俞流江带队到永康市公安局指导永康“1997·4·21”特大故意杀人案侦破工作。

2017 年 9 月 13 日至 14 日，浙江省公安厅刑侦总队副巡视员蒋庆明、副总队长吕建平到永康市公安局指导永康“1997·4·21”特大故意杀人案侦破工作。

2017 年 9 月 22 日，永康市公安局在古山镇祝家村一出租房内抓获犯罪嫌疑人黄某（男，41 岁，贵州普安县人），速破芝英镇芝英三村故意杀人案。

2017 年 10 月 12 日，永康市公安局在台州抓获王某（男，45 岁，浙江路桥人），破获一起 22 年前的命案积案。

2017 年 11 月 3 日上午，浙江省公安厅刑侦总队侵财犯罪侦查队主任倪韶阳到永康市公安局调研打击侵财犯罪工作。

2017 年 11 月 18 日，河南、浙江两地领导、专家在河南指导永康“1997·4·21”特大故意杀人案侦破工作。浙江省公安厅刑侦总队俞流江总队长、吕建平副总队长，金华市公安局朱茂均支队长、永康市公安局陈曙初局长、李建成委员，周口市公安局、淮阳县公安局领导及专案组全体成员参加会议。

2017 年 12 月 12 日，永康市公安局组织开展 2017 年度合成作战典型案例评选活动。

2017 年 12 月 28 日，永康市公安局通过指纹比中 1998 年湖州南浔命案积案犯罪嫌疑人唐某（男，1974 年出生，江苏兴化人），破获 1998 年 8 月 28 日发生在浙江省湖州市南浔区练市白马塘新华村东外河段运输船上杀死两人的命案积案一起。

☆ 2018 年

2018 年 1 月 9-10 日，浙江省公安厅刑侦总队副总队长吕建平、DNA 实验室主任吴微微、严重刑事犯罪侦查队政委余雷、全国侦查专家山西省运城市公安局刑侦支队畅智涛在金华市公安局刑侦支队支队长朱茂均等人陪同下到永康参加“1997·4·21”特大故意杀人专案工作会议。

2018年2月2日，公安部在永康市召开永康“1997·4·21”特大故意杀人案重点地区男性家族排查系统建设工作推进会，公安部刑事侦查局副局长刘忠义召集全国7省13市刑侦部门相关负责人参加会议。浙江省公安厅刑侦总队总队长俞流江，金华市公安局党委委员、副局长吕会民，永康市委常委、公安局长陈曙初等省、市、县相关领导及专案组成员参加了此次会议。

2018年2月28日，全市男性家族排查系统建设工作动员培训会在永康市公安局交警大队召开，省公安厅刑侦总队调研员吴微微作了相关培训。金华市公安局领导姜卸印、刘振平，永康市公安局领导钱子健、应昶、李建成，金华其他县市区公安局技术室人员，永康市各派出所所长，刑侦大队、治安大队单位主要领导，分管基础副所长、管片民警及刑事科学技术室全体民警参加了此次培训会。

2018年3月6日，永康市公安局在交警大队召开刑事打击工作会议暨扫黑除恶专项斗争推进培训会，局领导应昶、李建成，分管刑事打击副所长、刑侦中队长，相关业务大队负责人，刑事犯罪侦查中心全体民警参加了此次会议。

2018年5月29日下午，永康市公安局在八楼会议室召开防范通信网络新型违法犯罪“全城反诈”集中宣传月行动动员部署会。局领导应昶、李玲俐、李建成，各派出所分管防范通信网络新型违法犯罪工作领导和相关业务大队负责人参加了会议。

2018年6月8日凌晨，在金华市公安局的统一指挥和义乌、江南、兰溪市（分）局的大力协助下，永康市公安局组织120余名警力在义乌、江南、兰溪、永康对一个以公司化名义运营的“车贷”恶势力犯罪集团开展集中收网行动，共抓获目标对象17名，查获涉案车辆80多辆（价值1000多万元），以及大量档案、账本、定位器、屏蔽器等涉案物品。

2018年6月15日下午，永康市公安局在八楼会议室召开“薪火相传刑侦魂”历任刑警队长座谈会，畅谈刑警精神，传承光荣传统。历任刑警队长李锦屏、胡顺佐、王承志、周龙武、陈孝明、胡伟民、方新军、陈天兴、钱子健、徐子健、吕旭杰、李建成，各派出所分管刑侦工作的领导，刑侦大队中层及民警代表参加了此次座谈会。会议由局党委委员、政治处主任李玲俐主持。会上，还进行了“薪火相传”旗帜交接仪式，刑侦大队青年民警给历任刑警队长献上了鲜花及刑警纪念章。

永康市公安局分管刑侦工作的历任局领导任职情况

姓名	职务	任职年限
寿绍祥	副局长	1980. 1—1985. 8
谭建勋	副局长	1985. 8—1992. 8
周龙武	副局长	1992. 8—1993. 3
楼岩海	副局长	1993. 3—1996. 12
姚乃生	副局长	1996. 12—1999. 4
方新军	副局长	1999. 4—2001. 3
俞流江	副局长	2001. 3—2004. 6
钱子健	副局长	2004. 6—2009. 2
徐子健	副局长	2009. 2—2013. 1
应 昶	副局长	2013. 1 至今

永康市公安局刑侦大队历任领导班子情况

永康县公安局刑警队（1980. 1—1992. 10）			
时间	队长	教导员	副队长
1980. 1—1982. 4	李锦屏	李欣展 1980. 1—1982. 11	胡山江 1981. 4—1982. 4
1982. 4—1984. 3	胡顺佐		胡山江 1982. 4—1984. 3
1984. 3—1990. 12	王承志	徐睦章 1984. 3—1988. 2 应文贵 1988. 2—1988. 8	徐康进 1984. 3—1990. 9 程晓星 1984. 12—1990. 12 项晓军 1988. 2—1990. 12
1990. 12—1992. 9	周龙武	胡跃进 1990. 9—1992. 9	项晓军 1990. 12—1992. 9
永康市公安局刑侦队（1992. 10—1993. 5）			
时间	队长	教导员	副队长
1992. 9—1993. 8	陈孝明	胡跃进 1992. 9—1993. 8	项晓军 1992. 9—1993. 8

续表

永康市公安局刑侦大队（1993. 5 至今）				
时间	大队长	教导员、队长助理	副队长	探长、中队长、指导员
1993.8—1995.9	胡伟民	方新军 1993.8—1995.9	项晓军 1993.8—1995.1	钱子健 1993. 8—1994. 11 张新华 1993. 8—1995. 9 陈天兴 1993. 8—1995. 9 贾建荣 1993. 8—1995. 5 郑有抗 1994. 11—1997. 1 何建党 1995. 9—1999. 2 方正良 1995. 9—1997. 2 黄　震 1995. 9—2000. 9 朱铁江 1996. 8—1999. 2 施俊兴 1997. 2—2001. 3 应静骞 1999. 2—2002. 4 周立波 2000. 9—2002. 4 应　昶 2002. 4—2004. 12 胡永松 2002. 4—2004. 12 应孟江 2002. 4—2004. 12 陈海东 2002. 4—2004. 12 周立波 2002. 4—2002. 10 周　宁 2003. 10—2004. 12 王伟峰 2003. 12—2004. 12 胡筱宁 2003. 12—2004. 12 李建成 2003. 12—2004. 12 章义钱 2003. 12—2008. 1
1995.9—1999.9	方新军	陈天兴 1995.9—1999.9	胡顺达 1995.9—1997.1	
1999.9—2001.3	陈天兴教导员主持		郑有抗 1997.1—1999.2 吕顺进 1999.2—2001.3 何建党 1999.2—2001.3 朱铁江 1999.2—2001.3	
2001.3—2004.12	钱子健	贾建荣 2001.3—2002.4 徐子健 2002.4—2004.12	吕顺进 2001.3—2002.4 何建党 2001.3—2004.12 朱铁江 2001.3—2004.12 楼超金 2001.3—2004.12 应静骞 2002.4—2004.12	

续表

时间	大队长	教导员、队长助理	副队长	探长、中队长、指导员
2004.12—2009.11	徐子健	何建党 2004.12—2009.12	应静骞 2004.12—2009.11 胡永松 2004.12—2009.11 应孟江 2004.12—2009.11 李建成 2004.12—2008.1 邱军成 2008.1—2009.11 李　妙 2008.1—2009.11	胡　龙 2004.12—2010.2 李　妙 2004.12—2008.1 陈　尧 2004.12—2013.9 朱志超 2004.12—2010.2 胡航海 2004.12—2010.2 钱　峻 2004.12—2010.2 李维彪 2008.1—2010.2 黄　洁 2008.1—2011.3 胡宇能 2008.1—2010.2 谢泽军 2008.1—2010.2 赵妙红 2010.2—2011.3 董丁法 2010.2—2011.3 朱福禄 2010.2—2013.9 林　密 2010.2—2013.9 夏俊杰 2010.2—2013.9 吴华锦 2010.2—2013.9 郑卫龙 2011.3—
2009.11—2012.9	吕旭杰	何建党 2009.12—2012.9	应静骞 2009.11—2010.2 胡永松 2009.11—2010.2 应孟江 2009.11—2012.9 邱军成 2009.11—2012.9 胡防修 2009.12—2012.9 李维彪 2010.2—2011.3 吕胜革 2010.2—2011.3 李　妙 2009.11—2012.9	

续表

<table>
<tr><th>时间</th><th>大队长</th><th>教导员、队长助理</th><th>副队长</th><th>探长、中队长、指导员</th></tr>
<tr><td>2012.9—2013.9</td><td>李建成副大队长主持</td><td>何建党 2012.9—2013.9</td><td>应孟江 2012.9—2013.9
胡防修 2012.9—2013.9
李　妙 2012.9—2013.9</td><td rowspan="2">柳建品 2013.9—2016.5
施永良 2013.9—2016.5
李　刚 2013.9—2015.11
章鹤春 2013.9—2016.5
成德喜 2013.9—2016.5
胡海平 2013.9—2016.5
周　睿 2016.5—
吕　军 2016.5—
金骏奔 2016.5—
王　斌 2016.7—
侯一川 2016.7—</td></tr>
<tr><td>2013.9—</td><td>李建成</td><td>应孟江 2013.9—</td><td>胡防修 2013.9—
陈　尧 2013.9—
颜宏斌 2013.9—2016.5
李　妙 2013.9—2016.5
施永良 2016.5—
胡海平 2016.5—
童伟强 2016.5—</td></tr>
</table>

永康刑侦集体荣誉

时间	获奖集体	荣誉	授奖单位
1988 年 1 月	侦破永康伞厂特大盗窃案专案组	集体三等功	金华市公安局
1989 年 4 月	侦破抢劫团伙系列案件侦破组	集体三等功	金华市公安局
1989 年 12 月	侦破流窜犯郑恒星系列盗窃案侦破组	集体三等功	金华市公安局
1991 年 1 月	永康县刑警队	省先进刑警队	省公安厅
1991 年 9 月	系列保险箱案侦破组	集体三等功	金华市公安局
1993 年 10 月	李店“3・23”凶杀案侦破组	集体三等功	金华市公安局
1993 年 11 月	破获“4・13”抢枪案专案组	集体记功	永康市委、市政府
1994 年 9 月	方岩“1・2”特大凶杀案专案组	集体三等功	金华市公安局
1994 年 10 月	永康市公安局刑侦大队	全省优秀科所队	浙江省公安厅
1995 年 1 月	永康市公安局刑侦大队	全市先进科所队	金华市公安局
1996 年 3 月	永康市公安局刑侦大队	1995 年度刑事技术工作先进单位	金华市公安局
1996 年 12 月	破获“1995・5・21”丽州城市信用社金库特大盗窃案侦破组	集体二等功	浙江省公安厅
1997 年 1 月	“4・22”特大贩毒案侦破组	集体三等功	金华市公安局
1997 年 6 月	破获“6・24”出租车抢劫杀人案侦破组	奖金一万元	永康市人民政府
1998 年 1 月	侦破“6・9”清溪抢劫出租车杀人案和“11・29”芝英抢劫出租车杀人案专案组	永康市先进集体	永康市委、市府
1998 年 6 月	侦破恒昌工具厂系列投毒案专案组	集体三等功	金华市公安局
1998 年 6 月	“6・24”抢劫出租车杀人案专案组	集体三等功	金华市公安局
1999 年 1 月	永康市公安局刑侦大队	集体三等功	金华市公安局
1999 年 1 月	永康市公安局刑侦大队古丽中队	1997—1998 年度优秀责任区刑警队	浙江省公安厅
1999 年 2 月	永康市公安局刑侦大队	金华市优秀刑侦大队	金华市公安局
1999 年 12 月	永康市公安局刑侦大队	集体三等功	金华市公安局
1999 年 12 月	“9・23”芝英凶杀案侦破组	集体三等功	金华市公安局

续表

时间	获奖集体	荣誉	授奖单位
2000 年 1 月	破获“10・2”绑架勒索案侦破组	集体三等功	金华市公安局
2000 年 2 月	永康市公安局刑侦大队	1999 年度全市刑侦系统先进刑侦大队	金华市公安局
2001 年 9 月	“11・10”投毒杀人案专案组	集体三等功	金华市公安局
2001 年 9 月	“1・13”绑架杀人案专案组	集体三等功	金华市公安局
2002 年 1 月	永康侦破“1・14”绑架杀人案	2001 年度金华市十大成功刑事案例	金华市公安局
2002 年 1 月	永康市公安局清溪特大盗窃轿车案专案组	集体二等功	浙江省公安厅
2002 年 2 月	永康市公安局刑侦大队古丽中队	集体三等功	金华市公安局
2002 年 2 月	永康市公安局刑侦大队	2001 年度政法系统先进单位	永康市政法委
2002 年 4 月	“9・21”恐吓爆炸案专案组	集体三等功	金华市公安局
2002 年 6 月	永康市公安局刑侦大队技术中队	优秀刑警中队	浙江省公安厅
2002 年 6 月	永康市公安局刑侦大队重案中队	优秀刑警中队	浙江省公安厅
2003 年 1 月	永康市公安局刑侦大队江南中队“2003・5・29”专案组	集体三等功	金华市公安局
2003 年 1 月	永康市公安局刑侦大队东城中队侦破系列入室盗窃案专案组	集体三等功	金华市公安局
2003 年 1 月	永康市公安局刑侦大队“2003・4・19”故意伤害案专案组	集体三等奖	金华市公安局
2003 年 2 月	永康侦破“3・1”花街杀人案件	2002 年度金华市十大成功刑事案例	金华市公安局
2003 年 2 月	“8・2”贩毒案专案组	通报表扬	浙江省公安厅
2004 年 2 月	永康侦破“9・5”杀人案	2003 年金华市十大成功刑事案例	金华市公安局
2004 年 6 月	永康市公安局侦破“5・10”专案组	集体三等功	金华市公安局
2004 年 11 月	永康市公安局刑侦大队	金华市刑事办案质量竞赛活动团体第三名	金华市公安局刑侦支队
2004 年 12 月	永康市公安局刑侦大队	2004 年度政法系统先进单位	永康市政法委
2005 年 1 月	“系列盗销摩托车、电动自行车”侦破组	集体三等功	金华市公安局
2005 年 1 月	永康市公安局刑侦大队	集体三等功	金华市公安局
2005 年 1 月	永康市公安局刑侦大队	2004 年度政法系统先进基层政法单位	永康市人民政府
2005 年 1 月	永康市公安局刑侦大队	集体三等功	金华市公安局

续表

时间	获奖集体	荣誉	授奖单位
2005 年 1 月	永康市公安局刑侦大队打击街面犯罪中队	青年文明号	金华团市委
2005 年 2 月	永康侦破“8・20”入室抢劫杀人案	2004 年度金华市破获十大成功刑事案例	金华市公安局
2005 年 3 月	永康市公安局刑侦大队	2004 年打击涉电犯罪专项行动先进单位	金华市公安局、金华电业局
2005 年 6 月	永康市公安局刑侦大队综合中队	2004 年度禁毒工作先进集体（打击涉毒犯罪先进集体）	永康市人民政府
2006 年 1 月	永康市公安局侦破“2003・12・19”特大诈骗案专案组	二等功	浙江省公安厅
2006 年 2 月	永康市公安局刑侦大队	永康市文明单位	永康市政府
2006 年 2 月	永康侦破“1・14”杀人投毒案	2005 年金华市十大成功刑事案件	金华市公安局
2006 年 3 月	永康市公安局刑侦大队破获“省厅挂牌督办系列性拆盗学校电脑案件”	浙江省 2005 年度网上作战十大经典案例	浙江省公安厅
2006 年 4 月	永康市公安局刑侦大队	集体三等功（2005 年度优秀刑侦大队）	金华市公安局
2006 年 6 月	永康市公安局“3・10”专案组	集体二等功	浙江省公安厅
2006 年 12 月	永康市公安局刑侦大队	打击“两抢一盗”成绩显著被通报表扬	浙江省公安厅
2006 年 12 月	永康市公安局刑侦大队	2006 年度先进基层政法单位	中共永康市委政法委员会
2006 年 12 月	永康市公安局刑侦大队街面中队	省级青年文明号	浙江省公安厅、团省委
2007 年 1 月	永康市公安局刑侦大队网上作战破获“系列飞车抢夺案件”	浙江省 2006 年度网上作战十大经典案例	浙江省公安厅
2007 年 1 月	永康侦破“4・27”持枪杀人案	2006 年金华市十大成功刑事案例	金华市公安局
2007 年 2 月	“4・27”持枪杀人案专案组	集体二等功	浙江省公安厅
2007 年 3 月	永康市公安局刑侦大队	2006 年度刑侦工作先进单位	金华市公安局
2007 年 4 月	永康市公安局刑侦大队	2006 年度政法系统“先进基层政法单位”	永康市政法委
2007 年 12 月	永康市公安局刑侦大队	2007 年度先进基层政法单位	中共永康市公安局委员会
2007 年 12 月	永康市公安局	2007 年全市刑侦信息应用比武第二名	金华市公安局

续表

时间	获奖集体	荣誉	授奖单位
2007 年 12 月	“2·13”特大杀人案追捕组	集体三等功	金华市公安局
2008 年 1 月	“7·11”古山前杭凶杀案专案组	集体三等功	金华市公安局
2008 年 2 月	永康市公安局刑侦大队	2007 年永康市政法系统“先进基层单位”	永康市政法委
2008 年 3 月	永康市公安局刑侦大队	2007 年度金华全市刑侦信息分析应用竞赛优胜单位	金华市公安局
2008 年 3 月	永康侦破“3·29”投毒案	2007 年金华市十大成功刑事案例	金华市公安局
2008 年 3 月	“3·29”西溪投毒案专案组	集体二等功	浙江省公安厅
2008 年 7 月	“9·6”上园村枪击案专案组	集体三等功	金华市公安局
2008 年 9 月	永康市公安局刑侦大队	金华市刑警三年苦练基本功大比武团体第一名	金华市公安局
2008 年 12 月	永康市公安局刑侦大队	2008 年度金华市优秀公安基层单位	金华市公安局
2009 年 1 月	永康破获“周本波等人系列撬盗卷帘门、防盗门案件”	2008 年金华市公安机关科技信息应用典型技战术案例	金华市公安局
2009 年 1 月	永康市公安局刑侦大队	2008 年度金华市公安机关打黑除恶工作先进单位	金华市公安局
2009 年 1 月	永康市公安局刑侦大队	2008 年度金华市优秀公安基层单位	金华市公安局
2009 年 3 月	永康市公安局刑侦大队	永康市文明单位	永康市政府
2009 年 4 月	侦破特大盗抢工业原材料犯罪团伙案专案组	集体二等功	浙江省公安厅
2009 年 4 月	侦破“2·8”特大持枪抢劫案专案组	集体二等功	浙江省公安厅
2009 年 5 月	处置“8·15”劫持人质案专案组	集体三等功	金华市公安局
2009 年 12 月	永康市公安局刑侦大队	金华市公安机关三年基本功训练大比武团体第一名	金华市公安局
2009 年 12 月	永康市公安局打击街面犯罪中队	省级青年文明号	中国共产主义青年团、浙江省公安厅
2010 年 1 月	永康市公安局刑侦大队	全省公安机关打击假币“09 行动”先进集体	浙江省公安厅

续表

时间	获奖集体	荣誉	授奖单位
2011 年 1 月	利用“高危联想分析法”摧毁江西玉山特大入室盗窃团伙	2010 年度全国刑侦部门“网上作战”优秀案例	公安部第五局
2011 年 1 月	永康侦破“4・25”杀人分尸案专案组	2010 年度金华市刑侦十大成功案例	金华市公安局
2011 年 1 月	永康市公安局刑侦大队	金华市公安机关推进“五化三治”建设工作先进单位	金华市公安局
2011 年 1 月	永康市公安局刑侦大队	打击整治“两抢”犯罪专项行动先进集体	永康市社会综合治理委员会
2011 年 1 月	永康市公安局刑侦大队	2010 年度全市公安机关深挖犯罪工作先进单位	金华市公安局
2011 年 1 月	永康市公安局刑侦大队	2010 年度全市公安机关侦破命案工作第一名	金华市公安局
2011 年 1 月	永康市公安局刑侦大队	集体嘉奖	金华市公安局
2011 年 6 月	侦破“郑军等人黑社会性质组织犯罪案”专案组	集体二等功	浙江省公安厅
2011 年 8 月	侦破特大入室盗窃案专案组	集体三等功	金华市公安局
2011 年 8 月	永康市公安局刑侦大队“2008・5・13”打黑除恶专案组	集体三等功	金华市公安局
2011 年 12 月	永康市公安局刑侦大队《“9+1”打防控案件源挖掘与切入点分析战法》	金华 2011 年度金华市刑侦技战法比武三等奖	金华市公安局
2012 年 1 月	永康市公安局刑侦大队华高视频工作室	2011 年度金华市公安机关推进“五化三治”建设工作先进集体	金华市公安局
2012 年 1 月	永康市公安局刑侦大队	2011 年度金华市市公安机关“网上作战”比武先进单位	金华市公安局
2012 年 1 月	永康市公安局“网上作战”小组比武代表队	集体三等功	金华市公安局
2012 年 9 月	“8・17”涉黑案件视频专案组	集体三等功	金华市公安局
2013 年 1 月	永康市公安局华高工作室	集体三等功	金华市公安局
2013 年 4 月	永康侦破“12・13”抢劫杀人案	2012 年度金华市十大典型成功案例	金华市公安局
2013 年 4 月	刑侦大队“多警数据碰撞打击侵财犯罪工作法”	金华市公安机关 2012 年度“警务信息化创新奖”一等奖	金华市公安局

续表

时间	获奖集体	荣誉	授奖单位
2013年12月	永康市公安局刑侦大队代表队刑侦比武团体第一名	集体嘉奖	金华市公安局
2013年12月	永康破获“11·30”涉毒杀人案	2013年度金华市十大典型成功案例	金华市公安局
2013年12月	2013年10月永康破获“江南街道吕维云被抢夺案”	2013年度金华市视频监控典型案例	金华市公安局
2014年1月	永康市公安局刑侦大队	2013年度政法系统先进基层单位	中共永康市委政法委委员会
2014年1月	永康市公安局刑侦大队	2013年度全市公安机关“打击侵财犯罪专项行动”工作先进单位	金华市公安局
2014年1月	永康市公安局刑侦大队	2013年度全市公安机关“刑事案件现场勘查”工作先进单位	金华市公安局
2014年8月	永康市公安局审查攻坚小组	集体三等功	金华市公安局
2015年1月	永康市公安局刑侦大队视频中队	集体嘉奖	金华市公安局
2015年2月	永康市公安局刑侦大队党总支第四党支部	2014年度先进党支部	金华市公安局
2015年11月	侦破“9·14”系列盗窃工业原材料案件专案组	集体三等功	金华市公安局
2015年11月	侦破“1·21”通信诈骗案件专案组	集体三等功	金华市公安局
2016年2月	永康市公安局刑侦大队	2014—2015年度全省优秀公安基层单位	浙江省公安厅
2016年2月	永康市公安局刑侦大队	“利剑2015”专项行动优秀单位	金华市公安局
2016年3月	永康市公安局刑侦大队	集体三等功	金华市公安局
2016年11月	侦破“3·14”案件专案组	集体三等功	金华市公安局
2017年1月	侦破“6·15”新疆玉石诈骗案专案组	集体三等功	金华市公安局
2017年1月	打击治理电信网络犯罪专班	集体三等功	金华市公安局
2017年11月	永康市公安局应用模型竞赛团队	2017年度全市公安机关信息化应用模型竞赛第二名	金华市公安局
2017年11月	侦破“6·14”侵犯公民个人信息案件专案组	集体二等功	浙江省公安厅
2017年12月	侦破“2016·11·17”系列木马网络盗窃案专案组	集体二等功	浙江省公安厅

永康刑侦个人荣誉

姓名	荣誉	授奖单位	时间
钱子健	全省优秀人民警察	浙江省公安厅	1994 年 10 月
应孟江	个人三等功	金华市公安局	1996 年 1 月
何建党	个人三等功	金华市公安局	1997 年 1 月
李建成	个人三等功	金华市公安局	2000 年 1 月
林景东	个人三等功	金华市公安局	2000 年 1 月
徐浙永	个人三等功	金华市公安局	2000 年 6 月
柳建品	个人三等功	金华市公安局	2001 年 9 月
周　宁	个人三等功	金华市公安局	2002 年 7 月
柳建品	个人三等功	金华市公安局	2002 年 7 月
马　飞	个人三等功	金华市公安局	2002 年 7 月
李　妙	全省严打整治先进个人	浙江省公安厅	2002 年 12 月
吕胜革	个人三等功	金华市公安局	2003 年 6 月
李　妙	个人三等功	金华市公安局	2004 年 6 月
胡　龙	个人三等功	金华市公安局	2005 年 1 月
黄　洁	个人三等功	金华市公安局	2005 年 1 月
邱军成	个人三等功	金华市公安局	2005 年 8 月
朱益飞	个人三等功	金华市公安局	2006 年 2 月
李建成	个人三等功	金华市公安局	2006 年 2 月
胡永松	个人三等功	金华市公安局	2006 年 4 月
陈绍崔	个人三等功	金华市公安局	2006 年 6 月
夏双安	个人三等功	金华市公安局	2006 年 6 月
颜宏斌	个人三等功	金华市公安局	2006 年 11 月
翁文勇	个人三等功	金华市公安局	2006 年 11 月
应孟江	全省公安机关廉政、勤政先进个人	浙江省公安厅	2007 年 3 月
吴华锦	个人三等功	金华市公安局	2007 年 5 月
周　睿	个人三等功	金华市公安局	2007 年 5 月
吕　健	个人三等功	金华市公安局	2007 年 5 月
徐子健	个人三等功	金华市公安局	2007 年 5 月
董丁法	个人三等功	金华市公安局	2007 年 10 月

续表

姓名	荣誉	授奖单位	时间
胡烈松	打击盗窃破坏电力、电信、广播、电视设施违法犯罪专项斗争先进个人	省“三电”办	2008 年 1 月
李建成	全国打击盗窃、破坏“三电”设施违法犯罪专项斗争先进个人	中央综治委办公室、公安部等	2008 年 3 月
胡耀望	个人三等功	金华市公安局	2008 年 3 月
吕　健	个人三等功	金华市公安局	2008 年 7 月
胡烈松	个人三等功	金华市公安局	2008 年 7 月
卞一夫	个人三等功	金华市公安局	2009 年 5 月
倪浙平	个人三等功	金华市公安局	2009 年 5 月
朱益飞	个人三等功	金华市公安局	2009 年 5 月
黄　洁	浙江省公安机关第三届刑事犯罪侦查行家	浙江省公安厅	2009 年 7 月
章鹤春	个人三等功	金华市公安局	2009 年 9 月
施永良	个人三等功	金华市公安局	2009 年 9 月
胡永松	金华市公安局优秀人民警察	金华市公安局	2010 年 1 月
朱福禄	个人三等功	金华市公安局	2010 年 2 月
何建党	金华市级劳模	金华市公安局	2010 年 4 月
朱福禄	个人三等功	金华市公安局	2010 年 5 月
应里特	个人三等功	金华市公安局	2010 年 5 月
李文斌	个人三等功	金华市公安局	2010 年 5 月
应海滨	个人三等功	金华市公安局	2010 年 11 月
朱志超	个人三等功	金华市公安局	2010 年 11 月
应孟江	优秀党员	金华市委	2011 年 6 月
朱福禄	个人一等功	浙江省公安厅	2012 年 1 月
吕　健	个人三等功	金华市公安局	2012 年 1 月
应孟江	个人三等功	金华市公安局	2012 年 1 月
应海滨	个人三等功	金华市公安局	2012 年 1 月
吕　军	个人三等功	金华市公安局	2013 年 1 月
侯一川	个人三等功	金华市公安局	2013 年 1 月
应孟江	个人三等功	金华市公安局	2013 年 1 月
吕　津	个人三等功	金华市公安局	2013 年 1 月
应孟江	2012 全省公安机关打防侵财犯罪专项行动“成绩突出个人”	浙江省公安厅	2013 年 3 月
李建成	个人三等功	金华市公安局	2013 年 4 月
郑卫龙	浙江省公安机关第五届刑事犯罪侦查行家	浙江省公安厅	2013 年 11 月

续表

姓名	荣誉	授奖单位	时间
柳建品	个人三等功	金华市公安局	2013 年 11 月
陈秋高	个人三等功	金华市公安局	2014 年 1 月
金　涛	个人三等功	金华市公安局	2014 年 1 月
胡旭苗	个人三等功	金华市公安局	2014 年 5 月
胡旭苗	金华市公安局优秀人民警察	金华市公安局	2015 年 1 月
胡旭苗	个人三等功	金华市公安局	2015 年 1 月
颜宏斌	个人三等功	金华市公安局	2015 年 1 月
俞潇天	个人三等功	金华市公安局	2015 年 1 月
颜宏斌	2014 年全省公安机关打防侵财犯罪专项工作“成绩突出个人”	浙江省公安厅	2015 年 4 月
周　睿	个人二等功	浙江省公安厅	2015 年 12 月
郑卫龙	浙江省公安机关第六届刑事犯罪侦查行家	浙江省公安厅	2015 年 12 月
董志成	浙江省公安机关第六届刑事犯罪侦查行家	浙江省公安厅	2015 年 12 月
胡旭苗	浙江省公安机关第六届刑事犯罪侦查行家	浙江省公安厅	2015 年 12 月
陈秋高	2014—2015 年度“全省优秀人民警察”	浙江省公安厅	2016 年 1 月
王　斌	个人三等功	金华市公安局	2016 年 2 月
陈秋高	个人三等功	金华市公安局	2016 年 3 月
陈秋高	2016 年“信义金华　最美警察”	金华市公安局、金华市委宣传部、金华市文明办	2016 年 11 月
侯一川	个人三等功	金华市公安局	2017 年 1 月
胡　醒	个人三等功	金华市公安局	2017 年 1 月
李建成	2016 年全省公安机关打防侵财犯罪专项工作“成绩突出个人”	浙江省公安厅	2017 年 3 月
侯一川	2017 年度全市公安系统“青年岗位能手”	金华市局、金华市委	2017 年 4 月
侯一川	2017 年“信义金华　最美警察”	金华市公安局、金华市委宣传部、金华市文明办	2017 年 5 月
楼智伟	个人三等功	金华市公安局	2017 年 7 月
郑卫龙	浙江省公安机关第七届刑事犯罪侦查行家	浙江省公安厅	2017 年 12 月
应海滨	个人二等功	浙江省公安厅	2018 年 7 月